ERSTARRTER FLUSS

REISE INS UNBEKANNTE

BUCH DREI

CLARE FLYNN

Übersetzt von
NATHALIE HOPPER

Cranbrook PRESS

ERSTARRTER FLUSS
Reise ins Unbekannte 3

CLARE FLYNN
ÜBERSETZT VON WWW.TRANSLATEBOOKS.COM - NATHALIE
HOPPER

ISBN 978-1-914479-28-1

CRANBROOK-PRESS
ERSTARRTER FLUSS

Umschlaggestaltung JD Smith Designs

Unit 93975, PO Box 6945, London W1A 6US

✾ Erstellt mit Vellum

KAPITEL 1

ALDERSHOT, ENGLAND, SEPTEMBER 1952

SIE KONNTE die Schritte des Arztes auf dem Linoleumboden des Schlafzimmers im Stockwerk darüber hören. Er war gekommen, um den Tod ihrer Mutter zu bescheinigen, und Ethel wollte nicht mit ihm im selben Zimmer sein, wenn er es tat. Nicht, dass es irgendeinen Zweifel gegeben hätte. Sie hatte den Spiegel ihrer Puderdose an die Lippen ihrer Mutter gehalten. Sie hatte gesehen, wie sie das in Filmen machten, aber es hatte sich seltsam angefühlt, respektlos, es selbst zu tun. Auf der Leinwand schoben sie auch die Augenlider nach unten und legten Münzen auf die Augen der Toten, um sie geschlossen zu halten, aber das war nicht nötig gewesen, denn die Augen ihrer Mutter waren ohnehin seit vielen Stunden geschlossen. Dafür war Ethel dankbar – sie hätte es gehasst, in die toten Augen ihrer Mutter zu sehen, wo sie doch immer so lebendig gewesen war und stets gelächelt hatte.

Sie stand auf und füllte den Kessel für den Fall, dass der Arzt noch eine Tasse Tee trinken wollte, bevor er ging. Sie selbst wollte keine. Ein Glas mit etwas Stärkerem als dem gelegentlichen Portwein mit Zitrone wäre jetzt angenehm, aber es war kein Alkohol im Haus.

Als sie auf die Uhr an der Küchenwand sah, stellte sie fest, dass es zehn Uhr war. Zu spät, um die Straße hinunterzulaufen und Tante Chris mitzuteilen, dass ihre Schwester verstorben war. Ethel graute davor, das tun zu müssen. Ihr graute auch davor, dass ihre Tante ihr Vorwürfe machen könnte. Sie hatte sie noch ermutigt, heute Abend früher nach Hause zu gehen, und sie davon überzeugt, dass Vi die Nacht bestimmt überstehen würde. Aber wenn das Ende kam, kam es schnell – erst schlug die Atmung um und dann, innerhalb weniger Minuten, flachte sie immer weiter ab, bis sie schließlich ganz aufhörte. Ethel hatte an ihrem Bett gesessen, hatte zunächst nicht verstanden. War gänzlich unvorbereitet gewesen.

Als sie wieder in der Lage gewesen war, sich zu rühren, hatte sie ihrer Mutter das Haar gekämmt, hatte die Decke glatt gestrichen und war nach nebenan gegangen, um den Arzt anzurufen. Gleich danach hätte sie Tante Chris holen sollen, aber sie hatte den Körper ihrer Mutter nicht allein im Haus lassen wollen. *Ihren Körper.*

Seltsam, wie schnell sie von einer Mum zu einem Körper geworden war.

Sie hörte die schweren Schritte des Arztes auf der Treppe. Er kam in die Küche und lehnte die Tasse Tee ab, die sie ihm anbot. Ethel sah ihn an, bemerkte seine müden Gesichtszüge, seinen übergewichtigen Körper und den abgetragenen Tweedanzug, den er jeden Tag anhatte.

Er reichte ihr ein Stück Papier und sagte: „Herzversagen. Mein Beileid, Miss Underwood."

Ethel nahm das Blatt. „Hatten Sie nicht gesagt, sie würde die Weihnachtsfeiertage noch erleben?" Kaum hatte sie die Worte ausgesprochen, wurde ihr bewusst, dass sie ihm gegenüber ungerecht war.

„Ja, das hatte ich. Ich hatte wirklich geglaubt, dass sie es so lange schaffen würde, aber es ist schwer, diese Dinge vorherzusagen." Er presste die Lippen zu einem schmalen Strich zusammen. „Sie müssen mit dieser Bescheinigung zum Amt gehen, um den Todesfall eintragen zu lassen. Gibt es jemanden, der Sie begleiten kann?" Er sah sie besorgt an.

„Ich komme zurecht." Sie schenkte ihm ein verhaltenes Lächeln. „Mittlerweile habe ich schließlich Übung darin."

Er schüttelte den Kopf. „Es tut mir so leid, Miss Underwood. Beide Ihre Eltern und auch noch Ihr Bruder. Sie mussten in letzter Zeit mehr Kummer ertragen, als zumutbar ist. Gibt es jemanden, bei dem Sie heute übernachten können?"

„Meine Tante Chris. Sie wohnt gleich die Straße runter." Ethel reichte ihm seinen Hut. „Gute Nacht, Dr. Farrell. Und danke, dass Sie bei diesem Wetter gekommen sind."

Nachdem er gegangen war, setzte sie sich an den Küchentisch und zündete sich eine Zigarette an. Auf keinen Fall würde sie bei Tante Chris übernachten. Der Rauch stieg kräuselnd in die Luft und die Küchenuhr tickte laut in dem stillen Haus. Schlafen gehen wollte sie allerdings nicht – nach oben, um in ihr Bett zu klettern, im Zimmer neben jenem, in dem ihre tote Mutter lag.

Die Erkenntnis, dass sie nun völlig allein auf der Welt war, traf sie wie ein Schlag ins Gesicht. Obwohl sie gewusst hatte, dass ihre Mutter sterben würde – und sie hatte es seit einiger Zeit gewusst –, hatte sie sich nicht mit den Folgen auseinandergesetzt.

Ihr Vater war noch vor dem Krieg gestorben. Auch ihn hatte sein Herz im Stich gelassen – in seinem Fall war es jedoch kein langsames, chronisches Versagen gewesen, wie Violet es durchlebt hatte, sondern ein Herzinfarkt, der ihn von einer Sekunde auf die andere dahingerafft hatte, als er gerade im örtlichen Pub ein Glas Pale Ale genoss.

Ihr Bruder Mark hatte den Krieg überlebt, war aber im Jahr zuvor bei einem Autounfall ums Leben gekommen. Und nun musste sie eine dritte Beerdigung organisieren.

Ethel sah sich in der Küche um, ließ ihren Blick zu dem alten emaillierten Tischherd wandern, zu der Spüle mit dem Riss, der gläsernen Hintertür, die in einen kleinen, düsteren Garten hinausführte, in dem sich die Toilette befand. Als die anderen Häuser in der Straße anfingen, Bäder einzubauen, hatte Vi gesagt, es gäbe Wichtigeres, was sie mit ihrem Geld anfangen sollten. „Diese Toilette hat mich durch zwei Kriege gebracht. Wenn wir es geschafft haben, sie während des Blackouts zu benutzen, dann können wir sie auch jetzt benutzen."

Ethel hatte sich nicht die Mühe gemacht, ihr zu widersprechen. Sie waren auf die magere Witwenrente ihrer Mutter angewiesen gewesen, zusammen mit dem Geld, das Ethel im Frisiersalon verdiente. Aber wenigstens war das Haus abbezahlt.

Was würde sie jetzt tun? Sie fühlte sich so allein und einsam wie noch nie in ihrem Leben. Selbst nachdem Greg, ihr Verlobter, an einer Hirnblutung gestorben war, war es ihr nicht so schlecht gegangen. Er hatte seinen besten Freund

Jim verteidigt. Der Corporal der beiden, jener Mann, der eine Schlägerei angefangen und Greg niedergeschlagen hatte, war vor ein Kriegsgericht gestellt, unehrenhaft entlassen und nach Kanada zurückgeschickt worden. Ethel hatte sich von einer Frau, die glücklich und von Liebe umgeben gewesen war, in eine von ihrer Trauer geplagte Frau verwandelt, die nun, mit nur zweiundzwanzig Jahren, das Gefühl hatte, ihr Leben sei vorbei.

Ihre Mutter war diejenige gewesen, die ihr die Kraft gegeben hatte, weiterzumachen. Die ihr auch einen Grund gegeben hatte, sich ‚durchzukämpfen', wie Mr. Churchill zu sagen pflegte. Auch ihre Cousine Joan hatte ihr geholfen. Allerdings war Joan vor sechs Jahren, Mitte 1946, als Kriegsbraut nach Kanada gegangen und Ethel war in Aldershot zurückgeblieben.

Ethel stand auf und zündete die Flamme unter dem Teekessel an. Wenn sie schon die ganze Nacht hier sitzen und grübeln wollte, konnte sie sich genauso gut mit Tee versorgen.

Wäre es einfacher gewesen, wenn Greg im Kampf vom Feind getötet worden wäre? Ihr Schmerz wäre vielleicht noch größer gewesen. Nein, wie hätte er noch größer sein sollen? Aber sie hätte zumindest mehr Zeit mit ihm verbringen können, hätte vielleicht ein paar Kinder zur Welt gebracht. Sein Vermächtnis. Jetzt war alles, was sie noch von ihm hatte, die verblassende Erinnerung an sein Gesicht, an diese freundlichen, fröhlichen Augen, und seine langen, schlaksigen Beine. Jene Beine, die ihm bei seinen Kameraden den Spitznamen „Grass" eingebracht hatten – die Kurzform von Grasshopper, da sein Nachname Hooper gewesen war. Wie anders ihr Leben doch hätte verlaufen können. Wäre er noch am Leben, könnte sie heute in Regina, Saskatchewan, leben, mit ihrem Ehemann Greg, ihrer Schwiegermutter und drei Schwägerinnen. Sie wäre im selben Land wie Joan – wenn auch Tausende von Meilen entfernt.

Wenn das Wörtchen wenn nicht wär. Was hatte es schon für einen Sinn, sich solche Gedanken zu machen?

Sie ging zurück zum Herd und beschloss, sich anstatt eines Tees eine Tasse Kakao zu machen. Vielleicht würde er ihr beim Einschlafen helfen. Sie rührte das heiße Getränk an und nahm es mit in den Salon. Nachdem sie die Vorhänge zugezogen hatte, kauerte sie sich auf einen Ohrensessel und schlang den Schal um sich, den ihre Mutter gehäkelt hatte. Morgen würde sie Tante Chris holen und ihr die Nachricht überbringen müssen. Zusammen könnten sie ihre Mutter dann aufbahren.

Der Regen prasselte gegen die Fenster, aufgepeitscht von einem starken Wind. Ethel trank den restlichen Kakao und glitt dann in einen erschöpften Schlaf.

KAPITEL 2

HOLLOWTREE, ONTARIO, KANADA

JOAN WAR in der Küche und wusch das Frühstücksgeschirr, als der Telegrafenjunge kam. Sie wischte sich die Hände an ihrer Schürze ab und wartete, bis er auf sein Fahrrad gestiegen und losgefahren war, bevor sie den Umschlag öffnete. Sie ahnte, was darin stehen würde. Ihre Tante Vi war tot.

Als Joan sich an den großen Küchentisch setzte, dachte sie an die Frau, die für sie wie eine zweite Mutter gewesen war – manchmal mehr als ihre eigene Mutter. Als gutherzige Frau hatte Tante Vi in den ersten Kriegsjahren jeden Sonntagnachmittag kanadische Soldaten eingeladen, ihnen Tee serviert und ihre Rationen zusammengekratzt, um Kuchen zu backen, wenn auch ohne jeglichen Zucker, damit die jungen Männer sich ein wenig mehr wie zu Hause und wertgeschätzt fühlten.

In der Ecke des Zimmers regte sich Harry. Joan stand von ihrem Stuhl auf und ging zu ihm, um nach ihm zu sehen. Das Baby war erst elf Monate alt und Joan war bereits hochschwanger mit einem weiteren Kind. So viel dazu, dass stillende Mütter nicht schwanger werden konnten. Sie zog die Decke über das schlafende Kind und setzte sich wieder hin, wobei sie ihre Hände schützend über ihren geschwollenen Bauch legte.

Wenn sie doch nur für die Beerdigung nach England zurückkehren könnte. Aber Tante Vi wäre längst unter der Erde, bevor Joan es schaffte, den Atlantik zu überqueren – selbst wenn Geld für die Reise übrig wäre, was nicht der Fall war. Jeden Penny, den Jim mit seiner Arbeit verdiente, investierte er sofort wieder in die Farm. Letztes Jahr hatten sie weitere dreißig Hektar Land erworben und Jim hatte ein neues Erntesilo für die Bohnen aufgestellt. Die Scheune drüben auf der Hollowtree-Farm brauchte ein neues Dach und sie wollten eine neue, größere Zuckerhütte für den Ahornsirup bauen. Erst heute Morgen hatte er erwähnt, dass der gesamte Zaun gestrichen werden müsse. Und so ging es immer weiter. Eine Ausgabe nach der anderen.

Joan wusste, dass er in ihre Zukunft investierte, indem er die Farm aufbaute, damit sie florierte und Gewinn abwarf und ihren drei Kindern Jimmy, Sam und Harry sowie ihrem zukünftigen Geschwisterchen ein gutes Auskommen und ein Erbe bieten konnte. Aber manchmal wünschte sich Joan, er würde gelegentlich einen Gang runterschalten, ein wenig für sie selbst ausgeben – für einen Urlaub oder eine Kleinigkeit hier und dort. Wie oft hatte sie versucht, ihm zu sagen, dass es keinen Sinn hatte, eine Zukunft aufzubauen, wenn es sie ihre Gegenwart kostete. Aber er grinste sie jedes Mal an und küsste sie, bis sie abgelenkt war und das Thema fallen ließ.

Sie hörte draußen ein Geräusch und die Küchentür öffnete sich. Jim zog seine Stiefel aus und kam herein.

„Ich habe den Telegrafenjungen gesehen. Was ist denn passiert? Schlechte Nachrichten?" Die Sorge stand ihm ins Gesicht geschrieben.

Sie reichte ihm das Telegramm. „Tante Vi ist gestorben. Herzversagen."

Jim nahm Joan in die Arme und küsste sie auf den Scheitel. „Das tut mir so leid. Sie war eine reizende Dame." Er küsste sie erneut.

Tränen brannten ihr in den Augen. „Sie war weit weg und ich hätte sie vermutlich nie wieder gesehen, aber zu wissen, dass sie da war ... und Ethel. Die arme Ethel. Sie hat jetzt niemanden mehr."

„Sie hat dich. Und deine Mutter gleich die Straße runter."

„Welche Hilfe bin ich ihr schon, Tausende von Meilen entfernt? Und Mum, Gott segne sie, hatte noch nie viel Zeit für jemand anderen als sich selbst. Ethel muss so einsam sein."

„Überrede sie doch, zu uns zu kommen. Du wolltest schon immer, dass sie dich hier besucht. Ein Tapetenwechsel wird ihr guttun. Und es wäre eine gute Gelegenheit, Sam und Harry kennenzulernen. Sie könnte eine Weile bleiben und dir helfen, wenn das Baby kommt. Wir haben ausreichend Platz. Und Jimmy würde sich freuen, seine Tante Ethel wiederzusehen."

Joan sah ihn dankbar an. „Wirklich? Es würde dir nichts ausmachen?"

„Ethel ist auch meine Freundin. Wenn sie nicht gewesen wäre, wären wir beide nie zusammengekommen. Und sie war das Mädchen meines besten Freundes."

Joan presste die Lippen zusammen und dachte an Greg zurück und daran, wie sein plötzlicher Tod das Leben ihrer Cousine erschüttert hatte. Es schien nicht richtig, dass Ethel ein Glück, wie sie und Jim es hatten, verwehrt werden sollte, vor allem, da sie es war, die die beiden zusammengebracht hatte.

„Ich werde ihr noch heute Nachmittag schreiben. Die Trinkgelder von sechs Jahren müssen doch ausreichen, um das Ticket zu bezahlen."

„Was ist mit der Beerdigung? Die wird auch etwas kosten."

„Tante Vi hatte eine Bestattungsvorsorge. Ein paar Versicherungspolicen auch. Von demselben Mann, von dem auch meine Mutter sie hat. Von der Genossenschaft. Ein Schilling pro Woche für jede davon. Sie hat seit Jahren eingezahlt. Das wird jetzt ein kleiner Notgroschen für Ethel sein."

Jim setzte sich auf den Stuhl ihr gegenüber. „Wenn ich schon hier bin, würde ich zu einer Tasse Tee nicht Nein sagen."

Joan setzte den Kessel auf.

„Was ist mit dem Haus? Hat es Vi gehört?"

Joan nickte. „Ja. Sie konnten es vollständig abbezahlen, bevor Onkel Kevin starb."

„Sie könnte einen Untermieter aufnehmen. Dann hätte sie etwas Gesellschaft und es wäre ein zusätzliches Einkommen. Der Gedanke, dass sie allein in dem Haus lebt, gefällt mir nicht."

„Ich bezweifle, dass sie das tun will. Ich glaube nicht, dass es unserer Ethel gefallen würde, wenn ein Fremder bei ihr wohnen würde." Joan setzte sich und schenkte den Tee ein. „Es wird so traurig für sie sein. All die Erinnerungen. Bei ihnen zu Hause war immer viel los. Vor dem Krieg, als Onkel Kevin und Mark noch lebten, feierten sie immer Partys. Die Leute kamen vorbei, hörten Radio und sangen mit. Onkel Kevin spielte Banjo." Sie lächelte wehmütig. „Und dann während des Kriegs, als ihr Jungs euch alle jeden Sonntagnachmittag in den Salon gequetscht habt."

Jim legte seine Hand auf ihre. „Ich erinnere mich an das erste Mal, als ich zu einer von Vis Teepartys ging. Es war so eng im Salon und die Luft war so verraucht, dass ich mich in die Küche flüchtete."

Sie wusste, was als Nächstes kommen würde.

„Ich dachte, dort hinten wäre ich allein, weit weg von der rauchigen Atmosphäre, aber stattdessen sah ich mich einer wunderschönen, unnahbaren Frau gegenüber, die rauchte wie ein Schlot und sich einen Spaß daraus machte, mich an der Nase herumzuführen."

„Ich habe dich nicht an der Nase herumgeführt."

„Oh, doch, das hast du. Ich wusste nie, woran ich bei dir bin."

Sie grinste. „Ich hatte nur Angst, du würdest sehen, wie verrückt ich nach dir bin, und das Weite suchen."

Jim streichelte ihre Hand. „Stattdessen hast du mich glauben lassen, dass du überhaupt nicht an mir interessiert wärst, und mich einfach stehen gelassen."

„Damals wusste ich nicht, was ich heute weiß."

„Und was könnte das sein?"

„Dass du mich am Ende so lieben würdest, wie ich dich schon immer geliebt habe."

„Und was wusstest du damals?"

„Wie gut du küssen kannst." Sie lachte.

Er beugte sich zu ihr und küsste sie langsam auf den Mund. „Immer noch?"

„Immer noch."

„Ich würde am liebsten bleiben und dich den ganzen Tag küssen, Mrs. Armstrong, aber ich muss noch eine Wagenladung voll Bohnen in die Erde bringen." Er trank seinen Tee aus, schob seinen Stuhl zurück und ging zur Tür. „Sag Ethel, sie soll zu uns kommen. Und bitte sprich ihr auch mein Beileid aus."

Joan stellte sich ans Fenster, um ihm nachzusehen, als er sich wieder auf den Weg zu den Feldern machte. Sie würde nie müde werden, ihren Ehemann anzusehen, würde nie aufhören, dankbar dafür zu sein, dass sie in jener Nacht in einem Londoner Hotel so sehr gefroren hatte, dass sie zu ihm unter die Decke geschlüpft war. Eine Nacht. Ein verschlafener, frühmorgendlicher, halb bewusster Versuch, Liebe zu machen – das erste Mal für sie beide. Ein glorreicher Unfall, aus dem ihr Sohn Jimmy hervorgegangen war und der dazu geführt hatte, dass sich Joans Leben von einem in einer kleinen englischen Garnisonsstadt zu dem auf dieser Farm im Süden Ontarios gewandelt hatte.

KAPITEL 3

OTTAWA, KANADA

DIE HANDGLOCKE LÄUTETE BEHARRLICH. Alice Armstrong sah auf die Uhr. Es war erst sechs, aber ihre Großtante müsste mittlerweile sturzbetrunken sein, daran gemessen, wie viel Whisky sie getrunken hatte. Alice betrat das Zimmer, in dem die alte Dame aufrecht und wach in ihrem Stuhl saß. Offenbar konnte sie trinken wie ein alter Seebär.

„Schenk mir noch einmal ein, Liebes. Und denk nicht einmal daran, ihn diesmal zu verdünnen. Ich weiß, was du vorhast, Alice."

„Tante Miriam, denkst du nicht –"

„Doch, ich denke in der Tat. Und zwar denke ich, dass ich noch einen Whisky haben will. Unverdünnt. Ohne Eis. Hopp, hopp." Die alte Dame zwinkerte ihr zu.

Alice schüttelte den Kopf und ging in die Küche, um das Glas mit dem Lieblingswhisky ihrer Tante aufzufüllen. Da sie selbst keine große Trinkerin war, hasste Alice es, an Tante Miriams alkoholischen Tendenzen mit schuld zu sein. Nein, nicht Tendenzen. Sie musste eine schwere Alkoholikerin sein, denn es verging kein Tag, an dem sie nicht fast eine halbe Flasche Whisky leerte. Alice kümmerte sich um ihre Tante und war auf die alte Frau angewiesen, da sie ihr und ihren beiden kleinen Töchtern im Gegenzug Unterkunft und Verpflegung bot. Es war eine ständige Gratwanderung zwischen ihrem Verantwortungsgefühl für die ältere Dame und der Achtung ihrer Unabhängigkeit und Selbstständigkeit.

Alice hatte ihren eigenen Arzt im Vertrauen über den Alkoholkonsum ihrer Tante befragt.

„Wie alt ist die betreffende Dame?", hatte er wissen wollen. Als Alice ihm gesagt hatte, dass sie siebenundachtzig sei, hatte er gelacht und gesagt: „Wenn das Trinken sie noch nicht umgebracht hat und es ihr Freude bereitet, wird sie wohl auch jetzt nicht damit aufhören. Ein kleiner Scotch vor dem Schlafengehen hat noch niemandem geschadet."

„Aber eine halbe Flasche?", hatte Alice irrgläubig gefragt.

„Nun, das scheint wirklich etwas viel zu sein. Je älter man wird, desto schwieriger wird es für den Körper, Alkohol zu verarbeiten. Stürzt sie regelmäßig?"

„Nein. Sie bewegt sich nur mithilfe eines Gehstocks zwischen ihrem Bett und einem Sessel hin und her und benutzt die Toilette im Schlafzimmer. Sie geht nie aus dem Haus. Sie kommt nicht einmal ins Erdgeschoss hinunter." Alice zögerte. Es fühlte sich wie Verrat an, dem Arzt all das zu erzählen. Obwohl er nicht der Arzt ihrer Tante war, musste er doch ahnen, dass es sich um Miss Cooke handelte, um die es ging.

„Wie ist es mit dem Baden?"

„Ich wasche sie jeden Tag im Bett. Sie schafft es nicht mehr in die Wanne, oder zurück hinaus."

Der Arzt nickte. „Wie ich schon sagte, Mrs. Armstrong, es ist keine gute Idee, eine solche Menge starken Alkohol zu trinken, aber wenn sie, wie ich annehme, eine sture Frau ist, werden Sie sie wohl kaum dazu bringen können, ihren Konsum jetzt noch einzuschränken. Sie ist nicht inkontinent?"

Alice verneinte.

„Ist sie unglücklich? Macht das Trinken sie mürrisch?"

Sie schüttelte den Kopf. „Sie ist immer sehr fröhlich und scheint eine Pferdenatur zu haben."

„Nun, solange sie keine Gefahr für sich selbst darstellt und Sie sich um sie kümmern, warum lassen Sie Ihr dann nicht diese Freude?"

Alice hatte auf eine Art medizinische Intervention gehofft. Man merkte ihrer Tante den außergewöhnlich hohen Alkoholkonsum nicht an, sie lallte nie, stolperte nicht, aber es konnte doch nicht richtig sein, oder? Andererseits hieß es, Winston Churchill habe vom Frühstück an den ganzen Tag über getrunken, und es habe seine Fähigkeit, Hitler zu besiegen, nicht beeinträchtigt.

Sie ging zurück ins Schlafzimmer und reichte ihrer Großtante das Glas.

„Setz dich, ich will mit dir reden, Alice." Sie zog einen Stuhl heran.

„Ich wünschte, du würdest dir selbst auch ein Glas holen. Es ist unnatürlich, nie einen Tropfen anzurühren."

„Ich muss an Rose und Catherine denken."

Die alte Dame nickte. „Natürlich. Ich sollte dich nicht kritisieren. Ich war nie eine Mutter und deshalb kann ich mir nicht vorstellen, was es bedeutet, eine zu sein." Sie nippte an ihrem Scotch und spielte mit dem Schluck in ihrem Mund. „So ists besser. Diesmal kein Wasser. Genau wie ich ihn mag. Reich mir bitte mein Tuch, Liebes."

Alice legte das Mohairtuch um die knochigen Schultern der alten Dame.

„Ich bin einfach zu egoistisch. Ich wäre nie bereit gewesen, Opfer zu bringen, um ein Kind an erste Stelle zu setzen. Selbst so nette, wohlerzogene Kinder wie deine Rose und Catherine. Ich war nicht einmal bereit, einen Ehemann an die erste Stelle zu setzen. Deshalb habe ich mir wohl auch nie einen genommen." Sie lachte trocken und zwinkerte Alice wieder zu. „Nicht, dass es mir an Angeboten gefehlt hätte. Wo *sind* die Mädchen?"

„Rose hat eine Schulfreundin zum Spielen da. Sie machen zusammen ihre Hausaufgaben. Oder versuchen es zumindest, aber Catherine scheint entschlossen, sie daran zu hindern."

„Sie ist ein Satansbraten, diese Catherine. Mit ihr wirst du noch ganz schön zu kämpfen haben. Denk an meine Worte. Vergiss nicht, sie hochzuschicken, um mir gute Nacht zu sagen, bevor sie ins Bett gehen."

Alice rückte das Tuch um die Schultern ihrer Tante zurecht, da es verrutscht war. Die Worte der Frau gefielen ihr nicht. Würde ein kleines Mädchen, das in diesem Alter schon als Satansbraten bezeichnet wurde, irgendwann gleich böse werden wie sein Vater? Tip Howardson, der Mann, der Catherine gezeugt hatte, war definitiv böse – er war nicht nur für den Tod eines anderen kanadischen Soldaten verantwortlich, der an einer Hirnblutung gestorben war, sondern auch der versuchten Vergewaltigung an Alices Schwägerin Joan schuldig.

„Bist du nicht manchmal einsam, Alice?" Miss Cooke beugte sich vor und starrte sie an.

„Ich vermisse vor allem Joan, meine Schwägerin – sie war mir eine gute Freundin." Alice sah auf ihre Hände hinunter, spürte aber den durchdringenden Blick ihrer Tante auf sich. „Und natürlich auch Walt. Es wird nicht besser. Auch nicht nach zehn Jahren."

„Ich will nicht neugierig sein, Liebes, aber hast du nie daran gedacht, wieder zu heiraten? Ein hübsches Mädchen wie du? Ich fände es natürlich furchtbar, denn es würde bedeuten, dich zu verlieren, aber lange werde ich nicht mehr hier sein, und ich wüsste dich gern glücklich und abgesichert."

„Aber du hast doch gerade gesagt, dass du das für dich selbst nie wolltest, Tantchen. Warum solltest du es dann für mich wollen?"

„Weil du, Liebes, immer so traurig aussiehst. Es gibt solche Frauen, die sehr gut ohne Mann auskommen, und solche, die es nicht können – oder nicht wollen. Du scheinst mir eine von denen zu sein, die es nicht wollen. Aber du hast meine Frage nicht beantwortet."

Alice atmete langsam weiter. Es war ihr unangenehm, über ihr Privatleben befragt zu werden. Sie hatte vorgehabt, Catherines Vater zu heiraten, aber daraus war nichts geworden, als er ihr gesagt hatte, dass er bereits verheiratet sei. Mit allem, was sie heute über ihn wusste, bedauerte sie ihre Liaison mit ihm zutiefst.

„Es war ein schrecklicher Fehler, mich mit Catherines Vater einzulassen. Er war ein schlechter Mensch. Hat mir Angst vor der Ehe gemacht." Alice betrachtete ihre Fingernägel, biss sich auf die Lippe. „Ich kann mir selbst nicht erklären, warum ich mit einem solchen Mann zusammen war. Warum ich ihn nicht durchschaut habe." Sie drehte ihren Kopf zur Seite und starrte in den Kamin.

„Vielleicht lag es daran, dass du einsam warst. Du hast wahrscheinlich diese Sex-Sache vermisst, oder wie immer ihr jungen Leute das heutzutage nennt." Sie kicherte. „Ich selbst habe es nie ausprobiert – ich hatte das Gefühl, dass es mir besser gefallen könnte, als mir guttun würde. Und zu meiner Zeit durfte es erst passieren, wenn man einen goldenen Ring am Finger hatte."

Alice spürte, wie sie errötete.

„Aber ich kann mir vorstellen, dass du es vermisst, wenn du es einmal hattest und dann nicht mehr."

Alice wand sich in ihrem Stuhl, nickte dann und wich den Blicken ihrer Tante aus. „Ich wollte heiraten, als ich herausfand, dass Catherine auf dem Weg war. Hollowtree ist eine kleine Stadt. Kinder brauchen einen Vater. Und Walts Rente hat kaum für Rose und mich gereicht, schon gar nicht, um irgendwo anders als auf der Farm der Armstrongs zu leben. Aber Walts Mutter war nicht gerade glücklich darüber, dass ich das Kind eines anderen Mannes erwartete."

„Ich bin sehr froh, dass du dich entschieden hast, zu mir zu kommen."

Alice errötete wieder. „Du warst unglaublich gütig, Tantchen. Du hast mich aufgenommen und mir und den Mädchen ein neues Zuhause geschenkt."

Was Alice nicht erwähnte, war, dass niemand in Ottawa von ihrer Vergangenheit wusste und sie hier als Witwe mit zwei Kindern durchgehen konnte.

„Ich bin dir so dankbar, Tantchen."

„Dankbar? Das ist doch Unsinn! Wie oft habe ich dir schon gesagt, dass ich es bin, die dir dankbar sein sollte. Dich und die Mädchen hier zu haben, hat Freude in mein tristes altes Leben gebracht. Wärst du nicht gekommen, um bei mir zu leben, hätten sie mich schon vor langer Zeit in ein Altersheim gesteckt. Und weißt du, was ich davon halten würde?" Sie verzog das Gesicht und nahm einen weiteren Schluck Scotch.

„Sagen wir doch einfach, dass wir beide etwas von dieser Partnerschaft haben, Tantchen."

„Es ist tatsächlich eine Partnerschaft! Aber leider eine, die sich dem Ende zuneigt."

Alices Kehle schnürte sich zu. „Möchtest du, dass wir ausziehen?"

„Nein, mein liebes Mädchen." Die alte Dame streckte eine Hand aus und tätschelte die von Alice. „Ich bin diejenige, die gehen muss."

„Aber wohin?", fragte Alice verwirrt.

„Zu meinem Schöpfer. Ich bin weit älter als die üblichen siebzig Jahre. Wie nannte man das früher in England? Ein gutes Inning. Kommt vom Kricket, glaube ich." Sie zog sich ihr Tuch fester um die Schultern. „Ich bin nicht so rüstig, wie ich aussehe, und ich weiß, dass meine Zeit gekommen ist. Deshalb wollte ich mit dir sprechen, bevor der liebe Gott mich zu sich holt."

„Bitte, Tante Miriam, sprich nicht so."

„Ich bin nur realistisch. Ich bin viel älter geworden als die meisten anderen und ich habe das starke Gefühl, dass es jeden Tag so weit sein wird. Ich kann es nicht länger hinauszögern, ein paar Dinge mit dir zu besprechen. Ich möchte, dass du weißt, dass all meine Angelegenheiten geregelt sind. Mein Testament liegt bei meinem Anwalt. Abgesehen von einem kleinen Vermächtnis an deine Mutter, geht alles an dich, Alice. Dieses Haus. Alles Geld auf der Bank. Laut dem letzten Kontoauszug waren es etwa fünftausend Dollar. Und dann ist da noch ein Portfolio von Aktien und Anteilen. Zuletzt wurde es mit etwa neunundsechzigtausend Dollar bewertet. Damit bist du finanziell abgesichert."

Alice keuchte.

„Und dann sind da noch mehrere Anlageimmobilien. Geschäftsräume. Vermietet an zuverlässige Mieter. Zusammen mit den Dividenden ergibt das ein regelmäßiges Einkommen, das für deinen Bedarf mehr als ausreichend sein sollte."

Neunundsechzigtausend Dollar – mehr Geld, als Alice sich vorstellen konnte. Es war zu viel, um es zu begreifen. Das konnte doch nicht der Ernst ihrer Tante sein? „Ich kann es nicht glauben."

„Nun, es ist wahr." Die alte Frau lächelte. „Jetzt musst du dich nicht mehr mit der zweiten Wahl zufriedengeben. Solltest du jemals wieder heiraten, dann tu es aus Liebe und nicht, weil du dir Sorgen um deine Mädchen machst. Und wenn du die Liebe nicht findest, bleib allein, so ist es besser. Glaub mir." Alice war schockiert. Wusste ihre Tante, dass sie sich mit jemandem traf? Wie war das möglich, wo sie doch nie ihr Zimmer verließ?

Tante Miriam grinste sie an. „Wie wäre es, wenn du mir noch ein Glas von diesem Single Malt holst, bevor ich es mir anders überlege und das ganze Geld dem Katzenheim oder den Auslandsmissionaren überlasse?"

Alice küsste sie auf die Wange. „Danke, Tantchen. Ich kann es immer noch nicht fassen." Sie ging auf die Tür zu und hielt inne. „Aber bitte, stirb trotzdem noch nicht. Noch lange nicht."

Es war zehn Uhr, als Alice nach dem Abendessen aufgeräumt, die Mädchen ins Bett gebracht und nach ihrer Tante gesehen hatte, die der viele Whisky mittlerweile in einen tiefen Schlaf befördert hatte. Sie ging die Treppe hinunter, setzte sich vor den Kamin und kochte sich eine Kanne Tee.

Woher hatte Tante Miriam gewusst, dass sie sich mit jemandem traf? Was waren ihre Worte gewesen? *Jetzt musst du dich nicht mehr mit der zweiten Wahl zufriedengeben.* Genau das war es, was Alice vorgehabt hatte. Nun, nicht sofort. Bob Hardcastle hatte seiner betagten Mutter noch nicht einmal gesagt, dass er verlobt war. Alles, was er tat, tat er im Schneckentempo.

Bob war Angestellter bei einer Versicherung. Alice hatte ihn in der Poststelle kennengelernt, als sie Briefmarken gekauft und er ein Paket aufgegeben hatte. In der langen Warteschlange waren sie ins Plaudern gekommen und er hatte angefangen, um sie zu werben, und schließlich hatte er um ihre Hand angehalten. Für sie war es eine halbherzige Sache gewesen, die Alice ihrer Tante, geschweige denn ihren Töchtern gegenüber, nicht einmal erwähnt hatte.

Alice blickte auf den Ring hinunter, den er ihr gegeben hatte. Daher musste Tante Miriam es wissen. Und vielleicht hatte sie Bob durch das Fenster gesehen – obwohl er nur spät nachts zu Besuch kam und niemals klingelte. Ihre Tante war eine weise alte Frau, die offensichtlich mehr wusste, als sie zugab. Und sie hatte recht mit Bob. Er war definitiv zweite Wahl. Alice hatte das Gefühl, dass sie für ihn auch nur an zweiter Stelle stand – nach seiner geliebten Mutter, die wie eine Despotin über ihn herrschte. Wenn Tante Miriam irgendwann tatsächlich starb, hätte Alice keine finanziellen Probleme mehr und damit auch keinen Grund, einen Mann zu heiraten, zu dem sie sich in keiner Weise hingezogen fühlte. Bob Hardcastle hatte eine zuverlässige Arbeit, aber abgesehen von einem nicht unangenehmen Gesicht, einem guten Herzen und einem freundlichen Wesen hatte er wenig zu bieten. Er kleidete sich nicht zeitgemäß, war schrullig und unromantisch. Manchmal fragte sich Alice, ob er überhaupt einen Sexualtrieb besaß. Bis jetzt hatte er noch nie versucht, mehr zu tun, als sie zu küssen. Und anstatt in Alice ein Feuer zu entfachen, wie es ihr Mann Walt getan hatte, hatte sie bei Bobs Küssen rein gar nichts empfunden.

Sie würde es beenden. Jetzt, wo sie wusste, dass sie die Mittel haben würde, um ihre Mädchen allein großzuziehen, hatte es keinen Sinn mehr, Bob noch länger hinzuhalten.

Sie räumte ihre Tasse weg und ging nach oben, um nach den beiden Mädchen zu sehen, die in ihrem gemeinsamen Schlafzimmer fest schliefen. Rose lag zusammengerollt auf der Seite, das Buch, in dem sie gelesen hatte, auf der Bettdecke. Alice hob das Lesezeichen vom Boden auf, steckte es in das Buch und legte es auf den Stuhl.

Dann ging sie zum anderen Bett und sah auf Catherine hinab, deren Decke wie immer kreuz und quer lag. Sie zog sie zurecht und betrachtete das pausbäckige Gesicht ihrer Tochter, die dunkelbraunen Haare und ihre geschwungenen Lippen. Jeden Tag betrachtete sie die Gesichtszüge der Fünfjährigen, suchte nach Anzeichen für den Vater des Kindes und betete, dass sie niemals welche finden würde. Bis jetzt hatte Catherine immer noch das runde Gesicht eines kleinen Kindes und weiche, zarte Haut. Ähnlich wie Rose in diesem Alter. Von den kalten Augen, dem schmallippigen Mund und dem Stiernacken von Tip Howardson war nichts zu erkennen. Alice liebte ihre Tochter, lebte aber in der Angst, dass sich das ändern könnte, falls sie eines Tages doch Tip in ihr wiedererkennen sollte.

Ihre Beziehung zu Tip war katastrophal gewesen. Sie hatte sich von ihm verführen und umgarnen lassen. Er war ihr ehemaliger Klassenkamerad gewesen, der nach Jahren der Abwesenheit nach Hollowtree zurückgekehrt war. Einsam nach Walts Tod in den frühen Kriegsjahren, war Alice eine leichte Beute für ihn gewesen. Da sie nicht auf die Warnungen ihres Schwagers Jim hatte hören wollen, hatte sie sich auf eine kurze Affäre eingelassen, die sie am Ende ihr Zuhause und ihre Familie gekostet und sie dazu gebracht hatte, nach Ottawa zu fliehen, wo niemand außer Tante Miriam sie kannte.

Aber zuzugeben, dass Tip ein Fehler gewesen war, war gleichbedeutend mit dem Eingeständnis, dass auch Catherine ein Fehler war. Und dann war da noch Rose, um die sie sich sorgte. Das kleine Mädchen, das jetzt zehn Jahre alt war, würde eines Tages Fragen über die Schwester stellen, die fünf Jahre nach dem Tod ihres Vaters geboren worden war.

Aber heute Abend gab es etwas anderes, über das sie nachdenken konnte. Wenn Tante Miriam starb, würde Alice zu einer wohlhabenden Frau werden. Dann würde sie tun und lassen können, was sie wollte, und auch leben, wo immer sie wollte. Geld war Macht. Geld verschaffte Respekt und schützte einen vor Klatsch und Tratsch. Alice sehnte sich nach Respekt. Sollte sie jemals nach Hollowtree zurückkehren, wollte sie es erhobenen Hauptes tun. Keiner dort würde es wagen, sie zu verunglimpfen. Sie würde es diesen Leuten zeigen.

KAPITEL 4

ALDERSHOT, OKTOBER 1952

DER BRIEF LAG vor Ethel auf dem Tisch. Sie nahm ihn in die Hand und las ihn zum wiederholten Mal.

Joans Worte waren sehr überzeugend. Ethel erinnerte sich nur zu gut daran, wie sie mit Joan hier an diesem Küchentisch gesessen hatte, als die Rollen vertauscht gewesen waren. Ihre Cousine hatte mit sich gerungen, ob sie das Angebot des kanadischen Militärs annehmen sollte, sie und den damals vierjährigen Jimmy nach Kanada zu ihrem Mann Jim zu bringen. Ethel hatte Joans Unentschlossenheit nicht nachvollziehen können. Doch jetzt steckte sie selbst in einer Zwickmühle – und zwar wegen der einfachen Frage, ob sie für einen Urlaub nach Kanada reisen wollte.

Wie oft hatte Joan an Ethel geschrieben und sie angefleht, zu ihnen zu kommen und eine Weile zu bleiben? Ethel hatte immer ihre Mutter als Ausrede benutzt, um die Reise nicht antreten zu müssen. Wenn sie jedoch ehrlich war, dann hatte sie es deshalb vermieden, weil sie es nicht ertragen konnte, zu sehen, was aus ihrem eigenen Leben geworden wäre, wenn Greg nicht gestorben wäre.

Das Geräusch der sich öffnenden Eingangstür ließ sie hochfahren. „Ich bins nur, Ethel. Hast du dich schon entschieden?", fragte Tante Chris, als sie in die Küche huschte. „Ich setze den Kessel für Tee auf."

„Es fühlt sich an wie ein riesiger Schritt."

„Sei nicht albern. Schließlich ist es nicht für immer. Nur, bis das Baby da ist. Ein paar Monate vielleicht. Ich wünschte, ich könnte selbst zu ihr fahren, aber ich kann Ron nicht alleinlassen und ich bin zu alt, um quer über den Globus zu tingeln."

Ethel schämte sich für ihre eigene Zurückhaltung. Tante Chris hatte ihre beiden jüngeren Enkelkinder nie kennengelernt und nun war ein viertes unterwegs und alles, was sie hatte, waren die Schnappschüsse, die Joan ihr schickte.

„Sind es die Kosten, die dich beunruhigen, Liebes? Oder bist du besorgt, dass sie im Salon unglücklich sein werden?"

Ethel schüttelte den Kopf. „Vera hat mir gesagt, dass ich mir so lange freinehmen kann, wie ich möchte. Es geht nicht ums Geld. Mit Mums Versicherungspolicen habe ich fast zweihundert Pfund, selbst nach den Kosten für die Beerdigung. Und mein Trinkgeld spare ich ohnehin seit Jahren an, um mir irgendwann ein Ticket kaufen zu können." Sie spielte mit dem Brief in ihren Händen. „Ich will selbst für meine Kosten aufkommen, solange ich dort bin. Ich möchte nicht, dass Jim denkt, er müsse mich durchfüttern. Aber es sollte ausreichen, um mich durchzubringen, bis es Zeit ist, zurückzukommen."

„Wenn dir das Geld ausgeht und du länger bleiben willst, schreib mir einfach. Ich könnte einen Mieter für die Wohnung finden und die Dinge hier für dich im Auge behalten."

Ethel versteifte sich. Tante Chris glaubte offensichtlich, dass sie, wenn sie erst einmal in Kanada war, vielleicht nicht mehr zurück nach Hause wollte.

Das Leben im Nachkriegs-England war, gelinde gesagt, düster. Selbst jetzt, sieben Jahre nach Kriegsende, lebten sie immer noch mit der Rationierung – abgesehen vom Tee, der erst vor wenigen Tagen davon ausgenommen worden war. In den größeren Städten gab es Schäden durch Bomben, die immer noch nicht behoben worden waren. Das Geld war knapp und die Menschen hatten die Nase voll von der ständigen Notwendigkeit, jeden Penny zweimal umzudrehen.

Ethel war keine Expertin, aber aus Joans Briefen konnte sie entnehmen, dass es in Kanada ganz anders war. Dort schien die Wirtschaft nach dem Krieg regelrecht zu explodieren. Ja, Joan beklagte sich darüber, dass Jim viel zu hart arbeitete und das Geld knapp war, aber das war alles relativ. Hatten sie sich nicht erst kürzlich einen nagelneuen Wagen angeschafft? Hier, in ihrer kleinen Seitenstraße mit den schäbigen Reihenhäusern, benutzte Ethel immer noch ein Toilettenhäuschen im Freien, wusch die Wäsche in einem alten Kessel im Waschhaus im Hinterhof und schrubbte auf den Knien den Boden vor der Eingangstür. Niemand in ihrer Straße besaß einen Fernseher. Und erst recht keinen Wagen. Wie man es drehte und wendete, England war düster, grau, müde und heruntergekommen.

Ethel legte den Brief beiseite und stützte ihr Kinn in die Hände. Sie beschloss, ihre Bedenken zu äußern. „Was ist, wenn ich Kanada sehe und mir mein Leben hier in Aldershot nicht mehr gefällt? Jetzt, wo Mum nicht mehr da ist – und du weißt, wie sehr ich Joan vermisse."

„Nun, meine Liebe, es kommt, wie es kommen muss. Ich muss sagen, ich selbst würde nirgendwo anders leben wollen als hier. Für mich ist es zu spät, mich an fremde Sitten anzupassen. Aber für dich? Dein ganzes Leben liegt doch noch vor dir."

Ethel wandte den Blick ab und spielte mit ihren Fingern. Sie hasste die Vorstellung, eine schrullige, alte Jungfer zu werden, eine Frau, die von allen Seiten bemitleidet wurde. „Wohl kaum, Tantchen. Ich bin dreiunddreißig."

Christine zuckte mit den Schultern. „Ich war sechsundzwanzig, als Joans Vater mich sitzen ließ, und ich dachte, es wäre das Ende der Welt. Ich hatte nicht erwartet, jemand anderen kennenzulernen, aber dann trat Ron in mein Leben und ich war mit achtunddreißig wieder verheiratet. Wir waren nie Romeo und Julia, aber wir kommen gut miteinander aus und ich kann mir ein Leben ohne den alten Narren nicht mehr vorstellen."

„Du wirst jemand anderen finden, Ethel, Liebes. Ein schönes Mädchen wie du. Ich kann gar nicht glauben, dass dich noch niemand vom Fleck weg geheiratet hat."

„Nein." Ethels Stimme war scharf. „Ich werde niemals heiraten."

Ihre Tante schüttelte den Kopf. „Man kann nicht ewig trauern. Wie lange ist es her, dass er gestorben ist?"

„Elf Jahre."

Christine schnaubte. „Genug ist genug, Mädchen. Alleinstehend oder verheiratet, deine Zukunft wird rosiger sein, wenn du England hinter dir lässt und dir eine schöne Zeit machst. Zieh los und entdecke einen anderen Teil der Welt. Lerne meine Enkelkinder kennen – ich erwarte ausführliche Berichte und viele Fotos. Unsere Joan schickt nicht genug davon."

Ethel nickte.

„Denk darüber nach. Aber nicht zu viel!" Christine stand vom Tisch auf. „Jetzt muss ich zum Metzger gehen. Ich habe Ron versprochen, Lammkoteletts zu machen, wenn ich welche bekomme."

Als sie gegangen war, spülte Ethel die Teetassen und überlegte immer noch, ob sie eine so große Reise antreten sollte oder nicht. Sie erschauderte bei der Vorstellung, dass Joan und Jim Mitleid mit ihr haben könnten, dass sie darüber diskutierten, was nur aus der ,armen Ethel' werden sollte.

Sie trocknete sich die Hände ab und ging in den vorderen Salon. Der *Daily Herald* lag ungeöffnet auf der Armlehne des Stuhls, wo sie ihn ihrer Mutter automatisch zum Lesen hingelegt hatte. Ethel schloss die Augen. Besser ging sie später zum Kiosk und kündigte die Zustellung.

Sie nahm die Zeitung in die Hand und ließ sich in einen Sessel sinken. Die Titelseite war voll von den Schrecken eines dreifachen Zugunglücks bei Harrow am Vortag. Die Schlagzeile lautete ,Zahl der Todesopfer knapp 100' und es gab zwei Fotos, die fast die ganze Seite ausfüllten, von verbogenen Wrackteilen und Menschen, die verzweifelt versuchten, Überlebende zu retten. Eine Unterüberschrift lautete ,Katastrophe in Bildern auf der Rückseite'.

Warum freuten sich die Zeitungen so sehr über das Unglück anderer Menschen? Hatte es nicht genügend Tod und Zerstörung während des Kriegs gegeben? Wollten die Leute sich wirklich solche Bilder ansehen? Neue Tränen drohten. Seit dem Tod ihrer Mutter stiegen sie ihr bei der geringsten Kleinigkeit in die Augen.

Ethel legte die Zeitung beiseite und fasste einen Entschluss. Eine Veränderung würde ihr guttun und sie auf andere

Gedanken bringen. Ihre Mutter wäre einverstanden gewesen. Hatte sie nicht immer gesagt, dass Ethel Joan besuchen sollte?

Joan jubelte vor Freude und tanzte mit Harry durch Küche, als Jimmy und Sam von der Schule nach Hause kamen.

„Was ist denn hier los?"

„Tante Ethel kommt!" Harry hing in ihren Armen und sie wirbelte ihn zu seiner großen Freude im Walzerschritt durch den Raum.

„Oh", erwiderte Jimmy, als wollte er fragen, ob das alles sei. „Das ist schön."

„Nächsten Monat wird sie ankommen. Rechtzeitig zu euren Geburtstagen. Und natürlich Weihnachten."

„Zu meinem Geburtstag? Wird sie mir ein Geschenk mitbringen?", meldete sich Sam zu Wort.

„Tante Ethel denkt immer an eure beiden Geburtstage, ob sie nun hier ist oder nicht."

Jimmy machte ein langes Gesicht. „Ja, aber normalerweise ist es Geld und das legst du immer auf mein dummes Sparbuch. Das ist nicht wie ein richtiges Geschenk."

„Eines Tages wirst du mir dafür danken, junger Mann, wenn du alt genug bist, es auszugeben."

Jimmy ließ sich in einen Stuhl sinken. „Ich möchte lieber etwas zum Spielen haben. Nicht einen Haufen dummes Geld, das ich nicht ausgeben darf. Pfeil und Bogen oder ein Gewehr. Bobby Sheldon hat ein Red-Ryder-BB-Gewehr. Ich

habe es satt, immer nur so zu tun, als könnte ich schießen."
Er zielte mit zwei Fingern auf seine Mutter. „Es ist dumm."
Jimmy hatte die Angewohnheit, sich ein Lieblingswort
auszusuchen und es bei jeder sich bietenden Gelegenheit zu
benutzen, bis er zu einem anderen wechselte. ‚Dumm' war
offensichtlich heute dran.

„Das nennt man, seine Fantasie zu benutzen."

„Nein. Das nennt man, seine dummen Finger zu benutzen."

Joan wollte gerade etwas erwidern, beschloss aber, dass es
sinnlos war. Sie wollte sich nicht mit einem Zehnjährigen auf
eine lange Debatte über die Vorzüge und Nachteile von
Spielzeugwaffen einlassen. Und sie wollte sich ihre Freude
über Ethels Besuch nicht verderben lassen.

Sie setzte Harry ab und ging zum Herd, um nach dem
Schmorbraten zu sehen.

Die Tür ging auf und Jim kam herein. Er zerzauste den
beiden Jungen das Haar, küsste das Baby, lehnte sich dann
über den Nacken seiner Frau und drückte ihr einen Kuss auf
die Halsbeuge. Er schlang seine Arme um sie und legte seine
Handflächen auf ihren geschwollenen Bauch. „Wie war dein
Nachmittag?"

„Ich war drüben und habe Ma geholfen, eine Kiste Kohl
einzulegen." Sie legte sich müde eine Hand auf den unteren
Rücken.

„Ich habe dir doch gesagt, Joan, dass ich es nicht mag, wenn
du jetzt, wo der Winter kommt, da rüber stapfst. Der Weg ist
matschig und du könntest ausrutschen und einen üblen
Unfall haben."

„Ich bin keine alte Frau, ich bin schwanger. Und behindert
bin ich auch nicht. Wie auch immer, ich habe das Auto

genommen und bin den langen Weg gefahren. Harry ist jetzt zu schwer für mich und für den Kinderwagen war es wirklich zu matschig." Sie drehte sich zu ihm um und konnte ihre Aufregung nicht länger verbergen. „Rate mal, was auf mich gewartet hat, als ich zurückkam." Sie zog den Brief aus der Tasche ihrer Schürze.

Jim nahm ihn und ging zum Tisch, um ihn zu lesen. Er blickte auf. „Das ist ja großartig. Dann wird Ethel zu Weihnachten hier sein – und rechtzeitig zur Geburt."

„Und zu meinem Geburtstag", fügte Jimmy hinzu.

„Zu meinem Geburtstag auch." Sam klang entrüstet.

„Natürlich", sagte Joan. „Ich muss noch ein paar neue Vorhänge für das Gästezimmer besorgen."

„Das Gästezimmer?", fragte Jim mit hochgezogenen Augenbrauen.

„Sam braucht kein eigenes Zimmer. Er kann eine Weile bei Jimmys schlafen."

„Oh nein!" Jimmy schüttelte vehement den Kopf. „Babys sind dort nicht erlaubt."

„Ich bin aber kein Baby. Ich bin fünf."

Joan streichelte den Kopf ihres mittleren Sohnes. „Hör nicht auf ihn, Sam. Jimmy will dich nur ärgern. Ihr beide werdet in diesem Zimmer gut miteinander auskommen."

Jimmy schnaubte und verschränkte die Arme und verzog übertrieben das Gesicht.

„Ich selbst habe mir ein Zimmer mit meinem Bruder geteilt, bis ich zur Armee gegangen bin. Und es war nur halb so groß wie dein Zimmer. Und jetzt will ich nichts mehr davon hören, du Knirps!“ Jim stieß spielerisch eine Faust in die Richtung seines Sohnes.

Joan wandte sich der Spüle zu und begann, Kartoffeln zu schälen. Jetzt, wo Ethel kam, konnte sie sich kein perfekteres Jahresende vorstellen.

KAPITEL 5

OTTAWA

ALICE STAND AM GRAB, Rose und Catherine umklammerten jeweils eine ihrer Hände. Sie war sich nicht sicher gewesen, ob sie sie zur Beerdigung mitbringen sollte, aber Tante Miriam, oder Tantchen Mimi, wie sie sie genannt hatten, war die einzige Verwandte, die die Mädchen in den letzten fünf Jahren, oder in Catherines Fall, in ihrem ganzen Leben, gesehen hatten. Sie sollten die Möglichkeit haben, sich ein letztes Mal zu verabschieden. Alice war der Meinung, dass man Kindern den Tod nicht verheimlichen sollte.

Wie leicht ein Leben enden konnte. Sie dachte an Walt. Er hatte seines nur wenige Monate nach ihrer Hochzeit und seiner Entscheidung, in den Krieg zu ziehen, verloren. Dieser Verlust hatte seither einen Schatten auf jeden ihrer Tage geworfen. Der Schmerz würde nie ganz verschwinden. Er war so sehr ein Teil von ihr wie das Herz, das in ihrer Brust schlug.

Es war ein bitterkalter Tag. Wäre Tante Miriam einen Monat später gestorben, wäre der Boden bereits gefroren gewesen und sie hätten bis zum Frühjahr warten müssen, um sie zu beerdigen.

Die alte Dame war drei Tage nach ihrem Gespräch sanft entschlafen. Alice war mit ihrer morgendlichen Tasse Tee ins Schlafzimmer gekommen und hatte festgestellt, dass Tante Miriam in der Nacht verstorben war. Als sie der alten Dame die Haare aus der Stirn gestrichen hatte, war Alice angesichts der marmornen Kälte ihres Gesichts erschaudert. Doch anstatt verzweifelt zu sein, hatte sie sich für ihre Tante gefreut – es war ein perfekter Tod, ein ruhiges Abgleiten in den ewigen Schlaf nach einem langen und glücklichen Leben. Der Wind schnitt Alice zwischen der Krempe ihres Huts und dem Kragen ihres Mantels in den Nacken. Ihren Wollschal hatte sie weggelassen, weil er ihr in seinem leuchtenden Scharlachrot zu lebendig und respektlos erschienen war. Die Mädchen waren gut eingepackt, aber Catherine fing nun an, zu zittern.

Als der Priester den letzten Segen sprach, warf Alice ihre Schaufel eiskalter Erde in das Grab und nickte den Mädchen zu, es ihr gleichzutun, wobei sie Catherines Hand hielt, die in einem Handschuh steckte, als das Kind sich dem Rand näherte.

„Ist Tantchen Mimi wirklich da unten?" Die Lippen des kleinen Mädchens bebten. „Sie wird frieren." Mit glänzenden Augen sah sie zu Alice auf.

„Tantchen Mimi ist schon oben im Himmel. Bei Daddy." Warum fiel ihr diese Lüge so leicht? Irgendwann würde Catherine herausfinden, dass Walt nicht ihr Vater war. Auf ihrer Geburtsurkunde war kein Name eingetragen, dort, wo der Vater anzuführen war. Vielleicht konnte Alice sagen, er sei nicht eingetragen worden, weil er bereits tot war? Aber Rose wusste, dass ihr Vater in Dieppe gefallen war, als sie noch ein Baby gewesen war, und sobald Catherine etwas älter wäre, würde die Lüge auffliegen. Es war einfache Mathematik. Rose hatte es vielleicht sogar schon herausgefunden. Alice verdrängte diesen beunruhigenden Gedanken.

Sie drückte die Hände ihrer Töchter und drehte sich um, um die Mädchen vom Grab wegzuführen. Vielleicht war es aber auch gar keine Lüge. Tip Howardson könnte durchaus tot sein.

Wenn er es war, käme er jedenfalls nicht in den Himmel.

Es gab keine Totenwache. Alice sah keinen Sinn darin. Alle Freunde von Tante Miriam waren längst tot und Alice hatte keine eigenen Freunde in Ottawa. Die wenigen Menschen, die dem Gottesdienst beiwohnten, waren Geschäftsfreunde wie der Bankdirektor, Tante Miriams Anwalt und ihr Buchhalter. Alice hatte beschlossen, Bob Hardcastle nicht zur Beerdigung einzuladen, und er hatte nicht versucht, zu widersprechen.

An diesem Abend, als die Mädchen längst schliefen, saß Alice im vorderen Salon und trat angespannt mit der Fußspitze gegen das Kamingitter. Um kurz vor neun klopfte jemand ans Fenster.

Sie ging zur Haustür, um Bob hereinzulassen. „Du kommst spät", sagte sie mit vorwurfsvoller Stimme.

„Es tut mir leid. Mutter wollte, dass ich mir mit ihr Don Messer im Radio anhöre." Zumindest besaß er den Anstand, reumütig dreinzusehen. „Es ist ihre Lieblingssendung."

Alice hielt ihm die Tür auf. Er zog seinen Mantel aus und legte seinen Hut ab. Darunter trug er eine karierte Sportjacke und eine etwas zu kurze Flanellhose aus Wolle, die knapp über seinen verwaschenen weißen Socken endete. Er war kein gut aussehender Mann: Mit seinen dreiundvierzig Jahren war seine Haut blass, als hätte er zu viel Zeit in geschlossenen Räumen verbracht, seine Augenbrauen sahen aus wie Maisgrannen – sie wuchsen wild in alle Richtungen – und er bekam langsam einen Bauch. Das Beste an ihm waren seine Augen, die funkelten, wenn er lächelte, und der Grund dafür waren, dass sie überhaupt erst ein Gespräch mit ihm begonnen hatte.

Sie ging in die Küche und holte ihm ein Bier aus dem Kühlschrank. Er nahm es und sah zu ihr auf, sein Blick immer noch verlegen.

„Bist du böse auf mich, Alice?"

Sie sagte nichts und starrte ihn an, fragte sich, wie sie an diesen Punkt gekommen waren und überlegte, wie sie ihm die Nachricht am besten überbringen sollte.

„Es ist nur so, dass Mutter alt ist und manchmal einsam."

„Hast du ihr von mir erzählt?"

Bob wandte seinen Kopf ab und starrte ins Feuer.

Alice war erleichtert. Da hatte sie ihre Ausrede. „Hatte ich auch nicht erwartet. Du wirst es ihr nie sagen, oder?"

Er öffnete und schloss den Mund, rang nach Worten, bewegte die Lippen wie ein Goldfisch.

„Nun gut." Sie machte sich an ihrem Finger zu schaffen, zog den Solitärring herunter, den er ihr gegeben hatte, und hielt ihn ihm hin.

Er wich entsetzt zurück. „Nein, Alice, bitte. Gib mir noch eine Chance. Ich brauche nur ein bisschen mehr Zeit. Ich arbeite daran. Sie muss sich erst an den Gedanken gewöhnen, dass ich mir eine junge Frau nehme."

Alice erschauderte bei seinen Worten.

„Bitte, ich verspreche dir, ich werde es ihr vor Weihnachten sagen. Es ist nur … weißt du … sie ist alt und versteht diese Dinge nicht. Sie ist daran gewöhnt, mich um sich zu haben. Du weißt, sie verlässt sich auf mich. Es wird ein großer Schock für sie sein. Und dann sind da noch deine Töchter. Ich muss darüber nachdenken, wie ich ihr von ihnen erzähle. Das will wohlüberlegt sein." Er strich mit den Händen über die Beine seiner grauen Flanellhose.

„Ich habe heute meine Tante beerdigt", sagte sie schließlich. „Meine Lebensumstände haben sich geändert. Ich will dich nicht mehr heiraten, Bob. Und es ist offensichtlich, dass du mich auch nicht heiraten willst. Eine Heirat würde das gemütliche Leben, das du mit deiner Mutter teilst, zerstören. Wenn dir etwas an mir liegen würde, hättest du schon längst einen Weg gefunden, ihr von mir zu erzählen." Sie begegnete seinem Blick. „Bitte mach kein Theater. Mein Entschluss steht fest. Es ist besser so."

Sie marschierte quer durch den Raum und hielt ihm die Tür auf. „Ich möchte, dass du jetzt gehst."

Bob Hardcastle erhob sich und wirkte erschüttert.

Sie reichte ihm Hut und Mantel.

„Alice … nur noch eine Chance. Ich bitte dich."

Sie schürzte die Lippen. „Auf Wiedersehen, Bob. Ich glaube, es ist besser, wenn du nicht mehr hierherkommst."

Nachdem sie die Haustür hinter ihm geschlossen hatte, lehnte sich Alice mit dem Rücken dagegen. Sie zitterte und ihre Handflächen waren feucht.

Wie hatte sie nur jemals in Erwägung ziehen können, ihn zu heiraten? Aber bevor sie von der Erbschaft ihrer Großtante erfahren hatte, war Bob ihr einziger Weg zu finanzieller Sicherheit gewesen. Sie hatte an die Mädchen denken müssen.

Sie ging zurück in den Salon und setzte sich vor den Kamin. Was hatte ihre Tante über sie gesagt? Dass sie jemand sei, der ohne einen Mann nicht zurechtkommen könnte? Nein – dass sie nicht ohne einen Mann sein *wollte*. Nun, sie hatte ihre Wahl getroffen. Wenn Tantchen Mimi als reiche, ungebundene Frau glücklich gewesen war, dann konnte sie das auch.

Nachdem sie das Feuer ausbrennen hatte lassen, ging Alice ins Bett. Als sie unter der kalten Baumwolldecke lag, überkam sie Erleichterung darüber, dass sie Bob Hardcastle nicht mehr zu treffen brauchte. Ihn zu küssen, war gewesen, als würde sie einen Verwandten küssen. Keine Leidenschaft. Auch keine anderen Gefühle. Die Vorstellung, mit einem solchen Muttersöhnchen das Bett zu teilen, war ihr zuwider.

Alice rollte sich auf die Seite und tat das, was sie mittlerweile fast jede Nacht tat. Sie stellte sich das grinsende Gesicht von Walt Armstrong vor, sein zerzaustes blondes Haar und seine gebräunte Haut, stellte sich vor, wie seine Arme sie umschlangen und sein Mund sich auf ihren presste. Ihre Hand glitt zwischen ihre Beine, sie stieß einen tiefen Seufzer aus und versuchte, so zu tun, als wäre es Walt, der sie berührte.

KAPITEL 6

HOLLOWTREE, ONTARIO

JOAN HÄNGTE den Telefonhörer zurück in die Halterung. Sie hatte vorgehabt, die Vorhänge für Ethels Zimmer zu waschen, aber ihre Schwiegermutter hatte aufgebracht geklungen. Es kam nur selten vor, dass irgendetwas Helga Armstrongs Stoizismus störte, und so wollte Joan nicht ignorieren, was offensichtlich ein schlecht getarntes Bedürfnis war, sich ihren Kummer bei jemandem von der Seele zu reden. Helga benutzte das Telefon nur selten und es hatte viel Überzeugungsarbeit gebraucht, bevor sie der Installation zugestimmt hatte. Das ausschlaggebende Argument war von Jim gekommen – dass sein Vater, der seit einigen Jahren an einem chronischen Emphysem litt, irgendwann einmal einen Notarzt brauchen könnte.

Harry schlief in einem Weidenkorb, also schleppte Joan ihn darin über den Hof und stellte ihn auf den Rücksitz des Autos. Mit ein bisschen Glück würde er noch eine weitere Stunde schlafen. Sie kletterte auf den Vordersitz und quetschte sich hinter das Lenkrad. Es wurde immer schwieriger, die Pedale zu erreichen, da sie den Sitz mittlerweile

"

weit zurückschieben musste, um ihren kugelrunden Bauch unterzubringen. Alle drei ihrer Söhne waren im November geboren, aber dieses Baby sollte erst im Januar kommen, als würde es sich damit über die Tradition hinwegsetzen wollen, die von seinen Brüdern geschaffen worden war. Joan konnte nicht umhin, sich das Baby als Mädchen vorzustellen. Sie war sich nicht sicher, warum – sie hatte einfach das starke Gefühl, dass sie diesmal eine Tochter erwartete.

Hätte sie sich nicht um Harry kümmern müssen, wäre Joan über die Felder zum Haus ihrer Schwiegereltern, dem ursprünglichen Farmhaus der Hollowtree Farm, gelaufen. Als Jim die angrenzende Rivercreek Farm gekauft hatte, war sein Beweggrund dafür ein größeres Haus für ihre wachsende Familie gewesen – und mehr Privatsphäre als im alten Farmhaus, wo sie Seite an Seite mit Jims Eltern gelebt hatten. Die beiden Grundstücke waren nun Teil einer viel größeren Landwirtschaft, die von Jim bewirtschaftet wurde.

Wenigstens war der Schnee noch nicht gekommen. Mit ein bisschen Glück würde er auf sich warten lassen, bis Ethel hier war. Joan wollte, dass ihre Cousine die Magie davon miterleben konnte, wenn Unmengen von Schnee über Nacht kamen, ein Ereignis, das Joan selbst immer noch verzauberte.

Der Fußmarsch zwischen den beiden Häusern dauerte eine Viertelstunde, aber der Weg über die Straße war ein weiterer Umweg. Joan fuhr auf den Hof und Hühner stoben auseinander, als sich das Auto näherte.

Helga erschien in der Tür, ging aber wieder hinein, als Joan aus dem Auto stieg. Es war zu kalt, um die Türen offenstehen zu lassen. Als Joan eintrat, wurde sie vom köstlichen Duft von Backwaren begrüßt. Ein Tablett mit Helgas berühmten Butterkuchen stand auf dem Tisch.

„Du kannst ein Dutzend davon mit nach Hause nehmen, Joan. Ich habe Jimmy versprochen, dass ich welche für ihn mache."

„Du bist fest entschlossen, meine Kinder zu mästen." Joan schwächte ihre Worte mit einem Lächeln ab.

„Das schaffe ich nicht, so wie die beiden Jungs wie kleine Derwische durch die Gegend wirbeln. Sie haben mehr Energie als junge Fohlen."

Helga schenkte ihnen beiden Kaffee ein und sie setzten sich an den Küchentisch. Den Korb, in dem Harry noch schlief, stellte Joan neben sich. Helga verwendete heute keine Zeit darauf, ihren jüngsten Enkel mit großmütterlichen Augen zu inspizieren. Sie wirkte besorgt.

„Was hat der Doktor gesagt?", fragte Joan.

„Er denkt, dass Don nicht mehr viel Zeit bleibt." Helga warf den Kopf zurück, als ob die Schwerkraft die drohenden Tränen im Zaum halten könnte.

Joan presste die Lippen aufeinander. Sie liebte ihren Schwiegervater und hatte nie aufgehört, ihm für seine Güte und Freundschaft dankbar zu sein, als sie vor all den Jahren als Kriegsbraut nach Kanada gekommen war. Helga hingegen hatte sie damals heftigen Anfeindungen ausgesetzt.

„Wir wussten, dass das Emphysem ihn am Ende einholen würde, aber die Medikamente schienen es in Schach zu halten. Vor allem der Inhalator. Er war ein Geschenk des Himmels, wenn er kurzatmig war." Helga umklammerte die Tischkante, ihre Fingerknöchel weiß.

„Aber was hat sich geändert?"

„Er hat angefangen, blau anzulaufen. Um den Mund herum und an den Fingerspitzen auch." Helga beugte sich über den Tisch, nahm einen Zettel in die Hand und las das Wort ab, das darauf stand. „Zyanose. Ich habe Doc Robinson gebeten, es aufzuschreiben, weil ich wusste, dass ich mich nicht daran erinnern würde."

Joan dachte einen Moment lang nach und sagte dann: „Davon habe ich noch nie gehört. Was bedeutet es?"

„Es bedeutet, dass es schlimmer wird. Der Doktor wollte ihn ins Krankenhaus verlegen."

Joan streckte eine Hand aus und nahm die ihrer Schwiegermutter. „Ich habe nein gesagt. Don würde nichts davon wissen wollen. Er sagt, er wird hier sterben, oder er wird gar nicht sterben."

„Ist das nicht genau der Punkt?", fragte Joan. „Ihn ins Krankenhaus zu bringen, um zu verhindern, dass er stirbt?"

„Sie können es nicht verhindern. Früher oder später wird es passieren und es macht ihm nichts aus, wenn es früher passiert, solange es in seinem eigenen Haus ist. Seit dem Krieg hält er nichts mehr auf Krankenhäuser." Sie sah zu Joan auf. „Ich meine den anderen Krieg. Seinen Krieg."

„Was sagt der Doktor dazu?"

„Er sagt, dass er ihm ein Sauerstoffgerät ins Haus bringen wird. Mehr hätten sie Don im Krankenhaus auch nicht gegeben. Aber sie können es ihm genauso gut hier in seinem Zuhause hinstellen. Es muss nur arrangiert werden und wir müssen die Köpfe zusammenstecken und ein paar Dinge besprechen. Ich habe dem Doktor gesagt, dass er sich darum kümmern soll."

„Und?"

„Ich hoffe, dass er gerade dabei ist, alles zu arrangieren."

Joan zögerte, unsicher, wie sie ihre nächste Frage formulieren sollte, aber Helga nahm sie vorweg.

„Du willst bestimmt wissen, wie lange er noch hat?"

Joan nickte.

„Vielleicht erlebt er Weihnachten noch, aber wahrscheinlich wird er nicht mehr lange genug hier sein, um das Kleine zu sehen, das du da drin hast." Sie nickte auf Joans kugelförmigen Bauch.

„So schnell soll es gehen? Oh, Ma, es tut mir so leid." Sie drückte Helgas Hand. „Darf ich hochgehen und ihn besuchen?"

Helga nickte. „Er schläft wahrscheinlich. Klopf ihm einfach auf die Schulter. Er wird es nicht verpassen wollen, dich zu sehen."

Nachdem sie ein letztes Mal nach ihrem schlafenden Baby gesehen hatte, verließ Joan die Küche. Die Tür zum Schlafzimmer der Armstrongs stand offen und sie konnte Dons rasselnden Atem hören, als sie die steile Treppe hinaufstieg.

Seine Augen waren offen, als sie den Raum betrat, und sie leuchteten auf, als er sie sah.

„Versuch nicht, zu reden, Don. Ma hat mir erzählt, was der Doktor gesagt hat." Sie beugte sich über das Bett und küsste seine bärtige Wange. Dann setzte sie sich auf einen Holzschemel neben dem Bett, nahm seine Hand in ihre und begann, sie zu streicheln, wobei sie die dunkelblaue Färbung seiner Fingerspitzen bemerkte.

„Es geht zu Ende ... Mädchen. Hat sie es dir ... gesagt?", rang er nach Atem. Sie sah, wie rund sein Brustkorb war, weil die aufgeblähten Lungen gegen die Rippen drückten. „Ich habe doch gesagt, Don, versuch nicht, zu sprechen. Das macht das Atmen schwieriger." Sie bemühte sich, die aufsteigenden Emotionen zu unterdrücken. „Wenn der Doktor erst einmal das Sauerstoffgerät aufgestellt hat, wird es leichter gehen."

Seine Augen waren glasig. Sie musste sich daran erinnern, dass er kein alter Mann war. Anfang sechzig.

„Es war das Gas … langsamer Tod … Jahre später." Er begann wieder zu husten.

„Hat der Doktor dir das gesagt?"

„Doc weiß … nichts … war nie im … Krieg."

„Vielleicht war er kein Soldat, aber er weiß mehr über die Medizin als du." Sie grinste ihn an und hoffte, er würde nicht bemerken, wie sie versuchte, nicht zu weinen. „Ich bin sicher, dass der Sauerstoff einen großen Unterschied machen wird. Zu Weihnachten musst du fit sein. Und im neuen Jahr musst du dann deine Enkelin kennenlernen."

Er hob eine Augenbraue.

„Ich weiß", sagte sie. „Aber ich bin mir sicher, dass es dieses Mal ein Mädchen ist." Ihr Schwiegervater lächelte. „Ich bleibe …, bis sie … kommt."

Seine Hand tastete nach etwas auf dem Nachttisch, also reichte sie ihm seinen Inhalator. Er steckte sich das Mundstück zwischen die Lippen und drückte. Erschöpft von der Anstrengung, schloss er die Augen.

Joan küsste seine Stirn. „Ich lasse dich jetzt allein. Versuch, zu schlafen. Ich muss nach Hause, bevor die Jungs von der Schule zurück sind, und ich muss noch ein paar Vorhänge waschen. Meine Cousine kommt bald zu Besuch. Auf dem Weg wird sie bei Alice einen Zwischenstopp einlegen."

„Sie kennt Alice?"

„Noch nicht. Aber ich wollte, dass sie dort eine Pause macht. Und Alice hat ein paar Fotos von ihren Mädchen für uns. Ethel kann sie mitbringen. Hat Ma dir erzählt, dass Alices Großtante gestorben ist?"

Don schüttelte den Kopf. „Kommt sie … dann … nach Hause?"

„Ich bezweifle es. Sie hat das Geld ihrer Tante geerbt. Das Haus auch. Unsere Alice ist jetzt eine wohlhabende Frau. Ich kann mir nicht vorstellen, dass sie zurück nach Hollowtree zieht."

Aber Don hatte seine Augen bereits geschlossen. Joan schlich aus dem Zimmer und die Treppe hinunter, im Rücken das Geräusch seines schwerfälligen Atems.

KAPITEL 7

NOVEMBER 1952

ETHEL STAND auf dem Deck der RMS *Scythia* in Southampton und blickte zurück auf den Hafen, als das Schiff sich von der Anlegestelle entfernte und das Kielwasser aufwühlte. Ihre Nervosität wegen der Reise hatte sich in Vorfreude verwandelt, als sie ihren Namen auf die Gepäcketiketten von Cunard geschrieben hatte, auf denen ein leuchtend roter Schiffsschornstein abgebildet war, und nun stand sie an der Reling und blickte zu einem identischen roten Schornstein hoch, der sich über ihr erhob.

Ethel hatte nicht darüber nachgedacht, wer sonst noch die Reise über den Atlantik nach Halifax antreten würde. Sie hatte eher damit gerechnet, dass es nur eine kleine Anzahl von Menschen sein würde. Wer könnte sich schon eine solche Reise leisten? Die Kriegsbräute, wie Joan, waren alle schon vor Jahren abgereist. Doch zu ihrer Überraschung war das Boot voll mit Familien aus allen Ländern Europas und auch Großbritannien. Sie waren jedoch keine verarmten Flüchtlinge, sondern wohlhabende Menschen, die ihrer Auswanderung voller Freude entgegensahen. Ihre Ausgelassenheit war ansteckend und Ethel ließ sich von der Atmosphäre, die eher an eine Party erinnerte, mitreißen. Jeder in der Touristenklasse war freundlich – eine Kameradschaft, die sich daraus ergab, dass sie alle vorhatten, sich in Kanada niederzulassen und sich in dem Gelobten Land ein neues Leben aufzubauen.

Das Schiff erwies sich in den kommenden Tagen als eine Offenbarung. Köstliches und reichhaltiges Essen, Orchesterkonzerte, die live aus London übertragen wurden, ein Abend, an dem sich alle verkleideten – eine Veranstaltung, die Ethel ausfallen ließ – und jeden Abend eine andere Filmvorführung. Selbst ihre Befürchtungen bezüglich der Seekrankheit erwiesen sich als unbegründet. Sie genoss es sogar, auf See zu sein, und wäre das kalte Novemberwetter nicht gewesen, wäre sie so oft wie möglich an Deck geblieben und hätte in das graue Wasser geschaut, das am Horizont in den grauen Himmel überging.

Eines Abends unterhielt sich Ethel beim Abendessen mit einer belgischen Familie, deren Mitglieder allesamt perfektes Englisch sprachen, so dass sie sich schämte, selbst keine Fremdsprachen zu beherrschen. Der Ehemann war Buchhalter, aber sie planten, sich beruflich zu verändern und hatten ein Grundstück in Saskatchewan gekauft. Die Erwähnung von Gregs Heimatprovinz löste in ihr einen Anflug von vertrauter Trauer aus. Sie würde nie vergessen können, was hätte sein können, welches Leben man ihr gestohlen hatte.

Der Mann erzählte ausführlich von seinen Plänen für eine großangelegte Getreideproduktion, wobei er nebenbei auch noch Hühner züchten wollte. „Ich habe in Belgien bereits Preise für meine Hühner gewonnen. Dort war es nur ein Hobby, aber ich weiß, was ich tue, und in Kanada werden uns die Einnahmen aus der Zucht über Wasser halten, während meine Söhne und ich lernen, Weizen anzubauen."

Ethel betrachtete die beiden Söhne – große, schweigsame Burschen Anfang zwanzig. Sie konnte nicht umhin, sich zu fragen, wie viel von diesem großen Plan von ihnen stammte und wie viel ihnen von ihrem Vater diktiert worden war.

„Was ist mit Ihnen, Mademoiselle? Was werden Sie in Kanada tun? Sich dem Rest Ihrer Familie anschließen?"

„Ich mache nur Urlaub. Ich besuche meine Cousine und werde vor dem Frühling nach Hause zurückkehren."

Der Ehemann sah seine Frau an. Sie tauschten ein wissendes Lächeln aus. „Wenn alles, was wir über Kanada gehört haben, wahr ist, werden Sie nicht nach England zurückkehren. Nordamerika ist das Land des Wachstums und der Möglichkeiten. Die Länder Europas sind müde und schwer angeschlagen, werden von Schulden erdrückt und es wird Jahrzehnte dauern, bis sie sich erholen." Er schüttelte den Kopf und machte eine ausladende Bewegung mit seinem Arm in Richtung des übrigen Speisesaals. „All diese Leute können sich nicht irren."

Ethel fragte sich, was er in den langen Kriegsjahren, als Belgien besetzt gewesen war, gesehen und erlebt hatte. Sie weigerte sich, zuzugeben, vor anderen oder auch nur vor sich selbst, dass die Möglichkeit bestand, dass sie in Kanada bleiben würde.

Einer der Stewards erzählte ihr, dass das Schiff während des Krieges ein Truppentransporter gewesen war. Sie fragte sich, ob dies vielleicht das Schiff war, auf dem Greg mit Jim nach England gekommen war. Sie erinnerte sich daran zurück, wie er ihr erzählt hatte, dass das Schiff so überfüllt gewesen war, dass sie im leeren Schwimmbecken hatten schlafen müssen. Jetzt war es zu kalt zum Schwimmen, aber sie flanierte trotzdem an dem Becken entlang und stellte sich ihren Verlobten vor, wie er mit seinen Genossen auf dem Boden lag, zusammengepfercht wie Ölsardinen. Für wie viele von ihnen der Krieg wohl ein Himmelfahrtskommando gewesen war?

Joan hatte ihr in ihren Briefen erklärt, dass es für sie und Jim unmöglich war, die eintausendzweihundert Meilen nach Halifax zu fahren, um sie vom Schiff abzuholen. Erst, als sie diese Zahl gelesen hatte, begriff Ethel, mit welchen schier endlosen Weiten sie es in Kanada zu tun haben würde. Die Zugfahrt würde mehr als zwanzig Stunden dauern und ursprünglich hatte sie vorgehabt, mit dem Trans-Kanada-Zug direkt nach Toronto zu reisen. Aber Joan hatte dafür gesorgt, dass sie eine Pause einlegen konnte, indem sie über Ottawa reiste, wo Alice, Joans Schwägerin, sie für eine Nacht aufnehmen würde.

Ethel hätte die Anonymität eines Hotels vorgezogen, aber auch diese Vorstellung machte sie nervös, denn sie war bisher nur einmal in einem Hotel abgestiegen. Joan versicherte ihr, dass Alice nett war. Es fiel ihr jedoch schwer, sich nicht daran zu erinnern, dass dies nicht immer der Fall gewesen war – Joans Briefe, nachdem sie frisch nach Kanada gekommen war, hatten Ethel den Eindruck vermittelt, dass Alice sie nicht gerade mit offenen Armen willkommen geheißen hatte.

In der riesigen Bahnhofshalle in Ottawa fühlte sich Ethel unbehaglich, desorientiert und fremd. Französisch wurde hier genauso gesprochen wie Englisch. Kanada war nicht das Gleiche wie ein Tagesausflug nach London – so exotisch selbst diese kleine Reise für sie bisher auch gewesen sein mochte. Sie stand auf dem Bahnsteig und sah sich um, während die Leute an ihr vorbeieilten. Was, wenn Alice sich in der Zeit geirrt hatte? Wie würde sie sie erkennen?

Sie spürte, wie ihr jemand auf die Schulter tippte. „Sie müssen Ethel sein?" Eine hübsche blonde Frau mit zwei kleinen Mädchen stand hinter ihr. „Ich erkenne Sie von einem Foto, das Joan mir einmal gezeigt hat. In natura sehen Sie noch viel schöner aus." Alice hielt ihr eine Hand hin, dann überlegte sie es sich anders und zog Ethel in eine unbeholfene Umarmung. „Ach, du gehörst doch zur Familie. Verzichten wir auf die Formalitäten."

Ethel war in mehrfacher Hinsicht erleichtert. „Sehr gern. Schön, dich kennenzulernen, Alice." Sie drehte sich um, um die beiden Mädchen zu begrüßen. „Sagt es mir nicht ... Du musst Rose sein und du bist Catherine?"

Rose lächelte schüchtern, während Catherine Ethel ignorierte und sich darauf konzentrierte, an ihrem Daumen zu lutschen.

„Ist das alles, was du an Gepäck dabei hast?" Alice zeigte auf den Koffer und die kleine Reisetasche.

„Ich bin nur für ein paar Monate hier. Und, um ehrlich zu sein, habe ich sowieso nicht viele Kleider."

Alice führte sie aus dem Bahnhof zu einer Reihe von wartenden Taxis. „Ich habe den Bussen abgeschworen. Ich dachte, wir reisen lieber mit Stil. Ich komme bald zu etwas Geld und muss mir immer wieder vor Augen führen, dass es zum Ausgeben da ist."

Ethel kramte verlegen in ihrer Handtasche. „Nein, ich werde das bezahlen ..." Ihre Gastgeberin ignorierte ihren Protest.

Fünfzehn Minuten später hielten sie vor einer imposanten Vorstadtvilla. „Das ist das Haus meiner Großtante", sagte Alice. „Sie ist vor ein paar Wochen verstorben. Nicht lange, nachdem du deine Mutter verloren hast. Es hat mir sehr leidgetan, davon zu hören, Ethel."

Ethel dankte ihr und erwiderte ihr Beileid.

„Ich habe noch nicht entschieden, ob wir weiter hier wohnen oder umziehen sollen. Das Haus müsste modernisiert werden. Es wurde seit fünfzig oder sechzig Jahren nichts erneuert, aber es ist durchaus gemütlich. Und nach dem Schuppen, in dem Rose und ich davor gewohnt haben …"

„Ich dachte, ihr hättet auf der Farm gelebt?"

„Das haben wir. Aber in einem Schuppen, der mit ein paar Nägeln an der Außenwand der Scheune befestigt worden war. Mein verstorbener Mann hat ihn gebaut, bevor er nach England ging. Hast du Walt je kennengelernt?"

Ethel verneinte.

„Ich liebte den Schuppen, weil es unser besonderer Ort war und weil Walt ihn für uns gebaut hatte. Aber ich muss zugeben, dass er ein bisschen primitiv war. Dieses Haus ist im Vergleich dazu ein Palast."

Ethel sah sich in der geräumigen Eingangshalle mit der großen Treppe, der kunstvoll von Gesims eingefassten Decke und dem eleganten Kronleuchter um. „Es ist wunderschön. Und wirklich riesengroß."

„Die Küche befindet sich im Keller. Unsere Zimmer sind im Obergeschoss. Darüber gibt es noch ein Stockwerk mit fünf weiteren Schlafzimmern. Sie werden nie benutzt. Die Wohnung der Haushälterin ist auch im Keller und andere Bedienstete hatte meine Tante nicht. Abgesehen von mir –

ich war ihre Pflegerin und habe ihr Gesellschaft geleistet. Als Gegenleistung für Kost und Logis." Alice hob ihre Arme in einer ausladenden Geste. „Ich habe nie erwartet, etwas zu erben. Schon gar nicht dieses Haus. Ich muss bald alles entrümpeln. Oben hat Tante Miriam alle möglichen Unterlagen und Gerümpel gehortet."

Sie nahm Ethel den Mantel ab. „Im vorderen Salon brennt ein Feuer. Und Mrs. Browning sollte das Abendessen in einer halben Stunde fertig haben. Ich zeige dir dein Zimmer. Soll der Koffer hochgebracht werden oder reicht dir die Reisetasche? Wenn ja, kann der Koffer hier im Vorraum bleiben."

Alices Auftreten war eine seltsame Mischung aus Unbekümmertheit und guter Organisation. Ethel fühlte sich ein wenig überwältigt.

Nach dem Abendessen, das aus Brathähnchen und Apfelkuchen bestand, ließ Alice Ethel im Salon zurück, während sie mit den Mädchen nach oben ging, um sie ins Bett zu bringen und Catherine eine Geschichte vorzulesen. Als sie allein war, sah Ethel sich im Zimmer um. Es war mit opulenten viktorianischen Möbeln aus dunklem Holz eingerichtet. Über dem Kamin hing das in Öl gemalte Porträt einer jungen Frau, die ein hellblaues Ballkleid trug und deren Hals von einer überdimensionalen Perlenkette umschlungen war. Die verstorbene Miss Miriam Cooke, vermutete sie, in ihren besten Jahren. Es bestand eine leichte Ähnlichkeit mit Alice – Miss Cooke war eine gut aussehende Frau gewesen, aber ihr angedeutetes Stirnrunzeln zeigte, dass mit ihr nicht zu spaßen gewesen war.

Ethel nahm eine Zeitschrift in die Hand und blätterte nervös durch die Seiten, ohne darin zu lesen. Eigentlich wollte sie nur noch ins Bett gehen, aber nun stand ihr ein Abend mit

Alice Armstrong bevor. Sie redete sich ein, dass es das Gleiche war, wie mit den Kundinnen im Frisiersalon zu plaudern.

Alice kam mit einem Teetablett zurück. „Hätte ich dir etwas Stärkeres anbieten sollen? Es ist nur so, dass ich nicht trinke. Tantchen hat getrunken wie ein Kamel – aber nur Whisky. Es ist noch genug übrig, um eine Bar zu eröffnen, wenn du einen möchtest.“

Ethel lehnte ab, obwohl sie alles für einen Shandy – Bier mit Limonade – oder einen Portwein mit Zitrone gegeben hätte. Stattdessen nippte sie an ihrem Tee. „Es ist sehr nett von dir, mich aufzunehmen.“

„Ach, ich bitte dich. Ich wollte dich unbedingt kennenlernen. Joan hat so viel von dir erzählt. Und wir haben eine Menge gemeinsam, Ethel. Wir haben beide die Männer verloren, die wir geliebt haben.“ Klare Worte. Ohne Umschweife.

Ethel schluckte. Sie wollte nicht mit jemandem, den sie kaum kannte, über Greg sprechen. Es war zu persönlich. Zu schmerzhaft.

Sie nickte, sagte aber nichts.

„Natürlich, ich habe Walts Kind, Rose. Auch wenn er sie nie zu Gesicht bekommen hat. Ich erfuhr kurz nach seinem Aufbruch nach Europa, dass ich schwanger war. Er fiel weniger als ein Jahr nach ihrer Geburt. Wenn sie nicht gewesen wäre, weiß ich nicht, wie ich damit fertig geworden wäre. Ich schaffte es nur, aus dem Bett zu kriechen, weil sie mich brauchte.“ Sie sah Ethel direkt an. „Es muss dich sehr traurig machen, nie Kinder bekommen zu haben.“

Die Teetasse klapperte in Ethels Hand. Wie gern wäre sie jetzt zu Hause in Aldershot. Warum hatte sie zugestimmt, zu kommen? Warum hatte sie sich von Joan dazu drängen lassen, bei dieser Frau zu übernachten, die sie nicht kannte und von der sie nicht sicher war, ob sie sie überhaupt mögen konnte? Sie zwang sich zu einer Antwort. „Rose muss ein großer Trost für dich sein. Ist sie ihrem Vater sehr ähnlich?"

„Sie ist sein Ebenbild. Manchmal bin ich immer noch überrascht, wie ähnlich sie ihm ist. Es sind kleine Gesten. Die Art, wie sie eine Augenbraue hochzieht und blinzelt, wenn sie nachdenkt." Alice starrte ins Feuer.

Ethel schluckte und sagte: „Mein Leben endete mit Gregs Tod."

Alices Mund formte ein Lächeln, aber ihre Augen waren ausdruckslos. „Du hast dein Leben nur auf Eis gelegt. Aber du bist viel zu hübsch, als dass es vorbei sein könnte. Irgendein gut aussehender Kerl wird kommen und dich zu seiner Frau machen. Ich bin überrascht, dass es nicht schon längst geschehen ist."

Ethel spürte, wie sie errötete. „Das glaube ich nicht. Ich bin glücklich allein."

Alice beugte sich vor und schürte das Feuer mit einem Schürhaken. „Ich wollte wieder heiraten, bevor meine Tante starb. Ich war mit einem Kerl namens Bob verlobt. Aber ich habe es beendet."

Ethel sah auf, überrascht, aber interessiert.

„Ich hätte ihn nur geheiratet, um den Mädchen eine gewisse Sicherheit für die Zukunft zu bieten. Und er war bestenfalls mit halbem Herzen bei der Sache. Es gab nur eine Frau in seinem Leben."

„Er war Witwer?"

Alice lachte. „Nein. Ich meinte seine Mutter. Er war ein Muttersöhnchen. Kein Rückgrat."

„Wie lange wart ihr verlobt?" Sie fragte sich, ob dieser Mann Catherines Vater war, zögerte aber, die Frage zu stellen.

„Zwei Jahre. All diese Zeit über hatte er nie den Mut aufgebracht, der alten Schachtel von mir zu erzählen. Sobald ich wusste, dass ich das Geld meiner Tante erben würde, gab ich ihm den Laufpass." Ein weiteres kleines Lachen.

Ethel begann, ihre Durchtriebenheit als lästig zu empfinden.

„Stört es dich sehr, wenn ich früh ins Bett gehe, Alice? Ich will nicht unhöflich sein, aber ich bin nach der Zugfahrt sehr müde."

„Keineswegs. Ich hätte es bemerken müssen. Ich rede zu viel. Das liegt daran, dass ich weibliche Gesellschaft vermisse." Alice sprang auf. „Ich werde dir eine Wärmflasche machen. Heute Nacht ist es kalt. Mach dich fertig und ich bringe sie dir dann ins Zimmer."

Bevor Ethel protestieren konnte, war sie die Treppe hinunter in den Keller verschwunden.

Als Alice mit der Wärmflasche an Ethels Tür klopfte, saß Ethel aufrecht im Bett. Alice reichte ihr die Flasche und setzte sich unaufgefordert auf die Bettkante.

„Weißt du über Catherines Vater Bescheid?", fragte sie. Ethel zögerte, verwirrt, vorsichtig. „Nein."

„Ich habe mich gefragt, ob Joan es dir vielleicht erzählt hat."

„Nein. Joan würde niemals etwas ausplaudern. Warum sollte sie es mir auch erzählen? Es geht mich schließlich nichts an."

„Nun, in gewisser Weise tut es das. Ich möchte es lieber offen ansprechen, damit es nicht zwischen uns steht."

„Es tut mir leid, Alice. Ich verstehe nicht."

„Catherines Vater ist Tip Howardson. Der Mann, der für den Tod deines Verlobten verantwortlich ist. Der Corporal, der ihn niedergeschlagen hat."

Ethel war sprachlos. Sie zog ihre Knie unter der Bettdecke bis zum Kinn an sich.

„Kanntest du ihn? Tip, meine ich?" Alice legte den Kopf schief.

Ethel schüttelte den Kopf. Ihr Körper zitterte und ihr war übel.

„Jim warnte mich vor ihm, aber ich glaubte ihm nicht. Es tut mir leid. Wenn ich davon gewusst hätte, hätte ich mich niemals mit ihm eingelassen." Alice vergrub ihre Finger in der Bettdecke. „Ich war einsam. Ich schätze, ich fühlte mich durch die Aufmerksamkeit geschmeichelt. Ich wollte nicht glauben, was Jim sagte."

Ethel betrachtete Alices Gesicht und konnte kaum glauben, was sie da hörte.

„Ich weiß nicht, warum du mir das gesagt hast, Alice. Ich kann mir nicht einmal ansatzweise vorstellen, was dein Beweggrund dafür sein könnte."

„Nun, es ist einfach so … irgendwann würdest du es ohnehin erfahren. Selbst wenn Joan nichts sagen würde, Helga würde es sicher tun. Sie hat mir nie verziehen, dass ich mich mit einem anderen Mann eingelassen habe. Sie scheint zu glauben, dass ich für immer eine Witwe bleiben und Walts Andenken ehren sollte." Alice stand auf. „Aber sie versteht nicht, wie es ist. Ohne einen Mann zu leben. Ich war erst zweiundzwanzig, als Walt starb."

Ethel kam es so vor, als würde Alices Stimme langsam weinerlich klingen.

Alice bewegte sich zur Tür. „Wie auch immer, jetzt habe ich es mir von der Seele geredet. Allerdings wäre es mir lieber, du würdest es vor den Mädchen nicht erwähnen. Catherine weiß nicht, wer ihr Vater war. Ich habe mit ihr nie darüber gesprochen. Rose hat es vielleicht schon herausgefunden, aber wenn dem so ist, dann behält sie es für sich. Eines Tages werde ich einen Weg finden müssen, es ihnen zu sagen. Gute Nacht, Ethel. Schlaf gut."

Alice schloss die Tür hinter sich und ließ eine vor Wut bebende Ethel zurück. Sie konnte es kaum erwarten, dass der Morgen anbrach, damit sie dieses Haus verlassen konnte. Wie konnte sie einer Frau trauen, die es sich zur Gewohnheit machte, ihre Verlobten sitzenzulassen? Denn war Alice nicht mit Jim verlobt gewesen, bis er sie in den Armen seines jüngeren Bruders vorgefunden hatte?

KAPITEL 8

WÄHREND DER GESAMTEN Zugfahrt von Ottawa nach Toronto und dann weiter nach Kitchener starrte Ethel aus dem Fenster. Sie nahm die vorbeiziehende Landschaft jedoch gar nicht wahr, denn alles, woran sie denken konnte, war ihre seltsame Begegnung mit Alice Armstrong. Warum hatte Alice ihr von diesem Howardson erzählt? Oder, was noch wichtiger war, warum hatte Joan es nicht getan?

Ethel drehte sich der Magen um, wenn sie an diese schreckliche Zeit vor elf Jahren zurückdachte. Sie war auf Wolke Sieben geschwebt, als Greg Hooper um ihre Hand angehalten hatte – obwohl sie von Anfang an gewusst hatte, dass es unvermeidlich war, als sie sich im *Wohnzimmer* des *Stag* kennengelernt hatten. Bis zu jener Nacht hatte sie gedacht, Liebe auf den ersten Blick sei ein abgedroschenes Klischee. Etwas, das es nur im Kino gab. Aber der langbeinige kanadische Soldat hatte ihr Herz zum Schmelzen gebracht.

In derselben Nacht lernten sich auch Joan und Jim kennen. Während Greg und Ethel sich auf Anhieb gut verstanden, kamen Joan und Jim eher ungewollt zum Handkuss und waren gezwungen, sich miteinander zu unterhalten. Jim hatte gelangweilt gewirkt. Die arme Joan hatte so getan, als würde sie nichts für ihn empfinden, aber Ethel kannte ihre Cousine zu gut, um ihre Täuschung nicht zu durchschauen. Ethel hätte nie damit gerechnet, dass sie eines Tages allein Joan und Jim, die nun verheiratet waren, besuchen würde, während Greg in England blieb, in einem Grab im kanadischen Teil des Friedhofs von Brookwood.

Ihr alles vereinnahmender Kummer über Gregs Tod hatte sich in eine dumpfe Wehmut, ein anhaltendes Gefühl des Verlustes verwandelt. Doch als Alice ihr von dem Mann erzählt hatte, der seinen viel zu frühen Tod herbeigeführt hatte, war die Wunde wieder aufgerissen. Beim Frühstück an diesem Morgen hatte Ethel ihren Blick nicht von der fünfjährigen Catherine abwenden können, dem unschuldigen Nachkommen dieses schrecklichen Mannes.

Warum hatte Alice diesen Howardson überhaupt angesprochen? Was hatte sie sich davon versprochen, es zu tun? Ethel nahm ihr die Ausrede, dass sie es ohnehin herausgefunden hätte, nicht ab. Es schien unwahrscheinlich, dass Jims Mutter es erwähnen würde, und nachdem Joan es bisher nicht getan hatte, warum sollte sie es jetzt tun? Selbst wenn sie es noch vorgehabt hätte, hätte Ethel es von ihr besser aufnehmen können als von Alice, die sie doch gerade erst zum ersten und – wie sie nun hoffte – einzigen Mal getroffen hatten.

Der Zug fuhr weiter, durch Ackerland, vorbei an Wäldern, Seen und Städten. Er schwenkte nach Süden und folgte dann dem Ufer des Ontariosees, bis er Toronto erreichte. Anstatt die Aussicht zu genießen und sich auf das zu freuen, was vor ihr lag, verspürte Ethel ein zunehmendes Gefühl der Beklemmung. Seit sie Ottawa verlassen hatte, war ihr unaufhörlich übel. Vielleicht war es ungerecht, Alice eine bewusst feindselige Rolle anzudichten, aber so aufgewühlt, wie sie war, konnte sie sie in keinem anderen Licht sehen.

Als der Zug in Toronto anhielt und sie aussteigen, ihr Gepäck auf einen anderen Bahnsteig schleppen und umsteigen musste, verfluchte Ethel Alice Armstrong bis in die dunkelste Ecke der Hölle. Warum war sie über Ottawa angereist? Montreal wäre ein viel besserer Ort gewesen, um ihre Reise für eine kurze Pause zu unterbrechen. Ottawa hatte die ohnehin schon anstrengende Reise noch zusätzlich verlängert, und wozu dort übernachten, wenn sie am Ende nicht einmal hatte schlafen können?

Am Morgen, vor ihrer Abreise, hatte Alice erwähnt, dass sie die Fotos für Joan und die Geburtstagsgeschenke für die Jungen in Ethels Koffer gelegt hatte. Zu diesem Zeitpunkt war Ethel zu schockiert gewesen, um etwas zu erwidern, zunehmend wütend über die Freiheiten, die sich diese Frau genommen hatte. Es war schwer, sich nicht vorzustellen, wie Alice ihren Koffer gründlich durchwühlt hatte.

Nachdem sie sich für die letzte Etappe nach Kitchener in den kleineren Nahverkehrszug gesetzt hatte, versuchte Ethel, sich zu beruhigen. Sie blickte aus dem Fenster auf die eintönige Landschaft hinaus und beschloss, dass sie Kanada hasste. Die Wochen, die vor ihr lagen, erschienen ihr jetzt schon unendlich lang. Sie wünschte sich, ihre Mutter wäre noch am Leben. Es gäbe jetzt nichts Schöneres, als an Violet Underwoods üppigen Busen gedrückt zu werden, für eine Umarmung und um sich auszuweinen.

Als der Zug in den Bahnhof einfuhr, sah sie Jim sofort. Er hielt die Hand eines etwa fünfjährigen Jungen mit zerzausten Haaren, während ein viel größerer Jimmy etwas abseits stand und den Zug und die aussteigenden Fahrgäste beobachtete.

Für einen Moment vergaß Ethel ihre Wut auf Alice und ließ sich von Jim in eine herzliche Umarmung ziehen. Da sie wusste, wie sehr kleine Jungen es hassten, von ,alten' Tanten geküsst zu werden, hatte sie sich vorgenommen, einen respektvollen Abstand zu Jimmy einzuhalten, aber als sie ihn zum ersten Mal seit fünf Jahren wiedersah und der einst kleine Junge nun so erwachsen wirkte, konnte sie nicht umhin, ihm einen Kuss auf seine weiche Wange zu drücken. Offensichtlich war er ein höflicher Junge, denn er versuchte hinterher nicht, den Kuss wegzuwischen. Klein-Sam war schüchtern und klammerte sich an die Hosenbeine seines Vaters.

„Harry zahnt, deshalb ist Joan mit ihm zu Hause geblieben. Aber bei dem Bauch, den sie mittlerweile hat, hättest du wahrscheinlich nicht mehr ins Auto gepasst, wenn sie mitgekommen wäre. Dann hättest du dich entscheiden müssen – du oder dein Gepäck."

Ethel lächelte und drückte seinen Arm.

„Ich kann dir gar nicht sagen, wie aufgeregt Joan ist", fuhr er fort. „Ich glaube, sie hat seit Tagen nicht mehr geschlafen. Ständig klopft sie Teppiche aus und putzt Fenster. Man könnte meinen, die neue Königin käme zu Besuch." Er grinste sie an.

Sie stiegen ins Auto, auf dessen Rücksitz ein kleiner, ungepflegter Hund auf sie wartete. „Das ist Olive", sagte Jimmy mit ernster Miene. „Kurz für Olive Oyl. Sie ist mein Hund." Das Wort ,mein' betonte er.

Ethel griff über die Rückenlehne des Sitzes und streichelte den Hund. „Erfreut, dich kennenzulernen, Olive. Ich hoffe, wir können Freunde werden?"

„Ja, ich glaube, sie mag dich." Jimmy sah sie mit einem ernsten Blick an. „Sie mag normalerweise keine Fremden."

„Welche Ehre." Jim manövrierte den Wagen aus dem Bahnhof auf die Straße. „Jetzt lehn dich zurück und genieß die Fahrt. Wir werden etwa eine Stunde brauchen."

Eine Weile fuhren sie schweigend, die Stille nur unterbrochen vom Geplapper und gelegentlichem Gezänk der Jungen auf dem Rücksitz.

Schließlich fragte Jim: „Wie geht es Alice?"

„Es geht ihr gut."

„Und den Mädchen?"

„Auch gut. Sie sind sehr liebenswert."

„Wir haben Catherine noch nie gesehen. Alice scheint nicht nach Hollowtree zurückkehren zu wollen. Und mit der Farm und allem, was dazugehört, hatten wir nie die Gelegenheit, sie in Ottawa zu besuchen. Obwohl Alice und Joan darüber sprechen, dass Jimmy sie in den Schulferien besuchen könnte. Und Rose war ab und zu bei Ma und Pa und bei Mrs. Ducroix, Alices Mutter, zu Besuch. Aber Alice und ihre Mutter haben seit Jahren nicht mehr miteinander gesprochen. Die arme Joan muss die Vermittlerin spielen, um die Besuche zu regeln."

Ethel wandte sich zur Seite und sah aus dem Fenster. Sie wollte nichts mehr über Alice hören. Sie war überrascht, dass Jim ihr so freundlich gesinnt war. Immerhin hatte sie ihn für seinen Bruder verlassen und auch noch ein Kind mit dem Mann bekommen, der für den Tod seines besten Freundes verantwortlich war.

„Geht es dir gut, Ethel? Bist du müde? Wie war die Reise?"

Dankbar für den Themenwechsel sagte sie: „Die Überfahrt über das Meer habe ich sehr genossen. Ich hatte keine Ahnung, dass so viele Menschen nach Kanada auswandern. Sie waren alle so aufgeregt."

„Es ist ein großartiges Land. Solange man bereit ist, hart zu arbeiten. Viele Leute sind das nicht. Eine Familie aus England kaufte vor ein paar Jahren die alte Howardson-Farm. Sie lebten nur zehn Monate dort. Ein Winter reichte aus und schon waren sie auf dem nächsten Schiff zurück nach England." Er grinste sie an. „Kein Rückgrat. Man muss bereit sein, jedes Jahr vier oder fünf Monate von Schnee umgeben zu sein."

Howardson wieder. Es gab kein Entrinnen vor diesem Mann. Ethel weigerte sich, ihrer Neugier nachzugeben und Jim zu fragen, ob es sich um denselben Howardson handle.

„Du wirst den Schnee noch früh genug kennenlernen, Ethel. Stimmts, Jungs?"

„In etwa einer Woche ist es so weit", nickte Jimmy weise mit dem Kopf.

„Normalerweise bleibt er bis Ende März liegen."

„Wie kommt man dann noch von einem Ort zum anderen?"

„Mit Winterreifen. Auf Pferden. Mit Schneeschuhen. Einem guten Paar wasserdichter Stiefel. Man passt sich an. Die Züge und Busse fahren noch. Und wir haben Schneepflüge. Wir lassen uns vom Schnee nicht aufhalten." Jim strich sich die Haare aus den Augen und grinste sie wieder an.

„Hat Alice sich gut um dich gekümmert?"

„Ja."

Jim schien darauf zu warten, dass sie ausführlicher antwortete, und als sie es nicht tat, sah er sie an und schien noch etwas sagen zu wollen, überlegte es sich dann aber anders. Wie konnte er so unbedarft mit dieser Frau sein? Wie konnte er Alice verzeihen, dass sie seine Warnung vor Tip Howardson ignoriert hatte, nachdem, was er Greg angetan hatte?

Der Wald und das Ackerland wichen vereinzelten Häusern am Straßenrand, die ihrerseits langsam in eine kleine Stadt übergingen.

„Willkommen in Hollowtree. Ich weiß nicht, was zuerst da war, unsere Farm oder die Stadt, aber wir behaupten gern, dass es die Farm war."

Jimmy und ein inzwischen etwas gesprächigerer Sam wiesen auf Sehenswürdigkeiten hin, darunter ihre Schulen und die örtliche Bibliothek. Im Vergleich dazu wirkte das verschlafene, alte Aldershot wie eine pulsierende Metropole. Wie um alles in der Welt konnte Joan es nur aushalten, hier zu leben?

KAPITEL 9

HOLLOWTREE

JOAN STAND am Fenster und hielt Ausschau nach ihnen.

Die Jungen und Olive, der Hund, stürmten zuerst ins Haus. Ethel war ihnen dicht auf den Fersen und Jim bildete mit dem Gepäck das Schlusslicht. Joan eilte zu Ethel, schlang ihre Arme um sie und drückte sie so fest, wie es ihr Babybauch zuließ. Über Ethels Schulter hinweg konnte sie sehen, wie Jim ein seltsames Gesicht machte. Er hob die Hände, als wolle er sie zur Vorsicht mahnen. Joan bemerkte, dass Ethel steif dastand, anstatt ihre Umarmung mit derselben Begeisterung zu erwidern.

Jim rief die Jungs zu sich und schlug ihnen vor, mit ihm ins Nebenzimmer zu gehen und ihre Mutter und Tante Ethel alleinzulassen, damit sie Zeit hatten, ausführlich zu plaudern.

„Ich habe schon Wasser gekocht. Bestimmt möchtest du nach der Reise erst einmal eine Tasse Tee", sagte Joan, die plötzlich nervös war. Was war nur mit Ethel los?

Sie brauchte nicht lange zu warten, um es herauszufinden. Sobald sich die Tür hinter Jim und den Jungs geschlossen hatte, platzte es aus Ethel heraus. „Warum hast du mir nicht gesagt, dass der Mann, der Greg getötet hat, hier in Hollowtree aufgetaucht ist? Warum hast du mir nicht gesagt, dass er ein Kind mit deiner Schwägerin gezeugt hat?"

Joan drehte sich zu der geschlossenen Tür zum Wohnzimmer um – was zum Teufel hatte Jim gesagt? „Ethel, es tut mir so leid. Das ist nichts, was ich dir in einem Brief hätte schreiben wollen. Ich wusste, dass es dir stark zusetzen würde."

„Wusstest du, dass deine Schwägerin es mir sagen würde?"

„Alice? *Alice* hat dir von Tip erzählt?", fragte Joan ungläubig.

„Oh, ja. Sie setzte sich ans Ende meines Bettes und sagte mir, er sei der Vater ihres kleinen Mädchens. Warum in aller Welt sollte sie mir so etwas erzählen? Und warum zum Teufel hast du mich nicht vorgewarnt?"

„Oh, Ethel. Es tut mir ja so leid. Ich hatte keine Ahnung. Ich kann mir nicht vorstellen, was sie da geritten hat."

„Sie sagte, wenn sie es mir nicht gesagt hätte, würde es deine Schwiegermutter tun."

„Was?" Joan schnappte nach Luft. „Ma würde nicht im Traum daran denken. Ich verstehe nicht, was in Alice gefahren ist. Das zu tun, war grausam und unnötig. Weißt du was? Setz dich doch erst einmal. Trinken wir eine Tasse Tee."

Ethel setzte sich, immer noch wütend, aber unfähig, einer stärkenden Tasse Tee zu widerstehen.

Während sie tranken, rang Joan mit sich selbst. Es gab noch mehr, was Ethel besser über Tip Howardson wissen sollte. Es widerstrebte ihr, in ihren Erinnerungen nach den unangenehmen Details zu graben, aber Ethel wäre fuchsteufelswild, wenn sie ihr auch noch diese Geschichte vorenthalten würde. Erst, als sie selbst nach Hollowtree gekommen war, hatte Joan herausgefunden, dass Tip Howardson der Mann gewesen war, der sie zu Beginn des Krieges auf dem Heimweg von ihrer Arbeit in einem Imbiss für Fish and Chips in Aldershot überfallen hatte. Sie trank ihren Tee aus, füllte ihre Tasse wieder auf und erzählte Ethel alles.

Ethel keuchte auf und fragte: „Willst du damit sagen, der Mann, der meinen Greg getötet hat, war derselbe kanadische Soldat, der dich in dem Wartehäuschen angegriffen hat?"

Die Erinnerung an diese Nacht war etwas, womit Joan sich nicht befassen wollte. Der Übergriff hatte ihr solche Angst eingejagt, dass sie trotz der Tatsache, dass sie fliehen konnte, bevor der Mann sie vergewaltigte, ihren Job im Imbiss aufgegeben hatte und dem ATS beigetreten war.

„Mein Gott, Joan. Wie um alles in der Welt hast du das herausgefunden?"

Joan schauderte, als sie an den Nachmittag zurückdachte, an dem Tip Howardson im örtlichen Café in Hollowtree vor ihr aufgetaucht war. „Er sprach mich an, als ich in der Stadt einen Kaffee trank, und versuchte, mich unter dem Tisch unsittlich zu berühren."

Ethel keuchte und hielt sich die Hand vor den Mund.

„Er machte mir klar, dass es nicht das letzte Mal war, dass ich ihn sehen würde. Danach hatte ich viel zu viel Angst, allein in die Stadt zu fahren. Zu diesem Zeitpunkt hatte ich immer noch keine Ahnung, dass das Tip war. Der Mann in dem Wartehäuschen hatte mir erzählt, er hieße Bill. Deshalb wusste ich nicht, dass er derselbe Kerl war, vor dem Jim Alice gewarnt hatte."

Ethel griff nach der Hand ihrer Cousine. „Hat er dir wieder wehgetan, Joanie?"

Joan schloss für einen Moment die Augen. Die Erinnerung war schmerzhaft. „Er versuchte es. Eines Abends bei einem Scheunentanz. Ich war für ein paar Augenblicke nach draußen gegangen und er tauchte aus dem Nichts auf und versuchte … du weißt schon. Ich muss es nicht aussprechen. Jim kam gerade noch rechtzeitig."

„Warum hast du mir das alles nicht erzählt?"

„Ich wollte es nicht in einen Brief schreiben. Als ich dann nach Aldershot zurückkam, hatte ich andere Dinge im Kopf."

Ethel nickte und drückte Joans Hand. „Ist Howardson noch in der Stadt?"

„Nein. Er wurde praktisch aus Hollowtree vertrieben. Die halbe Stadt wurde Zeuge davon, was auf dem Scheunentanz passiert ist. Das Ergebnis ist, dass er hier keine Freunde mehr hat." Sie schüttelte verhalten den Kopf, als wollte sie die Erinnerung verdrängen. „Es gab Gerüchte, dass er von ein paar Kriminellen aus den Staaten gejagt wurde. Er muss ihnen Geld geschuldet haben. Der Mann ist durch und durch böse."

Joan nippte an ihrem Tee und sah Ethel an, ihr Gesicht immer noch angespannt. „Sobald er weg war, wollten wir ihn alle so schnell wie möglich vergessen. Auch Alice. Deshalb ist sie nach Ottawa gegangen, um dort ein neues Leben anzufangen. Jetzt verstehst du, warum ich mir nie hätte träumen lassen, dass sie dir das alles erzählen würde."

Ethel holte tief Luft. „Es tut mir leid, Joan. Ich wollte deine Loyalität nicht infrage stellen. Du warst immer für mich da."

Joan stand von ihrem Platz auf, kam auf Ethels Seite des Tischs und umarmte ihre Cousine erneut. „Oh, Ethel, Liebes, ich kann dir gar nicht sagen, wie sehr ich dich vermisst habe und wie froh ich bin, dass du hier bist. Es tut mir leid, was mit Alice passiert ist. Lass das nicht zwischen uns kommen."

„Solange du nicht erwartest, dass ich sie mag."

„Wie könnte ich das angesichts der Dinge, die vorgefallen sind? Ich kann mir nur vorstellen, dass sie den Tod ihrer Tante Miriam noch nicht verkraftet hat." Sie hielt inne. „Herrje, ich habe dir noch gar nicht gesagt, wie furchtbar traurig ich wegen Tante Vi bin. War es schlimm am Ende? Ich wünschte so sehr, ich hätte für dich da sein können."

Ethel stellte ihre Tasse ab. „Oh, Joan, es war furchtbar – wie ihre Atmung immer schwächer und schwächer wurde, wie sie ihr langsam immer mehr entglitt. Stunde um Stunde siechte sie dahin."

„Du Ärmste ... ganz auf dich allein gestellt." Joans Augen füllten sich mit Tränen.

„Deine Mum war die meiste Zeit bei mir. Nicht ganz am Ende. Das kam schneller, als ich dachte und ich hatte ihr noch gesagt, sie solle nach Hause gehen. Ich hatte ja keine Ahnung, dass es gerade dann geschehen würde."

Ethel trocknete ihre Tränen mit ihrem Taschentuch und reichte es Joan, die dasselbe tat. „Sieh uns an. Zwei erwachsene Heulsusen. Genug von der Traurigkeit. Steh auf, damit ich dich richtig ansehen kann. Ich will sehen, ob Jim recht hatte, als er sagte, du seist so groß wie ein Wal."

„Er hat was gesagt?" Joan stützte ihre Hände auf den Tisch, richtete sich auf und hob ihren kugelrunden Bauch in die Luft.

Ethel grinste. „Und er lag nicht falsch damit. Du siehst aus, als würdest du jeden Moment platzen, Mädchen."

Joan stöhnte auf. „Ich weiß. Dabei habe ich noch sechs Wochen vor mir. Bald werde ich nicht mehr laufen können – ich watschele doch jetzt schon wie eine Ente."

„Bist du aufgeregt?"

„Ja, das bin ich tatsächlich. Auch wenn es Nummer vier ist. Eigentlich sollte ich sehr gelassen sein, nicht wahr? Nur bin ich mir absolut sicher, dass es ein Mädchen wird. Und sosehr ich meine Jungs auch liebe, manchmal fühle ich mich in der Unterzahl!"

„Hast du dir schon einen Namen überlegt?"

„Noch nicht." Sie grinste. „Vielleicht Ethel?"

„Ich werde dich umbringen, Joan Armstrong, wenn du es wagst, einem armen, unschuldigen Kind meinen schrecklichen, altmodischen Namen aufzuzwingen."

Joan lachte. „Es ändert aber nichts daran, dass du ihre Patin sein wirst."

„Oh, wie könnte ich ablehnen? Ich bin begeistert und fühle mich geehrt."

„Was hältst du von meinen Jungs?" Joans Augen leuchteten vor Stolz.

„Jimmy ist zu einem richtigen jungen Mann herangewachsen. Aber ich glaube, er erinnert sich nicht mehr an mich." Sie schürzte traurig die Unterlippe. „Und Sam ist der süßeste kleine Kerl. So schüchtern."

„Schüchtern?", kicherte Joan. „Warte nur, bis du ihn und Jimmy bei einer ihrer üblichen Streitereien hörst. Oder wenn du dir anhören musst, wie er alles, was in der Schule passiert ist, nacherzählt. Er muss sich erst an dich gewöhnen. Du wirst dich bald fragen, wohin der schüchterne kleine Kerl verschwunden ist."

„Und ich kann es kaum erwarten, den Kleinen zu sehen."

„Harry hält sein Nachmittagsschläfchen. Aber bald wird er aufwachen und dann kannst du ihn kennenlernen."

Noch während Joan es sagte, erklang von oben ein langgezogenes Weinen und die beiden Frauen lachten.

Später, nach dem Abendessen, saß Joan am Tisch und fütterte Harry, während Ethel das Geschirr abwusch.

„Du solltest das nicht tun. Du bist unser Gast."

„Wenn du mich wie einen Gast behandelst, nehme ich das nächste Schiff nach Hause. Außerdem mache ich mich gern nützlich."

„Erzähl mir alles über die Reise. Wie war es auf dem Schiff? Wurdest du seekrank?"

Ethel erzählte ihr von der *Scythia* und wie sehr sie die Überfahrt genossen hatte. Joan hörte zu und konnte sich ein Lächeln darüber nicht verkneifen, dass ihre geliebte Cousine endlich hier in ihrer Küche stand und den Abwasch machte, als wären sie in Tante Vis Küche in Aldershot.

Irgendwann, wahrscheinlich war es unvermeidlich, kam das Gespräch wieder auf Alice zurück.

„Magst du Alice wirklich, Joan? Findest du sie nicht ein bisschen, du weißt schon, gemein?"

„Gemein? Nein. Nun, vielleicht war sie das am Anfang. Bis ich sie besser kennenlernte. Sie kann ein wenig vorsichtig sein, misstrauisch. Kühl, sogar. Sie ist nie über Walts Tod hinweggekommen. Sie waren erst ein paar Wochen verheiratet, als er sich meldete."

„Du brauchst mir nicht zu sagen, wie sich das anfühlt."

„Ich weiß, Liebes."

„Ich kann mir nicht vorstellen, jemand anderen zu heiraten, nachdem ich Greg verloren habe. Alice hingegen, hat ein Kind mit einem Mann, den sie angeblich nicht einmal mochte. Dann verlobt sie sich mit dem nächsten und gibt ihm den Laufpass." Sie sah Joan an. „Sie scheint es sich zur Angewohnheit gemacht zu haben, ihre Verlobten sitzenzulassen. Erst Jim und jetzt diesen anderen Kerl."

„Alice war verlobt?" Joan schnappte nach Luft.

„Das wusstest du nicht?"

„Nein. Sie hat nie etwas erwähnt."

„Sie sagte mir, es sei ein Mann, den sie vor ein paar Jahren auf dem Postamt getroffen habe. Sobald sie erfuhr, dass sie das Geld ihrer Tante erben würde, gab sie ihm den Laufpass."

„Meine Güte. Ich wusste von dem Erbe. Aber von einer Verlobung wusste ich rein gar nichts. Alice hat es wirklich faustdick hinter den Ohren."

Ethel saugte ihre Lippen in den Mund. „Sie sagte, sie würde ihn nur ihrer Mädchen wegen heiraten. Sie hatte damit gerechnet, kein Dach mehr über dem Kopf zu haben, wenn ihre Tante sterben würde. Ich glaube, hatte nicht damit gerechnet, das Haus von ihr zu erben."

„Mehr als nur das Haus. Miss Cooke war eine wohlhabende Frau. Alice wird sich keine Sorgen mehr um Geld machen müssen. Hat sie dir die Fotos für mich mitgegeben?"

„Sie sind oben in meinem Koffer. Willst du sie gleich haben? Ich kann hochgehen und auspacken." Ethel machte sich auf den Weg zur Treppe, doch Joan legte ihr eine Hand auf den Arm. „Morgen ist früh genug. Bleib hier."

„Sie hat mir auch Geburtstagsgeschenke für die Jungs von sich und den Mädchen mitgegeben."

„Das ist nett von ihr."

Ethel schnaubte. „Das ist der andere Grund, warum ich sie nicht leiden kann. Sie hat einfach meinen Koffer geöffnet, ohne zu fragen, und die Fotos und Geschenke hineingepackt."

Joan lachte. „Das liegt daran, dass sie dich als Familie betrachtet. Sie wird versucht haben, dir keine Umstände zu machen."

„Hm, ich bin froh, dass du es so siehst."

Joan griff nach der Hand ihrer Cousine. „Hör zu, es tut mir leid, dass du und Alice einander auf dem falschen Fuß erwischt habt. Und falls es dir ein Trost ist, mir ging es gleich mit ihr. Aber sie hat ein gutes Herz. Sie ist einfach ganz anders als wir."

„Ich hoffe, dein Jim dankt jeden Abend dem lieben Gott im Himmel dafür, dass sie ihn für seinen Bruder verlassen hat und er bei dir gelandet ist."

Jims Stimme kam von der Tür. „Da musst du dir keine Sorgen machen. Das tut er." Er betrat die Küche und drückte seiner Frau einen Kuss auf den Scheitel. „Jeden Tag spreche ich ein kleines Dankesgebet dafür, dass ich Joan habe." Er lächelte Ethel an und drehte sich dann wieder zu Joan um. „Die Jungs sind beide im Bett. Gehst du hoch und gibst ihnen einen Gutenachtkuss, Joan?"

Er griff nach Harry, der in ihren Armen eingeschlafen war. „Komm her, mein Kleiner. Komm zu Daddy."

KAPITEL 10

OTTAWA, NOVEMBER 1952

DER ANWALT HATTE ALICE GEWARNT, dass es bis zu sechs Monate dauern könnte, bis der Erbschein ausgestellt und das Vermögen ihrer Tante auf sie übertragen würde. Während dieser Wartezeit sollten Alice und ihre Töchter auf Wunsch von Miss Cooke weiter in dem Haus wohnen.

Alice konnte mit dem kleinen Geldbetrag auskommen, den die alte Dame ihr wohlweislich vor ihrem Tod zugesteckt hatte, um die Zeit bis zur Regelung ihres Nachlasses zu überbrücken. Alice hatte keine extravaganten Bedürfnisse und kam ohne Schwierigkeiten über die Runden. Ihre einzige größere Ausgabe waren ein Paar neue Winterschuhe und ein warmer Mantel für jedes ihrer beiden Mädchen. Sie schickte ein stilles Dankgebet zu ihrer verstorbenen Tante. Die Kinder wuchsen so schnell, dass es schwer war, Schritt zu halten.

Sie hatte sich noch nicht entschieden, was sie tun wollte, wenn das Geld da war: in Ottawa bleiben oder nach Hollowtree zurückkehren? Wenn sie umziehen wollten, wäre jetzt der logische Zeitpunkt, es zu tun, denn Catherine sollte bald eingeschult werden und Rose würde im darauffolgenden Jahr die Highschool besuchen. Aber es wäre trotzdem eine große Umstellung für sie. Rose hatte Freunde in Ottawa gefunden. Catherine hatte nie ein anderes Zuhause gekannt.

Alices Eltern hatten sie sie verstoßen, als sie Hollowtree verließ, und auch Walts Mutter Helga hatte sie ihre Verärgerung deutlich spüren lassen. Vielleicht wäre es besser, für eine Weile hierzubleiben? Für ein weiteres Jahr vielleicht? Lange genug, um sich an ihre neuen Lebensumstände zu gewöhnen. Aber Alice sehnte sich innerlich danach, nach Hollowtree zurückzukehren. Sie vermisste das Leben in der Kleinstadt, die vertraute Landschaft. Rose liebte es, ihre Großeltern zu besuchen, und Alice wollte, dass beide Mädchen umgeben von ihrer Großfamilie aufwuchsen. Joan war ihre einzige Freundin und es wäre gut für die Mädchen, wenn sie mit ihren Cousins spielen könnten, so wie Rose es mit Jimmy getan hatte, als sie noch auf der Farm gelebt hatten. Sobald sie über ihr Erbe verfügen konnte, würde sie hocherhobenen Hauptes nach Hause zurückkehren können. Sie könnte ein Haus in der Stadt kaufen, tun, was sie wollte, und wäre immun gegen den Klatsch und Tratsch, der ihr früher auf Schritt und Tritt gefolgt wäre. Mit dem Geld auf der Bank wäre sie auch nicht mehr auf ihre alte Arbeit in der Bibliothek angewiesen. Nicht, dass sie dorthin zurückkehren wollte. Die Leiterin der Bibliothek war ein alter Drache gewesen und wäre zweifellos entsetzt darüber, dass Alice die Mutter eines unehelichen Kindes war.

Nach Miriam Cookes Tod waren in allen führenden Zeitungen ausführliche Nachrufe auf sie gedruckt worden. Alice war überrascht gewesen, zu erfahren, dass ihre Großtante in ihrer Jugend in der Frauenbewegung aktiv gewesen war und sich für Verbesserungen im Gesundheitswesen eingesetzt hatte. Warum hatte sie so wenig über die Vergangenheit der alten Dame gewusst? Es war schwer, sich vorzustellen, dass Tante Miriam einmal eine junge Frau gewesen war, trotz des Ölgemäldes im Salon.

Als alleinstehende Frau im späten neunzehnten Jahrhundert an der Wende zum zwanzigsten ihr eigenes Unternehmen zu gründen und zu führen, musste eine ungewöhnliche und bemerkenswerte Leistung gewesen sein. Kein Wunder, dass ihre Tante nie geheiratet hatte. Von ihrem Beispiel inspiriert, würde Alice Tante Miriam das Gegenteil beweisen. Sie brauchte und wollte keinen Ehemann in ihrem Leben haben.

Alice verbrachte Stunden damit, alte Fotos und Zeitungsausschnitte zu sichten und die Geschichte ihrer Großtante zu rekonstruieren. Eines Tages würde sie dies alles an ihre Töchter weitergeben. Sie hatten guten Grund, stolz auf ihre Urgroßtante zu sein, und Alice wollte sichergehen, dass sie sie niemals vergaßen – oder die Art und Weise, wie sie alle drei von ihnen für die Zukunft abgesichert hatte.

Nicht lange nach Miriam Cookes Ableben lud ihr Anwalt, Mr. Freeman, Alice zu einer Besprechung im imposanten Gebäude seiner Kanzlei im Stadtzentrum ein, um sie über die Fortschritte bei der Nachlassregelung zu informieren. Er ging mit ihr die Bilanzen und Kontoauszüge durch, bis ihr der Kopf schwirrte.

„Sobald der Erbschein ausgestellt ist, empfehle ich Ihnen dringend, das Vermögen von einem Broker verwalten zu lassen. Während Miss Cooke ihr Aktienportfolio gern selbst überwachte, ließ sie die Gewerbeimmobilien von einer Immobilienverwaltungsfirma betreuen. Sie sind gut beraten damit, einen Broker zu beauftragen und weiterhin dieselbe Immobilienverwaltungsgesellschaft nutzen. Dann können Sie sich einfach zurücklehnen und die erzielten Gewinne genießen." Er schenkte ihr ein bevormundendes Lächeln.

„Ich wäre lieber aktiver involviert", erwiderte sie. „Und damit meine ich nicht die Verwaltung dessen, was schon da ist. Im Gegensatz zu meiner Tante habe ich keine Ahnung von der Börse und ich wüsste nicht, wie ich mich bei den Mieteinnahmen für die Immobilien sinnvoll einbringen könnte. Das sind Fachgebiete. Aber ich würde gern etwas Geld beiseitelegen, um es in etwas zu investieren, das mir nicht nur ein Einkommen, sondern auch eine Beschäftigung bietet."

Mr. Freeman zog die Augenbrauen hoch. „Aber Sie werden keine Arbeit verrichten müssen, Mrs. Armstrong. Tatsächlich werden Sie nie wieder arbeiten müssen."

„Ich bin noch nicht bereit für den Ruhestand. Ich bin erst zweiunddreißig. Ich möchte noch etwas tun in meinem Leben."

„Sie sind Mutter zweier reizender Töchter. Ist das nicht Arbeit genug?"

„Meine Töchter gehen zur Schule. Was soll ich denn den ganzen Tag machen?"

„Nun, ich nehme an, Sie könnten sich für wohltätige Zwecke engagieren."

„Möglicherweise. Aber ich bin keine Frau, die gut in ein Komitee passen würde. Ich habe kein Interesse daran, Wohltätigkeitsveranstaltungen zu organisieren. Ich bin es nicht gewohnt, mit Leuten zu verkehren, die so etwas tun." Sie fing an, mit ihren Fingern zu spielen, plötzlich nervös. „Und ich habe auch keine Lust, mich damit zu beschäftigen. Schließlich hat meine Tante hart gearbeitet, um all das Geld zu verdienen. Ich weiß so wenig über ihre Geschichte, Mr. Freeman." Sie wandte sich ihm lächelnd zu. „Können Sie mir etwas über sie erzählen?"

Er wirkte überrascht und nicht wenig ungeduldig. „Ihre verstorbene Tante profitierte von einem kleinen Erbe, das sie nach dem frühen Tod ihrer Eltern erhielt, kurz nachdem die Familie aus England hierhergekommen war. Miss Cooke legte es klug an und konnte so ein beträchtliches Vermögen aufbauen."

„Aber wie?"

„Im Laufe der Jahre baute sie nach und nach ein Gewerbeimmobilienportfolio mit über zwanzig Läden und Geschäften auf. Alles begann mit einem kleinen Kurzwarengeschäft, das sie ausbaute und schließlich Ende der Zwanzigerjahre an *Ogilvy's Department Stores* verkaufte."

Alice nickte. „Sie war eine beeindruckende Frau, meine Tante Miriam."

„Eine bemerkenswerte Frau. Sie war auch eine aktive Gönnerin der Künste."

„Wie viel Geld erbte meine Tante damals von ihrem Vater?"

Der Anwalt nahm seine Brille ab, polierte die Gläser, setzte sie wieder auf und drückte auf eine Klingel auf seinem Schreibtisch. Eine Frau betrat den Raum.

„Bringen Sie mir die Cooke-Akten, Miss Jenkins."

Die Frau verschwand für ein paar Minuten und kam dann mit einem Aktenordner zurück, den sie auf den Schreibtisch legte.

Er bedeutete ihr mit einer Handbewegung, zu gehen, und öffnete die Akte, blätterte durch die Papiere und seufzte gelegentlich. Alice saß mit den Händen im Schoß da und weigerte sich, sich von ihm einschüchtern zu lassen. Immerhin war sie hier die Klientin und bezahlte diesen Mann für seine Dienste.

Schließlich blickte er auf. „Miss Cooke und ihr Bruder, Ihr Großvater mütterlicherseits, Martin Cooke, erhielten nach dem Tod ihrer Eltern 1885 jeweils einhundertfünfzig Dollar. Das war natürlich vor meiner Zeit." Er hustete und rückte seine Brille zurecht. „Die Eltern starben wenige Tage nacheinander. Influenza."

Alice nickte. „Als mein Großvater starb, besaß er kaum mehr als die Kleider, in denen er morgens aufstand. Meine Mutter war sein einziges Kind und sie erbte nichts. Meine Großtante muss sehr hart gearbeitet haben, um aus den einhundertfünfzig Dollar jenen Betrag zu machen, den sie mir hinterlassen hat."

Der Anwalt nickte. „Das ist unbestreitbar. Eine Frau, mit der man rechnen musste, Miss Cooke."

„Wenn sie das zu einer Zeit schaffen konnte, als Frauen noch nicht einmal ein Wahlrecht hatten, dann sollte ich heute genauso hart arbeiten können."

„Sie wollen *mehr* Geld?"

Alice versuchte, nicht gereizt zu klingen. „Nein. Ich habe mehr als genug. Es geht nicht um das Geld an sich. Vielmehr will ich mir selbst beweisen, dass ich erfolgreich sein kann. Dass ich unabhängig sein kann."

Mr. Freeman schüttelte den Kopf. „Aber Sie *sind* unabhängig. Das ist es, was das Geld von Miss Cooke für Sie getan hat."

Alice würde den Mann niemals überzeugen können. Und das brauchte sie auch nicht. Es war ihr Geld. Sie musste nur noch entscheiden, was sie damit anfangen wollte.

KAPITEL 11

HOLLOWTREE

TROTZ JIMMYS VORHERSAGE, dass der Schnee bald hier sein würde, wurde der Junge eines Besseren belehrt. Bis zur Woche seines Geburtstags Ende November waren noch nicht einmal Schneewolken auf dem Himmel zu sehen.

„Letztes Jahr um diese Zeit hatten wir schon achtzehn Zentimeter", sagte Jim beim Frühstück. „Es sieht so aus, als würde dieser Winter milder werden."

Er versuchte, die Spannungen am Tisch zu entschärfen, die dadurch entstanden waren, dass Joan ihrem ältesten Sohn die Nachricht überbracht hatte, dass seine Geburtstagsfeier in diesem Jahr sehr bescheiden ausfallen und bei seinen Großeltern stattfinden würde, und zwar gemeinsam mit der von Sam. Dies hatte zu schweren Protesten geführt. Sam seinerseits hatte die Nachricht freudig aufgenommen und sich nicht darum gekümmert, das Rampenlicht mit seinem älteren Bruder teilen zu müssen.

„Um Himmels willen, Jimmy. Ich habe dir doch erklärt, dass Pop krank ist. Nächstes Jahr kannst du eine Party mit deinen

Freunden feiern, aber dieses Jahr wird es eine ruhige Feier im Kreis der Familie werden." Joan wischte sich die Hände an einem Geschirrtuch ab und hob ihren Blick an die Decke.

„Das ist nicht fair. Ich will meinen Geburtstag nicht mit einem Baby feiern."

„Wie oft habe ich es dir schon gesagt? Hör auf, deinen Bruder ein Baby zu nennen. Du weißt ganz genau, dass er kein Baby ist. Harry ist ein Baby. Sam ist ein Junge und wird nach Weihnachten mit dir in die Schule für die Großen gehen."

„Aber jetzt geht er noch in die Babyschule."

Sam sah auf. „Nicht in die Babyschule und ich bin kein Baby", erklärte er milde.

Jim stand vom Tisch auf. „Kommt jetzt, ihr beiden, oder ihr verpasst den Schulbus. Ich will nichts mehr davon hören." Er küsste Joan, winkte Ethel zu und führte die Jungen aus dem Haus.

Joan setzte sich an den Tisch. „Manchmal würde ich Jimmy gern von seinem hohen Ross herunterholen. Er weiß, wie krank sein Großvater ist. Er kann ein kleiner Teufel sein. Es ist doch nur ein Jahr, um Himmels willen. Nächstes Jahr kann er eine richtige Party mit all seinen Klassenkameraden feiern."

„Nun, wenn man zehn ist, ist ein Jahr wohl eine lange Zeit." Ethel stand auf und begann, das Geschirr abzuräumen. „Du bleibst sitzen. Nimm das Gewicht von deinen Füßen. Du arbeitest zu hart, Joanie. Du siehst erschöpft aus."

„Mir geht es gut – abgesehen von den Rückenschmerzen, weil ich diesen riesigen Medizinball von einem Baby mit mir herumschleppe."

Ethel war mit dem Abwasch fertig und setzte sich ihrer Cousine gegenüber. „Ich muss zugeben, dass ich ein bisschen nervös bin, deine Schwiegereltern kennenzulernen."

Joan lachte. „Don ist wirklich liebenswert. Ein absoluter Schatz, die arme Seele. Ich werde ihn so sehr vermissen." Sie schluckte. „Und Helga ist jetzt wie eine Freundin für mich. Kaum zu glauben, dass sie sich wie eine Kuh verhalten hat, als ich hier ankam."

„So schlimm? In deinen Briefen klang alles immer so rosig."

„Ich wollte ein tapferes Gesicht aufsetzen." Sie ächzte und streckte ihren Rücken durch. „Es war nichts Persönliches. Ich glaube, dass niemand in Mas Augen gut genug für Jim gewesen wäre. Und natürlich hatte sie die Vorstellung, dass Jim und Alice am Ende zusammenkommen würden."

Ethel machte große Augen. „Du machst Witze."

„Nein. Sie dachte wirklich, Jim würde aus dem Krieg zurückkehren und er und Alice würden sich dankbar in die Arme fallen."

„Nach dem, was sie Jim angetan hatte? Ihn für seinen Bruder zu verlassen?"

„So ist es! Wenn Ma sich eine Idee in den Kopf setzt, braucht es eine Tonne Dynamit, um sie umzustimmen."

„Und hat sie es dich spüren lassen? Nachdem du hierhergekommen warst?"

„Jeden verdammten Tag! Verzeih meine Ausdrucksweise. Aber sie tat so, als würde die Sonne aus Alices Hintern scheinen, während ich in ihren Augen nichts weiter war als ein billiges Flittchen."

Ethel streckte ihre Hand aus und nahm die ihrer Cousine. „Du Arme. Ich weiß nicht, wie du das durchgestanden hast."

„Tja. Am Ende kam sie zur Vernunft. Und wenn Ma erst einmal auf deiner Seite ist, ist sie eine großartige Verbündete. Heute liebe ich sie über alles."

„Du bist eine sehr nachsichtige Frau, Joan. Aber die Aussicht, sie zu treffen, macht mir trotzdem Angst."

„Deine Angst ist unbegründet. Sie wird dich lieben. Was gibt es auch an dir nicht zu lieben? Und du stellst keine Bedrohung für ihren großen Plan dar."

„Der da wäre?"

Joan lachte. „Ich glaube nicht, dass sie noch einen hat. Nicht, seit ich ihren letzten zum Scheitern gebracht habe!" Sie wurde ernst. „Ich nehme an, es geht darum, Dons letzte Tage so schön wie möglich für ihn zu gestalten. Es wird sie schwer treffen, ihn zu verlieren. Er ist der einzige Mensch, der es je mit ihr aufnehmen konnte. Sie betet den Boden an, auf dem er geht." Joan schluchzte leise. „Oh, Ethel. Ich werde ihn so sehr vermissen. Er war wie ein Vater für mich. Ich hatte doch nie einen, denn mein eigener Vater verließ uns, als ich noch ganz klein war."

Ethel drückte ihre Hand und sagte: „Ich bin jetzt für dich da, Joanie."

Der Tag der gemeinsamen Geburtstagsfeier der Jungs brach an, strahlend hell und sonnig und von Schnee immer noch keine Spur. Die Armstrongs und Ethel gingen den Feldweg entlang, der ihr Haus mit der Hollowtree Farm verband. Jim trug Harry, Ethel eine Tasche mit den Geschenken für die

Jungs, und Joan in einem Transportbehälter den Geburtstagskuchen. Trotz des Sonnenscheins war die Luft kalt. Ethel ließ ihren Blick über die Farm schweifen, wo Reihen mit Kohl, Kartoffeln und Rüben fein säuberlich wuchsen.

„Ihr baut hier nur Gemüse an?", fragte Ethel Jim.

Jim lachte. „Nein. Nur an diesem Ende der Farm. Hinter der Anhöhe dort drüben wachsen Bohnen und etwas Winterweizen. Im Sommer bauen wir Mais an und ein paar Hektar Apfelplantagen haben wir auch angelegt." Er deutete in die Richtung. „Dort unten, hinter dem neuen Silo."

„Vergiss nicht die Ahornbäume", warf Joan ein.

„Ja, es gibt einen Ahornbestand hinter dem Haus und einen weiteren, kleineren, unten am Bach. Wir machen unseren eigenen Ahornsirup. Im Moment ist Ma dafür zuständig und Joan hilft, wenn die Kinder es zulassen, aber im nächsten Winter plane ich, ein paar Geräte anzuschaffen und eine richtige Zuckerhütte zu bauen, damit wir in größeren Mengen produzieren können. Vielleicht kaufen wir auch Saft von außerhalb zu, um ihn zu Sirup zu verarbeiten."

„Du hast unseren Ahornsirup noch nicht probiert", sagte Joan. „Das müssen wir dringend nachholen. Ich mache morgen zum Frühstück ein paar Pfannkuchen."

Jimmy sah zu Ethel auf. „Er kommt aus den Bäumen. Der Saft tropft aus den Baumstämmen und Grandma und Mum machen Sirup daraus. Ich helfe auch mit."

Ethel sah ihn skeptisch an.

Jim, der immer gern über die Farm redete, sagte: „Im Moment ist es nur ein kleiner Betrieb, aber wenn wir die passenden Geräte installieren, können wir die Produktion steigern. Der Verkauf von Fertigerzeugnissen bringt mehr

Gewinn als der von Rohware. Ich habe vor ein paar Monaten einen Vortrag in Kitchener besucht. Sie nannten es ‚Wertschöpfung‘.“

Joan schaltete sich ein. „Fang nicht damit an, Jim. Wenn er fertig ist, fühlst du dich wie ein Schüler an der Landwirtschaftsschule.“

Als sie sich dem Farmhaus näherten, wandte sich Joan an die beiden Jungen. „Denkt daran, was ich gesagt habe, Jungs. Pop geht es nicht gut, also kein Geschrei und kein Herumtollen. Seid artig.“

Jimmy stieß einen übertriebenen Seufzer aus und ging über den Hof, Olive Oyl auf den Fersen, während Sam hinter den beiden her huschte.

Joan wandte sich an Ethel. „Er benimmt sich so, weil er verärgert ist. Das ist seine Art, es zu überspielen. Er liebt Don abgöttisch.“

Sie folgten den Jungen ins Haus. Der Küchentisch war für die Feier gedeckt, mit Tellern voller Sandwiches und Marmeladentörtchen, und ein weiterer kleiner Tisch stand bereit für den Geburtstagskuchen, den Joan mitgebracht hatte. Auf der Anrichte stand auch noch ein überdimensionaler Wackelpudding, auf den die Jungen bereits ein Auge geworfen hatten.

„Ich habe dir doch gesagt, dass du dir keine Mühe machen sollst, Ma. Du hast schon genug um die Ohren, ohne auch noch zu backen“, sagte Joan.

„Nicht für die Geburtstage meiner Enkel backen zu können, wäre eine ganz schön traurige Angelegenheit.“ Sie breitete ihre Arme aus, ging in die Hocke und zog Jimmy und Sam in eine Umarmung.

Dann sah Helga auf und bemerkte Ethel, die hinten an der Küchentür stand. „Du musst Ethel sein. Willkommen in Hollowtree."

Sie ging durch den kleinen Raum und schlang ihre Arme um Ethel, um sie überschwänglich zu begrüßen. „Ich habe schon von dir gehört, junge Dame. Immer nur Gutes." Sie strahlte, als sie Ethel wieder losließ.

„Es tut mir leid zu hören, dass es Ihrem Mann so schlecht geht, Mrs. Armstrong."

Das Lächeln verschwand aus Helgas Gesicht. „Du kannst uns Helga und Don nennen. Und danke, Liebes. Der Doktor ist gerade oben bei ihm." Sie wandte sich an ihren Sohn. „Dein Pa will die Jungs sehen. Wir müssen sie hochbringen, sobald der Doktor mit ihm fertig ist. Er schließt ihn gerade an das Sauerstoffgerät an."

„Dann wurde es schon geliefert?", fragte Joan.

„Ja, heute Morgen. Ein großer Metallzylinder. Zwei weitere stehen in der Scheune. Doc sagt, er hatte ziemliche Mühe, sie davon zu überzeugen, eine Anwendung zu Hause zuzulassen. Normalerweise darf Sauerstoff ausnahmslos nur im Krankenhaus verabreicht werden. Sie haben Angst, dass wir das Haus in die Luft jagen könnten." Sie schüttelte den Kopf. „Er musste sich alle möglichen Sicherheitsanweisungen anhören. Und er muss jeden Tag herkommen, um sich zu vergewissern, dass wir das Gerät auch richtig benutzen. Zumindest für die ersten paar Wochen." Helga drehte sich wieder zu ihrem Sohn um. „Wenn die letzte Flasche leer ist, müssen wir die leeren Flaschen nach Kitchener bringen und sie gegen gefüllte tauschen. Doc sagt, dein Pa wird sie so gut wie durchgehend brauchen, weil er so wenig Luft kriegt. Er hat mir gezeigt, wie man sie austauscht, aber du wirst sie ihm nach oben tragen müssen, Jim."

Jim nickte mit ernster Miene.

Helga wandte sich an die beiden Jungen. „Euer Grandpop braucht ein bisschen Hilfe beim Atmen. Er muss eine Maske aufsetzen, aus der Sauerstoff kommt. Wenn ihr ihn seht, habt keine Angst."

Die Jungen starrten sie an und nickten beide kleinlaut.

Die Tür zur Küche öffnete sich und Dr. Robinson trat ein. „Ich habe gehört, dass heute eine besondere Geburtstagsfeier ansteht. Alles Gute zum Geburtstag, Jungs! Euer Großvater wartet schon auf euch. Aber kein Schreien, nicht aufs Bett klettern und er darf sich nicht anstrengen." Er nickte Helga zu. „Vielleicht sollten Sie auch hochgehen, Mrs. Armstrong."

Helga nahm die beiden Jungen an die Hand und ging die Treppe hinauf.

Joan hatte in der Zwischenzeit einen Kessel mit Wasser aufgestellt. „Sie müssen auf einen Tee und einen Geburtstagskuchen bleiben, Dr. Robinson."

Der Arzt sah auf seine Uhr. „Nun, wieso nicht. Es ist Samstag und für heute habe ich alle Hausbesuche erledigt. Das hier war mein letzter."

Jim entschuldigte sich und ging ebenfalls nach oben.

„Ich kann mir nicht vorstellen, wie sie alle in dieses winzige Schlafzimmer passen sollen." Joan trug die Teekanne zum Tisch. „Tut mir leid, Doc, ich habe gar nicht gefragt. Ist Tee in Ordnung, oder soll ich Ihnen lieber einen Kaffee machen?"

„Tee ist wunderbar." Der Arzt setzte sich an den Tisch.

Dr. Robinson war vermutlich Anfang vierzig, schätzte Ethel. Er hatte ein freundliches Gesicht. Warm, gütig, mit braunen Augen. Sein Haar war dicht und vorn leicht gewellt. Ein bisschen wie das von Greg. Ethel bemerkte, dass Joan sie beobachtete. Sie errötete und sah weg.

Joan stellte die beiden einander vor und es war Ethel unangenehm, als sie den Blick des Arztes auf sich spürte und sich der Röte in ihrem Gesicht bewusst wurde.

Jimmy platzte durch die Tür. „Ich brauche ein Stück Kuchen für Pop."

Joan lächelte ihn an. „Ich mache ihm gerade eine Tasse Tee. Ich bringe sie dann mit dem Kuchen hoch."

„Nein", erwiderte Jimmy streng. „Pop will keinen Tee. Nur Kuchen. Und ich will ihn ihm selbst hochbringen. Es ist mein Geburtstag. Es ist mein Kuchen."

„Aber du hast die Kerzen noch nicht ausgepustet."

Jimmy sah sie finster an. „Ich will die dummen Kerzen nicht auspusten. Gib mir einfach das Stück Kuchen." Seine Unterlippe bebte.

Joan öffnete den Mund, um ihn zu tadeln, besann sich dann aber eines Besseren. Sie schnitt den Kuchen an und reichte ihrem Sohn wortlos einen Teller mit einem Stück darauf. Jimmy stieß die Tür auf und huschte die Treppe hoch.

Joan schüttelte den Kopf. „Ich weiß, dass er sich Sorgen um Don macht, aber er benimmt sich im Moment wie ein kleines Monster."

„Das ist doch nur verständlich, Mrs. Armstrong. Seien Sie nicht so streng mit ihm. Wahrscheinlich spürt er, dass sein Großvater stirbt, und es fällt ihm schwer, sich damit abzufinden. Für ein Kind ist es schwer, den Tod zu verstehen." Die Worte des Arztes richteten sich an Joan, aber seine Augen waren auf Ethel gerichtet, als ob er ihre Zustimmung suchte.

Ethel wich seinem Blick aus, ihr Gesicht glühte und ihre Zunge war wie gelähmt.

KAPITEL 12

ETHEL ERWACHTE FRÜH. Sie hatte unruhig geschlafen. Im Zimmer war es dunkel und sie lag einfach da und lauschte dem Regen, der vor dem Fenster fiel. Dabei fragte sie sich, ob es noch Nacht oder schon Morgen war. Der Traum, den sie gehabt hatte, geisterte ihr noch durch den Kopf. Normalerweise fiel es ihr schwer, sich nach dem Aufwachen an einen Traum zu erinnern, aber dieser war auch jetzt noch sehr präsent und konkret. Vielleicht nicht die Details, aber der Hauptprotagonist. Sie hatte von Dr. Robinson geträumt.

Sie drehte sich zur Seite und versuchte, das Bild von ihm, das sich in ihre Augenlider eingebrannt zu haben schien, zu verdrängen. Doch es wollte nicht verschwinden. Stattdessen ertappte sich Ethel dabei, wie sie in seine Augen sah, in diese herzlichen Augen, die direkt in ihre Seele zu blicken schienen. *Geh weg*, sagte sie zu ihm. *Verschwinde aus meinem Kopf. Hier ist kein Platz für dich.*

Sie drehte sich auf den Rücken. Ihre Augen gewöhnten sich langsam an den immer noch dunklen Raum, in der Hoffnung, dass Normalität in ihren Geist zurückkehren würde, dass sie diesen Mann aus ihrem Kopf vertreiben könnte, der ungefragt in ihre Gedanken eingedrungen war. Aber die dunklen Umrisse der Möbel reichten nicht aus, um ihn aus ihrem Unterbewusstsein zu verdrängen. Also versuchte sie, an Greg zu denken.

Normalerweise erschien Greg auf Kommando vor ihrem inneren Auge. Seine Gesichtszüge mochten im Laufe der Jahre verschwommen sein, aber seine Stimme war immer noch da, glasklar, und hüllte sie ein wie in einen Kokon, in dem nur sie beide existierten. Nur wollte Greg an diesem Morgen nicht auftauchen. Je mehr sie versuchte, ihn in ihren Gedanken heraufzubeschwören, ihn sich vorzustellen und sein Bild in ihrem Geist erscheinen zu lassen, desto weniger war er Greg und desto mehr verwandelte er sich in Dr. Robinson. Es war, als würde man sein eigenes Spiegelbild in einem Teich sehen und einen Stein hineinwerfen, damit es verschwand, nur damit es wieder auftauchte, sobald die Wellen sich legten.

Ethel setzte sich auf und schwang ihre Beine aus dem Bett. In Gedanken sagte sie dem hartnäckigen Arzt, er solle sie in Ruhe lassen, dann schob sie ihre Füße in ihre Hausschuhe.

Im Zimmer war es kalt. Sie fröstelte, zog sich die Decke um die Schultern und ging zum Fenster. Als sie den Vorhang aufzog, sah sie zu ihrer Enttäuschung, dass es noch dunkel war. Der Himmel war wolkenverhangen und schwarz, ohne jedes Anzeichen des Monds oder der Sterne, und heftiger Regen trommelte auf das Verandadach unter ihrem Schlafzimmerfenster. Ethel zitterte leicht, zog den Vorhang zurück und legte sich wieder ins Bett.

Immer noch kein Schnee. Sie hatte sich schon darauf gefreut, herauszufinden, wie ein echter kanadischer Winter aussah.

Aber all dieser Regen? Den konnte sie in England auch haben.

Denk an Weihnachten, sagte sie sich, legte sich auf den Rücken und stellte sich einen mit Kugeln geschmückten Baum vor, mit Stechpalmenblättern und Efeu, die über den Kaminsims drapiert waren. Gab es in Kanada Stechpalmen und Efeu? Sie würde Joan fragen müssen. Sie stellte sich die aufgeregten Gesichter der beiden Jungs vor, die unbedingt wissen wollten, was Santa Claus ihnen gebracht hatte. Und sie sah auch Santa Claus, der durch seinen weißen Bart hindurch grinste. Er kam auf sie zu und hielt einen Mistelzweig hoch. *Dr. Robinson! Nein! Raus aus meinen Gedanken!*

Ethel schlug auf ihr Kissen. *Reiß dich zusammen, Ethel!* Du kannst dem armen Kerl nicht die Schuld geben. Er hat keine Ahnung, dass er dich in deinen Träumen heimsucht und auch nicht verschwindet, wenn du schon längst hellwach bist. *Das sind alles deine eigenen Fantasien. Hör auf damit. Und zwar sofort. Du hast den Ehering an seiner linken Hand gesehen. Außerdem gibt es auf dieser Welt niemanden außer Greg für dich. Schon der Gedanke an einen anderen verrät sein Andenken.*

Aber Greg war nicht auf dieser Welt. Nicht mehr. Tränen stiegen ihr in die Augen und Ethel versuchte nicht, sie zu unterdrücken. Es war so ungerecht. Jeden Tag zu sehen, wie glücklich Jim und Joan waren. Das Glück zu sehen, das ihre Familie ihnen bereitete. Zeuge einer Liebe zu sein, die ihr selbst verwehrt worden war.

Ethel wischte sich die Tränen weg. Sie verachtete Selbstmitleid und hatte nicht vor, jetzt darin zu schwelgen. Sie war nur ein paar Monate hier, dann würde sie nach Aldershot zurückkehren, zurück in den Salon und zu ihren Stammkundinnen. Zurück zu ihrer täglichen Routine und dem Leben, das sie kannte, an den Ort, der immer ihr Zuhause gewesen war …, und zurück in ein leeres Haus und zu einem weiteren Grab, das es zu pflegen galt. Zurück, um ein strahlendes Gesicht aufzusetzen, obwohl ihr Herz vor Einsamkeit schmerzte.

Ethel schloss die Augen, atmete langsam und ließ sich wieder in den Schlaf abgleiten. Es war sinnlos, dagegen anzukämpfen. Und was schadete es schon, zu träumen?

~

Auf der anderen Seite des Treppenabsatzes lag Joan ihrerseits wach. Es war schwierig für sie, eine Position zu finden, in der sie längere Zeit liegen und schlafen konnte. Sie würde froh sein, wenn das Baby da war. Dieses machte sie müder als die Jungs – oft wurde sie mitten in der Nacht durch plötzliche Bewegungen geweckt – und sie war überzeugt, dass die Kugel, die sie vor sich herschob, in diesem Stadium größer war als bei allen ihren Söhnen. Dieses Baby belastete auch ihren Rücken stärker.

Sie spürte, wie Jim sich neben ihr regte. Er musste früh aus dem Bett und Schlaf war kostbar. Sie beugte sich über seinen Körper, griff nach seiner Armbanduhr und sah auf die leuchtenden Zeiger. Vier Uhr. In einer Stunde müsste er aufstehen. Besser, sie lag still da und versuchte, ihn nicht zu wecken.

Während sie noch darüber nachdachte, streckte Jim seinen Arm aus und zog sie näher an sich. „Kannst du nicht schlafen, Liebling?"

„Entschuldige, ich wollte dich nicht wecken."

Er legte seine Hand auf ihren Bauch. „Tritt sie dich wieder?"

„Nein, sie ist nur unruhig."

Joan konnte seinen sanften Atem in ihrem Nacken spüren. Sie liebte solche Momente, in denen sie nebeneinander lagen, die Wärme, die Geborgenheit, wenn sie dem Atem des anderen lauschten. Keine Kinder, die Ansprüche stellten, kein Essen, das auf den Tisch gezaubert werden musste, keine Felder, die gepflügt oder Maschinen, die gewartet werden mussten. Nur sie beide.

„Jim?"

„Ja?" Seine Stimme klang schläfrig.

„Denkst du, Dr. Robinson mag Ethel?"

„Versuch, zu schlafen."

„Sag es mir zuerst."

Jim grunzte. „Natürlich mag er Ethel. Jeder mag Ethel. Jetzt geh wieder schlafen."

„Ich meine nicht mögen. Ich meine *mögen*."

Joan stützte sich auf ihren Ellbogen, aber er war bereits wieder eingeschlafen.

Neunzig Minuten später waren sie beide wach und standen in der Küche. Joan stand immer mit ihm auf, um sein Frühstück zuzubereiten, und genoss die kostbare Zeit, in der sie allein waren, bevor die Jungen geweckt und für die Schule oder, wie heute, für die Kirche vorbereitet werden mussten.

Sie schlug zwei Eier in die Pfanne: „Du hast meine Frage über Dr. Robinson nicht beantwortet."

„Welche Frage?" Jim rieb sich die Augen und nippte an seinem Kaffee.

Joan stellte einen Teller mit Speck und Eiern vor ihn hin und setzte sich ihm gegenüber, um eine Tasse Tee zu trinken. „Ob er Ethel *mag*."

„Du meinst, ob er sie attraktiv findet? Das muss er. Ethel ist eine wunderschöne Frau."

Joan blieb hartnäckig. „Das weiß ich, aber ist dir etwas Besonderes zwischen den beiden aufgefallen? Mir nämlich schon. Sie warfen sich ständig Blicke zu und taten gleichzeitig so, als wären sie überhaupt nicht aneinander interessiert."

„Ich kann nicht behaupten, dass mir das aufgefallen wäre. Aber ich bin auch nicht der aufmerksamste Mann, oder? Immerhin habe ich ewig gebraucht, um zu bemerken, dass du an mir interessiert bist. Und Frauen sehen solche Dinge sowieso eher als Männer."

„Nun, ich bin mir sicher."

„Wenn das so ist, warum fragst du –"

„Ich glaube, sie würden ein schönes Paar abgeben."

Jim hielt inne, die Gabel auf halbem Weg zu seinem Mund. „Welchen Plan heckst du aus, Joanie? Du weißt, dass sie nur für ein paar Monate hier ist."

„Ein paar Monate sind eine Menge Zeit, um sich zu verlieben. Bei dem armen Greg hat sie nur ein paar Minuten gebraucht." Ob er dieses Gespräch nun führen wollte oder nicht, Joan würde ihn nicht davonkommen lassen, bevor er es tat. Jim unterdrückte ein Seufzen und beugte sich seinem Schicksal. „Ich glaube nicht, dass sie jemals über Greg hinweggekommen ist. Es muss schon mehr als zehn Jahre her sein."

„Elf.“

„Aber du kannst sie doch nicht einfach mit Doc verkuppeln. Und was nützt es, wenn sie zurück nach England muss?“

„Genau das ist doch der Punkt! Warum sollte sie zurückgehen? Zu Hause gibt es nichts mehr für sie. Ihre gesamte Familie ist tot. Sie hat nur noch ihre Anstellung in diesem schäbigen Frisiersalon, in dem sie die ganze Arbeit macht und die Besitzerin das ganze Geld einsteckt. Ausbeutung ist das. Ich glaube nicht, dass sie jemals eine Gehaltserhöhung bekommen hat, seit sie nach dem Krieg dort angefangen hat.“

„Die Zeiten sind hart in England.“

„Nicht so hart. Wie auch immer, vergiss all das. Würdest du nicht wollen, dass Ethel wieder glücklich ist? Denkst du nicht, dass sie es verdient hätte?“

„Natürlich tue ich das. Aber man kann so etwas nicht erzwingen. Wenn sie sich mögen, mögen sie sich. Gib ihnen Zeit. Misch dich nicht ein. Außerdem – ist er nicht verheiratet? Ich dachte, er hätte eine Tochter, die als Empfangsdame in seiner Praxis arbeitet.“

„Seine Frau ist schon seit Jahren tot. Ma glaubt, dass sie bei der Geburt gestorben ist. Sie kamen während des Kriegs aus dem Norden und niemand weiß viel über sie.“

„Er ist älter als Ethel.“

„Na und? Vielleicht zehn Jahre, nicht mehr. Was ist daran schlimm?“

Jim zuckte die Achseln. „Nichts, denke ich. Aber wie ich schon sagte, Joanie, lass die Dinge ihren Lauf nehmen.“

„Ich glaube, ich möchte ein wenig nachhelfen. Ich habe sogar schon eine großartige Idee.“

„Ach ja?" Jims Tonfall klang skeptisch.

„Wir könnten ihn und seine Tochter zum Weihnachtsessen nach Hollowtree einladen. Zwei Personen mehr haben auch noch an unserem Tisch Platz. Ma wird nichts dagegen haben. Es wäre eine gute Möglichkeit für ihn und Ethel, sich besser kennenzulernen."

„Was, wenn er und seine Tochter schon andere Pläne haben?"

„Ich wette, die haben sie nicht. Und fragen kostet nichts."

„Hast du schon mit Ethel darüber gesprochen?"

„Nein. Ich dachte, wir fragen zuerst Doc. Wir wollen ihr schließlich keine Hoffnungen machen, falls er doch schon andere Pläne hat."

„Manchmal bewundere ich deinen verschlagenen Verstand, Mrs. Armstrong."

„Nur manchmal?"

KAPITEL 13

SPÄTER AN DIESEM SONNTAGMORGEN, nachdem Jim mit den beiden Jungen zur Kirche gegangen war, blieben Joan und Ethel in der Küche. Ethel wusch das Geschirr ab, während Joan Harry fütterte. Joan war nicht in der Stimmung gewesen, in die Kirche in der Stadt zu fahren, und Ethel war nur zu gern bereit gewesen, bei ihr und dem Baby zu bleiben.

Als sie mit dem Abwasch fertig war, stellte sich Ethel ans Fenster und blickte auf die Farm hinaus. Es regnete immer noch in Strömen.

„Ich dachte, du hättest gesagt, dass es im Dezember schneit."

„Das tut es normalerweise auch. Aber ich habe keinen Einfluss auf das Wetter. Wenn der Schnee erst einmal da ist, wirst du dich nach Tagen wie diesen sehnen", lachte Joan trocken auf. „Ich schiebe es nur zu gern einen weiteren Monat auf, durch zumindest kniehohen Schnee stapfen oder fahren zu müssen."

„Wie soll die Hebamme kommen, wenn so viel Schnee liegt?"

„Wir sind Schnee gewohnt. Ma hat mir geholfen, Sam und Harry zur Welt zu bringen", seufzte Joan. „Ich hatte gehofft, dass sie auch bei der Geburt dieses Kindes helfen würde. Aber wenn Don dann noch bei uns ist, und ich bete zu Gott, dass er es sein wird, dann wird sie ihn nicht alleinlassen können. Ich werde jemanden aus der Stadt um Hilfe bitten müssen."

Ethel nahm ihre Hand. „Bei der Geburt eines Kindes bin ich dir keine Hilfe, aber ich kann mich jederzeit ans Bett deines Schwiegervaters setzen. Er schien so ein netter alter Mann zu sein, als ich ihn gestern kennenlernte, auch wenn es nur ein paar Minuten waren."

„Er ist nicht einmal alt", sagte Joan traurig. „Auch wenn er so aussieht. Aber ich kann nicht erwarten, dass du das tust, wo du ihn doch kaum kennst."

„Ich wäre doch nur bei ihm, um ihm Gesellschaft zu leisten oder ihm gelegentlich eine Tasse Tee zu machen. Ich kann jederzeit hier anrufen und Jim bitten, zu kommen, falls es nötig ist."

Joan dachte einen Moment lang nach. „Ich werde Ma fragen. Vielleicht ist das gar keine so schlechte Idee. Und die Geburten gingen alle recht schnell, so dass du mit etwas Glück nicht lange bei ihm wärst. Wenn Jim mit der Arbeit fertig ist, kann er übernehmen und du kannst zu mir kommen und auf die Jungs aufpassen." Dann grinste sie. „Noch bessere Idee. Sobald ich spüre, dass es losgeht, kann Jim Sam und Jimmy zum Haus der Carlsons bringen, damit sie dort übernachten. Ich hatte ihre Kinder hier, als Betty Carlson im Juni in den Wehen lag."

„Gut. Dann ist das geklärt."

„Solange Ma glücklich ist. Vielleicht will sie lieber bei Don sein, als sich hier von mir anschreien und verfluchen lassen zu müssen. Offenbar habe ich mir beim letzten Mal ein paar schöne Ausdrücke einfallen lassen."

„Du bist so tapfer", sagte Ethel. „Es muss furchtbar sein, ein Kind zu gebären." Sie erschauderte.

„Ja, es ist wirklich schrecklich. Wenn die Männer es machen müssten, würden alle Babys unter Vollnarkose geboren werden." Sie lachte. „Aber sobald man sein Baby in den Armen hält, vergisst man all die furchtbaren Schmerzen." Sie wiegte Harry liebevoll. „Wo wir gerade von medizinischen Angelegenheiten sprechen, wie findest du Dr. Robinson?"

Das Blut schoss Ethel in die Wangen. Sie wandte sich ab und ging zurück zum Fenster. „Warum fragst du? Er schien nett zu sein."

„Ach, nur so … Ich hatte das Gefühl, dass er ziemlich angetan von dir war."

„Sei nicht albern, Joan. Wir haben kaum ein Wort gewechselt. Du interpretierst alles Mögliche in eine Sache hinein, die nicht existiert." Sie wandte sich von Joans Blick ab.

Jim steckte seinen Kopf in die Tür. „Sind hier nur Frauen erlaubt, oder kann ich auch reinkommen?"

Joan wollte aufstehen. „Stell den Kessel auf, Jim, und ich mache uns allen einen Kaffee."

„Ich mache das", erwiderte er.

„Nein, tust du nicht." Sie wandte sich an Ethel. „Das letzte Mal, als er angeboten hat, den Kaffee zu kochen, schmeckte er wie Spülwasser."

„Ich mache den Kaffee", sagte Ethel. „Aber willst du nicht lieber Tee?"

„Am Sonntagmorgen gibt es bei uns immer Kaffee. Du kannst dir aber auch Tee machen, wenn du willst."

„Nein. Ich trinke auch Kaffee", sagte Ethel etwas zögerlich

„Es ist nicht dieser schreckliche Dosenkram, den wir zu Hause trinken müssen. Das hier ist richtiger Kaffee aus Bohnen, nicht aus Zichorie."

„Nun, in diesem Fall werde ich ihn kosten."

Fünf Minuten später saßen sie zu dritt am Küchentisch.

„Hast du den Doktor gefragt?" Joan warf Jim einen vielsagenden Blick zu.

„Ihn was gefragt?"

„Na wegen Weihnachten, Dummerchen!"

„Ja."

„Und?"

Er sagte, er müsse erst mit Sandra sprechen. Aber er denkt, dass es machbar sein sollte." Er blickte zu Ethel und dann wieder zu Joan zurück.

„Gut gemacht. Ich gebe Ma Bescheid", sagte Joan.

Ethel hörte interessiert zu und witterte eine Verschwörung. Sie hoffte, dass sie sich auf irgendeinen Aspekt von Dons medizinischer Versorgung bezogen, befürchtete aber, dass das nicht der Fall war.

„Es wird schön für sie sein, ein richtig familiäres Weihnachtsfest feiern zu können. Im Normalfall muss es ein sehr ruhiger Abend für sie sein." Joan sah Ethel direkt an.

Ethel wand sich unbehaglich unter ihrem Blick. Warum wollte Joan den Arzt und seine Frau zu Weihnachten hierher einladen? Sie betete, dass sie nicht wieder rot wurde.

Als hätte sie ihre Gedanken gelesen, sagte Joan: „Dr. Robinson ist Witwer. Sandra ist seine Tochter. Seine Frau starb vor vielen Jahren bei der Geburt – bevor die beiden nach Hollowtree zogen."

„Das wissen wir nicht mit Sicherheit. Es ist nur das, was Ma in der Stadt gehört hat. Vielleicht ist es nicht wahr. Ich denke, wir sollten nicht spekulieren", warf Jim ein.

Joan ignorierte ihn. „Nun, wie auch immer sie gestorben ist, jetzt ist sie tot und es sind nur noch er und seine Tochter. Sandra muss etwa achtzehn Jahre alt sein." Sie grinste Ethel an. „Es wird schön sein, ein paar Erwachsene mehr zum Reden zu haben. Ich bin mir sicher, dass Ma den ganzen Tag die Treppe rauf und runterlaufen wird. Wahrscheinlich wird sie sogar ihr Abendessen oben essen, auf einem Tablett, zusammen mit Don."

Ethel nippte an ihrem Kaffee und versuchte, das Gefühl zu unterdrücken, dass sie verkuppelt werden sollte.

KAPITEL 14

Zwei Wochen später macht sich Ethel allein auf den Weg in die kleine Stadt Hollowtree, um Weihnachtsgeschenke zu kaufen. Es war ein bitterkalter Tag, die Temperaturen kaum über dem Gefrierpunkt, und der wenige Schnee, der vor ein paar Tagen gefallen war, hielt sich hartnäckig, auch wenn seither nichts nachgekommen war. Joan hatte ihr angeboten, ein Fahrrad zu nehmen, aber da sie Angst vor vereisten Stellen und der unbekannten Strecke hatte, hatte Ethel beschlossen, zu Fuß zu gehen. Ein guter, langer, erfrischender Spaziergang würde ihr viel Zeit zum Nachdenken geben. Sosehr sie ihre Cousine, Jim und die Jungs auch liebte, Ethel war es gewohnt, Zeit allein zu verbringen, und sehnte sich nach ein wenig Stille und Einsamkeit.

Sie ging zügig los, genoss die Frische des Morgens und atmete die klirrend kalte Luft in vollen Zügen ein. Der erste Teil der Straße in die Stadt war ein unbefestigter Weg, aber er war eben, breit und gerade. Er führte durch Felder und Wälder und Ethel genoss es, draußen auf dem Land zu sein. Nachdem sie ein paar Kilometer zurückgelegt hatte, mündete die Straße in eine andere und die Oberfläche veränderte sich zu Asphalt. Ihre Füße wurden taub vor Kälte in den schweren Stiefeln, die Joan ihr geliehen hatte, obwohl sie zwei Paar Socken angezogen hatte. Sie erhöhte ihr Tempo. Je schneller sie lief, desto wärmer würde ihr werden.

Ihre Nase war so kalt, dass sie sich den Wollschal über die Hälfte ihres Gesichts hochzog, aber die Feuchtigkeit, die ihr Atem verursachte, machte ihre Haut feucht, also zog sie ihn wieder herunter. So machte sie eine Zeit lang weiter, zog den Wollschal hinauf und wieder hinunter. Bis sie in der Stadt ankam, würde ihr zu kalt sein, um die geplanten Einkäufe zu erledigen – und ihr graute schon jetzt vor dem Gedanken an den Rückweg.

Ein Wagen bog um die Ecke, überholte sie, bremste abrupt ab und kam quietschend zum Stehen. Der Fahrer wartete, bis sie zu ihm aufgeholt hatte. Es war eine schicke Limousine. Normalerweise würde sie niemals eine Mitfahrgelegenheit von einem Fremden annehmen, aber heute beschloss sie, eine Ausnahme zu machen. Die Aussicht auf ein heißes Getränk in dem kleinen Café, von dem Joan ihr erzählt hatte, ging ihr durch den Kopf. Als sie den Wagen erreichte, öffnete sich die Tür und eine Stimme rief: „Steigen Sie ein, Miss Underwood. Ich nehme Sie mit."

Erst als sie auf den Beifahrersitz kletterte, erkannte sie, dass ihr Retter in der Not kein Geringerer war als Dr. Robinson. Sie schluckte und murmelte ein Dankeschön.

„Es ist ein langer Weg in die Stadt", sagte er.

„Ich wusste nicht, dass es so weit sein würde. Oder so kalt."

„Das ist noch mild." Seine Mundwinkel hoben sich amüsiert.

Unsicher, wie sie reagieren sollte, sagte Ethel nichts. Es war schwer, dem Arzt so nah zu sein, sich seiner Anwesenheit neben ihr in der Enge des Wagens bewusst zu sein, seine Hände, die nicht in Handschuhen steckten, am Lenkrad. Schöne Hände. Sie schluckte ihr Unbehagen hinunter, streckte die Beine aus und genoss die Wärme der Heizung.

Nach einigen Minuten des Schweigens sprach der Arzt wieder. „Ich komme gerade von der Hollowtree Farm. Mr. Armstrong spricht gut auf den Sauerstoff an."

„Oh, das ist ja fabelhaft!"

„Das verschafft ihm vielleicht ein wenig mehr Zeit. Lange genug, um sein nächstes Enkelkind kennenzulernen, wenn wir Glück haben, aber die Prognose ist nicht allzu gut, fürchte ich."

„Es ist so traurig. Er ist erst Anfang sechzig."

Der Arzt nickte. „Er ist jetzt sehr schwach. Zu schwach, um aus dem Bett zu kommen. Mrs. Armstrong hatte gehofft, dass er es zum Weihnachtsessen nach unten schaffen würde, aber die Treppe ist zu viel für ihn."

„Wie schade."

„Die Sauerstoffflaschen die Treppe hinauf und wieder hinunterzuschleppen, ist keine zufriedenstellende Lösung, also haben wir beschlossen, ein Bett in den unteren Raum zu stellen. Dort, in der Nähe des Ofens, ist es wärmer, und für Mrs. Armstrong ist es einfacher, sich um ihn zu kümmern, wenn er in jenem Raum ist, in dem sie die meiste Zeit des Tages verbringt."

„Ein Bett in der Küche?"

„Ja. Ich habe versprochen, morgen nach Praxisschluss vorbeizukommen und Jim zu helfen, es hinunterzutragen. Es ist das Mindeste, was ich tun kann, um ihm für seine großzügige Einladung zu danken, mit Ihnen allen Weihnachten zu feiern."

Ethel sagte nichts und hoffte, dass ihr Gesicht ihr Unbehagen nicht verriet.

„Die Feier wird auf der Rivercreek Farm stattfinden."

„Nicht in Hollowtree? Was ist mit Mr. und Mrs. Armstrong?"

Dr. Robinson wandte seinen Kopf zur Seite und sah sie an. „Um ehrlich zu sein, glaube ich, dass Mrs. Armstrong das letzte Weihnachtsfest mit ihrem Mann lieber mit ihm allein verbringen möchte."

Sie zögerte. „Ich bin sicher, dass es ein schönes Fest wird – und ich freue mich darauf, Ihre Tochter kennenzulernen."

Langsam näherten sie sich dem Zentrum von Hollowtree. „Wohin wollen Sie?", fragte er.

„Ich muss noch ein paar Weihnachtseinkäufe erledigen, aber ich dachte, ich trinke erst etwas Warmes. Joan sagte, es gäbe hier ein Café."

„Es ist gleich hier." Er hielt davor an. „Sie machen eine sehr gute heiße Schokolade und der Laden ist gleich gegenüber. Ich muss mich um ein paar Dinge in der Praxis kümmern, aber wie wäre es, wenn wir uns in einer Stunde wieder hier treffen und ich Sie nach Hause fahre?"

„Das kann ich unmöglich annehmen."

„Ich muss zu einer Hausvisite und fahre ohnehin an Rivercreek vorbei. Es wäre also kein Umweg für mich."

„Wenn Sie sicher sind?"

Er lächelte sie wieder an und Ethel wusste, dass sie errötete. Was war nur los mit ihr?

Der Arzt fuhr davon und Ethel betrat das Café. Im Inneren war es angenehm warm und es gab ein großes Fenster mit Blick auf die Straße. Sie schlüpfte aus ihrem Mantel und legte ihn auf die Sitzbank an einem der Tische am Fenster.

Der Mann hinter dem Tresen blickte auf und grüßte sie freundlich, als sie auf ihn zuging. „Sie müssen Joan Armstrongs Cousine aus England sein." Er streckte eine Hand aus. „Ich bin Freddo. Freut mich, Sie kennenzulernen."

„Guten Tag", sagte sie zögernd. „Ich bin Ethel."

„Ja richtig, Ethel. Das erste Getränk für Neulinge in Freddo's Café geht aufs Haus. Das ist Tradition."

„Ist das nicht eine sehr teure Tradition?"

Freddo grunzte. „Das letzte Mal ist mehr als drei Jahre her. Wir sehen hier nicht viele Fremde." Er schob ihr die Karte zu. „Es war eine Familie aus England, die eine Farm außerhalb der Stadt gepachtet hatte. Sie haben nur einen Winter durchgehalten. Keine gute Rendite für meine Investition." Er lachte.

„Ich fürchte, ich werde auch nicht besonders gewinnbringend für Sie sein. Ich bleibe nur ein paar Monate."

Er legte den Kopf schief und hob die Augenbrauen. „Das werden wir schon noch sehen, nicht wahr? Also, was darf es sein?"

Ethel bestellte eine heiße Schokolade und setzte sich ans Fenster, um das Kommen und Gehen im Laden auf der anderen Straßenseite zu beobachten. Warum nahmen alle an, dass sie in Kanada bleiben würde? Was hatte Joan den Leuten erzählt?

Ihre Gedanken kreisten wieder um den Arzt. Er war nicht über die Maßen gut aussehend – obwohl sie zugeben musste, dass er ein durchaus attraktiver Mann war. Aber was machte das schon? Sie würde nicht bleiben. Außerdem war sie nicht auf der Suche nach einer Beziehung. Nicht jetzt. Niemals. Niemand konnte Greg jemals ersetzen.

Ethel glaubte fest daran, dass es für jeden Menschen nur einmal im Leben die große Liebe gab. Nicht jeder fand sie. Sie und Greg hatten das Glück gehabt, es zu tun. Sie hatten eine wunderbare, magische Zeit miteinander verbracht, auch wenn sie auf grausame Weise viel zu früh zu Ende gegangen war. Wie hoch war die Wahrscheinlichkeit, einen zweiten Menschen zu finden, den sie auf dieselbe Weise lieben könnte? Es war unmöglich. Sie musste aufhören, zu träumen, und praktisch denken. Außerdem – warum sollte der Arzt überhaupt an ihr interessiert sein? Wahrscheinlich wollte er nur freundlich sein.

Sie nippte an der heißen Schokolade. Zumindest damit hatte der Arzt recht gehabt – sie war köstlich: dickflüssig und cremig und ganz anders als der Kakao der Vorkriegszeit, den sie in Erinnerung hatte. Nachdem sie ihre Tasse geleert hatte, verabschiedete sie sich von ihrem neuen Bekannten und ging in den Gemeinwarenladen, um ihre Einkäufe zu erledigen. Sie hatte Geschenke für alle Armstrongs aus England mitgebracht, aber sie hatte nicht geplant, Weihnachten mit dem Arzt und seiner Tochter zu feiern. Es fühlte sich falsch an, die beiden nicht einzubeziehen, aber die Tochter kannte sie gar nicht und den Arzt kaum. Sie musste etwas Kleines und Unbedeutendes finden, eine wohlwollende Geste.

Auch der Ladenbesitzer wusste, wer sie war. Offensichtlich hatte Joan der ganzen Stadt erzählt, dass ihre Cousine zu Besuch kommen würde. Er war allerdings wortkarger als Freddo und Ethel war erleichtert, dass er nicht versuchte, sie in ein Gespräch zu verwickeln. Nach reiflicher Überlegung und durch das eingeschränkte Angebot des Ladens, entschied sie sich für einen Badezusatz mit Maiglöckchenduft für Sandra Robinson, war aber noch unentschlossen, was sie dem Arzt schenken sollte. Jedes Geschenk konnte falsch interpretiert werden. Sie beschloss daher, dass das Geschenk für Sandra als kleine Aufmerksamkeit für sie und ihren Vater zusammen genügen musste – für ihn würde sie kein zweites Geschenk kaufen. Nachdem sie beim Ladenbesitzer bezahlt hatte, blieb ihr noch genügend Zeit für einen kurzen Spaziergang durch das Stadtzentrum.

Hollowtree war kaum mehr als ein Dorf, aber es hatte ein paar wenige Annehmlichkeiten zu bieten. Neben dem Café und dem Laden kam sie an einer Bibliothek, einem Zeitungskiosk, einem kleinen Hotel mit einer Bar mit Schanklizenz, einer Autowerkstatt mit Blechschmiede, einem Park, zwei Schulen und einem Frisiersalon vorbei.

Ethel warf einen Blick auf ihre Uhr und schlenderte zurück zum Café. Die dunkelblaue Limousine hielt davor an und der Arzt stieg aus.

„Haben Sie alles bekommen?", fragte er, nahm sie am Ellbogen und lenkte sie in Richtung von Freddo's Café. „Ich habe mich schon den ganzen Nachmittag auf eine heiße Schokolade bei Freddo gefreut. Ich lade Sie ein."

„Das kann ich nicht annehmen. Sie waren schon großzügig genug – außerdem hatte ich schon eine."

„Nehmen Sie mir nicht das Vergnügen, Sie auf ein Getränk einzuladen, Miss Underwood." Er wirkte gekränkt.

Ethel sagte nichts und glitt auf denselben Platz, den sie eine Stunde zuvor verlassen hatte. Das Café war immer noch menschenleer. Freddo konnte nicht allzu viel verdienen.

Dr. Robinson nahm ihr gegenüber Platz und lehnte sich an die Bank. Als hätte er ihre Gedanken gelesen, sagte er: „Nachmittags ist es ruhig hier, außer mittwochs und freitags, wenn die Leute kommen, um Vorräte zu holen. Auch an den Wochenenden ist viel los. Und an den meisten Morgen kann man sich hier kaum bewegen. Dann haben Sie Freddo schon kennengelernt?"

Sie nickte, als der Besitzer die hohen Tassen vor ihnen abstellte. Zwei an einem Tag! So etwas bekäme sie zu Hause nicht, wo Süßigkeiten und Schokolade immer noch rationiert wurden, also fühlte es sich wie Luxus für sie an.

Sie spürte, dass der Arzt sie ansah. Sie ermahnte sich innerlich, sich nicht wie ein schüchternes Schulmädchen zu benehmen, und hob ihren Blick, um ihm in die Augen zu sehen. Schmetterlinge begannen darin zu flattern. Sie verschluckte sich an ihrer heißen Schokolade und begann, zu husten. Er sprang auf und ging zum Tresen, um ihr ein Glas Wasser zu holen.

Beschämt nippte Ethel daran. Der Appetit auf die heiße Schokolade war ihr vergangen. „Es tut mir leid", murmelte sie.

Er sagte nichts.

Komm schon, Ethel. Lass dir etwas einfallen. „Haben Sie viele Patienten?"

„Etwa vierhundert, denke ich. Meine Tochter Sandra kümmert sich um die Praxis, damit ich nicht den Überblick verliere. Ich bin nicht der geduldigste Mensch auf Erden, daher bin ich froh, dass sie mir hilft."

„Ich bin sicher, dass das nicht wahr ist."

Er studierte weiter ihr Gesicht. Ethel atmete langsam und ermahnte sich, sich zu beruhigen. Er konnte unmöglich Interesse an ihr haben. Sie hatte jedenfalls mit Sicherheit kein Interesse an ihm. *Lüge*, rief ihre innere Stimme.

Sie nahm ihre Tasse in die Hand und zwang sich, noch etwas zu trinken. Diesmal hatten die Wärme und die Süße einen beruhigenden Effekt. Sie blickte auf und stellte fest, dass Dr. Robinson die schönsten Augen hatte, die sie je bei einem Mann gesehen hatte. Und sein dichtes, glänzendes Haar mit der leichten Welle vorn sah dem von Greg wahnsinnig ähnlich.

Greg, Greg, Greg. Was tat sie da nur? Wie konnte sie so denken, wo sie doch genau wusste, dass der einzige Mann, den es für sie jemals geben würde, nicht mehr am Leben war? Jeder andere wäre nur ein zweitklassiger Ersatz.

Selbst der Arzt mit den freundlichen braunen Augen.

Sie schluckte erneut und hoffte, dass er ihre Nervosität nicht bemerken würde. „Sind Sie aus Hollowtree, Doktor?"

„Nein. Wir leben seit 1942 hier. Meine Frau starb zehn Jahre, bevor wir hierherzogen."

„Das tut mir leid", murmelte Ethel und fühlte sich zum wiederholten Mal an diesem Tag unwohl.

„Es ist lange her." Er sah aus dem Fenster. Sie schwiegen eine Weile, aber irgendwann sagte Dr. Robinson: „Was ist mit

Ihnen, Miss Underwood? Wie kommt es, dass Sie nicht verheiratet sind?"

„Ich war verlobt, aber er ist gestorben." Ihre Stimme war kaum mehr als ein Flüstern.

Der Arzt griff über den Tisch und strich mit den Fingern über ihre Hand. Es war nur eine flüchtige Berührung, aber für sie fühlte sie sich an wie ein regelrechter Stromschlag.

„Er ... er war ein kanadischer Soldat, ein Freund von Jim. Wir lernten uns in derselben Nacht kennen wie Joan und Jim. Nur waren Greg und ich sofort Feuer und Flamme füreinander, während es bei meiner Cousine und ihrem Mann etwas länger gedauert hat."

Während sie sprach, war sie sich bewusst, dass er sie beobachtete, sein Blick auf ihr Gesicht gerichtet. Sie senkte ihren eigenen und starrte auf die Tischplatte. „Wir hatten uns gerade erst verlobt, als er starb."

„Wann war das?"

„1941." Sie hielt inne. „Er liegt in einem kanadischen Kriegsgrab in England. Er hat den Stützpunkt nie verlassen. Hat nie Kontakt mit dem Feind gehabt. Es war eine Hirnblutung. Er stammte aus Saskatchewan. Waren Sie jemals dort?" Ethel war sich bewusst, dass sie zu schnell sprach.

Er schüttelte den Kopf.

„Woher kommen Sie dann, Doktor?"

„Aus einem Ort namens Sioux Lookout im Nordwesten Ontarios, etwa tausendachthundert Meilen von hier. Viel weiter nördlich."

„Donnerwetter. So weit weg und es ist immer noch in Ontario."

„Kanada ist ein riesiges Land. Ontario ist eine große Provinz. Und hier sind wir fast ganz am südlichen Ende davon."

„Wie ist es so hoch oben im Norden?"

„Kalt. Sie denken, dass es hier im Moment kalt ist, aber Sie können sich nicht vorstellen, wie viel kälter es da oben ist. Neun Monate Schnee im Jahr. Und Temperaturen weit unter dem Gefrierpunkt. Die Sommer sind allerdings warm. Manchmal sogar heiß. Aber sie sind kurz. Einmal Blinzeln und sie sind vorbei." Er schnippte mit den Fingern. „Man muss aus einem ganz bestimmten Holz geschnitzt sein, um dort oben überleben zu können."

„Sind Sie dort geboren?"

„Nein, in Nova Scotia. In der Nähe von Halifax. Nach meiner Prüfung zog ich nach Sioux Lookout."

„Haben Sie dort Ihre Frau kennengelernt?"

Er schüttelte den Kopf. „Sie war auch aus Nova Scotia." Er warf einen Blick auf seine Uhr. „Ich bringe Sie jetzt besser zurück zur Farm."

„Sind Sie sicher, dass es kein Umweg ist?"

„Ich sagte doch, dass es auf dem Weg zu meinem Hausbesuch liegt."

Sie sah ihn an. Sein Gesicht wirkte angespannt. Sie fuhren schweigend zurück.

KAPITEL 15

OTTAWA

ALICE HATTE IMMER NOCH keine Ahnung, wie sie ihr Geld investieren sollte. Sie war entschlossen, etwas zu finden, das sie beschäftigen und ihr die Chance geben würde, sich selbst zu beweisen, dass sie nicht zu jenen Frauen gehörte, die nur im Schatten eines Mannes existieren konnten. Ihre Tante hatte genau das geschafft und sie würde es auch tun. Sie stellte sich vor, wie Tante Miriam vom Himmel auf sie herabblickte, und sie wollte sie stolz machen. Sie wollte auch Walt stolz machen. Obwohl sie sich nicht sicher war, ob Walt es gutheißen würde, wenn sie einer Arbeit nachging. Andererseits hatte auch Helga ihr ganzes Leben lang Tag und Nacht gearbeitet. Sie hatte nicht nur den Haushalt geführt und zwei Söhne großgezogen, sondern auch die Kühe gemolken, sich um das gesamte Vieh gekümmert, die Butter gerührt, Gemüse eingelegt, den Gemüsegarten gepflegt, der den Bedarf ihres Haushalts deckte, und den Ahornsirup eingekocht und abgefüllt, den der Baumbestand auf der Hollowtree Farm hervorbrachte. Sie hatte immer Zeit für andere, half jedem, der sie brauchte, und jeder wusste, dass ihre Butterkuchen die besten im ganzen Land waren. Helga

Armstrong und Miriam Cooke waren sehr unterschiedliche Persönlichkeiten mit sehr unterschiedlichen Interessen, aber für Alice waren sie beide würdige Vorbilder. Walts Tod hatte sie der Möglichkeit beraubt, Helga als Farmerin nachzueifern, aber nun würde sie sich Tante Miriam zum Vorbild nehmen – eine freimütige Suffragette und Geschäftsfrau. Ja, das würde Walt mit Sicherheit gutheißen – er würde wollen, dass sie alles für ihre Mädchen tat. Allerdings war *Catherine* nicht *sein* Mädchen. Ein Schmerz durchfuhr Alice bei dem Gedanken und den wiederkehrenden Schuldgefühlen, dass sie Walt verraten hatte, indem sie mit Tip Howardson zusammen gewesen war und das Kind eines anderen Mannes bekommen hatte.

Eines Nachmittags, als ihre Töchter in der Schule waren, spazierte Alice durch das Zentrum von Ottawa und grübelte über ihr Dilemma, als sie an einem Filmtheater vorbeikam. Sie war noch nie in einem gewesen. In Hollowtree gab es keines. Sie erinnerte sich daran, wie sehr Joan es in England geliebt hatte, ins *Kino* zu gehen. Sie hatte oft das Fehlen eines Filmtheaters in Hollowtree beklagt. Als sie auf die Beschilderung über dem Eingang schaute, sah sie, dass ein Film namens *Zwölf Uhr mittags* gespielt wurde. Kurzentschlossen kaufte sie eine Karte für die Frühvorstellung, die gleich beginnen sollte. Sie hatte gerade genügend Zeit, sich den Film anzusehen, bevor sie die Mädchen von der Schule abholen musste.

In dem fast leeren Saal nahm Alice in der Mitte einer Reihe Platz, mit ungehindertem Blick auf die Leinwand, und wartete auf den Beginn der Vorstellung. Das Licht wurde gedimmt, sie wurde von der Dunkelheit verschluckt und wartete ungeduldig darauf, dass die Nachrichten und die Werbung endeten. Endlich begann der Vorspann und schließlich der Film.

Als sie dem Text des Titellieds lauschte, liefen ihr die Tränen über die Wangen. Es hätte Walt sein können, der ihr die Worte vorsang, in denen es um Zerrissenheit zwischen Liebe und Pflicht ging und in denen eine Bitte an seine frisch gebackene Ehefrau mitschwang, die schwierige Entscheidung zu verstehen, die er getroffen hatte. Alice fühlte sich an jenen Tag zurückversetzt, an dem er ihr gesagt hatte, dass er Hollowtree verlassen würde, um seinem Bruder in die Armee zu folgen und für sein Land zu kämpfen.

Als Kane seinen Sheriffsstern in den Dreck warf und mit seiner eigenen frisch gebackenen Ehefrau auf den Wagen stieg und aus der Stadt fuhr, war Alice verliebt. Nicht in Gary Cooper, sondern in die Welt des Films, auch wenn der Sheriff und seine Braut ein glücklicheres Ende fanden als sie und Walt. Kein Wunder, dass Joan das Kino sosehr liebte.

Alice verließ das Gebäude und hatte immer noch den Refrain von *Do Not Forsake Me, Oh My Darling* in den Ohren. Das Bild von Grace Kelly, die einem der Bösewichte in den Rücken schoss, um ihren Mann zu retten, hat sich in ihr Gehirn eingebrannt.

Von nun an ging sie jeden Nachmittag in eine Frühvorstellung. Sie sah sich Dutzende von Filmen an, von *Schnee auf dem Kilimandscharo* bis *Der Sieger*. Wie hatte Joan ohne ein Filmtheater überleben können? Wenn man einmal das Vergnügen eines Films erlebt hatte, wie konnte man dann noch ohne es existieren? Es wurde für Alice wie eine Droge. Samstags kam sie mit ihren Töchtern im Schlepptau, dann saßen die drei nebeneinander und sahen Danny Kaye in *Hans Christian Andersen* und begleiteten Abbot und Costello auf ihren Abenteuern in Alaska.

An einem Nachmittag in den Weihnachtsferien, als Catherine und Rose zum Spielen bei einer Freundin waren, ging

Alice in jenes Kino, das sie am liebsten mochte, das Royal, und plante genügend Zeit vor Beginn des Films ein. Sie marschierte zur Kinokasse und verlangte, den Manager zu sprechen. Eine perplexe Assistentin sagte ihr, sie solle im Foyer warten, und ging auf die Suche nach ihrem Vorgesetzten.

Der Manager war ein kleiner, stämmiger Mann, der eine Fliege trug. Alice schenkte ihm ein strahlendes Lächeln und fragte ihn, ob er ein paar Minuten seiner Zeit erübrigen würde, damit sie ihn um Rat fragen könne.

Sie kam direkt auf den Punkt. „Ich möchte ein Filmtheater in einer kleinen Stadt eröffnen, in der es keines gibt. Können Sie mir bitte sagen, wie ich das am besten anstelle?"

Der Mann wirkte im ersten Moment verdattert. Dann stieß er ein schnaubendes Lachen aus. „Wenn es dort Nachfrage nach einem Filmtheater gäbe, hätte schon jemand eines eröffnet. Wie groß ist die Stadt?"

„Soweit ich weiß, sind es etwa neunhundert Einwohner." Als sie seine Skepsis sah, fügte sie hinzu: „Aber meilenweit um die Stadt herum gibt es nichts. Das nächste Filmtheater ist in Kitchener und das ist eine Autostunde entfernt."

„Wenn die Stadt bisher ohne Filmtheater ausgekommen ist, wird sie auch in Zukunft ohne eines auskommen." Der Mann verschränkte die Arme.

„Die Stadt ist bisher ohne eines ausgekommen, weil alle dort so sind, wie ich es früher war. Sie wissen nicht, was sie verpassen."

„Und jetzt werden Sie es ihnen zeigen, ja?" Er gluckste amüsiert und sah auf seine Uhr. „Hören Sie, Lady, ich bin nur ein Angestellter, aber ich kann Ihnen versichern, dass einer der großen Unternehmer bereits investiert hätte, wenn es dort Geld zu verdienen gäbe. Fernseher sind jetzt der letzte Schrei. In kleinen Städtchen wie Ihrem werden die Leute bald nur noch diese Geräte kaufen. Dann müssen sie in kein Filmtheater mehr gehen. Ich bin froh, dass ich in drei Jahren in Rente gehe. Ich schätze, dass die meisten Filmpaläste bald zusperren werden – und ausgerechnet jetzt wollen Sie einen neuen eröffnen." Er schüttelte den Kopf und schnaubte wieder.

„Ich spreche nicht von einem großen, schicken Filmpalast. Nur von einem kleinen, um Filme zu zeigen."

Seine Stimme klang höhnisch. „Kein Verleiher wird eine Frau ernst nehmen, die ein solches Projekt allein betreibt. Der kanadische Markt wird von zwei großen Verleihern beherrscht. Famous Players und Odeon. Glauben Sie, dass Sie mit den beiden konkurrieren können, Lady?"

„Verleiher? Was ist ein Verleiher?"

„Ein Unternehmen, das die Veröffentlichung von Filmen kontrolliert. Sie verleihen die Filme, die die Studios produzieren, an die Filmtheater. Sie wählen die Filme aus, von denen sie glauben, dass sie die meisten Zuschauer anlocken werden. Ihnen geht es nur darum, wie groß die Kinokasse ist."

„Wie groß?" Sie sah quer durch das Foyer zu der kleinen Kabine hinüber, in der die Eintrittskarten verkauft wurden.

„Nicht die Kinokasse selbst, ich meine die Anzahl der Leute, die Karten für einen Film kaufen", spottete er.

Alice biss die Zähne zusammen, entschlossen, sich nicht unterkriegen zu lassen. „Woher wissen sie, ob ein Film ein Erfolg wird? Sie wissen schon, wenn es ein neuer Film ist?"

„Sie wissen es nicht. Es ist ein großes Ratespiel. Wie berühmt ist der Star, der darin spielt? Wie war die Resonanz am Premierenabend? Wie hat der Film den Zuschauern gefallen, die ihn sich vorab ansehen durften? Wir bekommen die Filme später als New York und die großen amerikanischen Städte, also können wir nur die auswählen, die ohnehin schon ein Hit sind."

„Hit?"

Der Manager wurde immer ungeduldiger. „Erfolgreich. Hören Sie, Lady, ich habe zu arbeiten. Wenn es in Ihrer Stadt kein Filmtheater gibt, dann müssen Sie eben umziehen." Er machte auf dem Absatz kehrt, verschwand durch eine Tür und ließ Alice in dem sich nun zusehends füllenden Foyer stehen. Sie biss die Zähne zusammen und reihte sich in die Warteschlange ein, um eine Karte für Charlie Chaplins *Rampenlicht* zu kaufen.

Sie ließ nicht locker. Am nächsten Tag kehrte sie ins Royal zurück. Diesmal war sie auf den Mann vorbereitet. Sein Name war Hall, wie das Schild an seinem Revers ihr verriet.

„Mr. Hall. Ich muss Ihnen noch ein paar Fragen stellen."

Als er sich gerade abwenden wollte, hielt Alice ihm einen Zwanzig-Dollar-Schein unter die Nase. „Ich bezahle für Ihre Zeit."

Er sah sich um, für den Fall, dass sie jemand beobachtete. Dann forderte er sie im Flüsterton auf, ihm zu folgen, und führte sie in einen kleinen, fensterlosen Raum, in dem ein Schreibtisch, zwei Stühle, ein Aktenschrank und ein mit aufgerollten Filmplakaten vollgestopfter Karton standen. Ein überquellender Aschenbecher, ein Schreibblock und ein Stapel ungeöffneter Post lagen auf dem Schreibtisch.

Hall setzte sich dahinter. „Sie haben zehn Minuten. Was wollen Sie wissen, Lady?"

Alice hielt ihm ihre Hand hin, die noch in einem Handschuh steckte. „Alice Armstrong." Sie deutete auf den Schreibblock. „Ich möchte Sie bitten, die Ausrüstung aufzuschreiben, die man zum Betreiben eines Filmtheaters benötigt. Alles, was Ihnen einfällt."

Hall lehnte sich in seinem Stuhl zurück und musterte sie. „Sie sind eine verrückte Dame, Ma'am. Sie geben nicht auf, oder?"

„Nein, das tue ich nicht."

Er schüttelte verhalten den Kopf, nahm dann einen Stift und begann, zu schreiben. „Die größte Ausgabe ist die Projektionsausrüstung zusammen mit der Leinwand. Vorausgesetzt, Sie haben bereits das Gebäude, die Kabine für den Kartenverkauf, die Maschine, die die Karten druckt, die Kasse, die Sanitäranlagen, das Beleuchtungssystem und die Lautsprecher für den Ton." Er sah von seinem Schreibblock hoch. „Wollen Sie, dass ich weitermache?"

Alice nickte. „Ja. Sie machen das gut. Schreiben Sie alles auf. Und die Namen der Geschäfte, in denen ich die Projektionsausrüstung kaufen kann."

Hall schüttelte erneut den Kopf, öffnete die Schublade seines Schreibtisches, blätterte in einem Buch und schrieb die Informationen, die er ihm entnahm, auf den Block. Er blickte zu ihr auf. „Sie müssen von einem Verleiher als Kunde angenommen werden. Das wird Sie etwas kosten. Er wird sich vergewissern wollen, dass Sie seine Rechnungen bezahlen können, egal ob Sie ein Publikum anlocken oder nicht. Dafür benötigen Sie einen Kreditrahmen. Und er wird sicherstellen wollen, dass Sie über die passende Ausrüstung verfügen, um die Filme bestmöglich zu präsentieren. Sonst wirft es ein schlechtes Licht auf den Verleiher und auch auf die Studios."

„Wie kontaktiere ich diese Verleihfirmen?"

Er zuckte mit den Schultern und schrieb erneut auf den Block. Er riss das Blatt Papier ab und reichte es ihr. „Hier, bitte sehr. Das ist alles, was ich weiß."

Alice nickte dankend und fragte: „Haben Sie noch einen Rat für mich?"

„Ja. Sehen Sie zu, dass Sie mit einem reichen Mann verheiratet sind. Mit einem, der dumm genug ist, um die hohen Rechnungen zu bezahlen, die Sie ihm bringen werden, und dem es nichts ausmacht, einen Haufen Geld zu nehmen und anzuzünden. Ist Mr. Armstrong dazu bereit?"

„Es gibt keinen Mr. Armstrong", sagte sie und erhob sich. „Sie waren sehr hilfreich, Mr. Hall."

Er zuckte mit den Schultern und rief ihr, als sie den kleinen Raum verließ, nach: „Viel Glück!"

Mr. Halls Skepsis gegenüber Alices Vorhaben war nichts im Vergleich zu der Reaktion von Mr. Freeman, dem Anwalt.

„Mrs. Armstrong, verzeihen Sie mir, aber als Ihr gesetzlicher Vertreter bin ich verpflichtet, Ihnen zu sagen, dass dies ein hoffnungsloses Unterfangen ist."

„Nennen Sie mich etwa dumm, Mr. Freeman?"

„Natürlich nicht, aber Sie wissen nichts über … das Geschäft. Nichts darüber, wie man ein Unternehmen führt, wie Sie es vorschlagen."

„Niemand weiß diese Dinge von selbst. Man muss sie erst lernen. Und genau das habe ich vor."

Bevor er etwas erwidern konnte, ergriff sie erneut das Wort. „Ich nehme an, dass Miss Cooke vor der Eröffnung ihres Ladens nicht so viel über Hutmacherei wusste wie zu dem Zeitpunkt, als sie ihn verkaufte. Und ich halte es für unwahrscheinlich, dass Sie mit einem umfassenden Verständnis für das Gesetz geboren wurden. Bei allem Respekt, denke ich, dass Sie zugeben werden, dass es etwas war, das Sie von der Pike auf lernen mussten."

Mr. Freeman nahm seine Brille ab und polierte sie mit einem weißen Taschentuch, bevor er sie wieder aufsetzte. „Aber warum so etwas? Warum dort? Hollowtree ist eine kleine Gemeinde. Sind Sie sicher, dass ein solches Vorhaben dort rentabel wäre?"

„Nichts ist sicher, aber ich habe vor, es herauszufinden. Ich denke, ein Filmtheater ist genau das, was diese Stadt braucht, und deshalb werde ich dort eines eröffnen. Ob es mir ein Vermögen einbringt, ist nebensächlich."

„Aber ob es Sie eines kostet, ist nicht nebensächlich." Er nahm einen Bleistift in die Hand und klopfte damit auf die Oberfläche seines übergroßen Eichenschreibtisches.

„Wie viel kann ich mir erlauben, zu verlieren? Ich möchte das meiste von Miss Cookes Geld schützen. Ich denke dabei an meine Töchter."

„Wollen Sie damit sagen, dass wir eine bestimmte Summe für das Projekt zur Seite nehmen sollen und Sie diesen Betrag nicht überschreiten werden?"

„Das ist genau das, was ich vorschlage."

„Es wäre immer noch eine beträchtliche Summe, die Sie aufs Spiel setzen würden."

„Aber es wäre mein Geld, nicht wahr?" Sie sprach mit Nachdruck. „Mein Geld, das ich aufs Spiel setzen würde."

Der Mann nickte. „Nun gut. Aber ich werde zu Protokoll geben, dass all dies gegen meinen professionellen Rat geschah."

„Tun Sie, was Sie für richtig halten."

„Und Sie können keinen Cent ausgeben, bevor der Nachlass geregelt ist."

„Dazu wollte ich gerade kommen. Wann wird das der Fall sein?"

Er hob die Hände, die Handflächen geöffnet. „Das weiß nur Gott allein."

Sie sah ihn unnachgiebig an.

Ein weiterer tiefer Seufzer. „Nageln Sie mich nicht darauf fest, denn es hängt von der Nachlassverwaltung ab, aber da es ein Testament gibt und unsere Kanzlei schon immer die Angelegenheiten von Miss Cooke verwaltet hat, bin ich optimistisch, dass die Auszahlung schnell genehmigt werden wird. Es wird etwas länger dauern, bis die Gelder überwiesen sind – ich würde sagen, irgendwann zwischen Ende Januar und Ostern. Und es wird auch nicht alles auf einmal kommen. Wir müssen jede Tranche beim Finanzinstitut registrieren."

„Danke. Ich bin Ihnen für Ihre Hilfe dankbar, Mr. Freeman." Sie schenkte ihm ein gewinnendes Lächeln. „Wie immer."

KAPITEL 16

HOLLOWTREE

Als Ethel das Haus betrat, hatte Joan sie offensichtlich vom Fenster aus beobachtet. „War das Dr. Robinson, der dich gerade abgesetzt hat?" Ein verschmitztes Grinsen zeichnete sich auf ihrem Gesicht ab.

Ethel nahm ihren Hut ab, zog ihre Handschuhe aus und hängte ihren Mantel auf, darauf bedacht, Joan nicht ihr Gesicht zu zeigen. Stattdessen antwortete sie unbekümmert über ihre Schulter. „Er hat mich vor einem langen Fußmarsch in der Kälte gerettet und war ohnehin auf dem Weg zu einem Patienten."

„Zu einem Patienten?"

„Ja. Er hat gesagt, er müsse sowieso hier vorbeifahren."

„Hat er das?" Joans Grinsen wurde breiter. „Nun, ich wüsste nicht, wer das sein könnte, denn diese Straße führt hinunter zum Bach und dahinter sind nur noch Felder."

„Wirklich?"

Joan nickte, immer noch grinsend. „Wir sind das einzige Haus in dieser Straße, Süße!" Sie lachte herzhaft auf.

„Dann hat er mich also angeflunkert?"

„Ich sagte doch, du hast einen Verehrer. Wo bist du ihm denn über den Weg gelaufen? In der Stadt?"

Ethel gestand, dass der Arzt sie auf der Straße in die Stadt mitgenommen, sie auf eine heiße Schokolade eingeladen und danach wieder nach Hause gefahren hatte. „Er sagte wirklich, dass er sowieso an der Farm vorbeifahren würde. Um ehrlich zu sein, Joan, war mir so eiskalt, dass ich wahrscheinlich auch dann zugestimmt hätte, wenn ich die Wahrheit gekannt hätte."

„Und?" Joan füllte den Kessel mit Wasser.

„Und was?"

„Was hältst du von ihm? Magst du ihn jetzt, wo du mehr Zeit hattest, ihn kennenzulernen?"

„Hör auf damit, Joan. Er ist ein sehr netter Mann, aber das wars auch schon. Keiner von uns beiden hat Interesse am anderen, so wie du es gern hättest. Er wollte nur nett sein."

Joan ließ sich in einen Stuhl fallen, während das Wasser zu kochen begann, und rieb sich den Rücken. „Nur nett sein? Du träumst doch!" Sie zwinkerte Ethel zu.

„Ich werde den Tee machen", sagte Ethel und ignorierte Joans Sticheleien. „Du entspannst dich jetzt ein paar Minuten."

„Erzähl doch. Worüber habt ihr gesprochen?"

Ethel stöhnte auf. „Hör sofort damit auf, Joanie. Ich habe genug davon. Zwischen mir und Dr. Robinson wird es weder jetzt noch in Zukunft eine Romanze geben."

„In diesem Fall kannst du mir doch einfach sagen, worüber ihr gesprochen habt."

Ethel kniff die Augen zusammen. Sie trug die Teekanne und die Tassen zum Tisch hinüber. „Er hat mir erzählt, dass es eine Planänderung gibt und das Weihnachtsessen hier und nicht in Hollowtree stattfinden wird. Hattest du noch vor, mir das irgendwann zu sagen?" Sie hob eine Augenbraue.

„Ich habe es selbst erst vor etwa einer Stunde erfahren, als Jim es mir gesagt hat."

Ethel nippte an ihrem Tee und fühlte sich schuldig. „Bist du sicher, dass du mit einem Haus voller Menschen zurechtkommst, wo du doch so knapp vor der Geburt stehst?"

„Das wird mich ablenken. Du hilfst mir doch beim Kochen, oder? Und um ganz ehrlich zu sein, stünde ich lieber in meiner eigenen Küche, als drüben in Hollowtree zu schuften und Mas Anweisungen folgen zu müssen. Hier ist auch mehr Platz und die Jungs können nebenan im Wohnzimmer spielen. Drüben wären wir alle in der Küche zusammengepfercht. Ich muss mir etwas einfallen lassen, wie ich dich und Duncan Robinson zusammenbringen kann. Schade, dass es in Kanada keine Mistelzweige gibt."

„Hör doch auf!"

„Komm schon, Ethel. Wo ist dein Sinn für Spaß? Du musst zugeben, dass er ein sehr attraktiver Mann ist."

„Nein, ich gebe gar nichts zu. Er ist ein äußerst netter, aber äußerst gewöhnlicher Mann, und ich kann dir versichern, dass er mich kein bisschen aus der Ruhe bringt."

Joan sah sie eindringlich an. „Im Ernst, eine kleine Liebelei würde dir guttun, Ethel. Wo ist das Problem?"

Ethel stellte ihre Tasse lautstark klirrend auf den Tisch und verschüttete dabei Tee auf das Tischtuch. „Ich habe es dir bereits gesagt. Ich bin nur für ein paar Monate hier. Es hat keinen Sinn. Selbst wenn ich ihn attraktiv fände – was ich nicht tue –, welchen Sinn hätte es, wo ich doch sowieso bald wieder nach Hause fahre?" Sie schob ihren Stuhl zurück. „Ich habe Kopfschmerzen. Ich werde mich ein wenig hinlegen. Wir sehen uns beim Abendessen."

Joan streckte eine Hand aus, um sie aufzuhalten, aber Ethel war schon auf den Beinen und verließ das Zimmer. Sie schlug die Tür hinter sich zu und das Baby begann zu schreien.

Als Jim später nach Hause kam, war Ethel noch immer nicht wieder aufgetaucht. Joan erzählte ihm, dass sie ihre Cousine mit Doc aufgezogen hatte und vielleicht zu weit gegangen war.

„Dann lass es jetzt gut sein, Joan. Erwähne es besser nicht mehr. Lass die Dinge einfach ihren Lauf nehmen."

„Ich weiß, dass er sie mag. Und ich weiß, dass Ethel ihn auch mag. Sie ist nur zu stolz, um es zuzugeben."

Jim legte seinen Kopf auf eine Seite. „Warum sollte sie es zugeben müssen? Warum musst du ein Geständnis aus ihr herauspressen? Lass die arme Frau doch in Ruhe. Wenn die beiden sich mögen, brauchen sie uns nicht, um ihnen auf ihren gemeinsamen Weg zu helfen. Ich kann mich nicht erinnern, dass Ethel einen Schubs brauchte, als sie Greg Hooper traf."

„Genau das ist das Problem. Sie verehrt Greg wie einen Heiligen und denkt, sie würde sein Andenken verraten, wenn sie einen anderen Mann auch nur ansieht. Das ist nicht natürlich."

Jim legte einen Arm um sie. „Ich weiß, du willst, dass sie glücklich ist, aber lass sie ihr Glück auf ihre eigene Weise und zu ihrer eigenen Zeit finden. Und wenn sie sich entscheidet, für den Rest ihres Lebens alleinzubleiben, dann ist das ihre Sache."

„Aber das will sie nicht. Ich kenne Ethel. Sie ist nicht für das Alleinsein geschaffen. Und sie ist einsam. Das siehst du doch sicher selbst. Und Duncan Robinson ist es auch."

„Vermutlich liegst du damit richtig, denn das tust du meistens. Aber wenn du so weitermachst, vergraulst du sie. Ich wette, ihr graut jetzt schon vor dem Weihnachtsfest, weil sie denkt, dass wir beide sie und Duncan im Auge behalten werden. Lass sie in Ruhe."

Joan mokierte sich. „Sicher stimmst du mir zu, wenn ich sage, dass ich meine Cousine besser kenne als du. Sie sagt, es hätte keinen Sinn, ihn besser kennenzulernen, wenn sie ohnehin schon bald nach England zurückgeht."

„Nun, da hat sie recht."

„Nicht, wenn es nach mir geht. Verstehst du denn nicht? Wenn sie und Doc sich verlieben, braucht sie nie wieder nach Hause zurückzukehren. Wozu auch? Hier hätte sie doch ein viel besseres Leben als in Aldershot, wo sie ein einsames Dasein umgeben von traurigen Erinnerungen fristen würde."

Jim legte einen Finger an seine Lippen. Die Tür öffnete sich und Ethel kam herein. „Tut mir leid. Ich bin eingeschlafen. Kann ich beim Abendessen helfen?"

„Alles erledigt. Es steckt seit dem frühen Nachmittag im Ofen."

„Jimmy! Komm und deck den Tisch."

„Ich kann das machen", sagte Ethel.

„Nein, das wirst du nicht, meine Liebe. Setz dich hin. Dafür sind zehnjährige Jungs da. Jimmy!", rief Joan in Richtung des angrenzenden Zimmers. „Komm sofort her."

Jimmy, dessen Schnürsenkel lose um seine Füße schlenkerten, trottete in die Küche und deckte pflichtbewusst, wenn auch demonstrativ langsam, den Tisch.

„Ich habe gehört, dass du heute in der Stadt warst, Ethel. Wie hat es dir gefallen?", fragte Jim.

„Es ist ein netter kleiner Ort. Und ich habe mich in die heiße Schokolade im Café verliebt. Außerdem habe ich Freddo kennengelernt – auf die erste Tasse hat er mich eingeladen."

„Auf die erste?"

„Nachdem ich im Laden gewesen und ein wenig durch die Straßen flaniert war, ging ich zurück, um noch eine Tasse zu trinken."

Joan und Jim tauschten einen Blick aus, sagten aber nichts.

„Ich habe gesehen, dass es einen Herrenfriseur gibt, aber keinen Frisiersalon für Damen. Wo lassen sich die Frauen hier die Haare machen?"

„Wir machen sie uns selbst. Oder einander gegenseitig. Deshalb trage ich meine in einem Bob – ich hatte keinen professionellen Haarschnitt mehr, seit ich Aldershot verlassen habe."

„Dann verpasse ich dir nach dem Essen einen."

„Ja wirklich?“ Joan begann zu strahlen. „Aber du sollst dir doch eine Auszeit von der Arbeit nehmen.“

„Ich brauche keinen Urlaub von der Arbeit – nur von Vera und dem Salon. Du weißt, dass ich es immer geliebt habe, dir die Haare zu machen.“ Sie nickte in Richtung des Babys, das in Joans Armen eingeschlafen war. „Leg ihn in sein Bettchen, dann können wir loslegen.“

Joan grinste. „Jim, kannst du die Jungs beschäftigen, bis sie ins Bett gehen?“

„Kommt schon, Jungs, wir können uns an dem Puzzle versuchen, das Tante Alice euch zum Geburtstag geschickt hat.“

Vierzig Minuten später tupfte Ethel gerade Fixiercreme auf Joans Haar und hatte den letzten Lockenwickler in der Hand, als die Jungs in die Küche stürmten.

Joan schickte sie nach oben ins Bett. „Ich komme gleich hoch, um euch gute Nacht zu sagen und Sam seine Geschichte vorzulesen.“

„Was in aller Welt machst du mit meiner Frau, Ethel?“ Jim lehnte im Türrahmen und beobachtete sie.

„Du wirst sie nicht wiedererkennen, wenn ich fertig bin. Sie wird umwerfend schön aussehen.“

„Sie sieht immer umwerfend schön aus.“ Er zwinkerte. „Nur vielleicht jetzt gerade nicht.“

Joan streckte ihm die Zunge heraus.

KAPITEL 17

Der Weihnachtsmorgen kam, der Schnee nicht. Anfang des Monats hatte es leicht geschneit und seit Ethels Ankunft waren etwa acht oder zehn Zentimeter Neuschnee gefallen, aber es war wärmer geworden und so war der ganze Schnee geschmolzen. Nun war es eher wie in England. Ethel begann zu glauben, dass Joan die verschneiten kanadischen Winter übertrieben hatte, und war enttäuscht, dass die Farm nicht wie verwandelt war.

Ethel stand an ihrem Schlafzimmerfenster und beobachtete einen Vogel mit leuchtend rotem Schopf, der am Holzzaun pickte, der einzige Farbtupfer in einer sonst düsteren Landschaft. Die Nebelschwaden, die die Felder bedeckten, waren ein Spiegelbild dessen, wie Ethel sich fühlte. Hundeelend.

Warum war sie nur nach Kanada gekommen? Warum hatte sie ihre Ersparnisse aus dem Fenster geworfen, um so weit zu reisen? Sie liebte ihre Cousine, aber es war wohl kaum der Urlaub ihres Lebens.

Aber ihre innere Unruhe und ihre Niedergeschlagenheit hatten wenig damit zu tun, dass sie ihre Zeit bei den Armstrongs verbrachte – sie rührte vielmehr davon her, dass sie auf einem riesigen, endlosen Ozean trieb, kein Horizont in Sicht, und allein durch eine eintönige See dümpelte.

Wäre sie in Aldershot, würde sie sich genauso fühlen. In Wahrheit würde sie sich wahrscheinlich noch schlechter fühlen. Zu Hause hätte sie nur Tante Chris und den schweigsamen Ron als Gesellschaft, und die geizige Vera im Salon. In den Nachrichten im Radio in Joans Küche hatte sie gehört, dass Großbritannien von dichtem Nebel heimgesucht wurde. Londons berüchtigter Erbsensuppennebel hatte sich in den schlimmsten Smog seit Menschengedenken verwandelt, mit Tausenden von Toten in der Hauptstadt. Ein nationaler Notstand.

Nein, wenn sie hier schon melancholisch war, wäre sie in England noch einsamer und verdrießlicher.

Sie nahm ein Buch in die Hand, das sie auf der Kommode liegen gelassen hatte, und schlug es an der Stelle auf, die sie mit einem Foto, das ihr als Lesezeichen diente, markiert hatte. Das Foto fiel schon auseinander – es war mit Klebeband zusammengeklebt und die abgegriffenen Ränder waren an den Ecken geknickt. Gregs Gesicht lächelte sie an. Er hatte an diesem Tag eine Reihe von Fotos von ihr gemacht und Ethel hatte ihn irgendwann überredet, ihr die Kamera zu geben. Er hatte ihr gezeigt, wie man damit umging, und ihr erlaubt, dieses eine kostbare Foto von ihm zu schießen, wie er an der Uferpromenade in London unter einem Laternenpfahl stand, mit der St. Paul's Cathedral im Hintergrund und Sandsäcken, die an den Ufermauern aufgeschlichtet waren.

Es war einer der glücklichsten Tage ihres Lebens gewesen, als sie mit dem Mann, mit dem sie für den Rest ihres Lebens zusammen sein wollte, ziellos und Hand in Hand durch die zerbombten Straßen Londons gewandert war. Tränen stiegen ihr in die Augen und sie wischte sie mit dem Handrücken weg. Seit sie in Kanada war, tauchte Greg nicht mehr in ihren Träumen auf, und es fiel ihr immer schwerer, sich an all die kleinen Details zu erinnern. Es war, als würde sie ihn von Neuem verlieren. Jeden Tag entfernte er sich mehr und mehr von ihr, seine Gesichtszüge verschwammen immer stärker, seine Stimme ließ sich nur noch mit größter Mühe heraufbeschwören; selbst die Worte, die er zu ihr gesagt hatte, flogen davon wie Löwenzahnsamen im Wind.

Sie öffnete die oberste Schublade der Kommode und fuhr mit den Fingern über die weiche Seide eines Kopftuches, das gefaltet und ungetragen darin lag. Greg hatte es ihr geschenkt, als er ihr den Heiratsantrag gemacht hatte. Er hatte ihr versprochen, der Ring würde später kommen – aber es war nie geschehen. Sie würde das Kopftuch niemals tragen. Sie wollte nicht, dass es ihm wie dem Foto erging, dass seine leuchtenden Farben mit jeder Wäsche blasser wurden, oder dass es ihr vom Hals rutschte und verlassen auf einem Sitz im Bus liegenblieb. Sie nahm es aus der Schublade und legte es auf das Bett, öffnete es und strich es glatt, damit sie das Tulpenmeer auf dem cremefarbenen Hintergrund mit dem tiefgrünen Rand bewundern konnte. Nachdem er es für sie in einem kleinen Laden in der Bond Street gekauft hatte, hatte er es im überfüllten Zug von London zurück nach Aldershot ausgepackt und ihr um den Hals gelegt, es zurechtgerückt und sich zurückgelehnt, um sein Werk zu begutachten. Sie hatten beide gelacht. Dann war er ganz nah neben sie gerückt, hatte sich zu ihr hinuntergebeugt und sie langsam und zärtlich geküsst, ohne auf die Rufe der anderen Soldaten im Zug zu achten. Ethel versuchte, sich an das Gefühl seiner Lippen auf ihren zu erinnern, an die Art, wie seine Arme sie umschlossen, an den Blick in seinen Augen, als er sich für diesen Kuss zu ihr beugte – aber sie konnte es nicht. Alles, was sie sehen konnte, waren die tiefbraunen Augen von Dr. Robinson, die sie über den Tisch in Freddo's Café hinweg aufmerksam betrachteten. Sie nahm das Tuch, faltete es zusammen und legte es zurück in die Schublade.

Wütend auf sich selbst zog sie sich schnell an und ging die Treppe hinunter.

„Fröhliche Weihnachten, Ethel! Tut mir leid, dass es keinen Schnee gibt", sagte Jim, der am Tisch saß und Harry auf seinem Knie schaukelte, während Joan am Herd stand und darauf wartete, dass das Wasser kochte.

„Die Jungs sind seit fünf Uhr wach und haben schon in ihren Strümpfen nachgesehen, was Santa Claus ihnen gebracht hat."

Sam hüpfte zu Ethel hinüber. „Guck mal, Tante. Sieh doch, was Santa mir gebracht hat." Er hielt ihr ein Malbuch und einen Satz Buntstifte hin und zerrte an ihrer Hand. „Komm und sieh es dir an." Er zog sie quer durch den Raum, wo er die Schätze aus seinem Weihnachtsstrumpf auf einem Stuhl ausgebreitet hatte. „Ein Schokodollar und Süßigkeiten und eine kleine Orange."

Jimmy, der auf dem Boden saß und mit Mikadostäben spielte, sah auf. „Da ist immer eine Orange im Strumpf. Jedes Jahr."

„Früher in England war es nicht so." Um den Glauben der Kinder an Santa Claus nicht zu erschüttern, fügte sie hinzu: „Während des Krieges musste Santa sparsam mit den

Orangen umgehen, aber jetzt hat er wieder einen guten Vorrat."

Klein-Sam fragte: „Was ist der Krieg?"

„Der war, bevor du geboren wurdest." Jimmys Stimme klang selbstgefällig und drückte die Überlegenheit aus, die ihm sein Alter verlieh.

Nach dem Frühstück war es an der Zeit, die Geschenke auszutauschen, die sich unter dem Weihnachtsbaum stapelten. Die Freude in den Gesichtern der Kinder ließ Ethel ihre eigene gedrückte Stimmung vergessen. Sie war mit den Vorbereitungen für das Weihnachtsessen beschäftigt und hatte sich die kleine Pastellbrosche, ihr Geschenk von Joan und Jim, stolz an den Pullover gesteckt.

„Wir müssen Kartoffelpüree und auch Bratkartoffeln machen", sagte Joan. „In Kanada gibt es immer Kartoffelpüree, aber wir beide werden doch zu Weihnachten nicht auf unsere Bratkartoffeln verzichten, oder, Ethel?"

„Ganz bestimmt nicht."

„Wenn wir bei Helga wären, gäbe es auch Sauerkraut und Essiggurken", flüsterte Joan verschwörerisch. „Nicht meine Vorstellung von den perfekten Beilagen zu Truthahn." Sie verzog das Gesicht.

„Worüber flüstert ihr beiden?", rief Jim quer durch den Raum.

„Geht dich nichts an!"

Die Jungen saßen auf dem Boden, umgeben von ihrer Ausbeute – einem Hockeyschläger und einem Füllfederhalter für Jimmy, einer Kreidetafel und einem Schlitten für Sam.

„Bringt eure Geschenke jetzt ins Wohnzimmer, Jungs. Wir brauchen hier drinnen viel Platz. Die Robinsons werden bald hier sein. Beeilt euch!" Joan sah langsam etwas erschöpft aus. Sie stand am Herd, eine Hand im Rücken, und sah zu, wie Ethel den Truthahn im Herd überprüfte.

„Noch eine halbe Stunde, dann können wir ihn ruhen lassen."

Draußen knirschten die Reifen eines Wagens auf dem Schotter. „Seid ihr bereit, Ladies?" Jim ging zur Tür. „Die Gäste sind hier."

Dr. Robinson trat ein und seine Tochter – mit wachsamen Augen – ein paar Schritte hinter ihm. Jim bot ihm ein Bier an und überließ es Joan, Sandra ein Glas mit heißem Apfelcidre zu reichen und sie mit allen bekanntzumachen.

Ethel wischte sich die Hände an ihrer Schürze ab und ging auf die Gäste zu, wobei sie betete, dass sie die Röte auf ihren Wangen auf die Hitze in der Küche zurückzuführen würden.

Sandra war eine ernst wirkende junge Frau. Ihr Haar hatte sie altmodisch zusammengebunden und sie trug kein Make-up. Ethel wünschte sich, ihr einen neuen Stil verpassen zu können. Eine gründliche Haarwäsche und ein pfiffiger Schnitt, Lippenstift und ein Hauch von Wimperntusche würden einen großen Unterschied machen und Sandra zu einem freundlicheren Erscheinungsbild verhelfen – ganz zu schweigen von etwas weiblicheren Kleidern. Sie trug eine ausgebeulte Hose und eine übergroße weiße Bluse, die eher betonte, als verbarg, wie dünn sie war. Ihre Kleidung vermittelte den Eindruck, dass sie sich überhaupt keine Mühe gegeben hatte – es sei denn, sie hatte etwas gewählt, das sie absichtlich so ernst und streng erscheinen ließ.

Duncan Robinson hielt eine Flasche Wein und eine weitere mit Roggenwhisky in den Händen. Außerdem eine Tüte, die er Joan reichte. „Bonbons für die Jungs, aber ich nehme an, die wollen Sie ihnen erst nach dem Essen geben."

Während er sprach, war sein Blick eher auf Ethel als auf Joan gerichtet.

Ethel ging auf Sandra zu und streckte die Hand aus. Die Hand der jungen Frau war kalt und knochig und sie zog sie nach einem sehr oberflächlichen Schütteln rasch wieder zurück.

„Hallo Sandra, ich bin Ethel, Joans Cousine."

„Ich weiß, wer Sie sind."

Als ihr Vater ihr einen scharfen Blick zuwarf, fügte Sandra hinzu: „Hollowtree ist klein. Hier wissen alle über alles Bescheid."

Ethel konnte nicht umhin, eine gewisse Kälte an Sandra Robinson wahrzunehmen. Sie fragte sich, ob sie und ihr Vater sich auf dem Weg hierher gestritten hatten.

Joan gesellte sich zu ihnen und trieb sie alle ins Nebenzimmer. „Ihr setzt euch jetzt alle hin und trinkt etwas. Ich brauche eine leere Küche für die letzten Handgriffe." Mit einem bedeutungsvollen Blick zu Ethel sagte sie: „Du auch, Ethel. Du hast schon genug geholfen. Geh und hilf Jim, unsere Gäste zu unterhalten." Sie gab ihr einen kleinen Schubs in Richtung Tür.

Nachdem sie es sich in dem kleinen Wohnzimmer gemütlich gemacht hatten, begannen Jim und Duncan Robinson über den Stillstand im Koreakrieg zu sprechen. Ethel wandte ihre Aufmerksamkeit Sandra zu und bemerkte, dass die Augen des Arztes immer wieder in ihre Richtung wanderten, während er sprach.

„Hollowtree ist eine sehr hübsche kleine Stadt", sagte sie und suchte verzweifelt nach einem Gesprächsthema.

„Es ist in Ordnung, nehme ich an."

„Fährst du oft nach Kitchener oder Toronto?"

„Eigentlich nicht."

„Nicht einmal zum Einkaufen? Oder um dir einen Film anzusehen?"

„Ich gehe nicht gern einkaufen."

Sie versuchte, Sandra nach ihrer Arbeit zu befragen, stieß aber auf ähnlich starken Widerstand. Ethel atmete langsam ein. Es war qualvoll. Die Männer sprachen jetzt über Eishockey. Sie warf einen Blick auf die offene Tür zur Küche. „Vielleicht sollte ich gehen und Joan helfen."

Jim hörte sie. „Ich habe gerade zu Duncan gesagt, dass wir uns alle mal ein Eishockeyspiel ansehen sollten – um dich mit unserem Nationalsport bekanntzumachen, Ethel."

„Nächste Woche gibt es ein großes Spiel in Kitchener." Dr. Robinson sah Ethel an. „Möchten Sie hingehen?"

Panik schnürte ihr die Kehle zu. Alle sahen sie an. „Ich weiß nicht … Ich habe mir noch nie ein Eishockeyspiel angesehen."

„Eben deswegen." Jim grinste sie an. „Du kannst nicht nach Kanada kommen, ohne dir ein Spiel anzusehen."

Ethel drehte sich um und sah Sandra an. „Was denkst du?"

„Mich interessiert Sport nicht."

Der Arzt rieb seine Hände aneinander. „Dann kannst du auf die Jungs aufpassen, Sandra."

Die junge Frau öffnete den Mund, um zu protestieren, aber als sie den Blick ihres Vaters sah, schloss sie ihn wieder. „Ja, natürlich."

Joan steckte ihren Kopf in die Tür. „Jim, ich brauche dich, um den Truthahn zu tranchieren, und Sandra, kann ich dich für einen Moment ausleihen?"

Sandra folgte ihr mit einem säuerlichen Gesichtsausdruck in die Küche. Ethel war sich sicher, dass sie die Ursache dafür war.

Dr. Robinson setzte sich, nun, da sie allein waren, auf den Stuhl neben Ethel, den seine Tochter freigemacht hatte. „Es tut mir leid, wenn Sandra heute ein bisschen launisch ist. Weihnachten ist schwierig für sie."

„Wie das?"

„Ihre Mutter starb, als sie noch ein Baby war, aber sie ist sich ihrer Abwesenheit zu dieser Zeit immer besonders stark bewusst."

Ethel begegnete seinem Blick. „Dann muss es für Sie noch schwieriger sein." Er zuckte mit den Schultern. „Nicht meine Lieblingszeit, aber im Laufe der Jahre wird es einfacher. Und es ist sehr nett von den Armstrongs, uns hierher einzuladen. Sonst wär es ein ziemlich trister Tag für uns geworden."

Ihr Besuch schien jedoch nicht viel dazu beizutragen, Sandras Laune zu heben.

Ethel wandte ihren Blick ab. „Für mich ist es auch keine schöne Zeit. Weihnachten ist etwas Besonderes, wenn Kinder dabei sind. Wenn man allein ist, erinnert es einen nur an all die Menschen, die nicht mehr da sind."

„Meinen Sie damit Ihren Verlobten?"

„Ja, aber nicht nur ihn. Auch meinen Vater, mein Bruder und dieses Weihnachten auch meine Mutter. Sie ist im Oktober gestorben."

Er streckte seine Hand aus und nahm die ihre. „Das tut mir leid, Ethel. Sie müssen sich sehr einsam fühlen."

Ethel zog ihre Hand weg, weil sie befürchtete, dass sie jeden Moment weinen würde.

Sie stand auf und wollte sich von ihm wegbewegen.

„Gehen Sie nicht." Seine Stimme war leise, fast traurig. Sie ließ sich zurück in den Stuhl sinken.

Er beugte sich zu ihr. „Ich weiß, dass Sie nur für einen kurzen Besuch hier sind, Ethel, aber ich würde Sie gern besser kennenlernen. Ich dachte –"

Bevor er seinen Satz beenden konnte, kam Sandra zurück. „Essen ist fertig." Sie sah aus, als hätte sie an einer Zitrone gelutscht. Ethel fragte sich, ob sie mitbekommen hatte, was ihr Vater gerade gesagt hatte.

Zu ihrer Erleichterung saß Ethel neben dem Arzt und nicht ihm gegenüber. Sie glaubte nicht, dass sie es ausgehalten hätte, seine Augen auf sich gerichtet zu spüren und zu wissen, dass er sie jedes Mal, wenn sie aufblickte, anstarren würde. Neben ihm zu sitzen, erlaubte ihr, sich Jimmy zuzuwenden, der auf ihrer anderen Seite saß. Ihr gegenüber saß Jim. Sie hoffte, er würde den Arzt in ein Gespräch verwickeln.

Sandra, die neben Jim Platz genommen hatte, aß schweigend. War sie immer so? War ihre Stimmung wirklich darauf zurückzuführen, dass sie zu Weihnachten traurig war? Oder war es, wie Ethel vermutete, Feindseligkeit ihr gegenüber?

„Wer hat Lust auf einen Spaziergang, wenn wir gegessen haben?", fragte Jim.

Sein Vorschlag wurde mit Begeisterung aufgenommen. Sogar Sandra nickte.

„Ich nicht", sagte Joan. „Ich kann mich mit dieser Kugel kaum rühren. Ich bleibe hier und räume auf und Harry kann sein Nickerchen machen."

„Ich helfe dir", meldete sich Ethel übereifrig.

„Oh nein, das wirst du nicht, Missy. Ich möchte ein bisschen Ruhe haben und ich liebe es, nach dem Essen sauberzumachen. Ich kann am besten denken, während ich meine Ordnung wiederherstelle."

„Widersprich ihr nicht, Ethel. Sie hat diesen Ausdruck im Gesicht!", lachte Jim.

Die kleine Gruppe machte sich auf den Weg und ging einen Fußweg entlang, der zu offenem Weideland führte, welches wiederum zum Bach mit seiner idyllischen Badestelle hin abfiel, der bereits auf dem Land der Hollowtree Farm lag. Seit er die Rivercreek Farm erworben hatte, hatte Jim einige der Trennzäune entfernt, so dass es nun unmöglich war, zu erkennen, wo die eine Farm endete und die andere anfing.

Nach einer Weile gingen die Jungen, Olive, der Hund, und Sandra ein Stück voran, so dass Ethel nun neben Jim und Duncan Robinson spazierte. Die beiden Männer sprachen über Jims Pläne für das Land und darüber, dass er auf Rivercreek zwei Hektar Apfelbäume gepflanzt hatte. Wenn sie gut gediehen, wollte er noch mehr Obst anbauen.

„Die Gewinnspannen sind höher. Natürlich sind wir für Pfirsiche und Kirschen hier zu weit nördlich. Die baut man unten am Ontariosee, wo es wärmer ist, erfolgreich an. Aber Äpfel und vielleicht auch Birnen sollten hier etwas werden."

Vor ihnen erklang ein hohes Jaulen. Jim verdrehte die Augen und lief los. Ethel und Duncan gingen zu zweit weiter.

„Jim ist ein guter Mann", sagte der Arzt.

„Der beste."

„Er und Joan sind sehr glücklich miteinander. Das kann jeder sehen."

„Es ist eine große Erleichterung."

„Wie meinen Sie das?", sah er sie neugierig an.

„Eine Zeit lang sah es so aus, als ob sie sich trennen würden. Jim musste während des Krieges viel durchmachen. Es war hart für ihn. Und hart für Joan, sich an das Leben hier in Kanada anzupassen." Sie hielt inne. „Ich sollte Ihnen das gar nicht erzählen."

„Machen Sie sich keine Sorgen. Ich erzähle es nicht weiter."

„Am Ende versöhnten sie sich – nachdem er ihr erzählt hatte, was er im Krieg erlebt hatte. Meine Mutter sagte immer: ‚Geteiltes Leid ist halbes Leid'."

Er nickte. „Ich habe nicht im Krieg gedient. Es ist schwer vorstellbar, was einige der Männer durchgemacht haben. Viele Leute hier haben kritisiert, dass ich mich nicht gemeldet habe. Manche tun es immer noch, glaube ich." Er kickte einen Kieselstein aus dem Weg. „Man warf mir vor, ich sei ein Pazifist, manche nannten mich sogar einen Feigling. Aber ich musste an Sandra denken. Hätte ich nach

Europa oder in den Pazifik einrücken und ein achtjähriges mutterloses Kind allein zurücklassen sollen?"

„Das haben die Leute doch bestimmt verstanden?"

„Einige schon. Aber viele nicht. Jeder Mann, der keine Uniform trug, war in ihren Augen ein Verräter."

„Hätten Sie sich gemeldet, wenn Sandra nicht gewesen wäre?"

Er sah sie von der Seite an und lachte trocken. „Wollen Sie damit andeuten, dass ich sie als Ausrede benutzt habe?"

„Natürlich nicht. Ich verstehe, dass Sie keine Wahl hatten."

„Nun, eigentlich hatte ich eine Wahl. Ich hätte sie bei meinen Eltern in Nova Scotia lassen können. Aber ich dachte, ihre Mutter zu verlieren, war schon mehr, als sie verkraften konnte. Und jemand musste zurückbleiben und sich um die Leute kümmern, die nicht an der Front kämpften. So viele Ärzte hatten sich gemeldet. Diejenigen von uns, die es nicht taten, hatten hier alle Hände voll zu tun. Während des Krieges kümmerte ich mich um Patienten in einem Gebiet, das dreimal so groß war wie mein jetziges Einzugsgebiet. Ich musste rund um die Uhr arbeiten, um die Menge an Patienten bewältigen zu können."

„Wer kümmerte sich um Sandra?"

„Sie ging zur Schule – außer in den Ferien. Alice Ducroix, ich meine Armstrong, Jims Schwägerin, hat mir sehr oft geholfen. Sie war immer gern bereit, sich um Sandra zu kümmern, wenn ich abends und in den Ferien gerufen wurde. Und manchmal, wenn es mitten in der Nacht war, wickelte ich Sandra in eine Decke und legte sie auf den Rücksitz des Autos, wo sie schlief, während ich einen Patienten besuchte."

„Alice hat Ihnen geholfen?"

„Sie kennen sie?"

„Ich habe sie nur einmal flüchtig kennengelernt. Auf dem Weg hierher habe ich bei ihr in Ottawa übernachtet."

„Sie ist eine gute Frau, unsere Alice. Obwohl es hier einige gibt, die mir nicht zustimmen würden. Sie hat sich mit ihrer Familie überworfen. Es gab viel Klatsch und Tratsch."

„Sie war schwanger." Ethel mochte Alice nicht. Sie hatte es verdient, dass die Leute über sie redeten.

„Davon habe ich gehört. Das arme Mädchen. Sie muss sehr einsam gewesen sein, ihren Mann so kurz nach der Heirat zu verlieren. Ich weiß, wie das ist."

Ethel schämte sich. Es war falsch von ihr, Dinge auszuplaudern. Egal, wie sehr sie Alice verabscheute. Jetzt war sie genauso schlimm wie die anderen Klatschtanten. „Das tue ich auch." Ihre Stimme war leise und kraftlos.

Duncan Robinson nahm ihre behandschuhte Hand und hängte sie in seiner Armbeuge ein. Sie gingen weiter. Ethel wusste, dass sie ihren Arm zurückziehen sollte, aber sie wollte es nicht. Es fühlte sich richtig an, wohlig, so zusammen weiterzugehen, so nah neben diesem Mann, dass sie die Wärme seines Körpers durch den Ärmel seines Mantels hindurch spüren und beobachten konnte, wie sein Atem in der kalten Luft zu einer weißen Wolke wurde.

Es wurde langsam dunkel. Ohne Vorwarnung zog er sie zur Seite, unter einen Baum, und küsste sie. Ethel war überrascht. Ihr erster Gedanke war, ihn von sich zu stoßen, aber seine Lippen waren so warm und so weich und sein Kuss so beharrlich, dass sie ihn erwiderte. Seine Arme legten sich um sie, hüllten sie ein, hielten sie fest, und sie gab sich diesem Moment hin.

Als sie sich voneinander lösten, wurde ihr schlagartig bewusst, was sie getan hatten, welche Schwelle sie überschritten hatten, und sie versteifte sich und entfernte sich ein paar Schritte von ihm.

Als sie den Weg hinaufsah, entdeckte sie Sandra Robinson etwa hundert Meter entfernt, die mit Jimmy an ihrer Seite auf sie zukam. Hatte sie gesehen, dass sie sich geküsst hatten?

Ethel schämte sich in Grund und Boden. Was hatte sie sich nur dabei gedacht? Wie hatte sie es dazu kommen lassen können?

„Ich gehe zurück", stammelte sie und stolperte den Weg zwischen den Feldern in Richtung des Hauses entlang.

Als sie die Küche betrat, war von dem Durcheinander nichts mehr zu sehen. Nichts deutete darauf hin, dass sie vor Kurzem hier ein Festmahl verspeist hatten, abgesehen von den Resten des Truthahns, die auf einer Kommode standen und mit einem Tuch abgedeckt waren. Das Baby schlief in seinem Stubenwagen und Joan trank Tee. Auf dem Tisch vor ihr lag ein kleiner Stapel eingepackter Geschenke.

„Wir hätten fast die Geschenke für die Robinsons vergessen. Wie ich sehe, hast du eines für Sandra besorgt. Das war sehr nett von dir."

Ethel griff nach dem Päckchen. „Vielleicht ist es keine so gute Idee. Ich will sie nicht in Verlegenheit bringen."

„Unsinn. Es ist eine nette Geste." Joan schob es zur Seite, als ihre Cousine die Finger danach ausstreckte.

Bevor sie etwas sagen konnte, ging die Tür auf und Dr. Robinson kam herein. „Geht es Ihnen gut, Ethel?" Sein Gesicht war von Besorgnis gezeichnet.

Joan sah neugierig zwischen ihnen hin und her. „Möchte jemand eine Tasse Tee?", fragte sie.

„Ich bin in fünf Minuten zurück", sagte Ethel und eilte aus dem Zimmer.

Oben setzte sie sich auf die Kante ihres Bettes und sah aus dem Fenster. Vom Hof her hörte sie die Jungs etwas rufen und eine Antwort von Jim, dann das Geräusch der Hintertür, die sich öffnete und schloss.

Warum hatte sie sich von ihm küssen lassen? Warum hatte sie seinen Kuss erwidert? Was in aller Welt tat sie da nur? Der Arzt war ganz offensichtlich ein einsamer Mann und sie hatte ihm falsche Hoffnungen gemacht – sinnlose Hoffnungen. In zwei Monaten würde sie ein Schiff zurück nach Southampton nehmen. Sie stand auf und nahm das Foto von Greg aus ihrem Buch. „Es tut mir leid", flüsterte sie. „Ich weiß nicht, was in mich gefahren ist."

Unten wurde das Stimmengewirr lauter. Sie würde zurückgehen und sich wieder zu den anderen gesellen müssen. *Reiß dich zusammen, Mädchen. Bald ist es geschafft und sie gehen wieder.* Sie nahm ihren Lippenstift in die Hand und ging zum Spiegel, um ihn aufzufrischen. Als sie ihn über ihre Lippen gleiten ließ, durchlebte sie noch einmal, wie sich Duncan Robinsons Lippen auf ihren angefühlt hatten. *Genug davon! Geh zurück nach unten.*

Alle saßen nun um den Tisch herum, in dessen Mitte traditioneller Früchtekuchen stand.

„Da ist sie!", sagte Joan. „Wir wollten schon einen Suchtrupp losschicken." Dann wandte sie sich an Dr. Robinson und seine Tochter. „Wir haben ein paar kleine Geschenke für euch beide." Sie überreichte jedem von ihnen ein kleines Päckchen. „Von Jim und mir."

Duncan und Sandra öffneten ihre Geschenke und holten eine kleine Schachtel

Zigarren für ihn und Taschentücher in einer hübschen Schachtel mit aufgesticktem S für Sandra hervor.

Nachdem sie sich bedankt hatten, drückte Joan Ethel den festlich verpackten Badezusatz in die Hand und der Ausdruck auf ihrem Gesicht vermittelte ihr die Botschaft „Na los."

Ethel wandte sich an Sandra. „Es ist nur eine Kleinigkeit."

Sandra machte ein langes Gesicht. „Ich habe nichts für Sie."

„Das hätte ich auch nicht erwartet. Es ist wirklich nur eine kleine Aufmerksamkeit."

Sandra öffnete das Geschenk, ihr Gesicht ausdruckslos.

„Ich sagte doch, es ist nur eine Kleinigkeit. Mit Duft."

Sandra nickte, sagte aber nichts.

Es war ihr Vater, der sich Ethel zuwandte und sagte: „Was für ein aufmerksames Geschenk. Danke, Miss Underwood." Er lächelte, aber seine Augen waren traurig.

Joan stand auf. „Und jetzt alle nach nebenan. Die Jungs werden uns Weihnachtslieder vorsingen."

Ethel und Sandra waren die letzten, die die Küche verließen. Als sie die Tür erreichten, zischte Sandra ihr im Flüsterton zu: „Ich nehme an, Sie dachten, dass mein Vater Sie mögen würde, wenn Sie mir dieses Geschenk machen. Nun, da liegen Sie falsch. Das tut er nicht. Und ich mag Sie überhaupt nicht." Damit stürmte sie ins Wohnzimmer und ließ eine fassungslose Ethel zurück, die ihr nur zögerlich folgte.

KAPITEL 18

ETHEL ERWACHTE FRÜH am nächsten Morgen und zitterte vor Kälte. Sie streckte ihren Kopf unter der Decke hervor und zog ihn schnell wieder ein. Die Wärmflasche unter ihren Füßen war eiskalt und sie schob sie ans Fußende des Bettes. Es war der kälteste Tag, seit sie in Kanada angekommen war. Eindeutig weit unter dem Gefrierpunkt. Als sie den Arm ausstreckte, um den Vorhang zurückzuziehen, sah sie, dass es noch immer nicht geschneit hatte. Schlimmer ging es kaum – klirrende Kälte, die nicht durch den Anblick einer märchenhaften Landschaft versüßt wurde. Sie zog ihren Arm zurück unter die Decke und zog die Knie an, um sich wie ein Igel zusammenzurollen. Am besten wäre es, aus dem Bett zu springen, sich so schnell wie möglich zu waschen und anzuziehen und hinunter in die stets warme Küche zu gehen. Aber Ethel wollte sich nicht bewegen. Sie rieb sich mit den Händen über die Arme und verkroch sich noch tiefer unter der Decke.

Die Erinnerung an den Kuss mit Duncan Robinson kehrte zurück und ihr Blut geriet in Wallung. Einige Augenblicke lang schwelgte sie in dieser Erinnerung, dachte daran zurück, wie es sich angefühlt hatte, so gehalten zu werden, sich begehrt zu fühlen. Dachte an diesen Blick in seinen Augen. An seinen Mund auf ihrem, an seinen an sie gepressten Körper, an seine Arme, die sich um sie schlangen. An die Wärme seines Atems, das Geräusch davon. Sie schloss die Augen und ließ sich in den Genuss dieser wenigen, kurzen Momente fallen.

Aus der Küche ertönte das Klappern von Besteck, das Pfeifen des kochenden Wasserkessels, das Trampeln von Jimmys Füßen auf der Treppe und schließlich das Wimmern von Harry im Zimmer neben ihrem. Widerwillig zog Ethel ihren Morgenmantel an, steckte ihre Füße in die kalten Hausschuhe und ging hinüber, um das Baby hochzunehmen und zu seiner Mutter zu bringen.

In der Küche brutzelte Joan Speck auf dem Herd, während die Jungs auf dem Teppich vor dem Weihnachtsbaum saßen und Mikado spielten.

„Ich habe euch gesagt, Jungs, kein Spielzeug in der Küche. Ihr habt den ganzen Keller zum Spielen."

„Zu kalt." Sam tat, als würde er zittern.

„Dad hat heute Morgen vergessen, den Ofen unten anzuzünden."

Jim kam herein, zog seine dicke, mit Schafsfell gefütterte Jacke aus und die Wolljacke mit Reißverschluss, die er darunter trug, nahm sich die Strickmütze vom Kopf und setzte sich an den Tisch. „Nein, ich habe es nicht vergessen. Es hat nur keinen Sinn, jetzt schon einzuheizen. Wir gehen doch heute zu Ma, oder?"

Joan verdrehte die Augen. „In Ordnung, Jungs. Aber keine Unordnung. Ihr müsst danach alles aufräumen. Ich will nicht auf diesen Stäben ausrutschen. Morgen, Ethel. Gut geschlafen?"

Ethel nickte, obwohl es nicht stimmte.

„Du hast heute die Wahl. Du kannst mit Jim und den Kindern rüber nach Hollowtree gehen oder du kannst hier bei mir bleiben. Ich fühle mich heute Morgen nicht besonders gut. Eine leichte Magenverstimmung."

Ohne zu zögern, sagte Ethel, sie würde bleiben.

„Dann verpasst du aber Mas Süßkartoffelauflauf. Und ihr Früchtekuchen ist viel besser als meiner. Deutsches Geheimrezept!"

„Ich erhole mich noch von gestern." Ethel zwang sich zu einem Lächeln, erleichtert über die Aussicht auf einen ruhigen Tag.

„Sollen wir Harry mitnehmen?", fragte Jim. „Das verschafft dir eine richtige Pause. Und Ma und Pa werden ihn sehen wollen."

Joan legte ihre Arme um seinen Hals und küsste ihn auf die Wange. „Wirklich? Danke, Liebling. Ich werde ein paar Fläschchen vorbereiten, falls er unruhig wird. Er sollte aber mit fester Nahrung zufrieden sein. Sag Ma, sie soll einfach für ihn zerdrücken, was ihr alle esst."

Nachdem sie ihre Pfannkuchen mit Speck und Ahornsirup gegessen hatten, gingen Jim und die Kinder.

Joan lehnte sich in ihrem Stuhl zurück. „Welch ein Luxus. Völlige Stille!"

Ethel räumte den Tisch ab und setzte sich ihrer Cousine gegenüber.

„Trinken wir noch eine Tasse." Joan stand auf und setzte den Wasserkessel auf. „Mein Teekonsum ist in die Höhe geschnellt, seit du hier bist. Es ist eine Schande, wie sehr ich das Teetrinken vernachlässigt habe!" Sie klang wehmütig. „Es fühlt sich an wie früher, nicht wahr? Du und ich, wie wir in der Küche deiner Mum sitzen und über Gott und die Welt reden."

Ethel nickte. „Vor allem über Make-up und Jungs. Bis der Krieg kam und es keine Schminke mehr zu kaufen gab!"

„Nun, wir können jetzt über Make-up und Jungs reden. Solange die Jungs nicht unter einem Meter groß sind und dazu neigen, zu widersprechen und ihr Spielzeug auf dem Boden liegenzulassen." Sie nickte in Richtung des Weihnachtsbaums, vor dem der Boden mit Mikadostäbchen übersät war. „Was habe ich ihnen gesagt? Ehrlich, Ethel, ich bin am Verzweifeln."

Ethel goss den Tee ein und nahm einen Schluck. „Gut, dann lass uns über Make-up reden."

„Nun, wir können mit Sandra Robinson anfangen. Ich würde ihr liebend gern zeigen, wie man ein bisschen Lippenstift aufträgt. Vielleicht auch etwas Mascara. Und außerdem will ich sie dazu überreden, sich von dir die Haare machen zu lassen."

Ethel nickte, sagte aber nichts.

„Sie ist eigentlich ein hübsches Mädchen, aber es fühlt sich so an, als würde sie nicht wollen, dass es jemand bemerkt. Hier gibt es viele solcher Frauen. Ein bisschen puritanisch. Vielleicht ist es der mennonitische Einfluss."

„Was ist das?"

Joan erzählte ihr von den Mennoniten, die in der Gegend lebten, von ihrer schwarzen Kleidung, die eher ins vergangene Jahrhundert passte, und von ihren mit Mützen oder Tüchern bedeckten Köpfen. „Hier in der Gegend leben Menschen unterschiedlichster Herkunft. Von Deutschen wie Helga über Frankokanadier wie Alices Vater bis hin zu Holländern und Schotten. Aber sie scheinen alle aufrichtige Leute zu sein. Manchmal wünsche ich mir einen unserer guten alten Tanz-abende. Es trinkt auch kaum jemand hier. Selbst Alice ist ein bisschen so. Sie trägt nie Make-up und trinkt keinen Tropfen."

„Aber du kannst Sandra nicht mit Alice vergleichen. Alice kleidet sich gut und ist bedacht darauf, ihr Haar zu pflegen. Und sie braucht auch kein Make-up zu tragen. Sie ist auch ohne sehr hübsch."

„Ich dachte, du magst sie nicht?"

„Das muss ich nicht, um zu sehen, dass sie eine attraktive Frau ist."

„Aber Sandra. Sie hat den ganzen Tag kaum ein Wort gere-det. Wenn sie ab und zu ein Lächeln aufsetzen würde, sähe sie gleich viel hübscher aus."

„Kennst du sie gut?"

„So gut wie gar nicht. Ich habe sie in Docs Praxis gesehen, aber sie hat sich nie auf ein Gespräch mit mir eingelassen. Ich dachte immer, sie wäre zu beschäftigt. Oder vielleicht schüchtern. Aber gestern bin ich zu dem Schluss gekommen, dass sie schlichtweg unhöflich und trotzig ist. Sie hat sich nicht einmal für dein Geschenk bedankt. Ich wollte ihr eine Ohrfeige geben, dieser mürrischen Ziege."

Sie kicherte und Ethel ertappte sich dabei, wie sie mitlachte. „Ich glaube, sie mag mich nicht."

„Was? Sie kannte dich doch bis gestern gar nicht. Sie kann keine fünf Worte mit dir gewechselt haben!" Joan hielt inne. „Ah! Ich verstehe. Es ist wegen ihres Vaters."

Ethel nahm einen Schluck Tee, unsicher, ob sie Joan alles erzählen sollte.

„Ich glaube, sie hat einen falschen Eindruck von Dr. Robinson und mir bekommen."

„Das bezweifle ich", schmunzelte Joan. „Ich wette, sie hat genau den richtigen Eindruck. Er konnte seine Augen den ganzen Tag nicht von dir lassen." Sie wartete und als Ethel nicht antwortete, fragte sie: „Warum hat er gefragt, ob es dir gut geht, als du nach dem Spaziergang in die zurückgekommen bist?"

Ethel stieß einen langgezogenen Seufzer aus. „Ich wollte nicht, dass es passiert. Ich bin mir immer noch nicht sicher, wie es überhaupt dazu kommen konnte. In der einen Minute gingen wir nebeneinander her und in der nächsten küsste er mich."

Joan lehnte sich in ihrem Stuhl zurück und klatschte in die Hände. „Ja!", rief sie triumphierend. Sie beugte sich vor. „Und?"

„Und was?"

„Hast du den Kuss erwidert?"

„Um Himmels willen, Joan, du bist unmöglich. Ich weiß nicht, was über mich gekommen ist, aber ja, ich habe seinen Kuss erwidert. Ich wollte es nicht und es wird nicht wieder vorkommen. Ich hätte gar nicht erst zulassen dürfen, dass es passiert. Es war falsch.“

„Warum war es falsch? Ihr seid zwei ungebundene Erwachsene, die Bedürfnisse haben. Warum solltet ihr euch nicht ineinander verlieben dürfen?“

„Hör auf!“ Ethel hob gleichermaßen erschrocken wie abwehrend die Hände in die Luft. „Das geht mir alles viel zu schnell, Joan. Es war ein Kuss. Er hätte nie passieren dürfen, aber ich hatte ein Glas Wein getrunken und es ist mir zu Kopf gestiegen. Es wird ganz bestimmt nicht wieder vorkommen.“

„Ich wüsste nicht, warum nicht. Ehrlich gesagt, wenn ich Jim nicht hätte, würde ich selbst ein Auge auf unseren Doc werfen. Er sieht ja so wahnsinnig gut aus. Diese tiefsinnigen, braunen Augen.“

Ethel stöhnte. „Bitte, Joan. Das ist nicht fair.“

„Aber du findest ihn doch attraktiv, oder?“

Sie rieb sich die Augen und sagte: „Natürlich tue ich das. Wie könnte ich es nicht?“

Joan grinste wieder. „Hat er gefragt, ob er dich wiedersehen kann?“

„Nein, hat er nicht.“„Nun, das kommt schon noch.“

„Jim und er haben darüber gesprochen, dass wir uns zu viert ein Eishockeyspiel ansehen könnten, aber ich werde mir eine Ausrede einfallen lassen.“

„Das wirst du ganz sicher nicht. Ich werde diejenige sein, die sich entschuldigt und dann kann Jim mit mir zu Hause bleiben und ihr beide könnt zusammen hingehen. Außerdem kann ich die Jungs nicht allein lassen und sie können auch nicht drüben in Hollowtree bleiben, wo Don doch so krank ist." Mit einem Mal wirkte sie traurig.

„Sandra wird auf die Jungs aufpassen", sagte Ethel.

„Wirklich?", fragte Joan erstaunt. „Hat sie es angeboten?"

„Nein. Dr. Robinson hat es vorgeschlagen und sie musste zustimmen. Ich glaube, sie war nicht besonders glücklich darüber, aber zu dem Spiel gehen, wollte sie auch nicht. Sie sagte, sie mag Sport nicht."

„Ach so. Nun, ich werde trotzdem nicht mitkommen. Der Gedanke, mich mit diesem riesigen Bauch auf einen winzigen Sitzplatz zu quetschen, ist nicht gerade schön. Wann ist das Spiel denn?"

Ethel zuckte mit den Schultern. „Nächste Woche, denke ich. Oder vielleicht in der Woche darauf."

„Nun, wann auch immer es ist, es ist mir zu knapp vor der Geburt." Joan rieb ihre Hände aneinander. „Dann ist es also abgemacht. Du gehst mit Duncan aus."

„Das tue ich nicht. Es wäre nicht fair."

„Warum nicht?"

„Ich werde bald abreisen. Es wäre nicht richtig – ich würde ihm falsche Hoffnungen machen und dann müsste ich ihn verlassen."

„Du musst nicht nach England zurückkehren, weißt du? Es gibt keinen Grund zur Eile. Du kannst so lange hierbleiben, wie du willst. Außerdem, was wartet zu Hause auf dich? Mum meint, dass sie leicht einen Mieter für dein Haus finden könnte. Damit hättest du ein Einkommen – oder könntest zumindest die Rechnungen bezahlen. Und warum würdest du zurück in den Frisiersalon gehen wollen? Vera hat dich nie zu schätzen gewusst. Du bist eine verdammt gute Friseurin und die Kunden lieben dich. Ohne dich wird das Geschäft den Bach runtergehen. Entweder das, oder sie wird zur Abwechslung selbst arbeiten müssen. Geschieht ihr recht."

„Du träumst doch, Joan."

„Und was ist daran falsch? Träume haben noch nie jemandem geschadet. Ich kann mir keinen besseren Traum vorstellen, als dass du und der Doktor euch verliebt, heiratet und hier in Hollowtree bleibt. Perfekt!"

„Ich kann mich aber nicht in ihn verlieben."

„Und warum nicht?"

„Du weißt genau, warum."

Joan streckte ihre Hand aus und nahm die von Ethel. „Sieh mal, Liebes, du kannst dich nicht für einen Mann aufsparen, der schon seit mehr als zehn Jahren tot und begraben ist. So funktioniert es nicht."

Ethel begann zu weinen. Es waren stille Tränen.

Joan kam auf die andere Seite des Tisches und legte ihre Arme um ihre Cousine. „Gut so. Lass alles raus. Das Problem ist, Ethel, dass du damals nicht ausreichend um ihn geweint hast. Du warst so entschlossen, tapfer zu sein. Auch bei deinem Bruder und deiner Mum. Und die ganze Zeit über, als du dich um mich gekümmert hast." Sie streichelte Ethels Haar. „Es ist an der Zeit, dass du dich um dich selbst kümmerst, Liebes. Es ist an der Zeit, dass du dir erlaubst, glücklich zu sein."

„Ich habe nichts mehr zu geben. Alles, was ich an Liebe zu geben hatte, habe ich Greg geschenkt. Ich kann unmöglich einen anderen Mann lieben. Das würde alles, was Greg und ich zusammen hatten, bedeutungslos machen."

Joan schüttelte den Kopf. „Nichts kann dir jemals nehmen, was du mit Greg hattest. Es war wunderschön. Ihr wart wunderschön zusammen. Was ihm passiert ist, war schrecklich. Schockierend. Aber ich weiß – ja, ich habe nicht den leisesten Zweifel daran, dass Greg dir, wenn er jetzt mit dir reden könnte, sagen würde, dass du dich von deinem Herzen leiten lassen sollst. Er würde mehr als alles andere wollen, dass du glücklich bist. Oh, Ethel, Greg würde es *hassen*, wenn du dich wegen dem, was ihr hattet, von einer Chance auf Liebe und Glück abwenden würdest. Bitte tu dir das nicht an, Süße. Bitte." Sie zog Ethel näher an sich und Ethel sah, dass auch sie weinte.

Im nächsten Moment brachen sie beide in Gelächter aus.

„Was sagte ich neulich, was wir beide sind?", fragte Joan.

Ethel wischte sich die Augen trocken.

„Dann wartest du ab und siehst, was passiert? Und gehst zu diesem Eishockeyspiel?"

Ethel nickte.

„Wenn das so ist, mache ich uns noch einen Tee. Dann können uns überlegen, was wir essen wollen. Was hältst du von einem Truthahnsandwich mit Gewürzgurken?"

Als sie ihre einfache Mahlzeit beendet hatten, erzählte Ethel Joan, was Sandra zu ihr gesagt hatte, nachdem sie ihr das Geschenk gegeben hatte.

„Dieses Miststück", sagte Joan. „Das erklärt es."

„Erklärt was?"

„Ich habe das Päckchen mit dem Badezusatz gefunden. Sie hat es hinter eines der Kissen im Wohnzimmer gestopft."

„Nein!"

„Jetzt musst du unbedingt mit Duncan ausgehen. Nur, um dieses kleine Miststück zu ärgern."

Ethel schüttelte den Kopf. „Sie tut mir leid. Sie hat ihre Mutter verloren, als sie noch ein Baby war. Sie und ihr Vater müssen sich sehr nahestehen. Ich nehme an, sie hat Angst vor der Vorstellung, dass jemand kommt und ihn ihr wegnimmt – nicht, dass ich das tun würde."

„Das ist keine Entschuldigung für ihr unhöfliches Verhalten. Sie war ein Gast in meinem Haus. Wie kann sie es wagen, sich dir gegenüber unter meinem Dach so zu verhalten? Ich hätte gute Lust, dem Mädchen den Marsch zu blasen."

Ethel legte ihre Hand auf Joans Arm. „Beruhige dich! Am besten vergessen wir sie einfach. Wenn sie so sehr gegen mich ist, wird sie mit ihrem Vater reden, und dann wird er sich wahrscheinlich zurückziehen. Darüber muss ich mir keine Sorgen machen."

Joan räumte die Teller weg. „Irgendwie kann ich mir nicht vorstellen, dass Duncan Robinson sich zurückziehen wird. Ich setzte auf euch beide!" Sie grinste Ethel über ihre Schulter hinweg an.

Jemand krachte gegen die Tür und im nächsten Moment stürmten Jimmy und Sam in die Küche, redeten beide gleichzeitig und wollten ihnen unbedingt die selbst gestrickten Mützen zeigen, die ihre Großmutter ihnen zu Weihnachten gemacht hatte.

KAPITEL 19

OTTAWA

MR. FREEMAN WAR zu Recht optimistisch gewesen, was die Ausbezahlung der Hinterlassenschaft anging. Ende Januar rief er Alice zu sich und teilte ihr mit, dass das Geld nun in seinem Besitz und die Regelung des Nachlasses bereits im Gange sei.

„Sobald das Vermögen auf Ihren Namen übertragen wurde, ist meine Aufgabe erledigt, es sei denn …"

„Wollen Sie wissen, ob ich weiterhin die Dienste Ihrer Kanzlei in Anspruch nehmen werde, Mr. Freeman?"

Er nickte. Alice bemerkte, dass er tatsächlich unbeholfen wirkte und es offensichtlich nicht genoss, in die Rolle des Bittstellers zu schlüpfen.

„Es steht Ihnen natürlich frei, einen Rechtsbeistand Ihrer Wahl zu beauftragen oder – wovon ich allerdings abraten würde – gar keinen zu Rate zu ziehen."

„Ich habe die Absicht, weiter mit Ihnen zusammenzuarbeiten. Diese Kanzlei hat Miss Cooke jahrzehntelang gute

Dienste geleistet und was für sie gut genug war, ist für mich sicherlich auch gut genug."

Etwa eine Woche nach Ausstellung des Erbscheins klopfte es an der Haustür. Alice war gerade dabei, ihren Mantel anzuziehen, um zu ihrem täglichen Besuch in einem der Filmpaläste aufzubrechen. Sie öffnete die Tür. Ihr schlug das Herz bis zum Hals, so sehr erschrak sie. Tip Howardson stand mit einem breiten Grinsen auf der Türschwelle.

Sie wollte die Tür schnell wieder schließen, aber er hatte bereits seinen Fuß hineingestellt.

„Sieh an, sieh an, Alice. Reizend wie eh und je, nur deine guten Manieren scheinst du vergessen zu haben."

„Verschwinde. Ich habe dir nichts zu sagen."

„Das macht nichts. Es reicht, wenn du zuhörst, denn ich habe dir einiges zu sagen. Warum bittest du mich nicht herein, bevor die ganze kalte Luft in dein schönes warmes Haus zieht?"

„Ich habe es dir bereits gesagt. Ich will, dass du gehst, und zwar sofort."

Howardson grinste. „Ich denke, zuerst solltest du dir anhören, was ich zu sagen habe."

Alice beschloss, dass es besser war, es hinter sich zu bringen. Sie hatte nichts mehr von ihm zu befürchten. Sie war immun gegen ihn. Es fiel ihr schwer, zu glauben, dass sie sich jemals zu ihm hingezogen gefühlt hatte. Sie öffnete die Tür, ließ ihn eintreten und führte ihn in den Salon.

Er setzte sich, füllte mit seinem massigen Körper den Lehnsessel aus, spreizte seine Schenkel weit auf und nahmen den Raum in Besitz. Alice stellte sich vor den Kamin und war nervös. Sie hatte Grund zur Angst. Dieser Mann hatte Kontrolle über sie ausgeübt und ihre Verletzlichkeit und Einsamkeit nach Walts Tod schamlos ausgenutzt.

Als sie ihn jetzt ansah, fragte sie sich, wie sie jemals auf seine Sprüche hatte hereinfallen können. Er hatte immer noch den wulstigen Stiernacken, die gebrochene Nase eines Boxers und schmale Lippen, die er stets zu einem hämischen Grinsen verzog, aber es waren seine Augen, in denen die Gefahr lauerte. Als sie vor all den Jahren in diese Augen geblickt und sein rohes Verlangen darin gesehen hatte, war sie zu Wachs in seinen Händen geworden. Sie wich seinem Blick aus und sagte: „Also, dann rede. Ich muss in zehn Minuten los. Du hast mich auf dem Sprung erwischt."

„Ich habe lange nachgedacht, Alice. Und ich bin zu dem Schluss gekommen, dass du und ich das Kriegsbeil begraben und doch heiraten sollten."

Er erhob sich von dem Sessel und stellte sich neben ihr an den Kamin. Sie wich zurück. Entsetzt beobachtete sie, wie er ein gerahmtes Foto von Catherine vom Kaminsims nahm.

„Sie ist hübsch. Kommt ganz nach ihrer Mutter. Weiß sie von mir? Wie heißt sie?"

„Stell das zurück. Und dann verschwinde." Alice wollte ihm das Foto aus den Händen reißen, aber Tip packte ihr Handgelenk und hielt es mit einem so eisernen Griff fest, dass sie vor Schmerzen zusammenzuckte. Er stellte den Bilderrahmen zurück, ließ sie los und ging wieder zu dem Sessel, um sich hinzusetzen. Er lehnte sich zurück und spreizte seine Beine wie zuvor. Der Stoff seiner Hose spannte sich über seine kräftigen Oberschenkel und sie konnte die Umrisse seines Penis sehen. Ihr wurde übel.

„So ein kleines Mädchen braucht seinen Vater. Wenn wir heiraten, wird es einen haben."

Er nickte mit dem Kopf in Richtung des Fotos von Rose, das in einem passenden Rahmen neben dem ihrer Schwester stand. „Vielleicht adoptiere ich das andere auch. Walts Mädchen." Er griff in seine Manteltasche, zog ein Päckchen Zigaretten heraus, zündete sich eine an, zog den Rauch tief in seine Lungen und blies ihn in Alices Richtung. „Der gute alte Walt. Ich habe ihn immer gemocht. Er war wie ein Bruder für mich."

Alice hob eine Hand, um zu verhindern, dass der Qualm ihr in die Nase stieg, als langsam Wut an die Stelle ihrer Angst trat. „Walt hatte Mitleid mit dir, als ihr Kinder wart, weil du keine Freunde hattest. Alle haben dich gehasst, Tip. So, wie ich es jetzt tue. Genau genommen, verachte ich dich."

Er lachte. „Immer noch ein temperamentvolles Mädchen, was, Alice Ducroix? Du hast richtig Mumm. Das mag ich an einer Frau. Eine, die sich nicht scheut, für ihre eigenen Interessen einzustehen." Seine Lippen verzogen sich zu einem schmierigen Grinsen.

„Und immer noch der beste Fick, den ich je hatte." Er musterte sie von oben bis unten, während er sie gedanklich auszog.

Alice geriet zunehmend in Panik. Wieso um alles in der Welt hatte sie ihn in ihr Haus gelassen? Und wie sollte sie ihn jetzt wieder loswerden?

Tip schien, ihre Gedanken zu lesen. Er stand auf und bewegte sich auf sie zu. „Ich würde dich am liebsten hier und jetzt ficken, Darling, aber ich werde es nicht tun. Diesmal will ich es richtig machen. Ich will erst eine ehrliche Frau aus dir machen und mich wie ein Ehrenmann verhalten – für dich und meine Tochter."

Alice war so empört, dass es plötzlich aus ihr heraussprudelte. „Wovon zum Teufel redest du? Schneist hier herein, mit deinem schmutzigen Mundwerk. Hast du etwa vergessen, dass du mir damals gesagt hast, du hättest bereits Frau und Kind?"

Er lachte. „Das habe ich wirklich gesagt, was? Schon komisch, was ein Kerl sagt, wenn er in der Klemme steckt. Aber die gute Nachricht ist, Alice, meine Süße, das war alles nur erfunden. Nun, nicht die Frau – aber von der bin ich längst geschieden. Ging ganz schnell. Sie war Amerikanerin. Da unten wissen sie, wie man so etwas im Handumdrehen regelt. Ohne Aufhebens. Ohne Theater. Aber das Kind hat nie existiert." Er zuckte mit den Schultern.

Alice sagte nichts. Ihr Herz hämmerte gegen ihre Rippen, ihr Atem ging schnell und stoßartig.

„Ich weiß, dass ich mich in der Vergangenheit herumgetrieben habe. Ich hatte mehr Frauen, als ich zählen kann." Er bewegte sich weiter auf sie zu, bis er direkt vor ihr stand, und lehnte seine Stirn gegen ihre. Alice erstarrte vor Angst.

„Aber eine wie dich gab es nie, Alice. Ich glaube, ich würde nie wieder eine andere Frau ansehen, wenn ich es die ganze Zeit von dir bekäme."

Sie stieß ihn von sich.

Er streckte eine Hand aus und fasste ihr an die Brust. „Hast immer noch diese straffen Titten. Ich weiß noch, wie sehr du es mochtest –"

Alice schlug seine Hand beiseite. „Raus hier! Sofort! Bevor ich die Polizei rufe."

Er nahm seinen Hut, den er auf einem Beistelltisch abgelegt hatte. „Denk drüber nach, Darling. Vielleicht glaubst du, dass du keinen Ehemann brauchst, speziell jetzt, wo du all das hier geerbt hast." Er gestikulierte mit seinem Hut durch den Raum. „Aber das kleine Mädchen braucht einen Vater. Und ich weiß besser als jeder andere, wie sehr du es brauchst, gefickt zu werden. Behalte das einfach im Hinterkopf." Er lachte anstößig.

Alice schob ihn in Richtung Eingangstür.

„Wir sehen uns bald wieder. In der Zwischenzeit, denk gründlich nach, Alice. Du willst doch nicht, dass dieses hübsche Mädchen als uneheliches Kind aufwächst. Kinder können grausam sein. Sowas spricht sich herum."

Er setzte seinen Hut auf, öffnete die Tür und ging beschwingt die paar Stufen hinunter.

Sobald er gegangen war, ging Alice in die Küche im Untergeschoss. Niemals könnte sie sich jetzt einen Film ansehen. Ihr Herz raste immer noch und sie hatte Mühe, zu atmen. Tip musste von Tante Miriams Tod und ihrem Nachlass erfahren haben. Aus den Nachrufen? Sie ging zum Schrank, holte eine Flasche von Miss Cookes Whisky heraus und schenkte sich einen großzügigen Schluck ein. Als sie daran nippte, verzog sie angewidert das Gesicht, aber dann, als der Alkohol ihren Körper von innen heraus zu wärmen begann, nahm sie noch einen Schluck und ging mit dem Glas in der Hand zurück in den Salon.

KAPITEL 20

HOLLOWTREE

„Ich möchte, dass du und Jim mitkommt." Ethel saß am Küchentisch. „Sonst fahre ich nicht."

Joan setzte sich ihr gegenüber. „Ich fürchte, du hast keine andere Wahl. Jim hat heute einen Abstecher zu Docs Praxis gemacht und Sandra gesagt, dass sie nicht auf die Jungs aufzupassen braucht, weil ich nicht in der Stimmung bin, mitzukommen."

„Nein!" Ethel verbarg ihren Kopf hinter ihren Händen.

„Sei nicht albern, Ethel. Dr. Robinson beißt nicht. Du wirst dich gut amüsieren. Eishockey macht richtig viel Spaß. Es ist ein sehr brutaler Sport. Sie prügeln sich gegenseitig windelweich. Ich war schockiert, als ich das erste Mal dabei war."

„Offensichtlich weißt du genau, wie du mir das Spiel schmackhaft machen musst."

„Du wirst es lieben. Ich liebe es. Und du kannst dich an Duncan kuscheln und dir von ihm erklären lassen, worum es dabei geht. Männer lieben es, ihre Überlegenheit durch ihr

Wissen zu demonstrieren." Sie zwinkerte. „Oder du kannst dein Gesicht in seiner Jacke vergraben, wenn dir die Sache zu brutal wird!"

„Joan! Das ist nicht hilfreich. Kannst du ihm nicht sagen, dass es mir heute nicht gut geht?"

„Natürlich nicht. Du kannst ihn doch nicht allein hinfahren lassen."

„Er kann immer noch Jim mitnehmen."

Joan schüttelte den Kopf und stand auf. „Jim ist heute Abend bei Don, um ihm Gesellschaft zu leisten. Helga will zu einer Veranstaltung in der Kirche gehen." Als sie das Knirschen von Kies hörte, fügte sie hinzu: „Jetzt ist es wohl ohnehin zu spät."

Ethel schnappte sich ihren Mantel und verließ mit einem finsteren Blick in Joans Richtung die Küche, als ob sie sich damit abfand, dass sie sich ihrem Schicksal stellen musste.

Sie streckte gerade die Hand nach der Beifahrertür aus, als die hintere Tür aufsprang und sie feststellte, dass Sandra vorn saß. Ethel kletterte auf die Rückbank und wusste nicht, ob sie verärgert oder erleichtert darüber sein sollte, dass Sandra offenbar doch beschlossen hatte, mitzukommen.

Dr. Robinson machte ein Gesicht wie sieben Tage Regenwetter und Ethel konnte an der Stimmung im Wagen erkennen, dass er und seine Tochter sich gestritten hatten.

Er drehte sich zu Ethel um und verdrehte seine Augen fast unmerklich in Sandras Richtung. „Sandra hat beschlossen, sich uns heute Abend anzuschließen."

„Hallo, Sandra. Ich dachte, du magst keinen Sport?" Ethel fügte ihrem Tonfall etwas Heiterkeit hinzu.

„Einer der Patienten hat mir gesagt, dass das Spiel heute Abend sehr wichtig ist und ich mir die Gelegenheit nicht entgehen lassen sollte, es mir anzusehen."

„Du hast dir in den letzten zehn Jahren – oder noch länger – jede einzelne Gelegenheit entgehen lassen, zu Eishockey- spielen zu gehen." Duncan klang gereizt.

„Ich weiß. Aber es ist nur richtig, dem Sport eine Chance zu geben. Wahrscheinlich werde ich da Spiel hassen, aber dann weiß ich wenigstens mit Sicherheit, dass ich Hockey nicht mag." Sie drehte sich in ihrem Sitz herum und sah Ethel direkt in die Augen. „Außerdem wissen Sie auch nicht, ob es Ihnen gefallen wird. Bestimmt nicht, schließlich sind Sie Engländerin." Der Hohn in ihrer Stimme war nicht zu überhören.

Das Spiel fand in Kitchener statt, eine Autostunde entfernt. Sie fuhren schweigend und jede Minute fühlte sich wie eine Ewigkeit an. Ethel starrte aus dem Fenster, obwohl es draußen dunkel war und nichts zu sehen gab, und verfluchte Joan im Stillen. Der Versuch, sich mit Sandra zu unterhalten, wäre sinnlos, und sie hatte Hemmungen, mit dem Arzt zu plaudern, solange seine Tochter wie ein Raubvogel neben ihm hockte, der nur darauf wartete, sich auf seine Beute zu stürzen.

Als sie das Stadion erreichten, führte Dr. Robinson sie zu ihren Plätzen. Im selben Moment, als Ethel hinter ihm die Reihe betreten wollte, schob sich Sandra vor sie und setzte sich auf den Platz in der Mitte. So viel zu Joans Plan.

Das Spiel begann und Ethel hatte keinen blassen Schimmer, was unten auf dem Eis vor sich ging. Als Duncan versuchte, sich nach vorn zu beugen, um ihr etwas zu erklären, beugte sich auch seine Tochter vorwärts, so dass Ethel über das

Getöse der Menge hinweg kein Wort von dem hören konnte, was er sagte. Obwohl sie keine Ahnung von den Regeln hatte, wurde Ethel bald von der aufgeregten Stimmung mitgerissen. Die Heimmannschaft, die *Kitchener-Waterloo Dutchmen*, hatte eindeutig die Oberhand.

Joan behielt recht damit, dass es brutal war. Die unvermeidlichen Stürze auf dem Eis, die Schnittwunden von Pucks, Hockeyschlägern und Schlittschuhkufen führten zu viel vergossenem Blut. Ethel war bei diesem Anblick zunächst etwas mulmig zumute, aber der Arzt schaffte es, ihr zu erklären, dass selbst kleinere Schnittverletzungen starke Blutungen verursachten und sie sich keine Sorgen machen müsse. Sie war schockiert, als eine Schlägerei zwischen den Mannschaften ausbrach, nachdem ein gegnerischer Spieler einen der *Dutchmen* äußerst unsanft mit dem Körper geblockt hatte. Als die Fäuste flogen, brüllte das Publikum zustimmend. Obwohl Spieler, die sich nicht an die Regeln hielten, für kurze Zeit auf die Strafbank geschickt wurden, schienen sich die Schiedsrichter an den unzähligen handgreiflichen Auseinandersetzungen nicht zu stören.

Nach dem Spiel und dem Sieg der lokalen Mannschaft gingen sie zurück zum Wagen. Diesmal war Duncan Robinson auf seine Tochter vorbereitet. Er legte seine Hand an den Griff der Beifahrertür und sagte: „Steigen Sie vorn ein, Ethel."

Eine schäumende Sandra setzte sich auf die Rückbank und kauerte sich in die äußerste Ecke. Ethel fragte sie, ob dieses Spiel ihre Einstellung zu Sport im Allgemeinen verändert hätte.

„Es war genau so, wie ich es erwartet hatte. Langweilig."

„Dieses Spiel war Vieles, aber langweilig ganz bestimmt nicht", entgegnete ihr Vater. „Wie fanden Sie es, Ethel?"

Sie konnte sich nicht zurückhalten. „Ich fand es absolut großartig. Joan hatte recht. Eishockey ist sehr blutrünstig, aber auch sehr aufregend. Ich habe jede Minute davon genossen." Dr. Robinson wandte sich ihr zu und seine Hand streifte kurz die ihre, bevor er sie wieder ans Lenkrad hob.

Sie unterhielten sich über die Höhepunkte des Spiels, wobei Duncan ihr einige der detaillierteren Spielregeln erläuterte, während Sandra schmollend und schweigend auf der Rück-bank saß. Als sie auf der Rivercreek Farm ankamen, stieg der Arzt aus und begleitete Ethel zur Tür.

„Es tut mir leid wegen Sandra. Ich hoffe, Sie verzeihen mir. Geben Sie mir die Gelegenheit, es zu erklären. Darf ich Sie wiedersehen?"

Ethel biss sich auf die Lippe. „Ich glaube nicht, dass das eine gute Idee ist, Dr. Robinson."

„Nennen Sie mich Duncan." Er sah sie eindringlich an. „Bit-te." Sie waren in das Licht des Mondes getaucht, so dass sie die Aufrichtigkeit in seinen Augen sehen konnte.

„Ich werde nicht mehr lange hier sein und Sandra –"

„Bitte. Ich komme morgen nach der Abendpraxis vorbei und dann können wir zusammen auf ein Getränk gehen." Er nahm ihre Hand.

„Morgen kann ich nicht." Sie hoffte, dass er nicht fragen würde, was sie vorhatte.

„Dann morgen in einer Woche? Zur selben Zeit?"

Sie zögerte. Wie konnte sie so weit im Voraus eine Ausrede haben?

„Gut. Gegen acht Uhr. Dann erkläre ich es Ihnen alles.“

Ohne auf ihren Einspruch zu warten, drückte er sanft ihre Hand und ging zurück zum Wagen. Sandra saß immer noch auf der Rückbank und hatte offensichtlich nicht die Absicht, sich nach vorn zu setzen.

Als Ethel die Küche betrat, saßen Joan und Jim am Küchentisch. Sie blickten beide erwartungsvoll auf.

„Und? Wie war es?“, fragte Joan.

„Die *Dutchmen* haben gewonnen. Sie haben sie vom Eis gefegt.“

„Ich meine nicht das Spiel! Wie hat es dir mit Duncan gefallen?“

„Du meinst mit Duncan und Sandra.“

Joan schnappte nach Luft. „Du machst doch Witze!“

Jim grunzte.

„Nein, ich meine es todernst. Meine Befürchtungen, mit ihm allein zu sein, waren völlig unbegründet. Sie saß während des Spiels zwischen uns. Ich glaube, sie hat es sich nicht einmal angesehen. Ich konnte sie sogar über das Toben der Menge hinweg seufzen hören.“

„Was ist ihr Problem? Und warum um alles in der Welt hat Duncan ihr nicht die Leviten gelesen?“

Ethel zuckte mit den Schultern. „Ich habe dir doch gesagt, dass sie mich nicht mag. Und sie denkt offensichtlich, dass ich ein Auge auf ihren Vater geworfen habe.“

„Liegt sie damit etwa falsch?“, zwinkerte Jim ihr zu.

Ethel hob eine Augenbraue, nicht bereit, darauf einzusteigen.

„Sie benimmt sich wie ein Kind. Um Himmels willen, die Frau ist achtzehn Jahre alt. Man könnte meinen, sie wäre ein kleines Schulmädchen." Joan hob eine Hand. „Ich sagte ja schon, dass ich ihr gern mal den Marsch blasen würde. Wie auch immer, wirst du ihn wiedersehen?"

Ethel nickte. „Ich hatte keine Wahl. Er hat mir keine Gelegenheit gegeben, abzulehnen. Er holt mich nächsten Dienstag nach der Abendpraxis ab und wir gehen etwas trinken."

Joan und Jim grinsten einander an.

„Er sagte, er wolle es mir erklären."

„Er *muss* es dir erklären. Ich würde nur zu gern wissen, warum er das Fräulein nicht in die Schranken weist." Joan stand auf und rieb sich den Rücken. „Ich gehe jetzt ins Bett. Da ist noch ein zweites Fräulein, das immer unruhiger wird." Sie deutete auf ihren Bauch. „Ich habe das Gefühl, dass es nicht mehr lange dauern wird."

„Geht ihr zwei schon nach oben", sagte Ethel. „Ich mache mir einen Kakao und eine Wärmflasche."

Nachdem sie sich gute Nacht gesagt hatten, kochte Ethel sich den Kakao und setzte sich damit an den Tisch. Sosehr sie sich auch bemühte, sie konnte nicht anders, als sich zu dem Arzt hingezogen zu fühlen. Schon als sie im Auto neben ihm gesessen hatte, war da diese unsichtbare, elektrisierende Anziehung zwischen ihnen gewesen. Als er ihre Hand berührt hatte, hatte sie die seine festhalten wollen. Sie hatte sich danach gesehnt, ihren Kopf an seine Schulter zu lehnen. Und sie war sich sicher, dass er sie in seine Arme genommen und geküsst hätte, wenn sie allein gewesen wären, ohne Sandra, die auf dem Rücksitz gesessen und ihr Gift verspritzt hatte. Und sie hätte ihn gewähren lassen.

Aber Ethel fürchtete sich davor, wieder so zu empfinden. Wenn sie zuließ, dass ihre Gefühle an die Oberfläche traten, wenn sie ihm ihr Vertrauen schenkte, würde sie das Schicksal herausfordern. Als sie sich in Greg verliebt hatte, endete es in einer Tragödie und tiefstem Kummer. Das konnte sie kein zweites Mal zulassen. Die ganze Zeit über, seit seinem Tod, hatte sie eine massive Mauer um ihr Herz hochgezogen und sich immun gegen die Liebe gemacht. Wie konnte sie diese Mauer jetzt niederreißen – und das für einen Mann, der Tausende von Kilometern von ihr entfernt lebte und eine Tochter hatte, die ihr unmissverständlich zu verstehen gab, dass sie Ethel zutiefst hasste?

Sie würde es ihm sagen müssen. Sie würde stark sein müssen und sich nicht davon beeinflussen lassen, wie sehr sie sich zu ihm hingezogen fühlte. Ihm zu sagen, dass sie ihn unmöglich wiedersehen konnte, war die einzige Lösung, der einzig gangbare Weg.

Sie spülte ihre Kakaotasse, nahm die Wärmflasche, schaltete das Licht aus und ging hoch ins Bett.

KAPITEL 21

AN JENEM TAG, an dem Ethel sich wieder mit dem Arzt treffen sollte, kam der Schnee und legte sich über die Felder um die Rivercreek Farm wie eine Decke aus weicher Watte. Es war die erste Januarwoche und Don Armstrong klammerte sich noch immer an das Leben.

Joan stand am Küchenfenster und sah zu, wie der Schnee fiel, als ihre Fruchtblase platzte.

Ethel starrte auf die Wasserpfütze auf dem Fliesenboden und stieß einen kleinen Schrei aus. Sie war schockiert, als Joan gelassen einen Lappen holte und die Flüssigkeit aufzuwischen begann. Schockiert sagte sie: „Lass mich das machen. Du musst dich hinlegen."

Joan lachte. „Mich hinzulegen ist das Letzte, was ich will." Sie zog einen Stuhl vom Küchentisch hervor, setzte sich vorsichtig darauf, lehnte sich zurück und schmunzelte in Ethels Richtung. „Die Kleine verschwendet keine Zeit. Ich dachte, ich hätte noch eine Woche oder zwei."

Ethel sah sie erschrocken an. „Du meinst doch nicht etwa, dass das Baby jetzt gleich kommt?"

„Schön wärs. Wahrscheinlich wird es noch ein paar Stunden dauern. Erinnere dich an Jimmy. Er hat siebzehn Stunden gebraucht. Aber mit jedem Kind ging es schneller."

„Was kann ich für dich tun?"

„Nun, ich will auf keinen Fall, dass du versuchst, das Baby auf die Welt zu bringen. Du würdest wahrscheinlich ohnmächtig werden. Zieh dir Stiefel an, pack dich gut ein und geh zu Jim. Er zerlegt den Traktormotor in der Scheune. Sag ihm, er soll mit dir nach Hollowtree fahren und Ma holen. Es macht dir doch nichts aus, bei Don zu bleiben, oder?" Sie keuchte und ihr Gesicht verzog sich vor Schmerzen. „Beeil dich, Liebes. Ich brauche Ma so schnell wie möglich."

Ethel sprang auf, hüllte sich in Mantel, Mütze und Schal und bahnte sich einen Weg durch den fallenden Schnee zu Jim, der ohne zu zögern in den Truck sprang und mit ihr über den holprigen Weg durch die Felder zur Hollowtree Farm fuhr.

Helga Armstrong saß auf einem Stuhl neben dem schmalen Bett, das sie in eine Ecke der Küche gestellt hatten. Don lag auf mehrere Kissen gestützt, sein Gesicht wurde teilweise von der Sauerstoffmaske verdeckt und neben ihm stand eine Metallflasche auf einem Rollwagen. Helga trank ein Glas Milch.

„Geht es bei Joan los?" Helga stellte das Glas ab und stand auf.

Ethel nickte. „Sie glaubt nicht, dass dieses Baby sich viel Zeit lassen wird."

„In welchen Abständen kommen die Wehen?" Ethel blickte ins Leere.

„Die Fruchtblase ist geplatzt?" Ethel nickte.

Helga beugte sich über das Bett ihres Mannes und küsste ihn auf die Stirn.

Er zog die Maske herunter. „Du fährst rüber zu Joan. Diese reizende Dame wird mir eine wunderbare Gesellschaft sein." Er lächelte Ethel an und zog die Maske wieder über Mund und Nase.

Helga zeigte auf den Herd. „Im Topf ist Suppe und frisches Brot liegt daneben. In der Speisekammer liegt Käse unter einem Tuch. Nimm dir, was du brauchst."

Sie strich mit der Hand über das Haar ihres Mannes und küsste ihn erneut. Dann waren Helga und Jim weg.

Ethel sah sich in der Küche um und überlegte, was sie tun sollte. Sie hatte sich bisher erst ein einziges Mal – und dann nur für ein paar Minuten – mit Don Armstrong unterhalten und kannte den Mann kaum. Sie bot ihm eine Tasse Tee an, die er ablehnte. Nachdem sie eine für sich selbst gemacht hatte, setzte sie sich neben ihn. Auf dem Küchentisch lag ein aufgeschlagenes Buch. „Hat Mrs. Armstrong Ihnen das vorgelesen?"

Don nickte.

„Möchten Sie, dass ich dort weitermache, wo sie aufgehört hat?"

Er schenkte ihr ein gerührtes Lächeln durch seine Maske hindurch und tätschelte ihre Hand.

Das Buch trug den Titel *Sunshine Sketches of a Little Town*. Ethel begann, die humorvolle Studie über das Leben in einer kanadischen Kleinstadt zu lesen. Sie blätterte auf die erste Seite und sah, dass es 1917 veröffentlicht worden war, aber abgesehen von der Eisenbahn, die durch Mariposa, die fiktive Stadt des Buches, fuhr, hätte es auch Hollowtree sein können. Beim Lesen verging die Zeit wie im Flug und sie genoss den ironischen, selbstkritischen Humor und die Zuneigung, mit der der Autor seine Heimatstadt beschrieb.

Nach etwa einer Stunde sehnte sie sich nach einer weiteren Tasse Tee. Als sie das Buch weglegte, sah sie, dass Don seine Augen geschlossen hatte. Sie ging zum Herd und setzte den Teekessel auf.

„Gefällt dir Hollowtree?", fragte er sie und ließ sie vor Schreck hochfahren.

„Ich dachte, Sie wären eingeschlafen. Ja, es ist ein hübscher kleiner Ort. Möchten Sie einen Tee?"

Er schüttelte den Kopf. „Ich nehme … ein paar Schluck Wasser."

Ethel hielt das Glas, während er trank.

„So ists besser. Ich habe mein ganzes Leben hier in Hollowtree gelebt …" Er machte ein leises würgendes Geräusch, hob die Maske an sein Gesicht und atmete den Sauerstoff ein. „Abgesehen von … meiner Zeit … im ersten … Krieg."

Sie kam zurück und setzte sich mit ihrer Tasse Tee zu ihm. „Hollowtree ist der Stadt in dem Buch sehr ähnlich."

Er legte seine Hand auf ihren Arm. „Wenn ich damit fertig bin, möchte ich, dass du es behältst."

Sie dankte ihm. „Das wäre sehr schön. Es wird mich immer an Kanada und Hollowtree erinnern – und an Sie, Mr. Armstrong."

„Nenn mich Don. Wirst du nicht bleiben?"

„Ich bleibe, bis Joan wieder auf den Beinen ist, dann reise ich zurück nach England."

„Du bist aus Alder … shot?"

Ethel nickte.

„Jim gefiel es dort nicht."

Sie lächelte und sagte: „Es hat wohl nicht viel zu bieten. Im Grunde ist es eine reine Garnisonsstadt. Die Heimat der britischen Armee."

Don runzelte die Stirn.

„Aber dort habe ich mein ganzes Leben lang gelebt."

„Alle in deiner Familie sind … gestorben. Nichts hält dich … dort. Hier ist es besser … für dich."

Während sie von ihrem Tee trank, fragte sie sich, warum alle so darauf bedacht waren, sie zum Bleiben zu überreden.

Don setzte die Maske wieder auf und betrachtete Ethels Gesicht, während sie ihre Tasse leerte. Dann schob er die Maske zur Seite. „Ich höre, der Doktor ist vernarrt in dich."

Ihr Gesicht begann zu glühen. Wusste es die ganze Stadt? Hatte Joan es allen erzählt? Ethel wäre vor Scham am liebsten im Erdboden versunken.

Don legte seine dürre, knochige Hand auf ihre. „Er ist ein guter … Mann." Er begann, zu husten.

Sie rückte die Kissen hinter ihm zurecht und bemerkte dabei, wie dünn sein Körper war. Er war nur noch Haut und Knochen und sie konnte jeden Wirbel und jede Rippe sehen, die sich unter dem Stoff seines Schlafanzugs abzeichnete.

Seine Haut war gräuliche gefärbt und seine Augen waren glasig.

Als er aufgehört hatte, zu husten, zog er die Maske wieder beiseite und fragte: „Magst du ihn?"

Ethel atmete tief ein und nickte. Sie konnte den Mann nicht belügen – auch wenn sie immer wieder versuchte, sich selbst zu belügen.

Er grinste sie an. „Dachte ich mir."

„Soll ich Ihnen weiter vorlesen?"

Er schüttelte den Kopf und schloss die Augen.

Während er schlief, spülte Ethel ihre Teetasse und Helgas Milchglas aus und wischte den Tisch ab. Sie sah sich nach einer weiteren kleinen Aufgabe um, die sie erledigen konnte. Es war fast ein Uhr. Mittagszeit. Sie machte Feuer im Herd, wärmte die Suppe auf, schnitt sich eine Scheibe Brot ab und aß am Tisch. Don schlief noch.

Sie musste dringend auf die Toilette, erinnerte sich aber daran, dass es hier, im Haus der Hollowtree Farm, noch keine gab. Sie würde dem Schnee trotzen und sich dafür ins Freie begeben müssen – zum Klo, wie sie es hier nannten. Also setzte sie sich eine Wollmütze auf, die sie an der Rückseite der Tür fand, und die viel wärmer aussah als ihre eigene, schlang ihren Mantel eng um sich, schlüpfte in ihre Stiefel und ging nach draußen. Der Wind schlug ihr gnadenlos ins Gesicht, peitschte seitlich über den Hof und blies den Schnee in die kleine Öffnung oben am Kragen ihres Mantels. Sie hätte sich auch den Schal um den Hals legen sollen. Zitternd öffnete sie die Tür zu der kleinen Holzhütte und benutzte die Toilette. Der hölzerne Sitz war eiskalt und der winzige Raum stockdunkel. Erst als sie die Tür wieder öffnete, entdeckte sie die halb heruntergebrannte Kerze und die Zündholzschachtel auf einem kleinen Regal.

Zurück in der warmen Küche setzte sie den Kessel auf, um sich eine weitere Tasse Tee zu kochen. Wenigstens war es hier in der Küche warm. Die Wärme, die der Herd abgab, reichte für den ganzen Raum – ja, für das ganze Haus. Sie setzte sich an den Tisch.

Etwas war anders. Sie sah zu Don hinüber. Sein Brustkorb hob und senkte sich nicht mehr unter der Decke und auch das leise Zischen des Sauerstoffs war nicht mehr zu hören. Ethel bewegte sich auf das Bett zu. Stille. Kein schwerfälliges Atmen mehr. Sie schob ihre Hand unter die Decke und hob sein Handgelenk an, um seinen Puls zu fühlen. Nichts. Dons Augen waren geschlossen, seine Haut war kalt.

Ethel schlug erschrocken die Hände zusammen, unsicher, was sie tun sollte. Er sah tot aus. Er war tot. Dessen war sie sich sicher. Sollte sie drüben in Rivercreek anrufen? Aber wie konnte sie Helga die Nachricht überbringen, wo sie doch mitten in der Geburt von Joans Baby stecken würde? Panisch eilte sie zum Telefon, das an der Wand neben der Küchentür hing. Sie kannte nicht einmal die Telefonnummer. Dann sah sie einen Notizblock auf der Fensterbank liegen. Ganz oben stand das Wort Doc und darunter die Nummer der Praxis. Sie nahm den Hörer ab und wählte, während die Angst in ihr aufstieg. War es ihre Schuld? War ihm der Sauerstoff ausgegangen? Hätte sie früher etwas bemerken müssen?

Sandra Robinson meldete sich nach dem dritten Klingeln.

„Hier spricht Hollowtree Farm. Ich glaube, Mr. Armstrong ist gestorben. Bitte schick sofort den Doktor."

„Wer ist am Apparat?"

„Hier ist Ethel Underwood, Sandra. Ich bin bei Mr. Armstrong, während Mrs. Armstrong drüben in Rivercreek ist. Joan bekommt ihr Baby. Bitte. Ich weiß nicht, was ich tun soll." Sie rang nach Atem.

„Beruhigen Sie sich. Wenn er tot ist, können Sie nichts mehr tun. Ich schicke jetzt den Doktor los. Er ist gerade mit dem letzten Patienten fertig geworden. Er wird in etwa zwanzig Minuten da sein." Ein Klicken ertönte in der Leitung, als Sandra auflegte.

Ethel schritt angespannt in der Küche auf und ab, ging immer wieder zum Fenster und suchte den Weg, der zur Straße führte, nach einem Zeichen von Dr. Robinson ab. Zwischendurch stellte sie sich ans Bett und hoffte, dass Don Armstrong die Augen öffnen und ihr sagen würde, dass er nur besonders tief geschlafen hatte.

Er wirkte ruhig und friedlich. Ethel hatte ihn nicht lange gekannt und doch hatte sie sich in seiner Gesellschaft wohl-gefühlt, hatte es genossen, ihm vorzulesen. Sie erinnerte sich daran, wie Joan ihr erzählt hatte, dass er so freundlich zu ihr gewesen war, als sie damals in Kanada angekommen war – manchmal war er der Einzige gewesen, der zu ihr gehalten hatte. Sie hob *Sunshine Sketches of a Little Town* auf, das sie offen auf dem Bett liegen gelassen hatte. Sie klappte es zu und legte es auf den Küchentisch. Tränen kullerten ihr über die Wangen, nicht nur für den armen Don, sondern auch für ihre Mum.

Die Tür ging auf und Duncan Robinson betrat die Küche. Ethel wischte sich die Augen trocken und stand auf. Der Arzt sagte nichts, sondern ging direkt zum Bett, während sie sich ans Fenster stellte.

Sie wartete dort und blickte hinaus auf den fallenden Schnee, während er Dons Lebenszeichen überprüfte, den Sauerstoff abdrehte, die Decke über das Gesicht des Mannes zog und den Totenschein auszustellen begann.

Ethel spürte es, als er quer durch den Raum zu ihr kam.

Sie drehte sich zu ihm um.

„War es meine Schuld?", fragte sie ihn. „Hätte ich etwas tun können?"

Er schüttelte den Kopf und sah ihr aufrichtig und ruhig in die Augen. „Nichts. Es hätte jederzeit passieren können. Es tut mir leid, dass es soweit war, als Sie bei ihm waren."

Sie biss sich auf die Lippe. Er zog sie an sich, drückte sie an seine Brust, wiegte mit einer Hand ihren Kopf. Sie spürte seinen Brustkorb, der sich mit jedem Atemzug hob und senkte, spürte die Wärme seiner Hand in ihrem Haar.

„Wo ist Mrs. Armstrong?", fragte er sie schließlich. Sie erklärte es ihm.

„Ich fahre hinüber und überbringe ihr Nachricht. Dann kann ich auch gleich nach Joan sehen. Obwohl sie in guten Händen ist." Er dachte kurz nach. „Vielleicht sage ich es zuerst Jim. Dann kann er es seiner Mutter im richtigen Moment beibringen. Besser, sie bringt erst das Baby zur Welt, bevor sie erfährt, dass Don dieselbe Welt heute verlassen hat."

Ethel nickte. „Und Sie sind sicher, dass ich nichts hätte tun können?"

Er schüttelte den Kopf. „War er die ganze Zeit, die Sie hier waren, bewusstlos?"

„Nein." Ethel war überrascht. „Nein, ich habe ihm vorgelesen und dann hat er ein bisschen geredet. Oh, Doktor, glauben Sie, dass das der Grund war? Er zog die Maske immer wieder von seinem Gesicht, damit er sich mit mir unterhalten konnte."

„Ich sagte doch schon, nennen Sie mich Duncan, bitte. Und nein. Ich kann mir keine schönere Art und Weise für ihn vorstellen, zu gehen, als während ihm von Ihnen vorgelesen wurde. Und sich zu unterhalten, hätte ihm nicht geschadet. Wenn er reden wollte, war es wichtig, dass er es getan hat."

Er hob das Buch vom Tisch auf und sah sich den Titel an. „Gute Wahl. Bestimmt hat er gelächelt, als Sie das gelesen haben."

„Er sagte, er wolle, dass ich das Buch bekomme. Denken Sie …?"

„Nehmen Sie es. Mrs. Armstrong hat keine Zeit zum Lesen."

„Es ist nur so, dass es mir sehr gut gefallen hat. Es hat mich an diese kleine Stadt erinnert."

„Dann müssen Sie es behalten. Alles, was Sie Hollowtree in einem guten Licht sehen lässt." Er nahm ihre Hand. „Gehen wir heute Abend immer noch aus?"

„Wäre das nicht respektlos gegenüber Don?"

„Ich glaube, Don hätte der Sache von ganzem Herzen zugestimmt. Aber jetzt lassen Sie uns rüberfahren und Jim die Nachricht überbringen."

Sie fuhren in die Einfahrt der Rivercreek Farm, in die gerade auch Jims Truck einbog. Die beiden Jungen sprangen heraus und rannten ins Haus.

Jim rief dem Arzt zu: „Alles erledigt. Meine kleine Tochter hatte es sehr eilig, auf die Welt zu kommen, also habe ich die Jungs nach Hause geholt." Er strahlte. Dann sah er, dass Ethel bei Doc war, und sein Lächeln verblasste.

Die drei standen im Schnee. „Dann ist er tot?"

Ethel nickte. „Es tut mir so leid, Jim. Er hat geschlafen und dann hat er nicht mehr geatmet. Die Nummer des Doktors lag neben dem Telefon. Ich wusste nicht, was ich tun sollte."

Dr. Robinson legte eine Hand auf Jims Schulter. „Es tut mir leid, mein Freund. Don war ein toller Mann. Aber ich kann Ihnen versprechen, dass es ein sehr friedlicher Tod war."

Jim presste die Lippen zu einer schmalen Linie zusammen und Tränen stiegen ihm in die Augen. „Lasst uns reingehen. Ich muss es Ma sagen. Und den Bestatter anrufen."

Helga Armstrong nahm die Nachricht stoisch auf, ohne eine Träne zu vergießen. Sie nickte nur und sah zu Boden. Ethel nahm an, dass sie genug Zeit gehabt hatte, sich auf diesen Tag vorzubereiten. Sie fragte sich, wie das Leben der Frau aussehen würde, nun, wo sie ganz allein auf der Hollowtree Farm lebte. Würde sie vielleicht zu Jim und seiner Familie nach Rivercreek ziehen? Ethel bezweifelte es.

Dr. Robinson ging nach oben, um nach Joan und ihrer kleinen Tochter zu sehen, während Ethel Käsetoast für die beiden Jungen und Tee für Helga machte. Dann durften die beiden großen Brüder und Ethel dem Neuankömmling ihre Aufwartung machen. Die Aufregung über ihre kleine Schwester hielt nur ein paar Minuten an, bevor die Jungen fragten, ob sie spielen gehen dürften.

„Dad wartet in der Küche auf euch. Er muss erst mit euch reden." Sie brauchten keine weitere Ermunterung und verschwanden die Treppe hinunter.

Ethel stellte sich vor, wie ihre kleinen Gesichter, die gerade noch über die Ankunft ihrer kleinen Schwester strahlten, in Tränen ausbrachen, wenn Jim ihnen gleich die Nachricht vom Tod ihres Pops überbrachte.

Joan schüttelte den Kopf, ihr Blick traurig, während sie ihre Tochter stillte. „Am Ende hat Don sie doch nicht mehr zu Gesicht bekommen." Ethel setzte sich auf die Bettkante und ihr kamen aufs Neue die Tränen. „Was für ein reizender Mann. Er war heute so freundlich, so liebenswert. Joanie, es tut mir furchtbar leid."

„Ein Leben endet, ein anderes beginnt." Joan senkte ihren Kopf und küsste den ihres Babys. „Ich wünschte, er hätte noch einen letzten Tag durchhalten können." Sie nahm Ethels Hand. „War es schlimm? Bei ihm zu sein, als er starb?"

„Nein. Überhaupt nicht. Abgesehen davon, dass ich dachte, ich hätte vielleicht etwas tun können, um ihm zu helfen. Aber ich weiß, dass ich es nicht hätte verhindern können. Er ist einfach friedlich eingeschlafen. Ich hatte ihm vorgelesen. Er bat mich, das Buch zu behalten, nachdem er es zu Ende gelesen hätte. Glaubst du, er wusste, dass es so bald vorbei sein würde? Dass er nicht mehr bis zum Ende des Buches kommen würde?"

Joan drückte ihre Hand.

„Er hat mich auch nach Dr. Robinson gefragt. Er sagte, er hätte gehört, dass er ein Auge auf mich geworfen hätte."

„Das weiß doch jeder."

„Was wird Helga jetzt tun?"

„Jim hat sie eingeladen, hierzubleiben, aber sie will nicht. Sie besteht darauf, heute Abend zurück nach Hollowtree zu fahren. Sie will sich von ihm verabschieden."

„Sie will heute Nacht mit ihm im Haus sein … mit seiner Leiche?", flüsterte Ethel. „Sollte ich ihr anbieten, sie zu begleiten?"

„Nein. Sie will mit ihm allein sein. Sie hat keine Angst. Und außerdem, hast du heute Abend nicht eine Verabredung?"

Ethel sah zu Boden und zupfte an der Bettdecke. „Meinst du, ich sollte absagen? Du weißt schon, der Umstände wegen?"

„Selbstverständlich nicht."

Das Baby begann zu wimmern.

„Geh aus und mach dir einen schönen Abend mit Doc. Wir werden hier alle gut zurechtkommen. Don würde es ganz bestimmt gutheißen."

KAPITEL 22

OTTAWA

 wartete nur Rose an ihrem üblichen Treffpunkt.

„Wo ist Catherine?“

Rose erzählte ihr, dass sie nach Catherine gesucht hatte, sie aber nirgendwo hatte finden können.

„Bist du sicher, dass sie nicht noch in ihrem Klassenzimmer ist?“ Alice versuchte, ihre Besorgnis nicht zu zeigen.

Rose schmollte. „Ich habe dir doch gesagt, Mami, dass ich schon nach ihr gesucht habe. Das Klassenzimmer ist leer.“

„Du solltest doch hier auf sie warten. Was in aller Welt hast du gemacht?“

Rose sah zu Boden. „Ich hatte Tafeldienst. Ich habe die Tafel gewischt und frische Kreide für morgen herausgelegt. Catherine sollte dort drüben am Tor auf mich warten.“ Ihre Unterlippe bebte. „Es tut mir leid, Mami.“

Alice nahm Rose an der Hand. „Na, komm. Ich muss mit ihrer Lehrerin sprechen. Wie oft habe ich es dir schon gesagt, Rose. Du bist für Catherine verantwortlich, bis ich hier bin."

Sie zog Rose hinter sich her, als sie das Gebäude betrat und an die Tür des Lehrerzimmers klopfte.Eine Lehrerin, die sie nicht kannte, erschien. „Ist Miss Pritchard zu sprechen?"

Die Frau verschwand wieder in dem Zimmer und Miss Pritchard erschien. „Guten Tag, Mrs. Armstrong. Ich dachte, Sie kämen heute nicht. Mr. Armstrong sagte, er hätte heute früher Feierabend gemacht und würde Catherine mit nach Hause nehmen."

Alice gefror das Blut in den Adern. „Es gibt keinen Mr. Armstrong. Mein Mann fiel im Krieg."

„Oh. Bitte verzeihen Sie. Ich nahm an … Er sagte, er sei Catherines Vater. Ach, herrje."

„Sie haben einen fremden Mann mit meiner fünfjährigen Tochter davonspazieren lassen?" Panik schnürte Alice die Kehle zu. „Grundgütiger. Was haben Sie sich nur dabei gedacht? Sie dumme, dumme Frau. Wir müssen sofort die Polizei alarmieren. Mein Kind wurde entführt."

Rose stand mit offenem Mund da. Miss Pritchard wurde kreidebleich und sah sich um, als würde Catherine dann vielleicht auf magische Weise erscheinen.

Eine Stimme hinter Alice erklang und sie drehte sich um. Es war die Schulleiterin, Miss Williams. „Kommen Sie bitte in mein Büro, Mrs. Armstrong. Miss Pritchard, bringen Sie Rose in ihr Klassenzimmer und warten Sie dort mit ihr." Miss Williams selbst führte Alice, deren Panik nun an Hysterie grenzte, den Korridor entlang.

„Setzen Sie sich und erzählen Sie mir, was passiert ist."

„Catherines Vater hat sie entführt. Wir sind nicht verheiratet. Ich habe ihn seit Jahren nicht mehr gesehen. Gestern ist er bei mir zu Hause aufgetaucht. Er benutzt Catherine, um an mich heranzukommen." Sie begann zu schluchzen. „Er ist gefährlich. Er hat den Tod eines Mannes verursacht. Er hat versucht, eine Frau zu vergewaltigen. Zweimal."

Die Schuldirektorin, Miss Williams, reichte Alice ein Taschentuch. „Beruhigen Sie sich, Mrs. Armstrong. Sie sagen, er sei Catherines Vater. Dann haben sie und Rose zwei verschiedene Väter?"

Alice nickte. „Ich wollte nicht, dass es jemand erfährt. Ich habe einen schrecklichen Fehler gemacht. Aber Catherine, mein kleines Mädchen. Sie bedeutet mir alles."

„Ich bin sicher, dass es Catherine gut geht. Wenn dieser Mann sie benutzt, um an Sie heranzukommen, und er ihr Vater ist, wird er ihr nichts antun. Bitte beruhigen Sie sich. Ich werde Sie und Rose jetzt nach Hause fahren und wenn Catherine nicht dort auf Sie wartet, alarmieren wir umgehend die Polizei." Sie hielt inne. „Ich gehe davon aus, dass Sie nicht wollen, dass sich dieses Thema herumspricht, sofern Catherine, wie ich vermute, inzwischen sicher zu Hause ist." Ihre Stimme klang bestimmt, aber in ihren Augen erkannte Alice Mitgefühl.

Als sie vor dem Haus hielten, sprang Alice aus dem Wagen und rannte die Treppe zur Haustür hinauf, die sich öffnete, bevor sie oben ankam. Die Haushälterin, Mrs. Browning, stand auf der Schwelle.

„Mrs. Armstrong. Da sind Sie ja. Ich dachte, Sie hätten Ihre Schlüssel vergessen, und als ich die Tür öffnete, stand Catherine ganz allein davor."

Alice drängte sich an der verwirrten Frau vorbei und rannte hinein, wo sie ihre Arme um eine verunsicherte Catherine schlang. „Gott sei Dank, mein Baby. Oh, mein Liebling, ich habe mir solche Sorgen gemacht. Tu so etwas nie wieder." Sie umarmte das kleine Mädchen und bedeckte ihr Gesicht mit Küssen.

Alice fiel ein, dass Miss Williams und Rose noch draußen im Auto saßen, ging zur Tür und winkte sie herein.

„Vielen Dank, Miss Williams. Catherine ist wohlauf. Aber bitte teilen Sie Miss Pritchard mit, dass ich es, sollte sie jemals wieder eines meiner Kinder mit einer anderen Person als mir selbst mitgehen lassen, dem Schulrat melden und Himmel und Hölle in Bewegung setzen werde, damit sie entlassen wird." Sie nahm Rose bei der Hand und führte sie hinein, ohne auf eine Antwort der Schulleiterin zu warten.

Zurück im Foyer holte sie so oft tief Luft, bis sie sich einigermaßen beruhigt hatte. Die beiden Mädchen starrten sie mit offenem Mund an.

„Kommt zu mir, meine Mädchen. Wir müssen uns unterhalten."

Die Mädchen saßen Seite an Seite auf dem Sofa, während sie sie darüber belehrte, niemals mit fremden Männern mitgehen zu dürfen.

„Aber er war kein fremder Mann, Mami. Er sagte, er sei mein Daddy."

„Er ist nicht dein Daddy. Dein Daddy ist im Himmel." Tränen kullerten ihr über die Wangen, als sie ihr Kind belog. Dieser Mann ist sehr, sehr böse und du darfst nie wieder mit ihm sprechen. Und du musst es mir sofort sagen, wenn er noch einmal zu dir kommt. Hast du das verstanden, Catherine?"

Catherine nickte und schluchzte. Alice kniete vor ihr nieder und schlang ihre Arme um das verängstigte Kind. „Ich bin dir nicht böse, mein Engel." Sie streckte die Hand aus und nahm die von Rose. „Ich hatte so schreckliche Angst, dass dir etwas zugestoßen sein könnte. Ich liebe euch beide sosehr." Sie hockte sich auf ihre Fersen und sah von einem Kind zum anderen. „In Ordnung? Ihr geht nie wieder mit einem Fremden mit. Wartet immer auf Mami. Und sollte ich mich verspäten – und ich verspreche, dass ich das nicht tun werde –, dann bleibt ihr bei der Lehrerin."

Die beiden Mädchen nickten.

Alice konnte nicht in Ottawa bleiben, nun, da Tip Howardson wusste, wo sie wohnte. Er hatte es geschafft, herauszufinden, wo Catherine zur Schule ging. Und wie sie hieß. Sie musste ihre Kinder beschützen.

Alice machte sich keine Illusionen über Tips plötzlichen Anflug väterlicher Liebe und seinen Wunsch, sie zu heiraten. Er tat es nur wegen Miss Cookes Erbe. Wäre sie dumm genug, seinem Wunsch nachzugeben, würde das Geld nicht lange ihr gehören. Er würde einen Weg finden, es in die Finger zu bekommen. Dieses Geld war Alices Fahrschein in die Freiheit und die Zukunft ihrer Kinder. Ihr Entschluss stand fest. Sie würde die Mädchen nach Hause bringen. Nach Hollowtree.

KAPITEL 23

HOLLOWTREE

Anstatt die Straße in Richtung Stadt zu nehmen, bog der Arzt, als sie die Kreuzung erreichten, in die entgegengesetzte Richtung ab.

„Ich dachte, wir fahren heute Abend nach Argyll. Es ist nur etwa zehn Meilen entfernt. Dort gibt es ein nettes Lokal." Ethel fragte sich, ob er sich Sorgen machte, mit ihr gesehen zu werden. In Hollowtree saß man auf dem Präsentierteller. Und vielleicht wollte er auch nicht riskieren, dass Sandra ihnen über den Weg lief und ihnen den Abend zunichtemachte.

Sie fuhren den größten Teil der Strecke schweigend und Ethel war nervös, weil sie befürchtete, dass ihr kein Gesprächsthema einfallen würde. Während der Fahrt warf sie in der Dunkelheit einen verstohlenen Blick auf sein Profil. Sie betrachtete seine Kieferlinie, sein dichtes, kräftiges Haar, und wieder einmal bemerkte sie, wie schön seine Hände waren. Ihr Magen zog sich zusammen und ein wohliges Kribbeln wanderte durch ihren ganzen Körper.

Duncan parkte vor einem kleinen Hotel, der *Red House Tavern*. Argyll war Hollowtree sehr ähnlich, soweit Ethel es in der Dunkelheit erkennen konnte. Es hatte aufgehört, zu schneien, aber der Schnee lag dick auf den Dächern und funkelte und glitzerte in dem Licht, das aus dem Foyer des Hotels drang. Er hielt die Tür mit der Aufschrift *Damen und Begleiter* für sie auf und führte sie in die angenehme Wärme, bevor er einen Tisch im hinteren Teil des fast leeren Raums auswählte. Er fragte sie, was sie trinken wolle, und gab dem Barkeeper ein Zeichen. Sie sah sich um. Im Kamin loderte ein Feuer und auf dem Sims waren Kerzen aufgestellt. Die übrige Beleuchtung war gedämpft und kam von schummrigen Lampen an den Wänden. Der Fußboden war aus poliertem Holz und an der Wand hingen ausgestopfte Hirschköpfe, eindeutig Trophäen, und zwei gekreuzte Hockeyschläger. Sie waren allein, bis auf ein weiteres Paar, das in der Nähe des Fensters saß. Sie nahm wahr, dass es in der angrenzenden Bar, die offenbar beliebter und Männern vorbehalten war, lauter herging.

Als der Kellner mit den Getränken zurückkkam, lächelte Duncan sie an und sie spürte wieder die Schmetterlinge in ihrem Bauch.

„Ich hoffe, er hat das richtig gemacht. Sie sagten doch halb Bier, halb Limonade?"

Sie nickte.

„Das ist neu für mich. Wie nannten Sie es?"

„Shandy. Man kann es auch mit Ginger Beer anstatt mit Limonade trinken."

Duncan verzog das Gesicht und stieß mit ihr an. Nachdem er einen Schluck seines Biers getrunken hatte, sagte er: „Ich schulde Ihnen noch eine Entschuldigung für den Abend des

Hockeyspiels. Ich weiß nicht, was in meine Tochter gefahren ist. Was müssen Sie nur von mir denken?"

„Sie mag mich nicht."

„Es ist nichts Persönliches. Sandra ist eifersüchtig. Sie sieht, dass ich Sie mag. So offensichtlich ist es." Er starrte kurz in sein Bier und sah dann zu ihr auf. „Ich mag Sie wirklich, Ethel."

Ihre Wangen glühten und sie war dankbar für das spärliche Licht. Die Dinge gingen ihr zu schnell.

„Erzählen Sie mir von sich, Duncan. Ich weiß so wenig über Sie."

„Nein. Lassen Sie uns zuerst über Sie reden."

Also erzählte sie ihm von ihrer Arbeit im Salon, dem Tod ihrer Eltern und ihres Bruders, und beantwortete seine Fragen über die Zeit seit Gregs Tod.

„Und Kinder? Wollten Sie nie Kinder haben?"

Sie zuckte mit den Schultern. „Nein. Wenn ich Greg geheiratet hätte, wären wohl welche gekommen. Aber nein. Es war nie ein großes Thema. Ich schätze, ich habe mich einfach an den Gedanken gewöhnt, dass ich immer auf mich allein gestellt sein werde. Aber ich bereue nichts! Und Joan hat dafür ein paar mehr bekommen." Sie lachte verhalten.

„Elf Jahre sind eine lange Zeit, Ethel. Gab es wirklich nie einen anderen?" Er fand diese Tatsache offensichtlich erstaunlich.

Sie schüttelte den Kopf. „Nein, niemanden. Was ist mit Ihnen? Es ist doch sogar länger her, dass Ihre Frau gestorben ist."

„Achtzehn Jahre."

Sie musterte sein Gesicht und sah, wie Traurigkeit in seinen Augen aufflackerte. „Wie ist sie gestorben?" Es machte sie nervös, diese Frage zu stellen. Sie empfand sie als aufdringlich. Andererseits hatte er sie auch nach Greg gefragt.

„Komplikationen bei Sandras Geburt." Er leerte sein Glas. „Ich bestelle uns noch eine Runde." Ohne auf ihre Antwort zu warten, winkte er dem Barkeeper zu.

Als er sich ihr wieder zuwandte, lächelte er. „Ich wollte Ihnen noch erklären, warum Sandra so unhöflich war. Ich weiß, wir kennen uns kaum, aber ich bin …" Er zögerte. „Ich fühlte mich sofort zu Ihnen hingezogen. Sandra kann das spüren. Sie hat mich noch nie so gesehen, wenn es um eine Frau ging." Er wandte kurz den Blick ab. „Es gab in der Vergangenheit eine oder zwei Freundinnen, aber nichts Ernstes. Nichts von Dauer. Um ehrlich zu sein, konnte ich es nicht. Und ich hatte auch nie die Zeit. Schließlich musste ich arbeiten und Sandra allein großziehen." Er griff nach ihrer Hand. „Ich hätte mir nie träumen lassen, dass ich jemals so für eine Frau empfinden könnte."

Ethel presste die Lippen zusammen. Sie wusste nicht, was sie sagen sollte. Ihr Herz klopfte wie verrückt. Worauf ließ sie sich da ein? Sie zog ihre Hand zurück. „Duncan, ich mag Sie auch, aber ich werde bald nach England zurückkehren. Das wissen Sie."

Er griff wieder nach ihrer Hand und verschränkte seine Finger mit ihren. „Gehen Sie nicht zurück. Zumindest noch nicht. Bitte, Ethel. Wir müssen dieser Sache eine Chance geben."

Sie hob ihren Blick, sah ihm tief in die Augen und schmolz dahin. „Aber wie soll das gehen? Es ist nicht so einfach. Ich habe eine Anstellung. Sie warten auf mich im Salon. Meine Stelle wird für mich freigehalten."

Er sagte nichts, sondern erwiderte nur ihren Blick.

„Und Joan und Jim. Sie werden nicht wollen, dass ich noch viel länger bei ihnen wohne."

Sie spürte den Druck seiner Finger.

„Sie wissen, dass das nicht wahr ist", sagte er. „Nichts würde sie glücklicher machen, als wenn Sie blieben. Jim sagte es mir, bevor Sie herkamen. Er sagte, das Einzige, was Joan an Hollowtree nicht gefällt, ist, dass ihre Cousine Ethel nicht auch hier lebt. Jetzt, wo ich Sie kennengelernt habe, kann ich sehr genau verstehen, was sie meint."

„Hat Jim das wirklich gesagt?"

„Ja. Und er hat auch gesagt, dass sie beide hoffen, Sie zum Bleiben überreden zu können. Ich denke mir das nicht aus. Jim sagte es, bevor ich Sie zum ersten Mal sah." Er wirkte nachdenklich. „Was haben Sie zu verlieren, wenn Sie länger bleiben?"

„Meine Anstellung?"

Er begann zu lächeln. Er konnte sehen, wie sie langsam weich wurde. „Erzählen Sie mir mehr über Ihre Arbeit. Erzählen Sie mir alles über sich, Ethel." Er streichelte über den Rand ihres Fingers, ihre Hände waren immer noch ineinander verschränkt.

„Ich habe es Ihnen bereits gesagt. Ich bin Friseurin. Viel mehr gibt es da nicht zu erzählen. Das ist alles, was ich machen wollte, seit ich ein kleines Mädchen war. Als ich klein war, habe ich meinen Puppen die Haare gemacht, und als ich ein Teenager war, habe ich angefangen, die Haare meiner Mum zu machen und die von Joan und meiner Tante Chris."

„Perfekt! Wir haben keine Friseurin in Hollowtree."

„Und dafür gibt es wahrscheinlich einen guten Grund. Keiner hat Bedarf daran."

Er grinste. „Sie könnten Hausbesuche anbieten."

„Ich kann nicht fahren."

„Ich bringe es Ihnen bei."

Sie kicherte. „Sie sind ein sehr überzeugender Mann."

„Dann bleiben Sie?"

„Seien Sie nicht albern."

Er sah ihr wieder in die Augen und sie hatte keinen Zweifel an seiner Aufrichtigkeit. „Bitte bleiben Sie. Wenigstens noch eine Weile. Sie müssen es doch auch spüren, diese Chemie zwischen uns. Ich weiß, dass Sie es tun. Ich schwöre bei Gott, Ethel, ich weiß, dass da etwas Besonderes zwischen uns ist. Bitte geben Sie uns eine Chance. Und bitte, lassen Sie uns endlich Du zueinander sagen."

„Also gut, Duncan. Vielleicht bis Anfang März … oder bis Ostern."

Er grinste triumphierend. „Damit gebe ich mich fürs Erste zufrieden. Das gibt mir etwas Zeit, dich zu bearbeiten." Er wurde wieder ernst, als er sie aufmerksam ansah. „Ich weiß, es geht schnell, aber ich glaube, ich bin drauf und dran, mich in dich zu verlieben."

„Nicht. Bitte sag das nicht." Sie löste ihre Hand aus seinem Griff. „Kannst du mich jetzt nach Hause fahren?" Sie schob ihren Stuhl zurück. „Ich will nicht allzu lange wegbleiben.

Nicht heute, wo das Baby geboren wurde und Don von uns gegangen ist. Ich muss zurück."

Sie griff nach ihrem Mantel. Duncan half ihr hinein, sein Gesicht wie versteinert. Sie gingen zum Auto und fuhren schweigend los.

Ethel empfand eine Mischung aus Schuldgefühlen, Kummer und Scham. Sie wusste, dass sie ihn verletzt hatte. Aber sie war verwirrt. Die Wahrheit war, dass sie auch dabei war, sich in ihn zu verlieben. Sie *hatte* sich bereits verliebt, wenn sie ehrlich war. Warum hatte sie ihm dann eine Abfuhr erteilt? Was war nur los mit ihr? Duncan Robinson könnte ihre einzige Chance auf ein glückliches Leben sein und sie war dabei, diese Chance mit Füßen zu treten.

An der Kreuzung bogen sie auf die Straße zur Rivercreek Farm ab. Duncan trat auf die Bremse und lenkte den Wagen an den Straßenrand. Bevor sie wusste, wie ihr geschah, lag sie in seinen Armen und sie küssten sich mit einer Leidenschaft, dieihr den Atem raubte. Sie schwelgte in seiner Umarmung und wünschte sich, dass er sie bis ans Ende der Zeit so hielt, hier, an das warme Leder im Inneren seines Wagens geschmiegt, während der Motor leise schnurrte und die Windschutzscheibe sich beschlug. Diesmal war da nicht Sandra, die auf der Rückbank lauerte. Er nahm ihr Gesicht in seine Hände und seine Finger fühlten sich so weich auf ihren Wangen an.

„Ich liebe dich, Ethel. So – jetzt habe ich es gesagt. Es hat keinen Sinn, dir etwas vorzumachen. Vielleicht wird es länger dauern, bis du mich auch liebst, aber ich werde nicht aufgeben, bis du es tust. Ich bin in dich verliebt."

„Ich liebe dich auch." Ihre Stimme war kaum mehr als ein Flüstern. Sie hörte, wie er keuchte und dann waren seine

Lippen wieder auf ihren. Als sie sich schließlich voneinander lösten, wiederholte sie es, diesmal lauter. „Ich liebe dich, Duncan Robinson."

„Heißt das, dass du bleibst? Lange genug, um dich zu entscheiden, ob du mich heiraten willst?"

„Ist das ein Antrag, Duncan?"

„Es ist eine Absichtserklärung. Einen offiziellen Antrag mache ich dir, sobald ich einen Ring gekauft habe. Ich will alles richtig machen."

KAPITEL 24

ALLE WAREN SCHON IM BETT, als Ethel auf die Farm
zurückkehrte. Sie war immer noch ganz zittrig von ihrem
Abend mit Duncan. Leise ging sie nach oben und sank zum
ersten Mal, seit sie in Kanada angekommen war, in einen
tiefen und zufriedenen Schlaf.

Am nächsten Morgen stand sie spät auf und hatte keinen
Appetit. Sie trommelte mit den Fingern ihrer einen Hand auf
den Tisch, während sie mit der anderen eine Tasse Tee hielt,
an der sie nippte. Die Jungen waren in der Schule und Jim
arbeitete. Ethel spähte durch Joans Zimmertür und sah, dass
sie noch im Bett lag. Sie und das Baby schliefen beide noch
und Harry schlummerte in seinem eigenen Bettchen.

Ethel schnappte sich Papier und Stift, hinterließ ihr eine
Nachricht und machte sich auf zu einem Spaziergang über
die schneebedeckten Felder. Sobald sie aus dem Haus trat,
schlug ihr die Kälte entgegen. Sie war froh über ihren Schal
und eine von Joans Mützen, die Ohrenklappen hatte. Der
Boden war hart wie Beton unter ihren Füßen, aber wenigs-

tens war es heute windstill. Die Sonne schien hell am blauen Winterhimmel. Draußen zu sein, würde ihr helfen, den Kopf freizubekommen und nachzudenken.

Sie und Duncan Robinson waren verliebt. Als sie die Worte in ihrem Kopf wiederholte, konnte sie sie kaum glauben. Wie war das in so kurzer Zeit möglich? Genau wie bei Greg war sie schwer verliebt und es war so schnell gegangen. Ein Teil von ihr wollte vor Freude singen und tanzen, aber in ihrer Magengrube quälte sie eine schreckliche Angst. Es ging *zu* schnell. Sie kannten sich kaum. Wie konnte das nur gut gehen?

Und dann war da noch der tiefe Schmerz, den sie empfunden hatte, als sie Greg verloren hatte. Könnte sie das alles noch einmal durchmachen, wenn es mit Duncan nicht klappen sollte? Und was war mit Duncan selbst? Ja, die gegenseitige Anziehungskraft war unbestreitbar, unbegreiflich, elektrisierend, magisch. Aber sie *kannte* ihn nicht.

Sie griff in ihre Manteltasche, holte ein zerdrücktes Päckchen heraus und zündete sich eine Zigarette an, etwas, das sie nur sehr selten tat. Seit ihrer Ankunft in Kanada hatte sie kaum einmal geraucht, aber jetzt brauchte sie den Kick des Nikotins und den leichten Rausch, in den es sie versetzte, um klar denken zu können. Sie blieb stehen, lehnte sich an einen Zaun und ließ ihren Blick über die leeren weißen Felder wandern. Es war vollkommen still, eine fast überirdische Stille. Ein Farbklecks fiel ihr ins Auge und bei genauerem Hinsehen sah sie auf der anderen Seite des Feldes, dort, wo es an ein Wäldchen grenzte, einen Rotfuchs laufen. Sie rauchte ihre Zigarette fertig und stapfte weiter, die Hände tief in den Taschen.

Am hinteren Ende des Feldes floss ein kleiner Bach, der in einen breiteren Strom mündete, der an einer Stelle so tief war, dass man darin schwimmen konnte. Die Jungs hatten ihr die Stelle gezeigt, als sie ihr eine Führung über die Farm gegeben hatten. Jetzt, im Winter, war der schmale Zufluss zugefroren. Sie streckte versuchsweise einen Fuß aus und stellte sich auf das Eis – es war hart –, obwohl es darunter nicht sehr tief sein konnte. Sobald der Winter vorbei war, würde das Wasser hier wieder frei fließen, aber Ethel konnte sich nicht vorstellen, dass das Land jemals wieder auftauen würde oder dass die Kinder schreiend und lachend in das kleine Naturbecken dahinter sprangen. Wie konnte dieses steinharte Eis jemals schmelzen? Allerdings hatte sie über sich selbst gleich gedacht. Noch vor wenigen Wochen war sie wie dieser Bach gewesen, ihr Herz in ihrem Inneren gefroren, und sie hatte geglaubt, dass niemals ein Tauwetter einsetzen könnte. Und doch war ihr Herz nicht nur aufgetaut, sondern letzte Nacht in Duncans Armen regelrecht dahingeschmolzen.

Aber vielleicht saß Dr. Robinson in diesem Moment am Schreibtisch in seiner Praxis und schämte sich für das, was gestern Abend zwischen ihnen passiert war, und überlegte, wie er die Dinge, die er gesagt hatte, wieder zurücknehmen konnte. Er musste doch Zweifel haben. Er war ein rational denkender Mann, ein Witwer in seinen Vierzigern, viel zu vernünftig, um einer Frau, die er nur ein paar wenige Male getroffen hatte, unüberlegt einen Heiratsantrag zu machen. Viel zu vernünftig, um sich wie ein verliebter Teenager zu verhalten.

Und dann war da noch seine Tochter. Sandra Robinson hatte sich nicht bemüht, ihre Abneigung gegen Ethel zu verbergen, und auch nicht ihren Unmut darüber, dass ihr Vater ihr den Hof machte. Obwohl es das Mädchen nichts anging, wollte Ethel nicht die Ursache für einen Bruch zwischen Vater und Tochter sein. Da Sandras Mutter in der Familie fehlte, schienen Duncan und Sandra stark voneinander abhängig zu sein. Sie arbeitete sogar für ihn. Sie wohnten im selben Haus. Wie konnte Ethel die Verantwortung dafür übernehmen, einen Keil zwischen die beiden zu treiben?

Wie auch immer sie die Sache betrachtete, es wäre bestimmt besser, die Beziehung sofort zu beenden. Wenn sie länger als geplant in Kanada blieb, würde das den unvermeidlichen Abschied von Duncan nur noch schwerer machen. Aber war er nicht ohnehin schon zu schwer?

Ihre trübseligen Überlegungen wurde von Jim unterbrochen, der ihren Namen rief, während er an der Grundstücksgrenze entlang auf sie zuging. Sie wartete darauf, dass er sie einholte.

„Wie war dein Abend mit Doc?“ Er stellte sich neben sie und hängte ihre Hand an seinem Arm ein, bevor sie zusammen weitergingen.

„Wir waren in einer Bar in Argyll. Es war nett dort. Aber seltsam. In der eigentlichen Bar waren Frauen nicht erlaubt. Es gab einen separaten Raum für Damen in Begleitung.“

„So ist hier das Gesetz. Komm schon, ist das alles, was du mir erzählen wirst?“

Ethel seufzte.

„So schlimm, was?“

„Oh, Jim. Ich weiß nicht, was ich denken soll. Ich bin so verwirrt.“

„Ihr mögt einander wirklich, nicht wahr?“

Sie nickte.

„Nun, das ist doch großartig. Worüber machst du dir dann Sorgen? Du weißt, dass Joan und ich nichts schöner fänden, als wenn du hierbleiben würdest. So lange du willst. Wir genießen es, dich bei uns zu haben."

„Ich danke dir. Ihr seid beide so gute Freunde für mich. Aber ich habe Angst. Es geht alles zu schnell." Sie zögerte einen Moment, aber sie liebte Jim, vertraute ihm und fühlte sich sicher dabei, sich ihm anzuvertrauen. Und eine männliche Perspektive war vielleicht genau das, was sie jetzt brauchte.

„Duncan hat mir gestanden, dass er in mich verliebt ist."

Jim nickte. Er wirkte nicht überrascht.

Sie schluckte und holte tief Luft. „Und ich habe ihm gesagt, dass ich dasselbe empfinde."

Nun blieb Jim stehen und zog sie in seine Arme. „Ich freue mich wirklich für dich, Ethel. Duncan ist ein toller Kerl. Das sind ja wunderbare Nachrichten. Und gute Nachrichten kann ich dringend gebrauchen, jetzt, wo Pa nicht mehr da ist." Er drückte sie fest an sich.

„Aber es geht zu schnell, findest du nicht auch? Wir kennen uns doch kaum. Wir sind praktisch Fremde."

„Sieh mich und Joan an. Wir kannten uns auch kaum. Und obendrein konnten wir uns vier Jahre gar nicht sehen. Und trotzdem hat sich alles zum Guten gewandt." Er richtete seinen Blick auf den Horizont und blinzelte, als der Schnee das grelle Sonnenlicht reflektierte. Wir lernten uns erst besser kennen, als wir längst verheiratet waren. Und ja, wie du selbst weißt, hatten wir unsere Höhen und Tiefen, aber darum geht es doch. Man braucht ein ganzes Leben, um alle Facetten eines Menschen zu entdecken, ihn richtig kennenzulernen. Es ist eine Reise, aber auch, wenn man immer wieder auf Hindernisse stößt, will ich diesen Weg so lange wie möglich mit Joan gehen. Länger als Ma und Pa es getan haben – oder meine Großeltern." Er presste die Lippen aufeinander.

„Aber du und Duncan, ihr kennt euch ungefähr gleich lange, wie Joan und ich uns kannten, bevor wir heirateten. Ja, damals hatten wir Jimmy schon, aber das war nur ein glücklicher Zufall. Das Einzige, was ich bedaure, ist, dass ich das alles verpasst habe. Dass ich nicht da war, als Joan mit ihm schwanger war; dass ich nicht einmal wusste, dass ich Vater war, bis er schon geboren war." Er grinste. „Verdammt, Ethel, Joan und ich waren nicht ein einziges Mal zusammen aus, bevor wir heirateten. Zumindest nicht so richtig. Nur die paar Male, als wir dich und Greg begleitet haben, wie zwei Anhängsel. Aber du und Duncan, ihr habt euch wenigstens von Anfang an füreinander entschieden." Er lachte.

„Bereust du jemals etwas?" Sie war über ihre eigenen Worte schockiert, aber Jim schien sich nicht daran zu stören.

„Nicht eine Sekunde lang. Nicht mehr. Ich kann ganz ehrlich behaupten, dass meine Gefühle für Joan jeden Tag stärker werden. Durch die Kinder sind wir uns noch näher gekommen. Ich würde es dir von Herzen gönnen, dasselbe Glück zu finden, das uns vergönnt ist."

„Nach Greg hätte ich nie gedacht, dass das für mich noch einmal möglich wäre. Es fühlt sich an, als würde ich ihn betrügen."

Jim schnaubte. „Tu das nicht. Greg fände es schrecklich, wenn er wüsste, dass du so denkst. Er würde wollen, dass du glücklich bist, Ethel." Er drehte sich zu ihr, der Blick in seinen Augen aufrichtig, und legte ihr die Hände auf die Schultern. „Ja, natürlich wäre es ihm lieber gewesen, wenn es mit ihm gewesen wäre. Aber ich bin mir verdammt sicher, dass er gewollt hätte, dass du heiratest und eine Familie gründest, anstatt den Rest deines Lebens in Einsamkeit zu verbringen."

„Denkst du wirklich?"

„Ich *weiß* es."

Sie gingen eine Weile in freundschaftlichem Schweigen weiter. Irgendwann sagte Jim: „Duncan muss selbst auch einsam sein, obwohl er nach außen hin den Anschein erweckt, als käme er gut zurecht. Das tut er schon seit Jahren. Er hat seine Tochter allein großgezogen. Ich konnte es sehen – für ihn war es Liebe auf den ersten Blick."

Ethel grinste. „Wirklich? Mir ging es mit ihm gleich." Dann fiel ihr Sandra wieder ein. „Seine Tochter ist nicht glücklich darüber. Sie kann meinen Anblick nicht ertragen."

„Du bist aber nicht an seiner Tochter interessiert. Sie ist eine erwachsene Frau und führt ihr eigenes Leben. Sandra wird sich noch früh genug an die neue Situation gewöhnen. Diese junge Frau muss selbst jemanden finden, mit dem sie zusammen sein kann. Vielleicht läuft sie dann nicht mehr durch die Gegend, als hätte sie eine Wespe im Mund."

„Danke, Jim. Dank dir fühle ich mich jetzt viel besser."

„Gut." Er sah auf seine Uhr. „Zeit für mich, nach Hollowtree zu fahren und zu sehen, wie es Ma geht. Wir treffen uns um elf mit dem Bestatter. Es gibt eine Menge zu klären."

Ethel drückte seinen Arm. „Viel Erfolg. Joan sagt, ihr wollt das Baby nach Don nennen. Hast du es Helga schon gesagt?"

„Joan hat es ihr gestern Abend gesagt. Sie hat sich gefreut." Er lächelte reumütig. „Gott sei Dank sind wir alle für sie da. Die Kinder sind eine gute Ablenkung. Ich darf nicht daran denken, wie es gewesen wäre, wenn ich den Krieg nicht überlebt hätte. Dann wäre sie jetzt vollkommen allein."

„Nun, das ist sie aber nicht. Also denk nicht darüber nach."

„Und du bist es auch nicht." Er machte eine Faust und stieß ihr damit liebevoll gegen die Schulter.

Als Ethel ins Haus zurückkehrte, vernahm sie im Obergeschoss Stimmen. Sie ging quer durch die Küche, zog ihren Mantel aus und beugte sich über die Vorderseite des Herds, um sich zu wärmen. Der Kessel war noch heiß und der Duft von Kaffee lag in der Luft. Als sie ihren Mantel aufhängte, bemerkte sie, dass dort bereits der Mantel einer anderen Frau hing. Sie ging die Treppe hinauf.

Joans Schlafzimmertür stand offen. Zu Ethels Erstaunen hockte Alice Armstrong neben Joan auf dem Bett. Sie drehte den Kopf zu ihr, als Ethel in der Tür erschien.

„Überraschung!", sagte Alice und sprang auf, um Ethel zu umarmen. „Es ist nur eine Stippvisite. Ich fahre noch heute Abend zurück nach Ottawa, aber ich musste mit Joan persönlich sprechen. Und dabei hatte ich das unerwartete Vergnügen, Baby Donna kennenzulernen."

Joan lächelte und sagte: „Ich habe versucht, Alice zu überreden, etwas länger zu bleiben, aber sie will nicht hören."

„Mein Taxi wird in weniger als einer Stunde hier sein. Ich muss in Hollowtree den Bus nach Kitchener erwischen." Alice sah

Ethel vielsagend an. „Joan und ich müssen uns unterhalten. Wärst du so nett und würdest uns einen Kaffee machen, Ethel?" Sie strahlte Ethel an, die innerlich vor Wut schäumte, sich jedoch nicht zweimal bitten ließ und zurück hinunter in die Küche ging und den Kaffee zubereitete. Als sie fertig war, trug sie das Tablett nach oben und ließ die beiden dann wieder allein.

Etwa eine halbe Stunde später hörte sie das Knirschen von Reifen auf Schotter und sah aus dem Fenster, um das Taxi vorfahren zu sehen. Alice kam in die Küche und schlüpfte in ihren Mantel.

Sie ging zu Ethel hinüber. „Es tut mir so leid, dass wir keine Gelegenheit hatten, uns zu unterhalten, aber wir sehen uns bald wieder. Joan wird dir alles erklären."

Ethel stand steif da, als Alice sie umarmte. „Oh, duftest du aber gut. Parfüm? Wie mondän."

Ethel wollte sie am liebsten ohrfeigen, sagte aber nichts. Sie stand in der Tür und sah zu, wie Alice in das wartende Taxi stieg und davonfuhr.

Als sie sich umdrehte, stand Joan in ihrem Morgenmantel da, die schlafende Donna im Arm. „Harry schläft in seinem Bettchen. Eine Tasse Tee wäre jetzt schön. Alice bevorzugt Kaffee."

Ethel war immer noch außer sich. „Was wollte sie? Warum so ein kurzer Besuch?"

„Alice traut dem Telefon nicht und sie wollte sich paar Ratschläge von mir einholen, also dachte sie, sie käme persönlich vorbei. Verrückt. Die Haushälterin kümmert sich um die Mädchen."

„Sie sagte, sie würde bald zurück sein. Habe ich das richtig verstanden?" Ethel hoffte, dass Joan ihr nicht anmerkte, wie sehr sie Alice verachtete.

„Sieht so aus. Sie wird zurück nach Hollowtree ziehen und hat scheinbar vor, hier mit dem Geld ihrer Tante ein Kino zu eröffnen."

„Was?"

„Ich weiß. Vollkommen verrückt. Aber genial, wenn es ihr gelingt. Sie liebt es, sich Filme anzusehen, und hat beschlossen, dass es ihre Mission ist, das Kino nach Hollowtree zu bringen."

„Hätte sie dir das nicht in einem Brief schreiben können?"

„Doch, hätte sie. Aber es steckt mehr dahinter. Tip Howardson ist aus dem Nichts in Ottawa aufgetaucht. Er hat herausgefunden, dass sie das Vermögen ihrer Tante geerbt hat."

Bei der Erwähnung des Namens Howardson krampfte sich Ethels Magen zusammen.

„Es ist schrecklich, Ethel. Er tauchte einfach im Schulhof auf und nahm Catherine mit. Die arme Alice war außer sich. Er brachte sie zwar wieder nach Hause, aber offensichtlich wollte er Alice Angst einjagen, und das ist ihm auch gelungen. Sie hat panische Angst vor ihm."

„Was will er?" Es widerstrebte Ethel immer noch, Mitgefühl für Alice Armstrong aufzubringen, denn sie war der Meinung, dass Alice ihre Probleme selbst verschuldet hatte – obwohl sie Joan das nicht sagen würde.

„Er sagte ihr, er wolle sie heiraten. Glückliche Familie spielen."

Ethel schnaubte angewidert.

„Ja, das war auch meine Reaktion. Und die von Alice. Sie hat ihn zum Teufel geschickt. Aber ihr graut davor, dass er wieder auftauchen könnte, jetzt, wo er weiß, wo er sie finden kann."

„Aber er wird ihr doch bestimmt hierher folgen? Immerhin ist Hollowtree seine Heimatstadt."

„Alice glaubt nicht, dass er das tun würde, und es wäre gut möglich, dass sie damit richtig liegt. Hier gibt es viele Leute, die genau wissen, wie er ist."

Ethel erschauderte. „Er sollte besser nicht hier auftauchen. Ich würde mir Jims Schrotflinte schnappen und ihm das Hirn wegpusten." Ihr wurde klar, wie dumm das klang, und sie musste lachen.

Joan lachte auch und schüttelte dann den Kopf. „Aber im Ernst, Ethel. Der Mann ist gefährlich."

„Wann zieht Alice hierher zurück?"

„Sobald sie kann. Sie möchte, dass ich mit Ma darüber spreche, dass sie und die Mädchen zurück auf die Hollowtree Farm ziehen. Nur so lange, bis sie etwas Eigenes in der Stadt gefunden hat."

„Was wird Mrs. Armstrong dazu sagen?"

Joan zuckte mit den Schultern. „Ma hat Alice immer geliebt und natürlich ist Rose ihre Enkelin. Aber ich weiß nicht, wie sie über Catherine denken wird, oder über Alice, nachdem sie sich gestritten hatten, bevor sie nach Ottawa ging. Deshalb will Alice, dass zuerst ich mit ihr rede. Ich soll bei ihr vorfühlen und sie mit der Vorstellung vertraut machen."

„Und was denkst du?", fragte Ethel zögerlich. Sie begab sich auf gefährliches Terrain, denn sie wusste, wie sehr Joan Alice mochte – auch wenn Ethel nicht verstand, warum. Wenn es nach ihr ginge, wäre sie froh, Alice Armstrong nie wieder zu Gesicht zu bekommen.

KAPITEL 25

DAS TELEFON KLINGELTE, kurz nachdem Alice die Farm verlassen hatte. Joan bedeutete Ethel mit der Hand, abzuheben, da sie gerade Donna stillte. Ethel ging nervös auf das klingelnde Gerät zu. Zu Hause hatten sie kein Telefon und sie hatte bisher wenig Anlass gehabt, eine öffentliche Telefonzelle zu benutzen, da die meisten Leute, mit denen sie regelmäßig sprach, in derselben Straße wohnten. Nicht einmal im Frisiersalon gab es ein Telefon. Er lag mitten in ihrer Nachbarschaft und die Kunden neigten dazu, den Kopf zur Tür hereinzustecken und einen Termin zu vereinbaren, wenn sie unterwegs waren, um ihre Einkäufe zu erledigen.

Sie nahm den Hörer ab und sagte: „Rivercreek Farm?"

„Ethel. Ich bin es, Duncan."

Sie bekam weiche Knie und lehnte sich gegen die Wand. „Hallo", sagte sie, ihre Stimme so leise, dass sie selbst sich kaum hören konnte. Sie sah, wie Joan sie von der anderen Seite des Raumes aus verwundert ansah, also wandte sie sich von ihr ab und hörte, immer noch an die Wand gelehnt, zu, als der Arzt sie fragte, ob sie vor seiner abendlichen Sprechstunde mit ihm in der Stadt eine heiße Schokolade trinken wolle.

Sie murmelte ein Ja und ihr Herz begann so wild zu pochen, dass sie es kaum registrierte, als er sagte, er würde sie später abholen. Sie legte auf.

„Doktor Traummann, nehme ich an?" Joan wackelte mit den Augenbrauen. „Ich dachte schon, du würdest die Wand bis zum Fußboden hinunterrutschen, als dir klar wurde, dass er es ist. Habt ihr eine weitere Verabredung?"

„Es ist nur ein kurzer Abstecher zu Freddo's. Ich werde rechtzeitig zum Abendessen zurück sein – ich bereite den Shepherd's Pie zu und schiebe ihn in den Ofen, bevor ich gehe." Sie griff nach der Schürze, die an einem Haken neben dem Herd hing. „Ich schäle besser gleich die Kartoffeln."

„Gönnen wir uns erst noch eine Tasse Tee und einen Keks", sagte Joan. „Dann werde ich mich waschen und mir etwas anziehen. Ich habe lange genug im Bett gelegen." Sie neigte ihren Kopf und küsste das feine dunkle Haar auf dem Kopf ihres Babys. „Das Fräulein schläft, aber zweifellos wird der kleine Harry bald aufwachen und mich brauchen. Und ehe ich mich versehe, kommen Jimmy und Sam nach Hause."

„Ich weiß nicht, wie du das schaffst." Ethel legte sich den Kopf für einen Moment in den Nacken. „Ich könnte das alles niemals bewältigen. Aber du nimmst die Dinge so locker, Joanie."

„Babys sind kein Problem. Aber du solltest mich hören, wenn die anderen beiden aufdrehen." Joan knabberte an ihrem Keks. „Bald könntest du auch Mutter sein."

Ethel zuckte vor Schreck hoch. „Ich? Nein. Dafür ist es zu spät."

„Sei nicht albern, Dummerchen. Du bist erst zweiunddreißig."

„Ich habe mich nie mit Kindern gesehen."

„Du hast auch mich nie mit Kindern gesehen. Und jetzt habe ich vier davon."

Ethel stand auf, nahm die Kartoffeln und trug sie zur Spüle.

„Und? Dann wird es also ernst mit Duncan?"

„Sagen wir einfach, ich nehme die Dinge, wie sie kommen."

„Klingt nach einem vernünftigen Plan."

Die Tür öffnete sich und Jim trat ein.

Joan sah auf. „Wie geht es Ma?"

„Tapfer. Für die Beerdigung ist alles vorbereitet."

Joan nickte und sagte: „Rate mal, wer heute Nachmittag hier war."

Jim sah von Joan zu Ethel und wieder zurück. „Dr. Robinson, nehme ich an?"

„Nein, aber damit liegst du auch nicht ganz falsch. Er wird Ethel später abholen. Na los, rate noch einmal."

„Ich habe nicht die leiseste Ahnung. Du weißt, dass ich keine Fantasie besitze, Joan."

„Das ist nicht wahr!"

„Na los, erlöse mich von meinem Elend. Ich habe keinen blassen Schimmer."

„Alice."

Jim stieß einen Pfiff durch die Zähne aus. „Das ist aber eine Überraschung. Es muss fünf Jahre her sein. Weshalb war sie hier und wo ist sie jetzt?"

„Sie ist schon wieder auf dem Weg zurück nach Ottawa." Joan informierte ihn über Alices Plan und ihre Ängste bezüglich Howardson.

„Sollte dieser Dreckskerl den Nerv besitzen, in Hollowtree aufzutauchen, verpasse ich ihm einen Tritt in den Hintern, der ihn von hier bis auf die andere Seite des Ontariosees segeln lässt."

Ethel war Tip Howardson nie begegnet, aber sie hasste ihn mit jeder Zelle ihres Körpers. Er war der Mann, der Gregs Tod verursacht hatte. Nichts von dem, was sie von Joan und Alice gehört hatte, hatte diese Ansicht gemildert, ganz im Gegenteil – je mehr sie über ihn erfuhr, desto mehr schien er ihr ein durch und durch schlechter Mensch zu sein.

Nachdem sie den Pie in den Ofen geschoben hatte, eilte Ethel nach oben und bereitete sich auf ihr Treffen mit Duncan vor. Als sie ihr Parfüm aufsprühte, fiel ihr Alices Bemerkung über ihren Duft wieder ein. Was in aller Welt sah Joan in ihr? Soweit Ethel es beurteilen konnte, war sie eine gehässige Person. Die Aussicht, dass sie zurück nach Hollowtree ziehen und auf der Farm leben würde, war nicht gerade verlockend.

Ethel ging zum Fenster und entdeckte Duncans Wagen, der gerade den Weg zur Farm entlanggefahren kam. Sie holte tief Luft und ermahnte sich, ruhig zu bleiben. Was hatte sie vorhin zu Joan darüber gesagt, dass sie die Dinge nahm, wie sie kamen? Sie durfte sich nicht zu sehr hineinsteigern. Nachdem er darüber geschlafen hatte, war es gut möglich, dass der Arzt heute Zweifel an seiner spontanen Liebeserklärung hatte.

Da sie ihn nicht in Anwesenheit von Joan und Jim begrüßen wollte, verabschiedete sie sich von den beiden und ging hinaus zum Wagen. Duncan hielt ihr die Tür auf und gab ihr einen freundschaftlichen Kuss auf die Wange. Ihr fiel das Herz in die Hose. Er *hatte* Zweifel.

Aber sobald sie um die Kurve gefahren waren, hielt er den Wagen an und zog sie in seine Arme.

„Ich konnte den ganzen Tag nicht aufhören, an dich zu denken. Beinahe hätte ich einem Kind gegen seine Warze Hustensaft verschrieben und ich war schon auf halbem Weg zu einem Patienten, als mir auffiel, dass ich in die falsche Richtung fuhr. Was machst du nur mit mir, Ethel?" Er lächelte sie an und wieder stellte sie fest, dass er die wunderschönsten Augen hatte.

Als sie bei Freddo's ankamen, wählten sie einen Tisch im hinteren Teil des Lokals, weit weg von der Straße, und setzten sich mit ihren heißen Schokoladen hin, ihre Knie berührten sich unter dem Tisch.

„Hast du es ernst gemeint, als du sagtest, du wärst in mich verliebt?", fragte sie schließlich und wünschte sich, dass er es ihr noch einmal sagte, damit sie in der Wärme, die seine Worte in ihr auslösten, schwelgen konnte.

Er griff über den Tisch und nahm ihre Hand. „Ich sage es dir ganz ehrlich, Ethel, ich glaubte wirklich, dass ich für den Rest meines Lebens allein bleiben würde. Aber als ich dich zum ersten Mal sah, da war es, als ob ich endlich den einen Aspekt, der mir in meinem Leben so lange gefehlt hatte, gefunden hätte." Er streichelte ihre Hand. „Hört sich das lächerlich an?" Er verschränkte seine Finger mit ihren.

Sie schüttelte den Kopf. „Nein. Ich empfand genau dasselbe für dich. Ich wollte es mir nur nicht eingestehen. Es war, als ob sich eine dunkle Wolke plötzlich verzogen hätte."

„Ich *werde* dich heiraten. Das ist dir doch klar, oder?"

Ethel nickte. Alles war so einfach. Warum hatte sie es in ihrem Kopf so kompliziert gemacht? Sie liebten einander. Sie würden heiraten. Sie würde in Kanada bleiben. Alles andere konnte geregelt werden. Es waren nur Details.

Er hob seine Hand und strich ihr eine verirrte Locke aus der Stirn, dann beugte er sich vor, um sie zu küssen, wobei er zärtlich ihre Lippen berührte. Als er sich zurückzog, blickte Ethel auf und sah, dass Sandra das Café betreten hatte und nun neben ihrem Tisch stand.

„Was zum Teufel denkst du, was du da tust, Dad?" Ihre Stimme war schrill, fast schon ein Kreischen.

Drüben am Tresen legte Freddo seine Zeitung beiseite und beobachtete das Geschehen. Zwei Männer, die am Fenster saßen, drehten sich zu ihnen um und starrten sie mit unverhohlener Neugierde an.

„Siehst du nicht, dass sie versucht hat, sich dich zu angeln, seit sie dich zum ersten Mal gesehen hat? Sie und Joan Armstrong haben diesen Plan wahrscheinlich zusammen ausgeheckt. Du findest doch eine viel Bessere als sie." Sie sah Ethel an und machte keinen Hehl aus der Verachtung, die sie für sie empfand. „Sieh sie dir nur an, mit ihrer schicken Frisur und ihrem englischen Akzent. Sich einen Arzt zu krallen, ist der Hauptgewinn für sie. Ich habe es dir gesagt. Ich habe dich gewarnt."

Sandra stand immer noch neben dem Tisch. Ihr Körper zitterte und Tränen liefen ihr über die Wangen, während

Ethel sie entsetzt anstarrte. Dr. Robinson war sichtlich wütend, sagte aber nichts.

„Ich wusste, dass du mir das antun würdest, Dad. Ich wusste es. Sie wird mich aus dem Haus werfen. Dann kann ich nirgendwo hin. Ich werde ganz allein sein. Wie konntest du nur? Sieh sie dir an – sie ist ein billiges Flittchen. Wie konntest du nur?"

Ethel hielt es nicht länger aus. Sie rutschte von der Sitzbank, schnappte sich ihren Mantel und eilte, ohne auf die Kälte zu achten, aus dem Café. Es musste aussehen, als würde sie taumeln, als sie völlig außer sich die Hauptstraße entlang in Richtung der Abzweigung zur Rivercreek Farm lief.

Während sie die dunkle Straße entlang hastete, stiegen gleichermaßen Wut und Demütigung in ihr auf, und am liebsten wollte sie schreien. Und nun stand ihr auch noch ein langer Marsch in der eisigen Kälte auf einem unbeleuchteten Weg ohne Taschenlampe bevor.

Hinter sich hörte sie einen Motor. Duncans Wagen hielt vor ihr und er sprang heraus.

Ethel ging weiter. „Geh weg! Geh einfach. Es hat keinen Sinn, Duncan. Ich will nicht hören, was du zu sagen hast."

Er versuchte, sie am Arm festzuhalten, aber sie riss sich los. „Lass mich los. Fass mich nicht an."

„Bitte, Ethel. Du musst es mich erklären lassen. Sandra meint es nicht so, wie sie es sagt. Sie kann einfach nicht anders."

Ethel blieb wie angewurzelt stehen und drehte sich wütend zu ihm um. „Du hast *nichts* unternommen. Du hast nur dagesessen und zugelassen, dass sie ihr Gift verspritzt. Sie hat mich ein Flittchen genannt, um Himmels willen." Sie stieß ihn von sich. „Du hast sie diese Dinge einfach zu mir sagen lassen. Und du behauptest, mich zu lieben? Wenn du das Liebe nennst, dann kannst du deine schönen Worte nehmen und sie …" Ihr ging die Luft aus und sie begann zu weinen.

Er schlang seine Arme um sie und hielt sie fest, während sie versuchte, sich aus seiner Umarmung zu befreien.

„Hör auf, Ethel. Bitte. Du musst mir zuhören. Komm und setz dich ins Auto und lass es mich erklären."

„Da gibt es nichts zu erklären. Ich will dich nie wieder sehen. Das wars. Aus. *Finito*. Vorbei."

„Steig ins Auto, Ethel. Bevor du noch erfrierst." Er hielt ihr Gesicht zwischen seinen Händen. „Abgesehen von allem anderen muss ich dich nach Hause fahren. Sieh dir doch nur die Schuhe an, die du trägst."

Widerwillig sah sie ein, dass sie keine andere Wahl hatte, und stieg in den Wagen. Sie drückte sich gegen die Tür, um so viel Abstand wie möglich zwischen sich und Duncan zu bringen, und wich seinem Blick aus.

Er drehte sich in seinem Sitz zu ihr und sprach leise. „Meine Tochter leidet unter Stimmungsschwankungen, die zu gelegentlicher emotionaler Instabilität führen. Ihre Mutter hatte das auch, aber bei ihr war es noch viel stärker ausgeprägt. Ich habe versucht, sie zu überreden, psychiatrische Hilfe in Anspruch zu nehmen, aber sie weigert sich. Sie will keine Tabletten nehmen, weil sie Angst vor möglichen Nebenwirkungen hat. Eines der Probleme daran, die Tochter eines Arztes zu sein, ist, dass sie Zugang zu meinem Arzneimittelverzeichnis hat. Die zu erwartenden Nebenwirkungen sind relativ harmlos und überschaubar, aber sie will nicht einmal akzeptieren, dass sie ein Problem hat. Und um fair zu sein, fällt es den Leuten die meiste Zeit gar nicht auf. Ihr Zustand hat dazu geführt, dass sie sehr abhängig von mir ist und nur ungern Freundschaften schließt, und ich schätze, ich habe auch angefangen, Menschen zu meiden und mein Leben größtenteils ihr zu widmen. Deshalb fühlt sie sich durch meine Gefühle für dich bedroht."

Er starrte mit leerem Blick durch die Windschutzscheibe auf die Straße hinaus, die von den Scheinwerfern seines Autos angestrahlt wurde. „Ich glaube nicht, dass ich Sandra damit einen Gefallen getan habe, zuzulassen, dass die Dinge immer in geregelten Bahnen verliefen, dass sie sich darauf zu verlassen begonnen hat, dass sich in unserem Leben niemals etwas ändert und wir uns immer zu zweit durchschlagen würden. Mich mit dir zu sehen, war ein großer Schock für sie. Sie hat sofort gespürt, dass ich für dich ganz anders empfinde als für die beiden Freundinnen, die ich in der Vergangenheit hatte."

Er griff nach ihren Händen und hielt sie fest. „Ich kann nicht verbergen, was ich für dich fühle, Ethel, und Sandra versteht nicht, dass es meine Liebe zu ihr nicht mindert, wenn ich dich liebe. Ich glaube, sie hat Angst vor der Zukunft. Sie ist sehr verletzlich."

„Verletzlich? Den Eindruck hat sie auf mich bisher nicht gemacht."

„Ein Teil ihrer Bewältigungsstrategie besteht darin, sich hinter ihrer harten Schale vor der Welt zu verstecken. Sie ist schroff, ja, regelrecht unhöflich. Es ist, als würde sie eine Rüstung tragen. Angriff ist für sie die beste Verteidigung."

Ethel sagte nichts. Sie war nicht überzeugt und erholte sich immer noch von dem Schock über den Vorfall im Café.

„Sie ist auch keine geeignete Assistentin für meine Praxis. Sie ist unbeholfen im Umgang mit den Patienten und ohnehin viel zu klug, um eine langweilige Arbeit wie diese zu machen.

Sie sollte Medizin studieren, in einem Labor arbeiten, Krankheiten erforschen, etwas in diese Richtung. Aber sie hat Angst. Angst, von zu Hause wegzugehen." Er stützt den Kopf in die Hände. „Aber das alles ist meine Schuld. Ich hätte es nie so weit kommen lassen dürfen. Ich hätte es nicht aufschieben dürfen, Hilfe für sie zu suchen."

Ethel wusste nicht, was sie sagen sollte. Schließlich sagte sie: „Du hättest sie in ihrem Zustand nicht allein zurücklassen dürfen."

„Freddo kümmert sich um sie. Für den Moment ist sie dort gut aufgehoben. Ich fahre zurück, sobald ich dich auf der Farm abgesetzt habe." Er starrte wieder durch die Windschutzscheibe hinaus in die Dunkelheit. „Ich kann so nicht weitermachen, Ethel. Ich kann es einfach nicht. Ich muss ihr Hilfe besorgen. Es übersteigt meine Fähigkeiten, mich selbst um ihre Probleme zu kümmern."

„Damit dürftest du richtig liegen." Sie zog ihre Hand zwischen seinen beiden hervor. „In der Zwischenzeit ist es besser, wenn wir uns nicht sehen. Ich möchte nicht dafür verantwortlich sein, dass deine Tochter einen Nervenzusammenbruch erleidet."

„Nein, Ethel. Ich bitte dich. Lass mich mit ihr reden. Wenn wir ihr etwas Zeit geben, wird sie die Situation akzeptieren. Sie wird anfangen, dich zu mögen. Wie könnte sie es nicht?"

„Hast du gehört, was sie zu mir gesagt hat? Hast du denn nicht zugehört?" Ethel begann, zu zittern. „Es war furchtbar. Gemein. Verletzend. Vielleicht hast du recht und sie kann nichts dafür, aber so etwas mache ich nicht noch einmal mit." Sie schluckte. „Ich will dich nicht wiedersehen, Duncan. Und ja, du musst Hilfe für deine Tochter besorgen, bevor sie noch mehr Schaden anrichtet. Und jetzt bring mich bitte nach Hause.“

Nachdem Duncan weggefahren war, eilte Ethel ins Haus, ging direkt in ihr Zimmer, schloss die Tür und warf sich aufs Bett.

Sie war von den Höhen des Glücks in die Abgründe der Verzweiflung gestürzt. Sandra Robinson war bösartig, heimtückisch und grausam zu ihr gewesen. Ethel war zutiefst gekränkt. Nach dieser Sache wollte sie nichts mehr mit dem Mädchen zu tun haben – und das bedeutete, dass sie auch nicht mehr mit Duncan ausgehen konnte. Seine Erklärungen waren zwar plausibel gewesen, sogar verständlich, aber nichts entschuldigte die Tatsache, dass er sie nicht verteidigt hatte.

Als sie so dalag und blind an die Decke starrte, musste sie jedoch zugeben, dass Duncan vermutlich genauso schockiert gewesen war wie sie. Und immerhin hatte er sich entschieden, ihr hinterherzufahren, anstatt im Café zu bleiben und seine Tochter zu trösten.

Ethel drehte sich auf die Seite und schlug mit einer Hand auf ihr Kissen. Es war nicht fair. Gerade als sie sich verletzlich gemacht und ihr Herz geöffnet hatte, hatte das Leben wieder zum Schlag ausgeholt. Sie hatte das Glück vor der Nase gehabt, es war zum Greifen nah gewesen, und dann, als sie die Hand danach ausgestreckt hatte, war es davongeflogen wie ein Vögelchen und sie war wieder mutterseelenallein.

KAPITEL 26

JOAN WARTETE, bis sie mit Helga allein war, bevor sie mit ihr über Alices Idee sprach, zurückzukommen. Sie standen in der Küche der Hollowtree Farm und wählten Lieder für Dons Beerdigung aus.

„Alice hat mich gestern besucht. Es war nur eine Stippvisite – sie ist schon wieder in Ottawa."

„Alice?", fragte Helga mit scharfer Stimme. Sie blickte von dem ramponierten Gesangbuch auf, das sie in der Hand hielt.

„Sie kommt zurück nach Hollowtree."

„Wie das? Sie ist seit fünf Jahren weg."

„Tip Howardson brauchte nicht lange, um herauszufinden, dass sie an das Geld ihrer Tante gekommen ist. Er tauchte vor ihrer Haustür auf, machte ihr einen Heiratsantrag, und als sie ihn zum Teufel schickte, holte er die kleine Catherine unerlaubt von der Schule ab. Alice war verzweifelt. Zum Glück setzte er sie zu Hause ab. Alles nur, um Alice Angst zu machen."

Helga wandte ihre Aufmerksamkeit wieder dem Gesangbuch zu, doch ihre Neugierde war offensichtlich geweckt, denn nach ein paar Minuten fragte sie: „Weiß die Kleine, dass er ihr Vater ist?"

„Bis dahin wusste sie es nicht, aber er sagte es ihr – er sagte es auch der Lehrerin und diese dumme Frau ließ zu, dass er sie mitnahm. Alice erklärte Catherine, dass es nicht wahr sei, aber sie hat schreckliche Angst, dass er sie ein zweites Mal mitnimmt. Catherine wird eines Tages unweigerlich herausfinden, dass sie ein uneheliches Kind ist, aber Alice will nicht, dass sie weiß, dass Tip ihr Vater ist. Sie will nicht, dass er in die Nähe ihrer Mädchen kommt. Und sie selbst will auch nichts von ihm wissen."

„Daran hätte sie schon vor Jahren denken sollen, anstatt ihre Beine für diesen Schurken breitzumachen."

„Bitte, Ma. Sprich nicht so. Wenn Alice die Uhr zurückdrehen könnte, würde sie es tun, aber das würde auch bedeuten, dass sie Catherine nicht bekommen hätte – und sie liebt sie unendlich. Und Rose auch. Das arme Kind kann nichts dafür, wer sein Vater ist."

Helga schnaubte. Sie widmete sich wieder dem Gesangbuch, sagte aber nach einer Weile: „Ich dachte, Howardson wäre schon verheiratet. Mit einer Frau in Amerika."

„Geschieden."

Helga verzog ihre Lippen.

„Und die Geschichte, die er Alice darüber erzählt hat, dass er bereits ein Kind hätte, war erfunden. Er ist ein ganz und gar niederträchtiger Mensch. Die arme Alice wurde von ihm regelrecht reingelegt."

Helga starrte aus dem Fenster. „Tip konnte so charmant sein, wenn er etwas haben wollte. Er war ein lieber Junge, als er klein war, bis sie in der Schule damit anfingen, ihn zu schikanieren. Vielleicht war es das, was ihn verändert hat. Walt war der einzige Klassenkamerad, der ihn in Ruhe ließ.“

„Wirklich? Dabei ist Tip selbst der größte Tyrann.“

„Es ist oft so. Ein schikaniertes Kind kann zu einem schikanierenden Erwachsenen werden – vor allem, wenn er eine gewisse Macht hat.“

Einige Augenblicke schwiegen sie, bis Helga fragte: „Und wo will sie wohnen, wenn sie zurückkommt?“

„Sie erwähnte, dass sie sich etwas in der Stadt kaufen wolle, in der Nähe der Schule. Aber in der Zwischenzeit –“

„Will sie hierherziehen.“ Helga nickte mit dem Kopf in Richtung der Scheune.

Walt Armstrong hatte einen provisorischen Schuppen an die Rückwand angebaut, als er und Alice damals geheiratet hatten. Alice und Rose hatten dort gelebt, bis sie nach Ottawa gegangen waren.

„Ich kann sie ohnehin nicht davon abhalten“, sagte Helga. „Der Schuppen gehört ihr. Auch wenn er auf unserem Land steht.“

Joan legte ihre Hand auf den Arm ihrer Schwiegermutter und drückte ihn. „Sie gehört zur Familie, Ma. Sie ist Walts Ehefrau und die Mutter seiner Tochter.“

„Wann kommt sie?“

„Sobald sie die nötigen Vorkehrungen treffen und einen Platz in der Schule für die Mädchen organisieren kann. Sie wäre gern bei Dons Beerdigung dabei, aber sie glaubt nicht, dass das möglich sein wird. Sie war am Boden zerstört, als ich ihr von ihm erzählte. Rose wird es auch sein. Es ist so schade, dass sie nicht hier sein können."

Helgas verzog verachtend das Gesicht. „Ich freue mich, Rose wieder um mich zu haben." Sie stand vom Tisch auf. „Aber erwarte nicht von mir, dass ich den roten Teppich für Alice – oder ihre uneheliche Tochter – ausrolle."

„Ma! Hör sofort damit auf." Es war selten, dass Joan ihre Schwiegermutter zurechtweisen musste, aber sie erinnerte sich nur zu gut daran, wie es war, mit Helga Armstrong auf dem Kriegsfuß zu stehen. „Denk an Don. Denk an Walt. Keiner der beiden hätte gewollt, dass Alice und ihre Tochter auf diese Weise behandelt werden. Walt hat Alice geliebt und du weißt, dass diese ganze Sache mit Howardson nie passiert wäre, wenn er noch am Leben wäre. All diese Jahre später ist sie immer noch nicht über Walt hinweg. Was mit Tip geschehen ist, mag schwer zu entschuldigen sein, aber sie war einsam. Und das ist sie immer noch. Nach Hause nach Hollowtree zu kommen, ist wahrscheinlich das Beste, was sie tun kann."

Helga setzte sich wieder hin, die Arme verschränkt, einen mürrischen Ausdruck im Gesicht.

„Hör mal, Ma. Du gehst zur Kirche und bist einer der gütigsten Menschen in dieser Stadt. Kannst du nicht ein wenig Güte und Vergebung für Alice in deinem Herzen finden? Walts zuliebe?"

Helga schürzte die Lippen. „Ich werde mein Bestes tun."

Joan sprang auf und umarmte sie. „Danke, Ma. Du wirst es nicht bereuen."

～

In Ottawa hatte Alice zwischenzeitlich jede Menge Kisten gepackt. Vorerst nahm sie nur Kleidung mit, denn die Möbel aus Miss Cookes Stadthaus würden nicht in die bescheidene Bleibe passen, die Walt einst für sie gebaut hatte – weder stilistisch noch platztechnisch. Außerdem waren da noch die Unmengen von Dokumenten und Unterlagen ihrer Tante, die sie noch nicht hatte durchsehen können. Sie hatte vor, das Haus irgendwann zu verkaufen, konnte sich aber noch nicht dazu durchringen, es zu tun. Der Immobilienmakler hatte ihr geraten, damit bis zum Frühjahr zu warten.

Sie beschloss, Mrs. Browning, ihre Haushälterin, zu behalten und sie anzuweisen, Howardson – für den Fall, dass er vorbeikam – zu sagen, Alice sei mit ihren Töchtern auf eine längere Reise nach Europa gegangen. Sie war sich nicht sicher, ob ihn das überzeugen würde, denn sie war noch nie ein Freund von großen Reisen gewesen. Aber Walt war dort begraben und sie bat Mrs. Browning, zu erwähnen, dass sie sein Grab besuchen würden. Wenn sie es schaffte, ihre Rückkehr nach Hollowtree vor ihm noch eine Weile geheimzuhalten, würde ihr das etwas Zeit verschaffen. Es war zwar unwahrscheinlich, dass er jemals dorthin zurückkehren würde, aber sie wollte kein Risiko eingehen. Wenn Tip Geld roch, würde er ihm nachjagen – selbst wenn es bedeutete, in eine Stadt zurückzukehren, in der er nicht mehr willkommen war.

Mr. Freeman erwies sich für Alice als Fels in der Brandung. Er stimmte zu, als Schnittstelle zwischen ihrem Broker, ihrem Immobilienverwalter und allen anderen Geschäftskontakten zu fungieren und ihr regelmäßig Bericht zu erstatten.

„Es gibt da noch eine andere Sache, Mr. Freeman", sagte sie eines Morgens, als sie in seinem Arbeitszimmer saßen und über ihre Pläne sprachen. „Es ist eine ziemlich heikle Angelegenheit."

Er versicherte ihr, dass er absolut diskret sei.

„Meine jüngere Tochter, Catherine …", sie schluckte, plötzlich nervös, „wurde außerehelich geboren. Eine unüberlegte Liaison."

Der Anwalt hüstelte etwas überrascht, nickte aber nur diskret.

„Ihr Vater tauchte vor Kurzem aus heiterem Himmel hier auf. Er entführte Catherine aus dem Schulhof. Sprach Drohungen aus."

„Drohungen?"

„Nun, nicht direkt Drohungen. Er drohte nicht, ihr etwas anzutun, oder dergleichen. Aber er muss Wind von meinem Erbe bekommen haben, denn er hat mir einen Heiratsantrag gemacht. Er sprach auch davon, Rose zu adoptieren."

„Und wäre das so schrecklich?"

„Es wäre eine Katastrophe." Sie schloss für einen Moment die Augen. Es war furchtbar, hier zu sitzen und ihre dunkelsten Geheimnisse offenzulegen. „Er ist ein gewalttätiger Mann. Er wurde während des Krieges unehrenhaft aus der Armee entlassen. Ich will nicht ins Detail gehen, aber er ist gefährlich. Ich will ihn nicht in meiner Nähe haben und schon gar nicht in der Nähe meiner Töchter."

„Ich verstehe."

„Kann ich irgendwie verhindern, dass er mit uns Kontakt aufnimmt?"

„Er hat keine konkreten Drohungen ausgesprochen, sagen Sie? Und er ist der leibliche Vater des Kindes. Nun, es ist unwahrscheinlich, dass ein Gericht Ihnen unter diesen Umständen eine einstweilige Verfügung erteilt."

Alice presste die Lippen aufeinander. „Dann muss ich wohl einfach hoffen, dass er mir die Geschichte abkauft, die meine Haushälterin ihm erzählen soll – dass wir auf einer längeren Reise in Europa sind und die letzte Ruhestätte meines verstorbenen Mannes in England besuchen."

„Sie könnten sie anweisen, ihn stattdessen zu mir zu schicken. Ich vermute, dass ich eher imstande wäre, ihm falsche Informationen vorzugaukeln, als Ihre Haushälterin. Vor allem, wenn er, wie Sie sagen, dazu neigt, anderen zu drohen. Ich kümmere mich nur zu gern um ihn und halte ihn in Schach."

KAPITEL 27

DANK DES MILDEN Winters gab es keine Verzögerung bei Dons Beerdigung. Der Gottesdienst fand in der katholischen Kirche in der Stadt statt und die Bänke waren bis auf den letzten Platz gefüllt – ein Zeugnis von Don Armstrongs Ansehen und Beliebtheit. Bei der anschließenden Beerdigung waren nur die Familie und eine kleine Gruppe enger Freunde anwesend.

Das Familiengrab der Armstrongs befand sich in einem kleinen Bereich am Rande des Friedhofs, in der Nähe der Umzäunung und neben einem Wäldchen. Ein ruhiges und schattiges Plätzchen, weit weg von den neueren Bereichen des Friedhofs. Hier gab es bereits zwei Gräber, die fein säuberlich gepflegt waren. Obwohl die Metallkreuze rosteten, waren die auf den Gedenksteinen eingemeißelten Namen noch gut zu erkennen: Nathan Armstrong 1850-1927 und Margaret Armstrong 1861-1894.

Ethel rechnete in Gedanken nach. Während Dons Vater siebenundsiebzig Jahre alt geworden war, war seine Mutter mit nur dreiunddreißig Jahren gestorben. In ihrem Alter. Sie fragte sich, was die Ursache für ein so frühes Ableben gewesen sein könnte, aber um die Jahrhundertwende waren die Menschen an allen möglichen Krankheiten gestorben, die man heutzutage leicht behandeln konnte. Und das Leben auf einer abgelegenen Farm wäre damals beschwerlich gewesen. Ethel war sich nicht einmal sicher, ob es die Stadt Hollowtree damals schon gegeben hatte – jedenfalls nicht in ihrer heutigen Form, wenn sie auch klein war. Dann dämmerte es ihr: Margaret musste um die Zeit von Dons Geburt herum gestorben sein – möglicherweise bei seiner Geburt.

Als sie den Sarg ansah, brannten ihr Tränen in den Augen. Sie hatte Don Armstrong nur so kurze Zeit gekannt. Sie erinnerte sich an Joans Worte, dass er der Vater gewesen sei, den sie nie gehabt hatte. Joan ließ ihren Tränen freien Lauf, während Helga Armstrong hinter ihr stand, in einen schwarzen Mantel gehüllt und mit Hut, stoisch wie immer und kerzengerade, wenngleich sie eine kleine Frau war, neben ihrem Sohn.

Eine kleine Hand glitt in die ihre und als Ethel nach unten blickte, sah sie Jimmy neben sich, dessen Lippen zitterten, während er seinen Blick auf den hölzernen Sarg gerichtet hielt. Sie drückte sanft seine Hand und ihr Herz füllte sich mit Trauer und Mitgefühl für die ganze Familie.

Der Geistliche beendete seine Gebete und schwenkte einen Metallstab mit etwas, von dem Ethel annahm, dass es Weihwasser war, über den Sarg. Helga trat vor und legte einen kleinen Strauß Schneeglöckchen auf den Deckel, bevor zwei Männer nach den Seilen griffen und ihn sanft in die Erde hinabließen.

Jeder der Anwesenden warf eine Handvoll Erde in das Grab, und als sie fertig waren, führte der Priester die Prozession in die andere Richtung davon.

Als sie gingen, begannen die beiden Männer, das Loch zuzuschütten. Erst als sie hören konnten, wie die erste Schaufel Erde auf den hölzernen Sarg fiel, brach Helga Armstrong zusammen. Die Klagelaute, die sie ausstieß, waren herzzerreißend, kamen aus tiefster Seele und zeugte von einer alles vereinnahmenden Traurigkeit, und Ethel musste weinen, als sie Zeuge davon wurde.

Ein paar Tage nach der Beerdigung spazierte Ethel einen Feldweg entlang zu der kleinen Badestelle hinter der Hollowtree Farm. An den meisten Tagen ging sie gern entlang der Felder und in den umliegenden Wäldern spazieren und genoss die Ruhe und den Frieden abseits des Trubels im Haus. Es war eine Gelegenheit zum Nachdenken. Seit sie nach Kanada gekommen war, hatte sie viele Stunden damit verbracht, nachzudenken. In jüngster Zeit vor allem über Duncan Robinson und darüber, wie sehr sie ihn vermisste. In der Ferne sah sie Helga den Hof der Hollowtree Farm überqueren. Aus einer Laune heraus beschloss sie, sie zu besuchen, und bog auf den Weg ein, der zur Farm führte.

Sie fand Helga in der Scheune, wo sie gerade die Eier einsammelte. Sie schaute überrascht auf, begrüßte Ethel aber herzlich.

„Ich hoffe, ich störe nicht, Mrs. Armstrong?"

„Ich sagte doch schon, Ethel, nenn mich Helga. Ich wollte mir gerade einen Kaffee machen. Willst du mir Gesellschaft leisten?" Sie seufzte. „Ein wenig Gesellschaft wäre schön. Es ist sehr ruhig hier geworden. Aber ich sollte wohl das Beste daraus machen, bevor Alice und Rose zurück in den Schuppen ziehen."

Ethel fiel auf, dass sie Catherine nicht erwähnte, sagte aber nichts dazu.

Als sie sich auf gegenüberliegende Seiten des Tisches gesetzt hatten, vor sich zwei Zinnbecher mit dampfendem Kaffee, atmete Helga tief ein. „Ich wollte dir danken, Ethel, dafür, dass du meinem Don in seinen letzten Momenten beigestanden hast. Ich hätte mir nie träumen lassen, dass es so plötzlich passieren würde."

Ethel starrte in ihren Becher. „So war es auch bei meiner Mum. In der Nacht, als sie starb, hatte ich gerade ihre Schwester, Joans Mum, nach Hause geschickt. Ich hatte keine Ahnung, dass es ausgerechnet in dieser Nacht passieren würde. Wenn jemand so lange krank ist, ist es schwer zu glauben, dass er am Ende doch noch loslassen wird."

„Genauso ist es. Der Doktor hatte mich noch gewarnt, aber ich dachte, ich würde spüren, wenn es so weit ist. Sonst wäre ich niemals von seiner Seite gewichen."

Ethel sah zu ihr hinüber. „Sie müssen ihn schrecklich vermissen. Wie lange waren Sie verheiratet?"

„Einundvierzig Jahre. Und abgesehen von der Zeit, als er in Europa kämpfte, waren wir keinen Tag getrennt."

„Ich habe mir die Daten auf den Gräbern seiner Eltern angesehen. Sie müssen eine sehr kurze Ehe geführt haben."

Helga nickte. „Sie hatten kaum Zeit miteinander. Seine Mutter starb bei der Geburt. Sie hatte bereits drei Kinder verloren und konnte sich nicht einen Tag an ihrem Don erfreuen, die arme Seele. Und er durfte nie die Liebe seiner Mutter spüren."

„Das muss schwer für ihn gewesen sein. Und für seinen Vater – seine Frau so jung zu verlieren. Wie hat er das nur geschafft? Ich bin überrascht, dass er nicht wieder geheiratet hat. Eine Farm zu führen und ein Kind großzuziehen, und das ganz allein. Das kann nicht einfach gewesen sein."

Helga sah sie an, als überlegte sie, was sie darauf antworten sollte, und sagte dann: „Er war nicht allein. Er hatte eine Frau, aber sie waren nie verheiratet. Sie kümmerte sich um Don und kochte und putzte für den alten Mann." Sie schnaubte. „Und sie tat noch mehr als das, wenn du verstehst, was ich meine."

„Warum haben sie nicht geheiratet?"

„Sie war Indianerin."

Ethel versuchte, nicht überrascht zu wirken. „Oh, ich verstehe."

„Die Leute hätten geredet. Diese Art von gemischter Ehe wurde nicht gern gesehen. Um ehrlich zu sein, ist das immer noch so."

„Was ist mit ihr passiert?"

„Als Don fünfzehn war, verschwand sie. Das brach ihm fast das Herz."

„Sie hat ihn und seinen Vater verlassen?"

Helga stellte ihren Becher ab. „Ich glaube, sie hatte genug. Nathan Armstrong war ein schwieriger Mann. Er wusste nicht zu schätzen, was andere Leute für ihn taten. Als Don und ich heirateten, führte sein Vater mich an der Nase herum. Er machte mir das Leben zur Hölle. Fast wäre unsere

Ehe daran zerbrochen. Dann, eines Tages, hatte auch Don genug davon. Er wies den alten Mistkerl in seine Schranken. Danach wagte er es nie wieder, auch nur einen Mucks von sich zu geben." Sie ging nicht weiter darauf ein und Ethel wollte nicht nachbohren. „Er starb, als Jim und Walt junge Teenager waren und Gott vergebe mir, ich vergoss keine einzige Träne."

„Vielleicht ist er nie über den Verlust seiner Frau hinweggekommen?"

„Vielleicht. Aber ich kann mir nur schwer vorstellen, dass der alte Bock jemals um jemanden getrauert hat." Sie stand auf, holte die Kanne und füllte frischen Kaffee in ihre Becher. „Also, erzähl mir von dir und Doc. Joan sagt, ihr hattet einen Streit. Es tut mir sehr leid, das zu hören, Ethel. Ich finde, ihr zwei gebt ein schönes Paar ab."

Ethels Gesicht verfärbte sich angesichts des plötzlichen Themenwechsels purpurrot. Stammelnd erwiderte sie: „Ich – ich wusste nicht, dass Sie wussten, dass wir eine Zeit lang miteinander ausgingen."

Helga gab ein leises Schnauben von sich. „Dies ist eine kleine Stadt, Liebes. Jeder weiß hier über alles Bescheid. Ich hätte gedacht, dass dir das inzwischen klar ist."

„Wir beschlossen, uns nicht mehr zu treffen. Seine Tochter kam nicht damit zurecht. Ich sollte Ihnen das wahrscheinlich nicht erzählen, aber sie hat psychische Probleme. Ich hielt es für besser, die Sache auf Eis zu legen, bis es ihm gelingt, sie zu überreden, sich in Behandlung zu begeben."

Helga nickte. „Ich verstehe allerdings nicht, warum dich das davon abhalten sollte, mit dem Doktor auszugehen."

„Unsere Beziehung belastete sie psychisch. Sie verlor die Nerven, als sie uns eines Nachmittags zusammen bei Freddo sah. Sie war hysterisch, sagte einige schreckliche Dinge. Es war äußerst unangenehm."

Helga schüttelte den Kopf. „Ich kann nicht sagen, dass ich das Mädchen gut leiden kann. Sie ist gefühllos und kalt. Ganz und gar nicht wie ihr Vater. Sie lässt kaum jemanden an sich heran. Eine kümmerliche Existenz."

Ethel war erleichtert, dass sie nicht die Einzige war, die von Sandra nicht gerade angetan war.

„Du wirst doch nicht zulassen, dass dieses Mädchen sich dir in den Weg stellt, Ethel. Doc ist ein guter Mann. Mein Don hat ihn sehr gemocht." Sie atmete hörbar aus. „Komisch eigentlich, denn er weigerte sich, zu ihm zu gehen, als er damals in die Stadt kam." Sie beugte sich vor. „Der Doktor diente nicht im Krieg und Don nahm es ihm übel, ohne ihn je getroffen zu haben. Es war Joan, die ihn schließlich überredete, ihn wegen seines Hustens aufzusuchen."

Helga sah zu Ethel hinüber und fügte hinzu: „Es lag allerdings nicht daran, dass der Doktor nicht dienen wollte. Er musste sich um seine Tochter kümmern. Sie war noch ein kleines Kind, als der Krieg ausbrach."

Ethel verspürte eine plötzliche Traurigkeit. Ihre Lage erschien ihr so hoffnungslos. Sie liebte Duncan, aber die Dinge waren so kompliziert.

Als ob sie ihre Gedanken lesen könnte, legte Helga eine Hand auf ihre und sagte: „Das Leben ist so kurz, Ethel, Liebes. Im einen Moment schritt ich zum Traualtar und all die Jahre danach vergingen wie im Flug, bis ich unlängst zusehen musste, wie sie meinen Mann unter die Erde brachten. Wie sagt man so schön? Man soll das Heu ernten, solange die

Sonne scheint. Lass dir einen guten Mann nicht entgehen. Du bist ein hübsches Mädchen und verdienst es, glücklich zu sein. Und Dr. Robinson auch."

Auf dem Weg zurück nach Rivercreek dachte Ethel immer wieder über Helgas Ratschlag nach. Aber sie wusste, dass sie ihn nicht befolgen würde. Duncan musste diese Entscheidung selbst treffen. Sie hatte nicht vor, sich zwischen Vater und Tochter zu stellen.

KAPITEL 28

Es war ein Samstagnachmittag Anfang Februar, als Sandra Robinson auf der Rivercreek Farm auftauchte. Sie war allein. Joan wusch gerade Windeln, trocknete sich schnell die Hände und ging zur Tür.

„Ist Miss Underwood zu Hause?“

„Sie ist drüben in der Scheune und hilft meinem Mann, die Scheunentüren neu zu streichen. Komm rein, setz dich und ich hole sie, Sandra.“

„Ich möchte mit ihr unter vier Augen sprechen.“

Joan war überrascht und sagte: „In Ordnung. Halte die Ohren offen, falls das Baby anfängt, zu weinen. Sie ist oben und schläft und sollte mich nicht brauchen. Harry ist da drüben in seinem Laufstall.“ Sie nickte in Richtung der Ecke, wo Harry vor sich hin plapperte und mit ein paar Holzklötzen spielte. „Ich löse Ethel beim Streichen ab, dann kann sie hier mit dir reden.“

Sandra nickte, sagte aber nichts, und Joan musste aufs Neue feststellen, was für eine unsympathische junge Frau sie doch war.

Sie ging hinüber zur Scheune und sprach mit Ethel.

„Was in aller Welt will sie? Ich glaube nicht, dass ich mit ihr reden will. Nicht nach ihrem Gefühlsausbruch bei Freddo. Ich wurde in meinem ganzen Leben noch nie so gedemütigt."

„Ich nehme an, sie ist gekommen, um sich zu entschuldigen."

Ethel sah sie zweifelnd an, zuckte aber mit den Schultern. „Nun, dann bringe ich es besser hinter mich."

Ethel, die eine von Jims übergroßen Latzhosen trug und sich ein Baumwolltuch um den Kopf gebunden hatte, betrat die Küche. Sandra saß im Schneidersitz auf dem Teppich neben Harrys Laufstall und sah ihm beim Spielen zu.

Sie sah auf und sagte: „Ich mag kleine Kinder. Er ist niedlich."

Überrascht von der Sanftheit in ihrer Stimme, wartete Ethel auf die Erklärung für ihren Besuch.

Sandra stand auf. Sie wirkte untypisch verlegen. „Ich bin gekommen, um mich zu entschuldigen. Ich hätte nicht sagen dürfen, was ich gesagt habe. Es war falsch von mir. Es hat Dad sehr unglücklich gemacht."

Ethel starrte sie mit offenem Mund an, sagte aber nichts.

„Es ist nur … Dad und ich stehen uns sehr nahe und er hatte noch nie eine ernsthafte Beziehung. Ich habe eine Weile gebraucht, um mich an den Gedanken zu gewöhnen. Ich war wütend. Genau genommen, hatte ich Angst …" Sie knabberte an einem Fingernagel und Ethel bemerkte, dass alle ihre Nägel bis zum Nagelbett abgebissen waren. „Ich war besorgt, dass er seine ganze Zeit nur noch mit Ihnen verbringen würde und ich allein wäre. Egoistisch, ich weiß."

Ethel zögerte. „Ich werde eine Kanne Tee kochen", sagte sie und ging zum Herd hinüber.

Sandra stellte sich neben sie, während sie den Tee zubereitete. Ethel spannte sich an, fühlte sich unwohl.

Als der Tee fertig war, setzte sie sich an den Tisch und bedeutete Sandra, ihr gegenüber Platz zu nehmen. Die junge Frau war schmerzhaft dünn. Ihr dunkles Haar hatte sie zu einem Pferdeschwanz zusammengebunden und ihre Augen waren wie traurige, dunkle Pfützen. Ihren Mantel hatte sie aufgeknöpft und Hut und Handschuhe abgelegt, aber den Mantel behielt sie an und knabberte weiter an ihren Nägeln. Ethel bot ihr, in der Hoffnung, sie zum Aufhören zu bewegen, einen Keks an, den sie jedoch ablehnte.

„Hören Sie. Dad sagt, dass Sie ihn nicht mehr sehen wollen. Er sagt, dass Sie nicht mehr mit ihm ausgehen und alles nur wegen der Dinge, die ich gesagt habe. Das macht ihn traurig. Und wenn er traurig ist, bin ich es auch." Sie starrte auf die Tischplatte hinunter. „Er will, dass ich zu einem Psychiater gehe. Aber das ist nicht nötig. Mir geht es jetzt gut. Ich habe mich an den Gedanken gewöhnt, dass er mit Ihnen zusammen ist. Es macht mir nichts mehr aus. Bitte sagen Sie, dass Sie wieder mit ihm ausgehen werden. Sonst zwingt er mich, zu diesem Psychiater in Kitchener zu fahren, und das will ich nicht. Es ist nicht nötig. Bitte, Miss Underwood."

Ethel war fassungslos. Sie wusste nicht, was sie sagen sollte. Das hier kam genauso überraschend wie die Konfrontation bei Freddo.

„Also? Werden Sie sich mit ihm treffen? Er mag Sie wirklich."

„Ich mag ihn auch.“

„Dann sagen Sie Ja. Bitte.“ Sandra starrte sie mit ihren großen Kulleraugen an. „Da ist noch etwas, was ich Sie fragen will.“

„Ja?“

„Würden Sie mir die Haare machen? Dad sagt, Sie sind Friseurin. Vielleicht können Sie mir auch zeigen, wie man sich schminkt.“

Ethel fiel vor Überraschung fast von ihrem Stuhl. „Ich weiß nicht recht“, sagte sie zögernd.

„Ich bezahle Sie natürlich.“

„Du brauchst mich nicht zu bezahlen.“

„Ich möchte es aber. Dann kann ich Sie beim nächsten Mal auch wieder darum bitten, aber wenn Sie es umsonst machen, kann ich das nicht.“

Noch immer verdutzt sagte Ethel: „Also gut. Wann?“

„Ich dachte an Dienstag. Sie könnten zu uns nach Hause kommen, während Dad seine Hausbesuche macht, und danach könnten Sie mit uns zu Abend essen.“

Ethel zögerte. „Weiß dein Vater, dass du mich das fragst?“

„Ja. Es war seine Idee, dass Sie zum Abendessen bleiben. Aber er sagte, *ich* müsse Sie fragen. Bitte.“ Sandra biss sich auf die Lippe. „Es ist wichtig. Ich habe am Mittwoch eine Verabredung. Dafür will ich gut aussehen.“

Eine Verabredung? Nun war Ethel neugierig. Das könnte genau das sein, was Sandra brauchte, um sich von ihrem Vater zu lösen – und ihm zu ermöglichen, sich im Gegenzug auch von ihr zu lösen.

„Ich habe ihn gerade erst kennengelernt. Er ist der Vertreter einer der Pharmafirmen. Er wohnt nicht in Hollowtree. Er will mit mir zum Schlittschuhlaufen nach Kitchener fahren." Sandras Augen leuchteten auf.

„Das ist schön, Sandra. Wie ist er denn so?"

Einen Moment lang dachte Ethel, Sandra würde ihr sagen, sie solle sich um ihre eigenen Angelegenheiten kümmern, denn sie wirkte verärgert. Aber dann begann sie zu lächeln und sagte: „Er ist sehr von sich überzeugt. Älter als ich. Aber sagen Sie das nicht Dad. Er weiß es nicht. Eigentlich hatte ich gehofft, Sie könnten am Mittwochabend mit Dad ausgehen, damit ich ihm nicht gestehen muss, dass ich eine Verabredung habe. Ich möchte damit warten, die beiden einander vorzustellen, bis ich ihn besser kennengelernt habe." Sie schenkte Ethel ein schüchternes Lächeln. „Ich habe Angst, dass Dad vielleicht nicht mit ihm einverstanden ist, und ich möchte mich nicht mit ihm darüber streiten, solange ich nicht sicher bin, dass Steve die Mühe wert ist. Verstehen Sie, was ich meine?"

Ethel nickte. „Sein Name ist Steve?"

„Steve Johnson." Sie kicherte leise. „Er ist sechsundzwanzig, sieht aber ein bisschen älter aus."

„Das ist wirklich wunderbar, Sandra. Aber wenn er ein Vertreter für Medikamente ist, wie kommt es dann, dass dein Vater nicht kennt?"

„Er kam mit ein paar Broschüren in der Praxis vorbei, aber Dad war gerade mit Patienten beschäftigt. Steve wollte einen Termin vereinbaren, um sich ein anderes Mal mit ihm zu treffen, aber dann begannen wir, uns zu unterhalten, und er fragte mich, ob ich mit ihm ausgehen würde, und erst hinterher bemerkte ich, dass wir den Termin nie vereinbart hatten.“

„Er ist eindeutig an dir interessiert.“

„Herrje, ich hoffe es. Ich hatte noch nie einen Freund.“

Ihr Gesicht war knallrot angelaufen, aber sie hatte ihren üblichen missmutigen Gesichtsausdruck abgelegt, und als sich Sandras Züge entspannten, stellte Ethel fest, dass sie eine hübsche Frau war, die sich nur hinter einem unfreundlichen Gesicht und einer strengen Frisur versteckte. Sie gehörte zu jenen Frauen, die sich nicht schminkten und eintönigen Kleider trugen, um hinter dieser wenig ansprechenden Fassade Schutz zu suchen. Ethel kannte viele Frauen, die wie Schmetterlinge aus dem Kokon geschlüpft waren, nachdem sie sie im Salon verwandelt hatte.

„Nun gut. Dann also Dienstag. Wir werden dich für deine Verabredung wie einen Filmstar aussehen lassen. Ich zeige dir, wie du dich schminkst, damit du dein Make-up selbst auflegen kannst, bevor du am Mittwoch ausgehst.“

Donnas schrilles Weinen drang von oben zu ihnen herunter.

Sandra stand auf. „Ich gehe jetzt besser.“ Sie durchquerte das Zimmer und beugte sich über den Laufstall. „Machs gut, Harry.“ Dann knöpfte sie ihren Mantel zu, den sie nicht hatte ausziehen wollen, und sagte zu Ethel: „Wir sehen uns am Dienstag.“

Ethel ging die Treppe hinauf, um Donna hochzunehmen. Während sie das Baby in ihren Armen wiegte, versuchte sie, zu verstehen, was gerade geschehen war. Es war, als wäre die Frau, die heute so offen gewesen war, die sich Ethel so bereitwillig anvertraut hatte, eine völlig andere Person als jene, die sie in Freddo's Café ihren wütenden und verletzenden Tiraden ausgesetzt hatte.

KAPITEL 29

OTTAWA

MR. FREEMAN REICHTE Alice seine Füllfeder und sah zu, wie sie die Reihe von Dokumenten mit zitternden Händen unterzeichnete.

„Alles erledigt", sagte er, als sie ihm die Füllfeder zurückgab. „Das Geld gehört Ihnen und ich bin bevollmächtigt, es zu verwalten, bis Sie sich entscheiden, diese Vollmacht zu widerrufen. Sollten Sie Ihr monatliches Einkommen erhöhen wollen, lassen Sie es mich wissen. Und die Summe zur Finanzierung Ihres Geschäftsprojekts wartet auf der Bank auf Sie."

„Und Sie sind absolut sicher, dass Howardson nicht an dieses Geld kommen kann?"

„Nicht einmal über meine Leiche." Er lehnte sich in seinem Stuhl zurück, die Arme verschränkt – eine Haltung, die der Anwalt sonst niemals einnahm.

„Nun, das ist eine Erleichterung, um ehrlich zu sein. Er hätte keine Skrupel, jemanden zu töten."

„Er scheint ein besonders unangenehmes Exemplar zu sein. Darf ich mir erlauben, zu fragen …?"

„Sie wollen wissen, wie es dazu kam, dass ich mich mit ihm eingelassen habe?"

Der Anwalt neigte den Kopf zur Seite und hob kaum merklich die Augenbrauen. „Ich möchte mich nicht einmischen, aber ja, ich bin neugierig."

„Nun, dieselbe Frage stelle ich mir selbst jeden Tag, Mr. Freeman. Sagen wir einfach, es war unklug – obwohl die Wahrheit wohl eher lauten muss, dass ich den Verstand verloren hatte. Aber ich würde Catherine um nichts in der Welt missen wollen", sagte Alice bestimmt.

„Wir werden Ihren Aufenthaltsort nicht preisgeben, sollte er sich bei uns nach Ihnen erkundigen." Mr. Freeman hob eine Aktenmappe von seinem Schreibtisch hoch. „Nun zu der anderen Angelegenheit, um die ich mich für Sie kümmern sollte. Es gibt nur ein einziges Objekt in Hollowtree, das das Potenzial für das von Ihnen vorgeschlagene Projekt hat. Ein ehemaliges Lagerhaus. Es wurde seit einem Jahrzehnt nicht mehr genutzt, aber die Bausubstanz ist in Ordnung. Der Makler hat ein paar Fotos geschickt." Er reichte die Mappe an Alice weiter.

Sie blätterte darin und besah sich die Fotografien, einen Bauplan und ein kurzes Informationsblatt. „Ich kenne diese Halle. Sie steht gleich hinter der Bibliothek. Sie ist perfekt."

„Sie ist mit viel Arbeit verbunden, aber der Makler, ein Mann namens Mallory, kann Ihnen helfen, falls Sie sich entscheiden, das Projekt tatsächlich umzusetzen."

Ein Kribbeln durchströmte sie. Sie würde es wirklich tun. Sie würde Hollowtree sein Filmtheater geben. Nichts würde sie jetzt noch aufhalten können.

Zwei Wochen später brachen Alice und ihre Töchter nach Hollowtree auf. Es überraschte sie, dass sie Ottawa und das große, zugige Haus mit Wehmut im Herzen hinter sich ließ. Sie hatte zwar keine Gelegenheit gehabt, dem Ort ihren persönlichen Stempel aufzudrücken, aber er war ein Zufluchtsort gewesen und ihr viele schöne Erinnerungen an die Zeit mit ihrer Tante geschenkt.

Während der Zug sie ihrem Ziel näherbrachte, fragte sie sich, ob sie das Richtige tat, nach Hause zurückzukehren. Aber Rose und Catherine sollten ihre Großfamilie kennenlernen und ein Teil davon werden. Sie wollte, dass die Mädchen sich sicher und als Teil eines größeren Ganzen fühlten. Andererseits hatte sie die Hollowtree Farm im Streit verlassen, nachdem sie sich mit ihrer Schwiegermutter wegen ihrer Affäre mit Howardson überworfen hatte. Selbst ihre eigene Mutter hatte ihr gesagt, dass sie sie nie wieder sehen wolle. Sowohl Ada Ducroix als auch Helga Armstrong stammten aus einer Generation, für die ein uneheliches Kind eine schreckliche Sünde und eine lebenslange Schande war. Alice wollte, dass sie Catherine willkommen hießen und akzeptierten –fürchtete aber, dass sie es nicht tun würden. Es hätte verheerende Folgen für das Kind.

Sie dachte über das Thema nach, während der Zug weiterfuhr, Catherine mit ihren Puppen spielte und Rose ein Buch las.

Schließlich erreichten sie Kitchener und nahmen den Regionalbus nach Hollowtree. Sie würde sich ein Auto kaufen müssen, wenn sie auf der Farm bleiben wollte. Die Mädchen würden den Schulbus nehmen, aber sie wollte nicht von Helga abhängig sein und sich den alten Truck der Farm leihen müssen. Sobald das Filmtheater in Betrieb war, würde sie außerdem darüber nachdenken, in die Stadt zu ziehen und eines dieser großen Häuser in der Nähe des Sees zu kaufen. Es war das Richtige für die Mädchen – obwohl Alice wusste, dass es ihr das Herz brechen würde, das bescheidene kleine Zuhause, das Walt einst für sie gebaut hatte, erneut zu verlassen.

KAPITEL 30

HOLLOWTREE

AN JENEM NACHMITTAG, an dem Ethel Sandra eine neue Frisur verpassen sollte, bot Joan ihr an, sie zu fahren. Sie behauptete, dass sie nach der Geburt des Babys Lagerkoller hätte und einen Ausflug in die Stadt gebrauchen könnte.

„Für den Fall, dass du später heute Abend abgeholt werden musst, was ich bezweifle, gebe ich dir unsere Nummer. Jim oder ich können kommen. Allerdings zweifle ich nicht daran, dass der gute Doktor sich darum kümmern wird." Sie wackelte mit den Augenbrauen.

Ethel schenkte Joan ein Lächeln und versuchte verzweifelt, den bevorstehenden Ereignissen gelassen entgegenzusehen, fühlte sich aber alles andere als entspannt. Sandras plötzlicher Sinneswandel machte sie nervös. Wie konnte sie ihr nach dem, was bei Freddo vorgefallen war, noch vertrauen? Vor allem aber graute ihr davor, Duncan wiederzusehen, obwohl sie gleichzeitig eine innere Vorfreude verspürte. Sie hatte ihn so sehr vermisst – aber machte sie einen Fehler?

Die Praxis von Dr. Robinson bestand aus zwei Räumen im Erdgeschoss seines Hauses. Er und Sandra bewohnten das Obergeschoss, das zu einer Wohnung umgebaut worden war. Das Haus lag direkt an der Straße, etwa eine halbe Meile vom Stadtzentrum entfernt, und von der Rückseite aus hatte man einen schönen Blick auf den Park und den See. Die imposante Backsteinvilla befand sich auf jener Seite der Stadt, mit der Ethel am wenigsten vertraut war, am Stadtrand, wo ein halbes Dutzend ähnlicher Häuser stand, jedes auf seinem eigenen Grundstück. Dies war das vornehme Viertel der Stadt und die Häuser waren vor etwa einem Jahrhundert von angesehenen Männern gebaut worden.

Als Ethel sich näherte, verließen gerade zwei Personen die Praxis, vermutlich Patienten, die den Arzt aufgesucht hatten. Sie stieß die Eingangstür auf und fand sich in einem Vorraum wieder, der in ein Wartezimmer führte. Es war leer, bis auf Sandra, die hinter einem Schreibtisch saß. Sie blickte auf, als Ethel eintrat. Die jüngere Frau lächelte nicht. Ethel wünschte sich, sie wäre nicht gekommen. Sofort verstärkte sich ihre innere Anspannung. Worauf hatte sie sich nur eingelassen? Was hatte sie dazu bewogen, Sandras Bitte zuzustimmen?

„Ich habe gerade den letzten Patienten hineingeschickt, also kann ich für heute Schluss machen. Wenn er fertig ist, fährt Dad gleich los, um seine Hausbesuche zu machen."

Nicht einmal eine Begrüßung. Das hielt Ethel nicht davon ab, Sandra ihrerseits zu begrüßen, doch sie entlockte der jungen Frau damit lediglich ein Nicken. Ethel wollte auf dem Absatz kehrtmachen und wieder gehen.

Mit einem Kosmetikkoffer in der Hand, in dem sich alles befand, was sie für Frisur und Make-up benötigte und zusätzlich ein Tegel mit einer intensiv pflegenden Aufbaucreme, folgte sie Sandra die breite Treppe hinauf.

Als sie die Praxis verließen und den privaten Teil des Gebäudes betraten, veränderte sich Sandras Gesichtsausdruck.

„Die Küche und das Esszimmer sind unten hinter der Praxis, aber alles andere ist hier oben. Waschen können wir meine Haare im Badezimmer und alles andere, was Sie sonst noch mit mir tun müssen, können wir in meinem Schlafzimmer erledigen."

Es hörte sich so an, als ob Sandra es als Tortur betrachtete, sich die Haare machen zu lassen. ,Alles, was Sie sonst noch mit mir tun müssen' klang kaum nach einer angenehmen Erfahrung. Als Ethel klar wurde, dass Sandra genauso nervös war wie sie, entspannte sie sich ein wenig und folgte Sandra ins Bad.

„Warte mal. Wollen wir dir deine Haare nicht abschneiden? Sie sind wirklich sehr lang." Sie sah die junge Frau an, deren Haar zu ihrem üblichen Pferdeschwanz zusammengebunden war. „Ich habe mir überlegt, dass es bestimmt hübsch aussehen würde, wenn wir es kürzer schneiden würden, bevor wir dir eine Frisur machen. Das verleiht deinen Haaren mehr Standkraft und Volumen. Wenn es dir gefällt, kann ich dir ein anderes Mal immer noch eine Dauerwelle legen."

Sandra sah sie skeptisch an.

„Ich habe eine Zeitschrift mitgebracht. Sieh sie dir durch. Ich dachte an so etwas in der Art." Ethel blätterte durch die Seiten, bis sie eine Doppelseite mit Fotos fand. „Etwa so. Sanfte Wellen oben und größere Locken und mehr Volumen hier unten." Sie hob ihre Hände und sammelte ihr Haar auf Kinnhöhe, um Sandra zu zeigen, was sie meinte.

„Das ist sehr kurz." Sandra klang misstrauisch.

„Nicht wirklich. So hast du mehr Fülle. Hier oben weich und sanft, hier unten voller und kompakter."

Sandra antwortete mit einem Achselzucken.

„Und es wird leicht zu pflegen sein. Ich zeige dir, was du jeden Abend tun musst – nur ein paar Lockenwickler, bevor du ins Bett gehst. Wenn du keine Dauerwelle möchtest, kann ich dir die Haare auch jede Woche neu machen. Mal sehen, was du denkst, wenn es fertig ist."

„Dann bringen wir es hinter uns."

Ethel erklärte Sandra, dass sie ein Laken für den Boden benötigte, um die Haare aufzufangen. „Wir werden sie hier schneiden. Frisur und Make-up kann ich dann in deinem Schlafzimmer machen."

Ethel machte sich an die Arbeit und wusch und schnitt das Haar der jungen Frau. Von den Zwängen des strengen Pferdeschwanzes befreit, hatte Sandra reichlich pflegeleichtes Haar mit einer sanften Welle, die sie an Duncan erinnerte. Ethel bündelte das Laken und sie gingen in Sandras Schlafzimmer. Im Haus war es still. Dr. Robinson war bestimmt schon auf dem Weg zu seinen Besuchen.

„Bist du aufgeregt wegen deiner Verabredung morgen?"

„Nervös." Zum ersten Mal wagte Sandra es, ein Lächeln anzudeuten. „Ich hatte noch nie eine Verabredung."

„Und du sagtest, er fährt mit dir zum Schlittschuhlaufen?"

„Nein. Planänderung. Er rief heute Morgen an und sagte, wir würden in Hartley etwas trinken gehen. Das ist etwa zehn Meilen entfernt."

„Dann holt er dich also ab?"

Sandra wurde rot. „Er hat keinen Wagen."

„Er hat keinen Wagen?", wiederholte Ethel erstaunt ihre Worte. „Wie kann ein Vertreter ohne Wagen auskommen?"

„Er ist in der Werkstatt, also habe ich zugestimmt, selbst zu fahren und ihn dort zu treffen."

„Ich verstehe." Ethel wickelte eine Haarsträhne um einen Lockenwickler und fixierte sie. „Weiß dein Vater davon?"

„Nein – und ich habe es Ihnen schon gesagt, Ethel. Ich will nicht, dass er davon erfährt. Noch nicht. Versprechen Sie es mir, Ethel. Versprechen Sie, dass Sie nichts sagen werden."

Zögerlich stimmte Ethel zu. Schließlich war Sandra mit ihren achtzehn Jahren kein Kind mehr, auch wenn es ihr an Reife fehlte.

Ethel zog eine Plastikhaube mit einem Schlauch aus ihrer Tasche und befestigte sie am Ende des Haartrockners. „Ein Geschenk von Joan zu Weihnachten", sagte sie. „Der letzte Schrei! Diese Haube sorgt dafür, dass die heiße Luft an alle Stellen an deinem Kopf gelangt. Sonst müsstest du stundenlang warten, bis dein Haar an der Luft trocknet, und du willst doch nicht mit Lockenwicklern zu Abend essen."

Sandra wirkte skeptisch. „Ich lasse meine Haare sonst immer an der Luft trocknen."

Ethel verkniff es sich, ihr zu sagen, dass das offensichtlich war. „Es dauert eine Weile, bis die Fixiercreme einwirkt, und die Wärme hilft dabei. Sag es mir, wenn es zu heiß wird."

Um auf das Thema von Sandras Verehrer zurückzukommen, fragte Ethel: „Der junge Mann wohnt also in Hartley?"

„Ich denke schon. Ich werde morgen Abend Gelegenheit haben, alles über ihn herauszufinden."

„Und du sagtest, er wäre neu in diesem Beruf?"

„Nein. Ich glaube, er macht das schon eine ganze Weile. Er ist nur neu in dieser Gegend. Es war sein erster Besuch in Dads Praxis."

„Er muss dich sehr mögen, wenn er dich gleich bei eurem ersten Kennenlernen um eine Verabredung bittet."

„Das hoffe ich."

„Ich freue mich für dich, Sandra."

Sandra wurde rot.

„Erzähl mir mehr von ihm."

„Ich weiß noch nicht viel. Nur, dass er während des Krieges in der Armee war und im Pazifik gedient hat."

„Ein Kriegsheld auch noch!" Ethel stieß einen Pfiff aus, was Sandra zum Kichern brachte. Sie wirkte jünger als eine Achtzehnjährige und es mangelte ihr eindeutig an Erfahrung, aber ihre Begeisterung war ansteckend und Ethel sah zum ersten Mal eine andere Seite an Duncans Tochter.

Natürlich hatte sie auch ein gewisses Eigeninteresse – wenn Sandra einen Freund hätte, würde sie Ethel gegenüber vielleicht kein zweites Mal eine solche Feindlichkeit an den Tag legen wie damals bei Freddo. Als Ethel den Haartrockner einschaltete, redete sie sich ein, dass Sandras eigentümliches Verhalten wahrscheinlich auf ihre Einsamkeit und das Fehlen einer Mutter in ihrem Leben zurückzuführen war.

Während Sandras Haar unter der Plastikhaube trocknete, begann Ethel, die junge Frau zu schminken, wobei sie ihr jeden Schritt erklärte. Sie beschloss, das Make-up schlicht zu halten, und verwendete nur ein wenig Puder und einen sanften Lidschatten, um das Blau ihrer Augen zu betonen.

„Jetzt die Wimperntusche. Sie hält besser mit Spucke als mit Wasser. Ich habe dir diese hier als Geschenk mitgebracht."

Sandra drehte sich auf ihrem Stuhl herum. „Wirklich? Danke."

Ethel zeigte ihr, wie man sie auftrug, und wies sie an, ein wenig auf die Paste zu spucken und die kleine Bürste zu benutzen, um alles gut zu vermischen.

Als sie fertig war, sprach Sandra mit leiser Stimme. „Es tut mir leid, Ethel – dass ich Ihr Weihnachtsgeschenk hinter das Kissen gestopft habe. Ich nehme an, Sie haben es entdeckt und herausgefunden, was ich getan habe."

Überrascht nickte Ethel.

„Es war gemein. Ich weiß nicht, was in mich gefahren ist. Es tut mir wirklich leid."

„Schwamm drüber. Es war bestimmt ein wenig überwältigend, Weihnachten mit dem gesamten Armstrong-Clan zu feiern, wo du es doch gewohnt bist, dass ihr sonst zu zweit seid. Mir geht es jedenfalls gelegentlich so. Versteh mich nicht falsch – ich liebe sie alle, aber manchmal muss ich allein sein und brauche meine Ruhe."

„Das war es nicht. Ich war eifersüchtig." Sandra presste die Lippen aufeinander. „Auf Sie und Dad. Ich wollte Sie kränken. Es war schrecklich von mir und es tut mir leid."

Ethel drückte ihre Schulter. „Denk nicht mehr darüber nach. Ich tue es schon lange nicht mehr."

Als sie gerade dabei war, Sandras Make-up den letzten Schliff zu verpassen, hörten sie Schritte auf der Treppe.

„Komm nicht rein", kreischte Sandra. „Du darfst mich noch nicht sehen."

„Ich wollte nur sagen, dass das Abendessen in einer halben Stunde fertig ist. Es dauert etwas länger, weil der Ofen nicht richtig heiß geworden ist", sagte Dr. Robinson von der anderen Seite der geschlossenen Tür aus.

Er und Ethel begrüßten sich durch das Holz hindurch und über das Geräusch des Haartrockners hinweg.

Nachdem seine Schritte verhallt waren, fragte Ethel: „Hat dein Vater das Abendessen gekocht?"

„Er kocht meistens. Es macht ihm Spaß. Mir nicht. Als meine Mutter starb, musste er damit anfangen. Wir hatten immer eine Haushälterin, weil er so viel in der Praxis zu tun hat, aber heute ist ihr freier Tag." Sie hob den Kopf zu Ethel und lächelte – eine untypische Geste für Sandra. „Aber eigentlich glaube ich, dass er Sie beeindrucken will."

Als Ethel die Trockenhaube abnahm und begann, die Lockenwickler aus Sandras Haaren zu lösen, ertönte Klaviermusik.

„Ist das ein Grammophon?"

„Nein, das ist Dad. Er liebt es, Klavier zu spielen. Ich sagte doch, er versucht, Sie zu beeindrucken."

„Nun, es funktioniert!" Ethel grinste. „Das Stück ist wunderschön."

„Das ist Chopin. Eine Nocturne.“

„Spielst du auch?“

„Nein. Als ich noch ein Kind war, bekam ich ein paar Stunden Unterricht, aber es hat mir nie besonders viel Spaß gemacht. Es ist Dads Leidenschaft.“

Ethel lauschte der Musik, während sie Sandra das Haar bürstete. Eine Abfolge schneller Noten, die von hohen zu tiefen Tönen überging, in einem Moment weich und lyrisch, im nächsten drängender. Sie wünschte sich, mit ihm im selben Raum zu sein und zu beobachten, wie sich seine Hände über die Tasten bewegten, um den Ausdruck auf seinem Gesicht zu sehen, während er dem Instrument eine so wunderbare Melodie entlockte.

„Es ist so wunderschön“, murmelte sie. „Eindrucksvoll.“

Der Klang legte sich um sie, hüllte sie in einen warmen Schein. Die Töne, sanft und schwermütig, stiegen an und fielen ab. Gebannt bewegte sich Ethel durch das Schlafzimmer und öffnete die Tür weit, damit sie sie besser hören konnte.

Obwohl sie Sandra für den Moment alleinließ, konnte sie nicht anders. Sie überquerte den Treppenabsatz, angelockt von der unwiderstehlichen Anziehungskraft der Musik. In der Tür zum Salon blieb sie stehen und beobachtete ihn. Er war in sein Spiel vertieft, ohne ihre Anwesenheit zu bemerken, und hatte ihr den Rücken zugewandt. Sein Kopf senkte sich und hob sich dann wieder. Seine Arme bewegten sich seitwärts, während seine Hände mit einer Geschwindigkeit und Genauigkeit über die Tasten glitten, die ganz und gar mühelos wirkte. Die Melodie steigerte sich nun zu einem Crescendo, als seine Finger in rasantem Tempo über die

Tasten flogen. Wie war es möglich, solche Klänge zu erzeugen?

Wissend, dass Sandra in ihrem Schlafzimmer auf sie wartete, zog sich Ethel widerwillig zurück, und machte damit weiter, ihr die Haare zu frisieren. Sie sprach dabei kein Wort, wollte nur dem Klavier lauschen, gebannt von der Schönheit der Melodie, die Duncan spielte.

Als die Frisur fertig war und die Musik aufgehört hatte, erlaubte sie Sandra endlich einen Blick in den Spiegel.

Sandra stieß einen verhaltenen Schrei aus. „Bin das wirklich ich? Ich erkenne mich kaum wieder."

Eine Stimme drang von der Tür herein. „Du siehst wunderschön aus, Sandra. Absolut umwerfend." Dr. Robinson betrat den Raum. „Ethel, du hast meine Tochter in einen Filmstar verwandelt."

„Ich habe lediglich ihre natürliche Schönheit hervorgehoben." Ethel sah ihm schüchtern in die Augen. „Wie wunderschön du Klavier gespielt hast." Ihre Stimme klang in ihren eigenen Ohren überschwänglich, aber auf dem Gesicht des Arztes zeichnete sich Freude über das Kompliment ab.

„Es ist meine Art, mich zu entspannen. Ich liebe es, zu spielen."

„Es war sehr beeindruckend. Als würde man einem Konzertpianisten lauschen."

„Hast du schon vielen Konzertpianisten gelauscht?"

„Nein, keinem einzigen", grinste sie.

„Hätte ich auch nicht erwartet!"

„Ich kann mir aber nicht vorstellen, dass sie viel besser sind als du. Du spielst so fließend. Es war magisch. Die Musik hat mich an einen anderen Ort entführt. Ich höre mir sonst nicht diese Art von Musik an, aber dir könnte ich den ganzen Tag zuhören."

Ihre Blicke trafen sich und Ethel hatte Schmetterlinge im Bauch – wie immer, wenn sie ihn sah. Er streckte seine Hand aus und nahm die ihre. „Komm. Das Essen ist fertig. Ich habe etwas gekocht, das man Gulasch nennt. Einer meiner Patienten ist Ungar und hat mir das Rezept gegeben."

Er hielt ihre Hand, als er sie die Treppe hinunter ins Esszimmer führte.

Das Gulasch war das köstlichste Gericht, das Ethel je gegessen hatte. Da Sandra mit ihnen am Tisch saß, konnte keiner von ihnen ihren Streit oder Ethels erklärte Absicht, Duncan nicht wiederzusehen, anschneiden.

Im Laufe des Essens kamen sie auf das Thema medizinischer Versorgung zu sprechen. Zu Ethels Überraschung schien es ein Thema zu sein, das Sandra sehr interessierte – wenngleich es ein Zankapfel zwischen ihr und ihrem Vater war.

„Ich kann Dad nicht davon überzeugen, dass ein nationales Gesundheitssystem eine gute Sache wäre." Sie lachte trocken. „Er scheint zu glauben, dass es dem Sozialismus Tür und Tor öffnen würde."

„Wirklich?" Ethel sah Duncan an.

„Wir Ärzte bevorzugen es, selbständig zu arbeiten. Keiner von uns will zu einem Diener des Staates werden, zu einem glorifizierten Angestellten der Regierung. Ich habe keine Lust, Beamter zu werden."

„In Großbritannien gibt es seit ein paar Jahren die NHS, den nationalen Gesundheitsdienst, und ich kann nur sagen, dass sich dadurch einiges verändert hat. Meine Mutter ist vor Kurzem gestorben und wir mussten regelmäßig den Arzt kommen lassen. Früher hätte uns das ein kleines Vermögen gekostet. Und arme Leute konnten sich überhaupt keine medizinische Versorgung leisten."

„Ganz genau." Sandras Stimme klang triumphierend und sie grinste Ethel an. „Erzählen Sie ihm mehr."

„Ich verweigere niemandem eine Behandlung, auch wenn er nicht zahlen kann. Die meisten Menschen sind ohnehin versichert. Das System funktioniert gut. Warum sollte man etwas daran ändern?"

Ethel sagte: „Ich verstehe nicht viel von Politik, aber ich kann sagen, dass zu Hause bisher niemand etwas Schlechtes über das Gesundheitswesen zu sagen hatte. Nun, bis zu diesem Jahr, als die Regierung eine Gebühr von einem Schilling für jede Verschreibung eingeführt hat. Es gab einen Aufschrei in der Bevölkerung. In den wenigen Jahren hatten sich alle daran gewöhnt, jede Medizin kostenlos zu erhalten."

„Aber sie ist nicht kostenlos. Selbst in Großbritannien. Ihr zahlt dafür höhere Steuern."

„Wir zahlen ohnehin ein Vermögen an Steuern, weil wir durch den Krieg so hoch verschuldet sind. Dennoch sind wir der Meinung, dass der Gesundheitsdienst sein Geld wert ist. Und es ist ein gerechteres System. Diejenigen, die mehr verdienen, zahlen auch mehr ein."

„Siehst du? Sozialismus." Duncan lächelte seine Tochter an.

„Ich finde nichts Falsches daran." Sandra lehnte sich in ihrem Stuhl zurück.

„Vom Sozialismus ist es ein schneller Abstieg zum Kommunismus."

„Wohl kaum", protestierte Ethel. „In England haben wir wieder eine konservative Regierung, die alle Sozialreformen, die die Sozialisten eingeführt hatten, beibehalten hat – abgesehen von der Einführung dieser Rezeptgebühr. Niemand ist weiter vom Kommunismus entfernt als die Tories –", sie hielt inne, plötzlich verlegen, „aber wie gesagt, verstehe ich nicht viel von Politik."

Sandra grinste sie über den Tisch hinweg an. „Ich finde, was Sie sagen, klingt wirklich vernünftig. Vielleicht können Sie mit etwas davon zu Dad durchdringen."

„Meine Tochter ist eine Idealistin. Vor allem, wenn es um die Medizin geht. Ich sage ihr immer wieder, dass sie als meine Empfangsdame ihr Potenzial verschwendet. Sie sollte an der Universität studieren, um Wissenschaftlerin zu werden. Das ist es, was sie am meisten interessiert, nicht wahr?"

Sandra wandte sich an Ethel. „Ich bin sehr glücklich damit, hier für Dad zu arbeiten. Ich hoffe immer noch, dass ich ihn am Ende von einer staatlichen Gesundheitsvorsorge überzeugen kann."

„Warum willst du nicht zur Universität gehen?"

Sandra ignorierte die Frage, schob ihren Stuhl vom Tisch zurück, entschuldigte sich, verschwand nach oben in ihr Schlafzimmer und ließ die beiden allein.

„Die Universität ist ein großes Streitthema zwischen uns." Sein Gesicht war ernst. „Ich weiß nicht, warum sie sich so hartnäckig dagegen wehrt. Man sollte meinen, sie würde jede Chance ergreifen, um aus Hollowtree wegzukommen. Hier gibt es doch nichts für sie. Sie ist ein kluges Mädchen und könnte in einer akademischen Umgebung sehr erfolgreich sein."

„Vielleicht will sie nicht ohne dich sein." Als sie die Worte sagte, wusste Ethel, dass auch sie nicht ohne ihn sein wollte.

Er sagte nichts dazu, also half sie ihm, den Tisch abzuräumen und das Geschirr abzuwaschen. Bei der Häuslichkeit und Zweisamkeit dieser gemeinsamen Aufgabe verspürte sie ein Glücksgefühl. Als sie nebeneinander an der Spüle standen, war sie sich seiner Nähe nur zu gut bewusst und wusste ohne den geringsten Zweifel, dass er sie jeden Moment küssen würde. Sie verspürte ein Kribbeln der Vorfreude.

Kaum hatte er den Stöpsel aus der Spüle gezogen und sich die Hände abgetrocknet, nahm er ihr das Geschirrtuch aus der Hand und zog sie in seine Arme.

Er legte seine Hände um ihr Gesicht, als ihr Kuss schließlich ein Ende fand. „Ich habe dich so sehr vermisst, Ethel. Ich weiß, es waren nur ein paar Wochen, aber ich dachte, ich würde den Verstand verlieren. Du hast keine Ahnung, wie oft ich den Wagen in Richtung Rivercreek gewendet habe."

„Ich habe dich auch vermisst."

Duncans Glück brach in einem Keuchen aus ihm heraus.

„Und Sandra ist wie ausgewechselt."

Er verzog seinen Mund zu einem verkniffenen, freudlosen Lächeln. „Nur teilweise. Sie nimmt zwar ihre Medikamente, aber sie weigert sich, zu einem Psychiater zu gehen. Die Pillen scheinen beruhigend auf sie zu wirken. Ich will immer noch, dass sie einen Spezialisten aufsucht, aber es ist schwierig, darauf zu drängen, da sie in letzter Zeit merklich besser gelaunt ist. Ungewöhnlich gut gelaunt. Es ist, als ob sich etwas in ihrem Leben verändert hätte."

Einen Moment lang war Ethel versucht, ihm von Sandras bevorstehender Verabredung mit dem Vertreter zu erzählen, aber sie wusste, dass sie ihr Vertrauen nicht missbrauchen durfte. „Ja, vielleicht hat sich tatsächlich etwas verändert."

Sie gingen in den Salon, wo Ethel ihn überredete, wieder auf dem Klavier zu spielen. Sie lehnte sich an das Instrument und beobachtete hingerissen, wie seine Finger über die Tasten schwebten, fasziniert von seiner Fähigkeit, der Musik Emotionen abzuringen. Ihre Augen füllten sich mit Tränen und sie war sich nicht sicher, ob die Musik sie traurig oder glücklich machte.

Viel zu schnell ging der Abend zu Ende. Der Arzt musste frühmorgens zu seinen Hausbesuchen und Ethel wollte nicht zu spät auf die Farm zurückkehren, da sie dort zu Gast war und Joans Schlaf ohnehin von ihrem Baby regelmäßig unterbrochen wurde. Er brachte sie nach Hause und küsste sie langsam und liebevoll.

ETWA EINE WOCHE nach dem Abendessen bei den Robinsons betrat Ethel die Küche in Rivercreek, in der Joan gerade mit Alice am Tisch saß.

Alice sprang auf, als sie hereinkam. „Hallo! Ethel! Ich bin zurück! Die Mädchen und ich sind wieder auf die Hollowtree Farm gezogen." Sie eilte zu ihr und schlang ihre Arme um Ethel, als wären sie die besten Freundinnen.

„Schön, dich zu sehen, Alice." Ethel versuchte, so zu klingen, als ob sie es ernst meinte.

Joan strahlte ihre Cousine an. „Wir haben uns gerade über dich unterhalten. Alice hatte eine großartige Idee. Absolut brillant!"

Ethel zog einen Stuhl heraus und setzte sich beklommen.

„Wie du weißt, Ethel, hat mir meine Großtante einen Haufen Geld hinterlassen. Das meiste davon ist investiert, aber einen Teil verwende ich, um verschiedene Unternehmen zu gründen – so wie Tante Miriam es selbst auch tat, als sie einen kleinen Betrag von ihren Eltern erbte. Ich möchte etwas Handfestes aufbauen, das ich an meine Mädchen weitergeben kann. Wenn meine Tante das geschafft hat, dann kann ich es auch. Heutzutage sind die Menschen dem Gedanken gegenüber aufgeschlossener, dass Frauen sich in die Geschäftswelt vorwagen."

Ethel war verwirrt. „Ja, und?"

Hinter Alice verzog Joan, die gerade Teewasser aufstellte, das Gesicht, um Ethel zu verstehen zu geben, dass sie nicht unhöflich sein sollte.

Alice hingegen schien Ethels Widerwillen nicht wahrzunehmen. „Du weißt vermutlich bereits, dass der erste Teil meines Plans die Eröffnung eines Filmtheaters – eins *Kinos* – hier in Hollowtree ist, aber es gibt noch andere Dinge, von denen die Bewohner profitieren können, und ich möchte diejenige sein, die sie in unsere Stadt bringt."

Ethel forderte sie auf, weiterzusprechen.

„Einen Frisiersalon!" Alice schlug die Hände zusammen. „Und wer wäre besser geeignet, ihn zu führen, als du?"

„Was?"

„Wir könnten es auf zwei Arten machen." Alice sah Joan an, da sie angesichts Ethels mangelndem Enthusiasmus offenbar Bestätigung suchte. „Entweder ich besitze den Salon und zahle dir ein Gehalt, damit du ihn leitest, was dir vielleicht lieber ist, wenn du die Verantwortung nicht tragen willst – und ich werde großzügig zahlen –, oder ich kaufe die Räumlichkeiten und statte den Salon mit allen Geräten aus, die du benötigst, und du mietest ihn dann von mir, aber das Geschäft gehört dir allein. Das würde mir ein regelmäßiges Einkommen verschaffen. Sofern du einverstanden bis, würde ich einen kleinen Anteil an dem Salon halten, sagen wir zehn oder zwanzig Prozent. Aber du hättest das letzte Wort bei allen Entscheidungen." Sie zögerte und wirkte mit einem Mal weniger selbstbewusst. „Ich wäre ein stiller Teilhaber."

„Hört sich an, als hättest du dir das alles schon gründlich überlegt." Ethels Tonfall war schneidend.

Joan schob ihrer Cousine eine Tasse Tee zu. „Es ist eine fantastische Idee. Erzähl ihr von der Wohnung, Alice."

Alice rührte ihren Kaffee um. „Ich habe den perfekten Ort für einen Frisiersalon gefunden. Direkt im Stadtzentrum, ein paar Türen von Freddo's entfernt. Darüber befindet sich eine kleine Wohnung – nur ein Schlafzimmer mit einer Küchenzeile und einem Badezimmer."

„Natürlich wäre es Jim und mir lieber, wenn du bei uns bleiben würdest, aber ich weiß, dass du unabhängig sein willst und es wäre so praktisch für dich. Und du wärst natürlich jederzeit hier willkommen", beeilte Joan sich, zu sagen.

„Bitte sag ja, Ethel." Alice sah sie mit flehenden Augen an. „Ich weiß, dass du den Salon zu einem riesigen Erfolg machen wirst." Sie deutete mit einer Hand zu Joan. „Joan sieht dank dir umwerfend aus und sie sagt, du hättest die Tochter des Doktors völlig verwandelt. Und das muss ganz schön schwer gewesen sein bei dieser Vogelscheuche."

Ethels Nackenhaare stellten sich auf. Sie fühlte sich in die Enge getrieben. Nachdem sie einen Schluck von ihrem Tee genommen hatte, stellte sie die Tasse ab, wobei sie etwas von dem Tee auf die Untertasse verschüttete. „Kann ich eine Nacht darüber schlafen? Es wäre eine große Verpflichtung. Ich brauche Zeit zum Nachdenken."

„Natürlich", sagte Alice. „Aber lass dir nicht zu lange Zeit. Wir wollen schließlich nicht, dass jemand uns zuvorkommt und uns das Gebäude wegschnappt."

In der Scheune war es dunkel, als Joan sie betrat. Sie blinzelte und wartete, bis sich ihre Augen an die Dunkelheit gewöhnt hatten, bevor sie Jim in einer Ecke ausmachen konnte. Er stand an seiner Werkbank und schärfte Werkzeuge. Er blickte zu ihr auf, überrascht und erfreut. Joan lehnte sich gegen die Werkbank und sah ihm bei der Arbeit zu.

„Schläft Donna?"

Sie nickte. „Harry auch. Aber Ethel ist zu Hause. Sie wird die beiden hören, wenn sie aufwachen."

„Hat sie schon eine Entscheidung wegen Alices Angebot getroffen?"

Joan nahm einen Schraubenschlüssel von der Bank und fuhr mit einem Finger um den Rand. „Sie zerbricht sich den Kopf darüber. Ich weiß, dass sie es machen will, aber sie hat immer noch ein Problem mit Alice. Sie traut ihr nicht. Sie mag sie nicht einmal."

Jim legte den Kopf schief. „Alice ist wohl gewöhnungsbedürftig. Du mochtest sie anfangs auch nicht. Ethel wird sich schon einkriegen – besonders, wenn sie anfängt, mit ihr zusammenzuarbeiten. Da bin ich mir sicher."

„Ich mir nicht. Alice ist manchmal so ungeschickt, wenn es um Ethel geht. Wenn ich an Ethels Stelle wäre, wäre ich auch misstrauisch. Manchmal verstehe ich nicht, was in Alices Kopf vor sich geht."

Er zuckte mit den Schultern und grinste. „Das Problem mit Alice ist, dass sie ihren Mund aufmacht, bevor sie ihr Gehirn einschaltet. Sie hat das Herz am rechten Fleck, aber das hat ihr Mund noch nicht verstanden."

Joan lachte und widerstand der Versuchung, hinzuzufügen, dass es nicht nur ihr Mund war, den sie aufmachte, bevor sie ihren Kopf benutzte. Sie zog sich auf die Werkbank und setzte sich darauf. Die Beine ließ sie unter sich in der Luft baumeln. „Da hast du vollkommen recht, Liebling."

Er zwinkerte ihr zu. „Das habe ich meistens."

Sie schlug ihn verspielt auf den Arm.

Jim fuhr fort. „Aber im Ernst: ein besseres Angebot wird Ethel nicht bekommen. Und in der Stadt zu leben, würde ihr helfen, die Leute besser kennenzulernen. Ganz zu schweigen von Doc. Das Einzige, was dagegen spricht, ist die Frage, wie du ohne ihre Hilfe hier zurechtkommen wirst."

„Das ist kein Problem. Ich komme schon zurecht. Ma ist nur einen kurzen Spaziergang entfernt. Alice auch – obwohl sie alle Hände voll damit zu tun hat, ihr Kino zum Laufen zu bringen – und sie hält selbst Ausschau nach einem Haus in der Stadt, das sie kaufen kann."

„Verträgt sie sich mit Ma?"

„Das Klima zwischen den beiden ist immer noch ein bisschen frostig, sagt sie. Aber Ma scheint ihre Abneigung gegen Catherine überwunden zu haben. Kein Wunder – das Mädchen ist zuckersüß. Kaum zu glauben, bei dem Vater."

Jim runzelte die Stirn und wollte offensichtlich nicht an Howardson denken. „Meinst du, ihr Plan mit dem Filmtheater wird aufgehen?"

„Es ist genau das, was Hollowtree braucht. Die Leute wissen es nur noch nicht."

Jim legte den Schleifstein beiseite und wischte die Klinge des Messers sauber, an dem er gearbeitet hatte. „Aber du bist doch nicht hierhergekommen, um mit mir über Ethel und Alice zu plaudern, oder?"

Joan ließ ihre Beine wieder baumeln. „Ich habe die Buchhaltung für die Farm gemacht. Vielleicht irre ich mich, aber es sieht so aus, als hätten wir mehrere Raten für die Versicherung nicht bezahlt. Ich habe mir die Kontoauszüge ein paar Mal durchgesehen."

Jim wirkte verlegen. „Ich hatte gehofft, dass es dir nicht auffallen würde. Ich dachte, es würde die Dinge einfacher machen, wenn wir die Zahlungen für ein paar Monate aussetzen würden – also habe ich sie pausiert und die jährliche Erneuerung nach hinten verschoben. Im Frühjahr zahle ich die Prämien wieder weiter." Er senkte den Blick auf seine Hände. „Es ist nur so … mit den neuen Trichtern für die Bohnen und den Traktorteilen, die ich nicht eingeplant hatte, ist es ein bisschen eng geworden. Im Frühjahr kommen wir mit den vielen Bestellungen für Ahornsirup wieder auf Kurs. Und ich bin optimistisch, dass wir einen Vertrag für die Äpfel mit Winterforth bekommen. In diesem Jahr sollten sich all unsere Investitionen in die Obstplantagen auszahlen. Vor allem, wenn sie uns die gesamte Ernte abnehmen."

Joan stützte sich auf ihren Händen ab und lehnte sich zurück. „Und wann genau hattest du vor, mir das zu sagen?"

„Du hast genug um die Ohren, Joanie, mit dem Baby und Harry."

„Danke für den Vertrauensbeweis. Ich bin schließlich nur die Ehefrau. Babys aus mir rauszupressen, muss mein Gehirn beeinträchtigt haben."

Er wirkte beschämt. „Es tut mir leid. Ich hätte es dir sagen sollen, aber …"

„Aber du wusstest, dass ich mit dem, was du getan hast, nicht einverstanden sein würde. Und das bin ich tatsächlich nicht." Sie verschränkte die Arme.

„Es ist nur für ein paar weitere Monate."

„Und was passiert, wenn wir einen Ernteausfall haben? Eine Überschwemmung? Eine verdammte Heuschreckenplage? Dafür sind Versicherungen da. Man zahlt sie Monat für Monat umsonst – bis man eines Tages herausfindet, dass man sie durchaus für etwas gebrauchen kann. Und dieses Etwas könnte eine ganze Menge sein."

„Ich weiß, ich weiß."

„Dann zahlst du sie also wieder ein?"

„Ja."

„Sofort?"

Jim verdrehte die Augen. „Sofort."

„Jetzt gib mir einen Kuss." Sie schlang ein Bein um seine Taille und zog ihn zu sich heran.

Es bedurfte einiger Überredungskünste von Joan und Jim, bis Ethel zustimmte, sich die Räumlichkeiten des künftigen Frisiersalons zumindest anzusehen. Duncan begleitete sie und er war es auch, der sie schließlich davon überzeugen konnte, es mit dem Salon zu versuchen.

Der Laden war hell und freundlich – eine große Verbesserung gegenüber Veras schäbigen Räumlichkeiten in Aldershot. Außerdem wäre sie hier flexibel. Der Laden war klein genug, um sie nicht einzuschüchtern – ihre Befürchtung war es, dass sie nicht genug Kunden finden würde –, aber groß genug, um zu expandieren, falls ihr Salon ein Erfolg wurde. Und er befand sich mitten auf der Hauptstraße, wo täglich viele Passanten vorbeikamen.

Duncan sah ihr dabei zu, wie sie auf und ab ging, die Dinge abwog und grübelte. Sie wusste, dass alles perfekt war, aber dennoch zögerte sie.

Schließlich ergriff er das Wort. „Du weißt, was ich für dich empfinde, Ethel. Alles, was dich hier in dieser Stadt hält, soll mir recht sein. Aber noch mehr als das möchte ich, dass du die Chance erhältst, deine Träume zu verwirklichen. Du liebst das Friseurhandwerk und dies ist eine einmalige Gelegenheit, dein eigener Boss zu sein."

„Nur was Alice Armstrong angeht, bin ich mir nicht sicher."

„Sie streckt nur das Geld vor und wäre eine stille Teilhaberin. Alice hat keine Ahnung vom Friseurhandwerk. Sie wird nur interessieren, dass das Geschäft gut läuft."

Ethel nickte. „Du hast recht. Das weiß ich. Aber das macht es mir nicht leichter, Alices Almosen anzunehmen."

Duncan lachte. „Du nimmst keine Almosen von ihr an. Sie tätigt eine Investition. Und zwar eine kluge. Alice weiß genau, was diese Stadt braucht, und sie hat vor, es ihr zu geben. Hollowtree wächst. Je mehr Annehmlichkeiten es gibt, desto mehr wird die Stadt florieren. Sie hat einen gesunden Geschäftssinn und eine lange Liste voller Ideen. Hast du nicht gesagt, dass sie auch über die Eröffnung einer Boutique nachdenkt?"

Ethel schürzte die Lippen und nickte. „Ja. Ich weiß, ich weiß. Ich verhalte mich völlig irrational. Aber ich habe mich in Alices Gegenwart noch nie wohlgefühlt."

„Ihr werdet einander nicht oft über den Weg laufen. Du musst dich nur eins fragen, Ethel, nämlich, ob du weiterhin als Friseurin arbeiten willst."

Die Antwort kam wie aus der Pistole geschossen: „Ja, ja! Ich liebe meinen Beruf. Ich möchte nie wieder etwas anderes machen."

„Alles, was ich will, ist, dass du glücklich bist. Und wenn du so weit bist, möchte ich, dass wir heiraten. Das weißt du. Ich gehöre nicht zu den altmodischen Typen, die meinen, dass eine Frau aufhören sollte, zu arbeiten, sobald sie unter der Haube ist." Er grinste sie an. „Es sei denn, sie will es, natürlich."

„Oh nein. Ich würde es hassen, nicht zu arbeiten."

„Dann ist das also geklärt?"

Sie grinste. „Ich nehme an, das ist es."

Er beugte sich hinunter und küsste sie. „Schön. Dann lass uns zu Alice fahren und ihr die gute Nachricht überbringen. Sie hat ihr provisorisches Büro an einem Tisch bei Freddo eingerichtet. Und danach lade ich dich zur Feier des Tages auf einen Shandy ein."

KAPITEL 32

ALICE WAR EIN EINZIGES NERVENBÜNDEL. Sie hatte panische
Angst, ihrer eigenen Mutter gegenüberzutreten. Wie hatte es
nur so weit kommen können? Sie hatten sich immer so nahe-
gestanden. Die Alkoholsucht von Alices Vater hatte sie noch
enger zusammengeschweißt – zwei Frauen, die sich gegen
Jack Ducroix' Gewaltausbrüche verbündet hatten. Und Mrs.
Ducroix hatte Rose angebetet – und tat es immer noch –,
aber sobald Alice ihrer Mutter von ihrer zweiten Schwangerschaft und ihrer unglücklichen Affäre mit Tip Howardson
erzählt hatte, hatte Ada Ducroix nichts mehr mit ihrer
Tochter zu tun haben wollen.

Mrs. Ducroix war eine fromme Katholikin und überzeugtes
Mitglied der St.-Vincent-De-Paul-Gesellschaft. Aber ihre
Sympathie für die Armen und von Unglück Heimgesuchten
reichte offensichtlich nicht bis zu ihrer eigenen Tochter.
Alice war zwar nicht so gläubig wie ihre Mutter, ging aber
regelmäßig in die Kirche und hatte ihre beiden Töchter
katholisch erzogen. Trotzdem wollte sie ihre Mutter nicht
zum ersten Mal seit fünf Jahren an einem Sonntagmorgen in

einer überfüllten Kirche wiedersehen, wenn noch dazu beide ihrer Mädchen dabei waren. Während sie selbst damit umgehen könnte, brüskiert zu werden, könnte sie es nicht ertragen, wenn jemand dasselbe ihrer Catherine antäte. Die einzige Lösung war es, ihre Mutter zu Hause zu besuchen und zu versuchen, sie umzustimmen. Alle ihre Briefe waren ignoriert worden – auch jener, in welchem sie sie über Miriam Cookes Ableben informiert hatte. Mrs. Ducroix hatte sogar ihre Tante aus ihrem Leben gestrichen, als ihr zu Ohren gekommen war, dass sie Alice bei sich aufgenommen hatte.

Alice wählte eine Uhrzeit, zu der die Mädchen in der Schule waren und ihr Vater vermutlich nicht zu Hause wäre. Sein missbräuchliches und unberechenbares Verhalten würden unweigerlich dazu führen, dass ihr Besuch in einem Streit endete. Wenn ihre Mutter allein war, bestand hingegen zumindest die Möglichkeit, dass sie sie zur Vernunft bringen konnte.

Ihr Elternhaus war ein einstöckiges Holzhäuschen am Rande von Hollowtree, dort, wo die Stadt an den Wald grenzte. Als Alice das letzte Mal dort gewesen war, hatte das Haus heruntergekommen ausgesehen, ein Zeuge der Vernachlässigung durch ihren Vater und seiner Arbeitslosigkeit. Als sie heute darauf zuging, war sie schockiert. Der Garten, einst der ganze Stolz ihrer Mutter, war ein wuchernder Dschungel, und die Steinplatten auf dem kurzen Weg zur Haustür waren zerbrochen und von Unkraut überwuchert. Das hübsche Häuschen aus dem späten neunzehnten Jahrhundert, in dem Alice als Kind gewohnt hatte, sah nun aus wie eine baufällige Bruchbude. Die Farbe blätterte ab. Die Fenster waren nicht geputzt und durch den vielen Schmutz drang kaum Licht hinein. Die Dachrinnen hingen lose herunter und eines der Fallrohre stand in einem gefährlichen Winkel von der

Außenwand ab. Wie hatte ihre Mutter, die immer so stolz auf ihr Haus gewesen war, nur zulassen können, dass es so verkam?

Alice machte sich auf den Weg zur Rückseite des Gebäudes und folgte dem niedergetrampelten Gras, an dessen Stelle einst ein klar abgegrenzter Weg gewesen war. Sie holte tief Luft und stieß die Tür zur Küche auf, wobei sie einen Sprung in der Glasscheibe bemerkte.

Von ihrer Mutter fehlte jede Spur. Alice ging von Zimmer zu Zimmer und rief nach ihr, aber das Haus war leer.

Als sie zurück in die Küche kam, stapelten sich in der Spüle die ungewaschenen Teller und Töpfe. Alice schlüpfte aus ihrem Mantel und stellte eine Pfanne auf den Herd, um Wasser darin aufzukochen, mit dem sie das Geschirr spülen konnte. Warum hatte ihre Mutter die Dinge so schleifen lassen? Es war sehr untypisch für sie.

Sie trocknete gerade den letzten Teller ab, als die Tür aufging. „Was machst du denn da?"

„Mom! Ich dachte, ich räume ein bisschen auf, während ich darauf warte, dass du nach Hause kommst."

„Nun, es steht dir aber nicht zu, das zu tun." Sie riss Alice das Geschirrtuch aus den Händen. „Warum bist du hier?"

„Ich bin zurück nach Hollowtree gezogen." Ihre Mutter bedachte sie mit einem starrenden Blick. „Ich möchte, dass die Mädchen hier aufwachsen. Wo ihre Familie ist. Und jetzt, wo Tante Miriam gestorben ist –"

Ihre Mutter schnaubte bei der Erwähnung von Miss Cooke höhnisch. „Du brauchst gar nicht daran zu denken, deine Göre hierherzubringen. Rose, ja, aber dieses andere Ding wird niemals auch nur einen Fuß über diese Schwelle setzen."

Alice biss die Zähne zusammen. „Ich bin mir nicht sicher, ob ich möchte, dass eins meiner Mädchen einen Fuß über diese Schwelle setzt, wenn du schon davon anfängst. Hier ist es so dreckig, dass es schon unhygienisch ist. Was zum Teufel ist hier los, Mom?" Sie streckte ihren Arm aus und machte eine ausladenden Handbewegung durch die unordentliche Küche.

Ihre Mutter sagte nichts, aber Alice bemerkte, dass sie röchelte.

„Geht es dir gut, Mom? Setz dich."

Mit finsterer Miene ließ sich Ada Ducroix in den Schaukel-stuhl in der Ecke des Zimmers sinken. „Es ist mein Herz. Und für Ärzte und Medikamente ist kein Geld mehr da."

Alice ging auf sie zu. „Das ist schrecklich, Mom. Du musst zum Doktor gehen und dich behandeln lassen. Ich kümmere mich um die Rechnungen." Sie zögerte einen Moment. „Tante Miriam hat mir ihr gesamtes Vermögen hinterlassen. Ich habe eine Menge Pläne. Aber ganz oben auf der Liste muss stehen, dass es dir bald wieder besser geht. Und dass das Haus auf Vordermann gebracht wird."

„Ich will dein Geld nicht. Ich werde keinen Cent von einem Flittchen annehmen, das seine Beine für einen Mann wie Tip Howardson breitmacht."

Alice war wie vor den Kopf gestoßen. Ihre eigene Mutter. Woher kam diese Feindseligkeit? Wie konnte sie so grausam zu ihrer eigenen Tochter sein?

„Bitte, sag das nicht. Du meinst es nicht so."

„Natürlich meine ich es so. Ich schäme mich für dich. Du hast Schande über diese Familie gebracht und ich will nichts mit dir oder diesem Kind … diesem Bastard zu tun haben. Du hast uns zum Gesprächsthema in der Kirchengemeinde gemacht. Seit sich die Sache mit dir und diesem Mann herumgesprochen hat, kann ich mich nur noch schämen. Ich habe schon immer gesagt, dass er böse ist, aber ich dachte, du wärst besser. Ich habe dich nicht dazu erzogen, dich so zu benehmen."

„Wenn ich rückgängig machen könnte, was ich getan habe, meinst du nicht, ich würde es tun? Ich weiß nicht, was in mich gefahren ist. Ich kann nur sagen, dass ich einsam war und Walt vermisst habe."

Ihre Mutter schnaubte verachtend. „Komische Art zu zeigen, wie sehr du ihn vermisst hast. Dich mit einem anderen Mann einzulassen. Sein Andenken beschmutzen. Walt Armstrong wird sich im Grab umdrehen."

Alice begann zu weinen – mehr aus Wut als aus Kummer. Walt hat mich geliebt und er würde mir verzeihen. Er war der einzige Mensch auf der Welt, der mich je wirklich verstanden hat. Wie kannst du es wagen, so etwas zu sagen? Ich liebe ihn immer noch. Und ja, ich wünschte, ich hätte mich nicht mit Tip eingelassen – aber etwas Gutes ist dabei herausgekommen, nämlich Catherine. Mein liebes kleines Mädchen. Ich werde es niemals bereuen, sie bekommen zu haben."

„Der Apfel fällt nie weit vom Stamm. Sie mag jetzt ein Engel sein, aber der Teufel, der in ihr steckt, wird sich noch zeigen. Denk an meine Worte." Ada fing wieder an, zu röcheln. Als sie wieder zu Atem gekommen war, sagte sie: „Ich will sie nicht sehen. Und dich will ich auch nicht sehen." Sie hielt inne und ihr Blick verengte sich. „Helga Armstrong hat dich doch nicht wieder bei sich aufgenommen, oder? Und denk nicht einmal daran, hier einzuziehen."

„Doch, ich wohne wieder auf der Hollowtree Farm. Nicht, dass sie mich ,aufgenommen' hätte, wie du es ausdrückst. Walt hat die Hütte neben der Scheune für uns gebaut. Sie gehört mir und ich habe jedes Recht, dort zu wohnen. Abgesehen davon ist Ma froh, uns bei sich zu haben. Sie ist eine nachsichtigere Frau als du. Aber wie es aussieht, werde ich ohnehin bald ein Haus in der Stadt kaufen. Ich habe viele Pläne."

Wieder dieses verächtliche Schnauben.

„Ich werde dann gehen."

„Rose ist in der Schule eingeschrieben?"

„*Beide* Mädchen sind es."

„Dann kann sie zum Nachmittagstee kommen. Mittwochs ist gut."

Alice stemmte die Hände in die Hüften und funkelte ihre Mutter an. „Oh nein. Rose wird weder an diesem, noch an einem anderen Mittwoch zum Tee kommen. Ich will nicht, dass meine Tochter von deinem schmutzigen Gerede und deinem schmutzigen Haus verpestet wird. Und wo Rose hingeht, geht auch Catherine hin. Die beiden sind *Schwestern*." Sie griff nach ihrem Mantel und schlüpfte hinein. „Mein Angebot, was die Medikamente angeht, steht, Mom. Ich werde den Doktor bitten, nach dir zu sehen und sich um dich zu kümmern."

Sie öffnete die Hintertür und verließ das Haus mit pochendem Herzen. Wenn ihre Mutter es so wollte, dann sollte es so sein. Alice war während der letzten fünf Jahre ohne sie ausgekommen, also könnte sie es auch jetzt.

KAPITEL 33

IM LAUFE der Zeit fühlte sich Ethel in der Gegenwart des Arztes immer wohler und baute sogar langsam eine Beziehung zu seiner Tochter auf. Sie besuchte die beiden in ihrem Haus nun einmal in der Woche, um Sandra die Haare zu machen und im Anschluss mit ihnen zu Abend zu essen.

Eines Abends, etwa einen Monat nach ihrem ersten Besuch, deckten Ethel und Sandra gerade den Tisch, während Duncan Hausbesuche machte.

„Ich würde Steve gern zum Abendessen einladen", sagte Sandra mit verlegenem Blick. „Ich habe Dad immer noch nicht von ihm erzählt und habe mich gefragt, ob du das Thema ansprechen könntest, um mir den Weg zu ebnen. Ich denke, es ist an der Zeit, dass die beiden sich kennenlernen."

„Es ist also ernst?" Ethel grinste – dies war ein großer Moment für Sandra. „Das freut mich sehr. Da du ihn seit eurer ersten Verabredung nicht mehr erwähnt hast, nahm ich an, dass die Sache im Sande verlaufen wäre."

„Nein! Ich mag ihn wirklich."

„Hat dein Vater ihn noch nicht in der Praxis kennengelernt?"

Die jüngere Frau schüttelte den Kopf. „Steve wurde in ein anderes Gebiet versetzt. Er ist seit seinem ersten Besuch damals nicht mehr in unsere Praxis gekommen." Sie grinste. „Um ehrlich zu sein, war ich darüber erleichtert. Es hat mich beunruhigt, dass Dad ihn kennenlernen könnte, bevor er weiß, was los ist. Er ist immer ungeduldig mit den Pharmavertretern. Nennt sie Quacksalber. Ich wollte nicht, dass er etwas Schlechtes über Steve sagt und es am Ende zurücknehmen muss!" Sie kicherte verlegen.

„Dann magst du ihn also sehr?"

Sandra nickte.

Ethel freute sich über Sandras wachsende Bereitschaft, sie ins Vertrauen zu ziehen. Das Fehlen einer Mutter musste in ihrem Leben eine große Lücke hinterlassen haben. Seit ihrem schrecklichen Gefühlsausbruch bei Freddo's hatte sich einiges zum Positiven verändert und Ihr Interesse an der aufblühenden Beziehung zu Steve war zweifellos hilfreich.

„Was unternehmt ihr, wenn ihr ausgeht?"

„Meistens sitzen wir nur in meinem Wagen und reden. Keiner von uns geht gern tanzen. Manchmal gehen wir in eine Bar. Aber er hat nicht viel Geld, denn er spart auf einen neuen Wagen."

„Ich dachte, du sagtest, sein Wagen wurde repariert?"

Sandra nickte. „Er war nicht mehr zu retten. Der Motor hat den Geist aufgegeben. Er war uralt. Deshalb spart er jetzt."

„Donnerwetter. Wie schafft er es dann noch, seine Arbeit zu machen? Ist ein Wagen dafür nicht unerlässlich?"

Sandra zuckte mit den Schultern. „Um ehrlich zu sein, habe ich ihn nie gefragt. Vielleicht nimmt ein anderer Vertreter ihn mit." Sie blinzelte mehrmals und kicherte wieder.

„Ich werde mit deinem Dad sprechen, sobald ich die Gelegenheit dazu habe. Vielleicht, wenn er mich heute Abend nach Hause bringt."

„Danke, Ethel. Das ist sehr nett von dir."

Als sie gerade den Tisch fertig gedeckt hatten, steckte Duncan den Kopf zur Tür herein. „Verzeiht mir, meine zwei Lieblinge. Ich werde das Abendessen ausfallen lassen müssen. Stell mir einen Teller in den Ofen, Sandra, und ich esse, bevor ich Ethel nach Hause fahre. Ich muss noch zu dem Holloway-Jungen. Anscheinend gibt es ein Problem mit seinen Nähten."

Ethel und Sandra aßen ihr Abendbrot. Sandra war nie eine gute Gesprächspartnerin und überließ Ethel meistens das Reden. Aber heute Abend, als sie die Teller abräumten, sagte Sandra: „Ethel, kann ich dich etwas fragen? Ich habe neulich eine Freundin in der Stadt getroffen, und sie hat mir eine Frage gestellt, von der ich nicht sicher war, wie ich sie beantworten sollte."

„Natürlich."

„Wenn man jemanden küsst und sowas, sollte einem das dann Spaß machen?"

Ethel war verdattert. „Ja. Wenn man Gefühle für die andere Person hat, macht das Küssen sogar sehr viel Spaß. Hast du denn keine Gefühle für Steve?"

Sandras Gesicht lief scharlachrot an und sie wirkte entrüstet. „Ich habe dir doch gerade gesagt, dass ich nicht von Steve gesprochen habe. Es war eines der Mädchen, mit denen ich in der Schule war. Sie sagte, sie fürchte sich davor, es jedes Mal tun zu müssen, wenn sie ihren Freund trifft."

Ethel legte das letzte Besteck neben die Spüle. „Wie schade. Jemanden zu küssen, für den man Gefühle hat, ist das Schönste, was es gibt."

„Ich weiß das. So ist es mit Steve. Aber ich bin nicht erfahren genug, um zu wissen, ob das, was ihr passiert ist, ungewöhnlich ist. Du bist die einzige Person, die ich fragen kann, Ethel. Und meine Freundin hat auch niemanden."

„Was hat sie dir erzählt?"

„Sie sagt, sie hat immer mehr Angst davor, dass er vielleicht nicht aufhört. Dass er sie zu etwas zwingen könnte."

„Sie zwingen? Willst du damit sagen, dass er sich ihr aufdrängt?"

Sandra schüttelte den Kopf. „Nein. Sie hat gesagt, dass sie ihn bisher immer dazu bringen konnte, aufzuhören, bevor … nun, du weißt schon … es *dazu* kommt. Aber er lacht sie aus und nennt sie frigide."

„Frigide? Das ist doch lächerlich. Jede Frau hat ein Recht darauf, zu entscheiden, wie weit sie gehen will, bevor sie verheiratet ist." Sie hielt inne und sah Sandra an. „Steve ist nicht so, oder? Er versucht doch nicht, dich zu weit zu drängen?"

„Nein! Ich sagte doch bereits, es geht um eine Freundin … Ich habe ihr nicht geglaubt, als sie es mir erzählt hat, weil Steve überhaupt nicht so ist – deshalb habe ich doch dich gefragt. Vergiss, dass ich es überhaupt erwähnt habe. Ich hätte dir wohl besser nicht von ihr erzählt."

Ethel legte das Besteck, das sie in der Hand hielt, in die Spüle und drehte den Wasserhahn auf. „Ich bin sehr froh, dass du es mir erzählt hast. Und bitte sag deiner Freundin, dass sie vielleicht darüber nachdenken sollte, mit diesem Kerl Schluss zu machen. Ein anständiger Mann drängt sich einer Frau nie auf. Niemals."

Als sie im Wagen saßen und Duncan sie nach Hause fuhr, erwähnte Ethel ihm gegenüber Sandras Freund.

„Einen Freund? Sandra? Bist du dir sicher?"

„Natürlich bin ich sicher, Liebling. Freust du dich nicht?"

„Doch, ich denke schon." Er runzelte die Stirn. „Aber warum hat sie es mir nicht selbst gesagt? Wie lange geht sie schon mit ihm aus?"

„Erst seit etwa einem Monat."

„Und du wusstest die ganze Zeit über davon?"

Ethel nickte unbehaglich. Dies war genau die Situation, die sie zu vermeiden gehofft hatte. „Ich nehme an, es war ihr peinlich und sie fand es einfacher, sich einer anderen Frau anzuvertrauen." Sie streichelte seinen Arm.

„Was? Ich bin ihr Vater. Ich habe ein Recht, es zu wissen." Er schlug mit der Faust auf das Lenkrad.

„Das ist genau der Grund, warum sie es dir nicht sagen wollte. Sie wusste, dass du so reagieren würdest."

Duncan seufzte. Dann drehte er sich zu ihr und sah sie an. „Tut mir leid, Ethel. Ich freue mich sehr, dass Sandra sich dir und nicht mir anvertraut hat. Das ist eine wunderbare Nachricht und zeigt, dass sie endlich erkennt, was für eine wunderbare Frau du bist." Er schenkte ihr ein reumütiges Lächeln. „Aber ich werde mich erst daran gewöhnen müssen.

Sie braucht mich nicht mehr, zumindest nicht mehr so wie früher."

„Sie ist eine erwachsene Frau, Duncan. Das bedeutet nicht, dass sie dich weniger liebt. Und einen Freund zu haben, ist wahrscheinlich genau das, was sie braucht."

Duncan wirkte resigniert. „Du hast recht. Ich muss mich erst daran gewöhnen, dass sie mittlerweile erwachsen ist."

Ethel konnte sehen, dass er mit seinen Händen das Lenkrad fest umklammerte. „Aber sie ist so naiv. Sandra mag akademisch begabt sein, aber wenn es um zwischenmenschliche Beziehungen geht, ist sie noch ein Kind."

„Dieser Steve scheint ein anständiger Mann zu sein. Er könnte das Beste sein, was Sandra passieren konnte. Ich habe das Gefühl, dass sie sehr einsam ist."

Duncan sah sie an. „Du hast recht. Das ist sie. Ich glaube nicht, dass ich ein Vorzeigevater gewesen bin. Ich habe zugelassen, dass sie zu abhängig von mir geworden ist. Es ist ihr immer schwergefallen, Freundschaften zu schließen, und doch habe ich mir immer viel größere Sorgen um ihre Stimmungsschwankungen gemacht. Aber vielleicht besteht ein Zusammenhang zwischen diesen beiden Dingen." Seine Mundwinkel hoben sich zu einem traurigen Lächeln. „Meine arme Sandra hatte nie eine Mutter und ich konnte sie ihr nie ersetzen."

Ethel rückte näher zu ihm. „Sei nicht zu hart zu dir. Alle Eltern haben es schwer, ihre Kinder großzuziehen, und diese Aufgabe allein bewältigen zu müssen, kann nicht einfach gewesen sein. Du hast gute Arbeit geleistet. Sandra befindet sich einfach gerade in der unvermeidlichen Übergangsphase von einem Kind zu einer erwachsenen Frau. Und ich bin mir sicher, dass es nach diesem einen Freund noch weitere geben wird, bevor sie den Richtigen findet."

Duncan zog sie in seine Arme. „Und jetzt hat Sandra auch dich. Ich danke dir. Es tut mir leid, dass ich so mürrisch gewesen bin. Ich habe fast mein ganzes Leben gebraucht, um die richtige Person zu finden. Aber ich bin mir sicher, dass ich sie jetzt gefunden habe."

Später, als Doc Ethel in Rivercreek absetzte, küsste er sie und legte dann seine Hände auf ihre Schultern. „Ich habe eine Idee. Wie wäre es, wenn dieser Steve nicht zum Abendessen käme, sondern zum Mittagessen am Sonntag? Und du und die Armstrongs kämen auch? Sandra und ich sind ihnen noch etwas schuldig für ihre großzügige Gastfreundschaft an Weihnachten. Und auf diese Weise würde sich Steve nicht fühlen, als stünde er den ganzen Abend unter Beobachtung. Meinst du, Helga wäre bereit, auf die Kinder aufzupassen?"

Ethel erklärte sich einverstanden, sie zu fragen. „Joan wird Donna mitbringen müssen, da sie sie stillt. Aber eine Pause wäre genau das Richtige und es wird ihr guttun, aus dem Haus zu kommen."

„Ich hoffe, sie können es einrichten."

„Wäre es Sandra nicht lieber, wenn ihr nur zu dritt wärt?"

„Ich werde sie fragen, aber auf diese Weise ist die Angelegenheit viel zwangloser und es geht weniger darum, ihren neuen Freund zur Schau zu stellen."

„Das ist wirklich eine großartige Idee." Ethel beugte sich für einen weiteren Kuss zu ihm.

KAPITEL 34

ALS ETHEL am darauffolgenden Sonntag zusammen mit Joan und Jim im Haus des Arztes eintraf, wurden sie vom köstlichen Duft von Roastbeef begrüßt. Duncan öffnete die Tür und teilte ihnen mit, dass Sandra losgefahren war, um ihren Freund mit dem Wagen abzuholen, und dass auch die beiden in Kürze eintreffen würden.

Während ihr Gastgeber die letzten Vorbereitungen für das Essen traf, saßen sie um den Küchentisch herum, plauderten und spekulierten darüber, wie der geheimnisvolle Steve wohl sein würde.

„Und was macht der Junge?", fragte Jim.

„Er ist ein Vertreter für eine der Pharmafirmen."

Jim legte den Kopf schief. „Eine gute, sichere Arbeit, also."

„Dann kennst du ihn?", fragte Joan.

„Nein. Er ist jetzt einem anderen Gebiet zugeteilt. Er kam nur einmal in der Praxis vorbei, als ich gerade unterwegs war. Aber er hat einen bleibenden Eindruck bei meiner

Tochter hinterlassen", lachte Duncan, aber Ethel konnte sehen, dass er nervös war.

„Auf jeden Fall eine gute Anstellung – mit Perspektiven", sagte Joan. „Es klingt so, als ob es ernst wird, wenn sie ihn mit nach Hause bringt, um ihn dir vorzustellen."

„Sieht so aus." Duncan setzte ein gezwungenes Lächeln auf, aber Ethel war klar, dass er genauso nervös war wie Sandra.

Mehrmals warf Duncan einen Blick auf seine Uhr. „Sie lässt sich Zeit. Ich habe die beiden vor zwanzig Minuten erwartet."

Joan lachte. „Ich nehme an, sie haben die Panoramaroute genommen. Viele Möglichkeiten, um für einen Kuss anzuhalten."

Nun lachten sie alle und als die Haustür geöffnet wurde, drehten sie die Köpfe erwartungsvoll in Richtung Vorzimmer. „Wir sind hier hinten in der Küche", rief der Arzt.

Ethels herzlichen Lächeln gefror auf ihren Lippen, als sie das Keuchen der Armstrongs hörte, als Sandra und Steve den Raum betraten. Jim wirkte mit einem Schlag fuchsteufelswild und Joan stand eine Mischung aus Abscheu und Angst ins Gesicht geschrieben.

Steve Johnson war groß, breit gebaut, hatte einen markanten Stiernacken und eine Nase, die aussah, als wäre sie ihm einmal gebrochen worden. Er war viel älter, als Ethel erwartet oder Sandra angedeutet hatte. Vermutlich war er gleich alt wie Ethel – wenn nicht gar älter. Es lag eine Kälte in seinen Zügen, in den schmalen Augen und den auffallend dünnen Lippen. Sein Haar war militärisch kurz geschnitten und er hatte sich an diesem Morgen eindeutig nicht rasiert. Kaum angemessen für das erste

Treffen mit dem Vater seiner Freundin. Seinen niederträchtig wirkenden Mund verzog er zu einem Lächeln, als er in der Tür stehenblieb, die Anwesenden musterte und sich offensichtlich über die Reaktion freute, die er mit seinem Erscheinen hervorgerufen hatte. Er begann, zu lachen, der Klang davon hinterhältig, böswillig, gemein, grausam.

„Sieh an, sieh an, sieh an. Schön, euch beide hier zu sehen", sagte er schließlich. „Als Sandy erwähnte, dass sich ein paar Nachbarn zu uns gesellen würden, hätte ich nie erwartet, dass ihr es wärt. Wie gehts denn so, Joanie?" Seine Mundwinkel hoben sich. Mit einer Geste in Richtung von Joans Armen, in denen Donna lag, sagte er: „Wie ich sehe, hast du noch eine Göre herausgepresst? Der alte Jim-Boy kann wohl die Finger nicht von dir lassen, was? Nun, ich kanns ihm nicht verübeln."

Jim wollte aufstehen, aber Duncan, der mit offenem Mund und einer Schöpfkelle in der Hand neben ihm stand, packte ihn am Arm und hielt ihn daran zurück. Sandra riss die Augen auf wie ein verschrecktes Tier.

Es war Jim, der zuerst sprach. „Welches Spiel spielst du, Howardson? Was in Gottes Namen suchst du in Hollowtree?" Er wandte sich an Sandra. „Dieser Mann ist nicht der, für den du ihn hältst."

Duncan ging auf seine Tochter zu. „Komm her, Sandra." Auf seinem Gesicht spiegelte sich Unglauben über das, was hier vor sich ging, gemischt mit Sorge um seine Tochter.

Howardson machte einen Schritt vorwärts und packte Sandras Arm. „Bleib genau da, wo du bist, Schatz."

„Sandra, der Name dieses Mannes ist Tip Howardson. Und er hat dich nach Strich und Faden belogen", sagte Joan. Das

Baby, das offensichtlich die Wut und Angst seiner Mutter spürte, begann zu weinen.

Duncan sah zu seiner Tochter und hielt ihr eine Hand hin. „Wenn er Tip Howardson ist, ist er ein böser Mann. Er hat schlimme Dinge getan."

Ethel dachte, ihr würde jeden Moment das Herz stehenbleiben. Sie sah Joan an, deren Wangen gerötet waren, in deren Augen Zorn loderte und in deren Armen sich das Baby wand. Bevor sie sich selbst davon abhalten konnte, stürmte Ethel quer durch den Raum und hämmerte mit ihren Fäusten gegen Howardsons Brust. „Du hast Greg getötet. Du hast meinen Verlobten ermordet. Du dreckiger, schmutziger Mistkerl."

Howardons Brust war hart wie Stahl. Er ließ Sandras Arm los und griff stattdessen nach Ethels Handgelenken, schob sie daran von sich und fixierte sie, als trüge sie Handschellen.

Dann stieß er einen Pfiff aus. „Junge, bist du eine Augenweide. Du bist also Grasshoppers Mädchen? Das muss ich dem alten Hooper lassen – er hatte einen guten Geschmack." Er blickte zum Arzt. „Sie auch, Doc." Seine Zungenspitze glitt aus seinem Mund und über seine Lippen. Ethel hätte sich am liebsten übergeben.

Inzwischen hatte Sandra angefangen, zu weinen. Dicke Tränen. Ihre Schultern bebten. Hasserfüllt starrte sie Ethel an. „Warum habt ihr alles kaputt gemacht? Ich hasse euch alle! Ihr seid allesamt Lügner." Sie wich aus der Tür und rannte die Treppe hinauf. Kurz darauf hörten sie, wie ihre Zimmertür lautstark zufiel.

„Klingt, als hätte die junge Dame den Appetit verloren. Schade, denn das Fleisch duftet einfach köstlich." Tip lehnte sich gegen den Türrahmen. „Wirklich jammerschade, dass ich nicht bleiben und es genießen kann. Aber ich sehe schon, dass ich hier nicht erwünscht bin."

„Wenn du weißt, was gut für dich ist, Howardson, dann verschwindest du aus Hollowtree", knurrte Jim. „Denn, Gott helfe mir, wenn ich dich noch einmal in dieser Stadt sehe, prügle ich dir die Seele aus dem Leib."

Duncan machte einen Schritt auf ihn zu. „Das gilt auch für meine Tochter. Halten Sie sich von ihr fern."

Tip Howardson hob die Hände und tat so, als würde er vor Angst zittern. „Oh, ich habe ja solche Angst." Dann lachte er höhnisch. „Keine Sorge, Doc. Ich habe kein Interesse an Ihrer frigiden kleinen Tochter. Sie ist den Aufwand nicht wert, den ich betreiben müsste, damit sie mich ranlässt. Ich habe noch andere Eisen im Feuer."

Dann sah er Jim an. „Hat Alice es dir nicht erzählt? Sie und ich kommen wieder zusammen. Unsere kleine Tochter braucht ihren Daddy." Er stieß sich vom Türrahmen ab und verließ das Haus.

Einen Moment später hörten sie, wie ein Motor ansprang. „Verflucht – das ist Sandras Wagen." Duncan stürzte in Richtung Tür.

Jim erwischte ihn am Arm. „Lass es gut sein, Duncan. Ruf die Polizei und lass sie sich darum kümmern. Im Moment ist es umso besser, je schneller er aus Hollowtree verschwindet."

Joan sah Jim an. „Wir müssen Alice warnen. Sie war überzeugt, dass er nicht hierherkommen würde. Sie dachte, er würde die Geschichte schlucken, dass sie und die Mädchen nach England gegangen sind."

~

Sandras Auto wurde verlassen und ausgebrannt auf einem Feldweg in der Nähe der Hauptstraße nach Kitchener gefunden. Angesichts dieses weiteren Beweises für Tip Howardsons üblen Charakter, verfiel Sandra in eine Schockstarre. Die Erkenntnis, dass ihr Freund nicht der gewesen war, für den er sich ausgegeben hatte, und dass er sich des Diebstahls und der Brandstiftung sowie der Vorgabe einer falschen Identität, versuchter Vergewaltigung und gewalttätigen Verhaltens schuldig gemacht hatte, führte dazu, dass die junge Frau sich abschottete. Sie erledigte ihre Arbeit in der Praxis, blieb aber ansonsten in ihrem Zimmer und weigerte sich, mit ihrem Vater über das Geschehene zu sprechen. In seiner Verzweiflung, die festgefahrene Situation zu klären, bat Duncan Ethel, als Vermittlerin zu fungieren, was die Sache jedoch nur noch schlimmer machte. Als Ethel Sandra durch die verschlossene Schlafzimmertür hindurch wissen ließ, dass sie davor stand, wurden ihre Worte mit dem polternden Geräusch von Schuhen beantwortet, die gegen die Tür geschleudert wurden, während Sandra sie anschrie, sie solle verschwinden.

Die örtliche Polizei teilte Duncan mit, dass man in Ermangelung stichhaltiger Beweise, dass Howardson für den Diebstahl des Wagens verantwortlich war, wenig tun könne. Ein Suchtrupp durchkämmte ein weitläufiges Gebiet rund um Hollowtree und Hartley und alarmierte die benachbarten Polizeidienststellen, doch Howardson war wie vom Erdboden verschluckt. Duncan hoffte, dass er nie wieder zurückkam.

Ein paar Abende nach der Konfrontation mit Howardson saßen Duncan und Ethel im Damenbereich des Hotels in Argyll, das zu einem regelmäßigen Treffpunkt für sie geworden war.

Duncan griff nach ihrer Hand und verschränkte seine Finger mit ihren. „Ich habe heute Morgen wieder versucht, mit Sandra zu sprechen. Sie hat nichts gesagt. Abgesehen davon, wenn sie ihre Arbeit in der Praxis erledigt, hat sie seit der Katastrophe mit Howardson kein Wort mit mir gesprochen. Sie mimt die Taubstumme."

„Sie gibt dir doch sicher nicht die Schuld an dem, was passiert ist?"

„Ich weiß nicht, was sie denkt." Traurigkeit lag in seinen Augen.

„Wenn ich gewusst hätte, wer er ist, hätte ich mit dir über ihn gesprochen."

„Es ist nicht deine Schuld. Wenn ich aufgeschlossener gewesen wäre, hätte Sandra mir aus freien Stücken von ihm erzählt. Was bin ich nur für ein Vater?"

„Ein guter. Einer, der sich kümmert, der unendliche Geduld beweist, der sie unterstützt und liebt."

Duncan nahm einen großen Schluck von seinem Bier. „Ich frage mich immer wieder, warum? Warum sie? Was treibt er für ein Spiel?"

Ethel zuckte mit den Schultern. „Vielleicht war es einfach nur Zufall. Oder vielleicht wusste er von dir und mir. Wer weiß schon, was in diesem kranken Kopf vor sich geht? Wen kümmert es? Solange er sich von Hollowtree fernhält, jetzt, wo wir ihm auf die Schliche gekommen sind."

KAPITEL 35

„MR. FREEMAN, ICH BRAUCHE IHRE HILFE", sprach Alice leise ins Telefon. Helga war in der Stadt und besuchte eine erkrankte Bekannte, aber Alice war besorgt, dass sie ohne Vorwarnung zurückkehren könnte. „Der Mann, von dem ich Ihnen erzählt habe – er ist hier in Hollowtree aufgetaucht." Sie erzählte dem Anwalt von Howardsons Auftritt beim Mittagessen im Haus des Arztes und erklärte ihm, dass sie ihn selbst noch nicht angetroffen hätte, dass sie aber Angst habe, er könne sich Catherine nähern.

„Er hat meinen Freunden erzählt, dass er nach Hollowtree zurückgekommen ist, um mich zu heiraten, also hat unser Plan, ihn glauben zu lassen, dass ich das Land verlassen habe, nicht funktioniert."

„Es tut mir leid, Mrs. Armstrong, aber ich habe Ihnen bereits gesagt, dass ich wenig tun kann, solange er keine Drohungen ausspricht oder das Kind entführt."

„Er hat sie bereits entführt. Er hat sie von der Schule mitgenommen."

Mr. Freeman war ratlos. „Es tut mir leid, aber Sie haben mir auch gesagt, dass er sie innerhalb einer Stunde sicher nach Hause brachte und die Zustimmung von Catherines Lehrerin hatte."

„Diese Frau hatte kein Recht, ihm ihre Zustimmung zu geben. Und er hat sie belogen."

„Er sagte ihr, er sei der Vater des Kindes. Sie haben mir bereits bestätigt, dass das zutrifft. Ich fürchte, dass man ihm hier keine Lüge nachsagen kann. Hören Sie, Mrs. Armstrong, Sie haben mein volles Mitgefühl und ich teile Ihre Frustration, aber wir müssen warten, bis er irgendetwas unternimmt. Sobald wir etwas Handfesteres haben, werde ich sofort eine gerichtliche Verfügung beantragen, die ihm jeglichen Kontakt mit Ihnen oder Ihren Töchtern untersagt."

„Hören Sie, ich kann nicht warten, bis er etwas unternimmt", fauchte Alice ihn frustriert an. „Wir reden hier über mein fünfjähriges Kind." Dann hatte sie eine Idee. „Ich bezahle ihn, damit er verschwindet. Das ist alles, was er will. Geld. Also geben wir ihm welches und kaufen uns frei." Sie lehnte sich an die Küchenwand und wickelte das Telefonkabel um ihre Finger.

„Davon rate ich Ihnen ab, Mrs. Armstrong. Wenn Sie ihn jetzt bezahlen, wird er wiederkommen und mehr verlangen – und er wird immer wieder zurückkommen, bis er Sie ausgeblutet hat. Ich kenne diese Art von Mann."

Alice seufzte. „Sie haben recht. Das wird er. Er will nicht mich und er will nicht Catherine. Es geht ihm nur um das Geld. Aber was soll ich nur tun?", fragte sie ihn verzweifelt.

„Lassen Sie mich Nachforschungen anstellen. Wenn ein Mann wie er nur die Hälfte der Dinge getan hat, von denen Sie mir erzählt haben, muss er hier oder in den Vereinigten

Staaten ein Vorstrafenregister haben. Ich werde jemanden beauftragen, es herauszufinden. Einen Ermittler."

„Beeilen Sie sich, Mr. Freeman, bitte beeilen Sie sich. Ich lebe im Moment in ständiger Angst."

Alice hatte überall in der Stadt Plakat angebracht, um die Eröffnung des Filmtheaters anzukündigen. Nachdem sie sich zahlreiche Ideen für einen Namen durch den Kopf gehen hatte lassen, entschied sie sich für *The Rose*, zu Ehren ihrer Tochter. Aus ihrer Zeit in der Bibliothek von Hollowtree erinnerte sie sich, dass es einmal ein berühmtes Elisabethanisches Theater mit diesem Namen gegeben hatte. Sie fand ihn stilvoll und er war so anders als die üblichen, aus dem Altgriechischen stammenden Namen. Diese grandiosen Bezeichnungen passten zu den riesigen Vorkriegs-Filmpalästen der Großstädte, aber *The Rose* war perfekt für einen kleineren Saal in einem Städtchen in der Provinz.

Manche Bewohner ihrer Gemeinde hatten sich gegen das Projekt ausgesprochen und behauptet, es würde die Stadt abwerten und unerwünschte Klientel anlocken. Sie hatte die Einwände jedoch abgetan, als die leitende Bibliothekarin sie darauf angesprochen hatte. „Manche Leute nutzen jede Gelegenheit, um sich beschweren zu können. Wenn es ihnen nicht gefällt, müssen sie ja nicht hingehen."

Als Alice am Sonntag nach jener Woche, in der die Plakate aufgehängt worden waren, die Messe besuchte, sprach der Pater sie nach dem Gottesdienst an. „Alice, ich habe mich entschieden, heute nicht von der Kanzel aus über das Filmtheater zu sprechen, aber ich hoffe, Sie nehmen Ihre Verantwortung als Katholikin ernst und zeigen keine schmutzigen Bilder."

Alice blieb der Mund offen stehen, als sie sich insgeheim über seine Worte ärgerte. „Es ist nicht diese Art von Filmtheater. Wofür halten Sie mich, Vater? Ich habe zwei junge Töchter. Ich werde nichts tun, was Schande über sie bringen könnte."

Der Priester musterte sie und schüttelte dann den Kopf. „Wenn ich unbarmherzig wäre, würde ich sagen, dass Sie das bereits getan haben, wo doch die Kleine unehelich geboren wurde. Aber Gott ist barmherzig und ich habe zur Heiligen Jungfrau gebetet, damit sie sich für Sie einsetzt. Ist das Kind in der heiligen Kirche getauft worden?"

„Natürlich. In Ottawa."

„Gut, gut. Jetzt hören Sie zu, was ich Ihnen sage. Wir wollen keine dieser schmutzigen, unmoralischen Filme, in denen Frauen ihre Brüste zeigen und Ehebruch begehen."

Alice starrte ihn an. „Wieso gehen Sie davon aus, dass es die Frauen sind, die den Ehebruch begehen? Kommen Sie schon, Vater, selbst Sie müssen zugeben, dass es dazu auch einen Mann braucht."

Er schürzte die Lippen. „Äh, ja, aber es sind die Frauen, die sie dazu verleiten. So war es schon immer, seit dem Garten Eden. Sie locken die Männer auf den falschen Weg."

Sie wandte sich ab und ging den Weg hinunter, an dessen unterem Ende ihre Töchter auf sie warteten. Sie zitterte vor Wut, holte ein paar Mal tief Luft und setzte ein Lächeln auf, um die Mädchen nicht zu verschrecken. Sie war zwar eng mit ihrer Religion verbunden und hatte in ihrem Glauben Trost gefunden, als Walt gestorben war, aber es war unmöglich, keinen Groll über die Art und Weise zu empfinden, mit der die Kirche Frauen als die Quelle allen Übels zu sehen schien. Was wusste der Priester schon vom Leben? Er hatte weder in einem Krieg gekämpft noch eine Frau gehabt, Kinder großgezogen, oder sich mit Geldsorgen herumschlagen müssen. Er wurde vom Auffangnetz der katholischen Hierarchie geschützt und hatte keine realistische Vorstellung davon, wie das echte Leben war, draußen in der weiten Welt. Wie konnte er es wagen, so mit ihr zu sprechen? Wo blieb sein Mitgefühl? Warum sah er Frauen als schändliche Kreaturen an? *Es reicht,* beschloss sie. *Sollen sie mich exkommunizieren, wenn sie wollen. Ich weiß ganz genau, welchen Film ich am Premierenabend zeigen werde. Reichlich Busen und Ehebruch. Ich muss nur den Verleiher überzeugen, dass ich ihn zeigen darf.*

Später an diesem Nachmittag ging sie über die Felder nach Rivercreek, immer noch entrüstet über das, was der Pater zu ihr gesagt hatte. Sie schüttete Joan ihr Herz aus. „Ist das zu fassen? Und es hörte sich so an, als hätte er tatsächlich in Erwägung gezogen, mich von der Kanzel aus anzuprangern."

Joan schüttelte den Kopf. „Es tut mir leid, Alice, das klingt für mich nicht sehr christlich. Aber was weiß ich schon? Ich hatte noch nie viel mit Religion am Hut. Hochzeiten, Beerdigungen und Weihnachten. Mehr nicht. Und meine Familie war Mitglied der *Church of England,* also verstehe ich nichts vom katholischen Glauben. Hast du mit Ma darüber gesprochen?"

Alice schnaubte. „Ma ist eine der treuesten Anhängerinnen der katholischen Gemeinde. Sie würde Pater Connolly vermutlich zustimmen."

„Wie kommt ihr beide miteinander aus?"

„Gut genug, würde ich sagen. Das ist genau der Grund, warum ich es nicht mit ihr besprechen möchte."

„Und hast du schon entschieden, welcher Film am Eröffnungsabend gezeigt wird?"

Alice tippte sich seitlich an die Nase und grinste. „Ja, aber es ist ein Geheimnis und das soll es auch bis zur letzten Minute bleiben. Um die Neugierde zu schüren. Außerdem muss ich noch den Verleiher überzeugen."

„Welcher Film es auch immer ist, ich kann es kaum erwarten. Jim wird mit den Kindern zu Hause bleiben, damit ich allein ausgehen kann."

KAPITEL 36

ERST AM TAG vor der Eröffnung wurde der Name des ersten
Films bekannt gegeben. Alice hatte sich für *Niagara*
entschieden und den Kampf gewonnen, den Film zeigen zu
dürfen. Es hatte sie all ihre Überzeugungskraft gekostet, den
Verleiher davon zu überzeugen, ihr die Filmrolle zu schicken
– noch vor anderen, größeren Städten. Sie hatte damit argu-
mentiert, dass ein Film, der ein so weltberühmtes kanadi-
sches Wahrzeichen und die ebenso berühmte Marilyn
Monroe zeigte, die Massen anziehen würde. Die Gelegenheit, Monroe in einem Film zu sehen, der in den Vereinigten
Staaten bereits ein Kassenschlager war, müsste sich in
Hollowtree einfach als Erfolg erweisen. Das Filmplakat
zeigte die halb nackte Starschauspielerin und versprach
‚einen reißenden Strom von Emotionen, den selbst die Natur
nicht kontrollieren kann'. Alice fragte sich, wie der Pater
wohl reagieren würde, doch sie stellte fest, dass es sie eigentlich gar nicht mehr interessierte.

Die Vorstellung am Eröffnungsabend war restlos ausverkauft – der Andrang war größer, als Alice erwartet hatte. Es

schien, dass jeder einzelne Einwohner von Hollowtree und viele von außerhalb zur Eröffnung gekommen waren. Sie wusste nicht, ob es von einem echten Verlangen herrührte, einen Film zu sehen, oder davon, Marilyn Monroe und die ganze Pracht ihres Dekolletés bewundern zu können, oder ob es daran lag, dass sie kostenloses Essen und Getränke nach der Vorstellung angekündigt hatte. Sie hatte Helga Armstrong dazu überredet, mehrere Bleche ihrer Butterkuchen zu backen. Alice wusste, dass die Bereitschaft ihrer Schwiegermutter weniger von Großzügigkeit herrührte oder von ihrem Wunsch, Alices Unternehmen zu unterstützen, sondern vielmehr daher, dass Helga keiner Gelegenheit widerstehen konnte, ihre Backkünste zu demonstrieren.

Die Entscheidung, bereits am Samstagnachmittag eine Vorstellung nur für Kinder zu zeigen, gab Alice die Möglichkeit, letzte Stolpersteine aus dem Weg zu räumen, um Pannen zu vermeiden, bevor die kritischeren Erwachsenen am Abend zur offiziellen Eröffnung kamen. Eine kostenlose Doppelvorstellung von *Heimweh* und *Cinderella* sorgte dafür, dass jedes Kind in der Stadt von einem Ohr zum anderen grinste, als es das *The Rose* verließ. Nun, da sie sie auf den Geschmack gebracht hatte, wusste sie, dass die zukünftigen Kindervorstellungen am Samstagnachmittag, die sie jede Woche zeigen wollte, ausverkauft sein würden.

Von der Lagerhalle, in der sich nun das Filmtheater befand, war nichts mehr zu erkennen – die Wände waren mit drapierten Stoffen behangen und Alice hatte in gepolsterte Sitze investiert – eine Anschaffung aus dem Filmtheater in Kitchener, das gerade renoviert wurde.

Ethel und Duncan nahmen ihre Plätze weiter vorn im Saal ein und Joan saß links von Ethel. Duncans Bemühungen, Sandra zu überreden, sich ihnen anzuschließen, waren vergeblich gewesen. Die junge Frau weigerte sich immer noch, das Haus zu verlassen, geschweige denn, etwas mit Ethel zu tun zu haben. Ebenso entschlossen lehnte sie es ab, einen Termin wahrzunehmen, den ihr Vater für sie bei einem Psychologen vereinbart hatte. Stattdessen schloss sie sich weiterhin in ihrem Schlafzimmer ein, wenn sie nicht arbeitete. Ethel war sich nicht sicher, ob es Bestürzung darüber war, dass sie von der Vergangenheit und dem Charakter ihres ehemaligen Freundes erfahren hatte, oder Demütigung darüber, dass es so öffentlich geschehen war. Dass Duncan darauf beharrte, dass sie sich nicht mehr mit ihm abgab, erwies sich als unnötig, denn Howardson schien sie kurzerhand abserviert zu haben.

Ethel hatte ihren neuen Salon eröffnet, der sich schon nach wenigen Tagen als voller Erfolg herausstellte. Sie hatte damit gerechnet, dass der Salon Laufkunden bedienen würde, bis sich eine Stammkundschaft aufgebaut hätte, doch der ständige Strom von Neukunden bedeutete, dass sie lange Zeit im Voraus ausgebucht war und jeden abweisen musste, der keinen Termin vereinbart hatte.

Sie war noch nicht in die Wohnung im Obergeschoss gezogen, denn sie wollte lieber noch etwas länger auf der Farm bleiben und Joan helfen, bis das Baby etwas älter war.

Alice war hocherfreut und euphorisch über den frühen Erfolg des Salons, strahlte Ethel an und klatschte vor Freude in die Hände. „Wir haben uns hier eine Goldmine geschaffen, Ethel. Wenn es so weitergeht, wirst du mehr Personal einstellen müssen. Du solltest nicht selbst den Boden fegen und die Buchungen annehmen müssen."

„Aber können wir es uns leisten, Mitarbeiter zu bezahlen?"

„Deine Entscheidung. Du bist der Boss, Ethel. Aber mein Eindruck ist, dass es eine sinnvolle Investition wäre."

„Es wäre eine große Hilfe, eine Anfängerin zu haben, die ein paar der einfacheren Aufgaben übernimmt – und ich könnte sie zur Stylistin ausbilden."

Alice klatschte wieder in die Hände. „Das ist doch ein Wort! Ich werde mit der Schule sprechen und herausfinden, ob es eine Absolventin gibt, die den Beruf erlernen möchte."

Ethel grinste. „Das würde mir etwas von dem Druck nehmen."

„Abgemacht! Wenn *The Rose* auch nur halb so erfolgreich ist wie dieser Salon, dann bin ich bald eine sehr glückliche Frau, Ethel."

Sie schlang ihre Arme um Ethel, die ganz verlegen wurde bei dieser unerwarteten Zurschaustellung ihrer Zuneigung. Obwohl ihre Feindseligkeit Alice gegenüber sich etwas gelegt hatte, war sie noch nicht bereit, sie als Freundin zu betrachten. Sie bezweifelte, dass sie das jemals tun würde. Aber als Geschäftspartnerin erwies sie sich als vorbildlich.

Am Abend der großen Premiere im *The Rose* stand Alice in dem kleinen Foyer und begrüßte die Gäste. Die Haare hatte Ethel ihr gemacht und sie trug einen Perlenanhänger, den Walt ihr zur Hochzeit geschenkt hatte, und ein elegantes Kleid, das sie für die Premiere gekauft hatte.

Neben Ethels neuer Mitarbeiterin hatte Alice eine junge Frau, die gerade ihren Abschluss an der örtlichen Highschool gemacht hatte, für den Kartenverkauf eingestellt, doch sie wollte selbst vor Ort sein, falls es Probleme gäb. Als Alice sich umsah, wurde sie von einer Welle des Stolzes überrollt. Sie hatte es geschafft. Trotz der Schwarzmaler, der Skepsis des Managers in Ottawa und der Reaktion von Mr. Freeman auf ihren Plan, hatte sie es durchgezogen.

Sie strich mit der Hand über ihr figurbetontes Taffetakleid – die Leute in Hollowtree waren es gewohnt, sie in Arbeitsmontur oder Baumwollkleidern zu sehen. Vielleicht war es keine so schlechte Sache, sich aufzuhübschen – wenn man sich schicke Kleider leisten konnte, warum sollte man sie dann nicht tragen? Und sie musste zugeben, dass sie die anerkennenden Blicke der Männer und die säuerlichen Blicke einiger der Ehefrauen genoss. Sie zeugten von Neid und das fühlte sich gut an.

Ihre einzige Enttäuschung war, dass ihre eigene Mutter nicht erschienen war. Alice hatte zwar seit dem Tag ihres Besuchs bei Mrs. Ducroix nicht mehr mit ihr gesprochen, aber sie hatte ihr trotzdem eine Einladung zur Eröffnung geschickt und gehofft und gebetet, dass ihre Mutter kommen würde – wenn auch eher aus Neugierde als aus Stolz auf die Leistung ihrer Tochter. Auf Alices Bitte hin hatte Dr. Robinson ihrer Mutter einen Besuch abgestattet und ihr Medikamente gegen ihre Herzinsuffizienz verschrieben, doch er hatte Alice gewarnt, dass die Prognose nicht gut war. Ihr graute vor dem Gedanken, dass ihre Mutter sterben könnte, während sie immer noch einen Groll gegen ihr einziges Kind hegte, ihre einzige Tochter verabscheute.

Sie schob die drohenden Tränen beiseite, holte tief Luft und wollte sich gerade auf ihren eigenen Platz setzen, als die Glastüren aufschwangen und Tip Howardson hereinspazierte und auf den Ticketschalter zuschlenderte. Alice stellte sich ihm in den Weg.

„Wir sind bereits ausverkauft." Sie wandte sich an die Frau, die die Eintrittskarten verkaufte. „Häng das Schild auf, Susan."

Die Frau zog ein Schild aus Pappe hervor und verdeckte damit die kleine Luke in ihrem Fenster.

Howardson blieb vor Alice stehen und grinste sie an. „Einen wirst du doch noch unterbringen, besonders, da ich doch zur Familie gehöre?"

„Familie? Dass ich nicht lache. Verschwinde sofort von hier. Ich will keinen Ärger."

Howardson packte sie am Arm. „Du siehst heute Abend gut aus, Alice. Warum gehen wir nicht hinein und sehen uns den Film an? Ich bin extra hergekommen, um deinen Erfolg mit dir zu feiern. Und danach können wir unsere eigene private Feier abhalten." Er fuhr mit einem Finger über ihre Haut, dorthin, wo ihre Brüste im Ausschnitt ihres Kleides verschwanden.

Sie wich zurück. „Susan, lauf hinein und bitte Constable Mitcham, ins Foyer zu kommen. Dick Henderson, Freddo und Dr. Robinson auch. Sei diskret. Sag ihnen, dass wir einen ungebetenen Gast haben, der mir Gewalt androht."

Die Kartenverkäuferin verschwand. Howardson zerrte Alices Arm hinter ihren Rücken und verdrehte ihn dort. „Das wirst du bereuen, Alice. Ich bin noch nicht fertig mit dir. Ich bestehe auf meine Rechte."

„Rechte? Welche Rechte? Du hast keine Rechte an mir."

„An dir vielleicht nicht, aber ich habe Rechte an meiner Tochter. Ich habe mit einem Anwalt gesprochen."

Mit wild klopfendem Herzen zischte Alice: „Dann bring mich vor Gericht. Wir werden ja sehen, was passiert. Aber ich kann dir einen Haufen Geld ersparen – kein Gericht der Welt wird einen Rohling wie dich in die Nähe meines kleinen Mädchens lassen. Und du hast keinen Beweis dafür, dass sie deine Tochter ist. Du hast keinen Anspruch auf irgendetwas, also zieh Leine, du Widerling."

Der Constable erschien in der Tür, der Arzt dicht hinter ihm.

Howardson löste seinen Griff um ihren Arm, zeigte aber mit dem Finger auf Alice. „Diese Sache ist noch nicht vorbei, Alice. Ich kenne meine Rechte." Dann drehte er sich um und war verschwunden.

„Geht es Ihnen gut, Mrs. Armstrong?" Der Constable starrte Howardson hinterher.

„Was hat dieser Tunichtgut hier gewollt? Hat er Sie bedroht?" Der Arzt ging zur Tür hinüber. „Wollen Sie, dass wir ihn uns schnappen?"

„Danke, meine Herren, aber jetzt ist alles in Ordnung. Er ist weg und das ist auch gut so. Lassen Sie uns alle hineingehen und uns den Film ansehen."

Das Publikum in Hollowtree liebte jede Minute von *Niagara*. Ob es an der Vorliebe für Thriller lag, am Nationalstolz, die spektakulären Niagarafälle in den prächtigsten Farben zu sehen, oder an der Bewunderung für Miss Monroe, wusste Alice nicht, aber als der Abspann am Ende des Films zu laufen begann, brach das Publikum in spontanen Applaus aus und Alice atmete erleichtert auf.

KAPITEL 37

Als die Vorführung zu Ende war, Essen und Getränke verzehrt, und man Alice von allen Seiten zum unbestrittenen Erfolg ihres neuen Unternehmens gratuliert hatte, fuhr Duncan Joan und Ethel zurück zur Rivercreek Farm. Alice blieb in der Stadt und schlief in der noch leer stehenden Wohnung über dem Frisiersalon, denn sie wollte am nächsten Tag die Aufräumarbeiten nach der Eröffnungsfeier beaufsichtigen.

Als sie zur Farm fuhren, sah Ethel durch die Windschutzscheibe hinaus. „Seht euch nur den Himmel an! Ist es nicht ein bisschen spät für einen Sonnenuntergang?"

„Oh mein Gott", keuchte Joan. „Das ist ein Feuer! Es ist Hollowtree!"

Dr. Robinson stieg aufs Gaspedal und der Wagen raste vorwärts, verließ die Straße nach Rivercreek und fuhr stattdessen den holprigen Weg zur Hollowtree Farm hinunter.

„Wer ist heute Abend dort? Ist Mrs. Armstrong allein?", fragte er.

„Alices Mädchen sind bei ihr. Bitte beeil dich!", flehte Joan. „Um Himmels willen, beeil dich! Oh Gott! Lass sie in Sicherheit sein!"

Sie rasten mit quietschenden Reifen um eine Kurve und erreichten die Kuppe des Hügels oberhalb der Farm. Unter ihnen sahen sie die Scheune, die lichterloh brannte. Orangefarbene und gelbe Flammen erhoben sich in den Himmel, das Holz brannte vor dem Hintergrund des dunklen Nachthimmels, und eine schwarze Rauchwolke waberte über den Flammen. Der verzerrende Effekt der Hitze ließ die ganze Szene verschwommen und unscharf erscheinen. Ein Inferno. Außer Kontrolle.

Joan kreischte: „Rose und Catherine sind da drin. Dort schlafen sie. Alices Schuppen steht direkt hinter der Scheune."

Der Wagen raste über den unbefestigten Weg und rutschte und schlitterte über den losen Schotter, als Duncan Vollgas gab. Als sie um die letzte Kurve in den Hof einbogen, stießen sie einen kollektiven Seufzer der Erleichterung aus, als sie Helga Armstrong auf der Türschwelle stehen sahen, die beiden kleinen Mädchen in ihren Nachthemden neben sich.

Joan sprang aus dem Wagen. „Gott sei Dank. Ihr seid alle in Sicherheit!" Sie schloss die beiden Mädchen in ihre Arme. „Oh, Ma!"

„Uns geht es allen gut", sagte Helga. „Die Mädchen haben hier bei mir geschlafen. Jim ist unterwegs und er hat die Feuerwehr gerufen. Das Feuer hat so schnell um sich gegriffen. Da drinnen stapelt sich das Heu bis zur Decke. Staubtrocken wie Zunder."

„Vieh?"

„Ein paar Kühe und der alte Ziegenbock. Die anderen stehen zum Glück auf der Weide." Während sie sprach, tauchte eine Reihe von Fahrzeugen auf dem Hügel auf, die Drehleiter voran, die Löschwägen dahinter und eine Reihe kleinerer Trucks als Nachhut.

Jims Truck fuhr aus der entgegengesetzten Richtung auf den Hof. Joan lief ihm entgegen. Das Baby lag in einem Weidenkorb auf dem Rücksitz, neben Harry, der in eine Decke gehüllt war und von Jimmy gestützt wurde, während Sam auf dem Vordersitz saß. Donna weinte und ihre Schreie mischten sich mit dem aufgeregten Bellen von Olive Oyl – ebenfalls auf dem Rücksitz.

Joan nahm das Baby auf den Arm und rief Ethel zu: „Kannst du Harry ins Haus tragen?" Sie biss sich auf die Lippe. „Es hat keinen Sinn, die Jungs hineinzubringen. Feuerwehrmänner sind ihre Helden."

„Mach dir keine Sorgen, Joan", rief Helga. „Ich behalte die Jungs bei mir."

Joan stand mit offenem Mund in der Küchentür. Sie hielt Donna in den Armen, sah hilflos zu, wie das Feuer immer mehr von der Holzkonstruktion verschlang, und spürte den beißenden Rauch in ihrer Kehle. Hinter ihr stand Ethel am Küchenfenster. Ohne Vorwarnung zerbarst die Rückwand der Scheune und eine gewaltige Explosion erschütterte den Hof. Holz und Trümmer flogen wie Raketen in alle Richtungen und landeten auf dem Feld und dem Hof vor ihnen.

Jim war bei den Feuerwehrleuten geblieben und hatte sie zum Teich hinter der Scheune geführt, wo sie die Wasserpumpen aufstellen konnten. Er kam zurück zu seiner Frau gerannt. „Alles in Ordnung, Joan?"

Helga warf die Hände hoch, als wolle sie beten. „Heilige Mutter Gottes, rette uns! Was war das? Etwa Benzin?"

Jim hob die Hände an den Kopf. „Der neue Traktor ist in der Scheune. Ich habe ihn heute Morgen hineingestellt. Ich bin noch nicht dazu gekommen, die letzten von Pas Sauerstoff-flaschen zurückzubringen. Flüssigsauerstoff. Kein Wunder, dass die hochgegangen sind. Ein Glück, dass die Explosion nicht das Haus mitgerissen hat."

Der Brandmeister beorderte sie alle zurück ins Haus. „Noch so eine Explosion und hier überall könnten Splitter umher-fliegen."

Sie alle wussten, dass es unmöglich war, die Scheune oder irgendetwas zu retten, was sich darin befand. Es dauerte mehr als drei Stunden, das Feuer unter Kontrolle zu bringen. Übrig blieben nur das Betonfundament, ein paar verbogene Eisenträger und mehrere verkohlte Pfosten.

Nachdem die meisten der Einsatzfahrzeuge den Hof verlassen hatten, trat Joan aus dem Haus und stellte sich neben Jim, um sich die Überreste des einst so beeindru-ckenden Gebäudes anzusehen. In der Luft hing der zähe Rauch und der Boden war von den Wassermengen aus den Schläuchen aufgeweicht. Der Brandmeister und ein oder zwei Freiwillige waren immer noch da und versuchten herauszufinden, was der Auslöser für das Feuer gewesen war. Unter den Brandgeruch mischte sich der unverkenn-bare Duft von gegrilltem Fleisch und Joan musste würgen, als sie an die beiden toten Kühe, die Ziege und die Hühner dachte, die es nicht mehr rechtzeitig nach draußen geschafft hatten. Zwei der überlebenden Hühner pickten jetzt in den Trümmern herum.

Joan stiegen Tränen in die Augen. Sie weinte nicht nur um die verlorene Scheune, sondern auch um die vielen Erinnerungen, die sie mit ihr verband – zusammen mit der Küche war sie das Herz der Hollowtree Farm gewesen. Jimmy als kaum fünfjähriger Junge, wie er sich an die Hand seiner Großmutter klammerte, die er gerade erst kennengelernt hatte, und die ihn mit in die Scheune nahm, damit er ihr beim Rühren der Butter zusehen und einen Wurf Kätzchen besuchen konnte. Joan selbst, wie sie an einem heißen Tag im kühlen Inneren der Scheune saß und Jim dabei zusah, wie er den Traktor reparierte.

Seit einiger Zeit hatte die Scheune nur noch als Unterstand für die wenigen Tiere gedient, die sie noch hielten, mehr aus sentimentalen als aus finanziellen Gründen, und zur Lagerung von Heu – die Scheune in Rivercreek war größer, moderner und praktischer. Joan lehnte sich an ihren Mann und er legte einen Arm um ihre Schultern, um sie näher an sich zu ziehen.

„Alice wird am Boden zerstört sein", sagte sie. „Von ihrem Schuppen ist nichts mehr übrig."

„Sie kauft sowieso ein Haus in der Stadt. Sie hätte nicht mehr lange hier gewohnt."

„Aber der Schuppen war ihre einzige Verbindung zu Walt. Er war das Zuhause, das er für sie gebaut hat."

Jims Ausdruck verhärtete sich bei der Erwähnung seines Bruders. Er schloss die Augen.

„Das einzige Foto von ihr und Walt wird ebenfalls in Flammen aufgegangen sein. In ihren Flitterwochen in Toronto." Joan gab einen leisen, würgenden Laut von sich.

„Mein Großvater hat diese Scheune gebaut. Mit der Hilfe seiner Nachbarn. Es muss vor etwa siebzig Jahren gewesen sein."

„Das Klo ist auch niedergebrannt. Vielleicht erlaubt Mama dir jetzt endlich, eine Toilette im Haus einzubauen. Je älter sie wird, desto weniger lustig wird es sein, jedes Mal den Hof überqueren zu müssen, wenn sie mal muss."

„Ich bezweifle, dass sie dem zustimmen wird. Du weißt doch, wie schwierig Veränderungen für sie sind. Außerdem fehlt nur das Dach. Der Rest steht noch. Das ist schnell repariert."

„Leider." Joan erinnerte sich daran zurück, wie ihr davor gegraut hatte, sich auf das Klo begeben zu müssen, als sie damals auf der Hollowtree Farm angekommen war. Mit voller Blase an einem klirrend kalten Morgen durch den Schnee zu stapfen, war keine schöne Erfahrung gewesen. Der Rauch hing noch immer in der Luft. Joan nahm eine Bewegung hinter sich wahr und sah Ethel und Dr. Robinson näherkommen, die beide Tassen mit frischem Tee trugen. Zu viert standen sie im Hof, nippten an ihren Tassen und starrten auf das verkohlte Gerüst der Scheune.

„Die Kinder schlafen", sagte Ethel. „Alle auf einem Haufen."

„Und Ma?", fragte Joan.

„Schläft auch. Die Kleinsten sind bei ihr. Sie ist erschöpft."

„Wie verkraftet sie es?", fragte Jim.

„Sie muss unter Schock stehen, aber sie zeigt es nicht. Sie hat denselben Kampfgeist, wie wir ihn im Krieg hatten", sagte Ethel.

„So ist Ma. Aber das hier ist das Letzte, was sie braucht. Und es bedeutet, dass Alice und die Mädchen zu ihr ins Haus ziehen müssen. Ich weiß nicht, wie das funktionieren soll."

„Es wird nur für ein paar Wochen sein. Alice hat vor, ein Angebot für eines dieser großen Häuser in deiner Nähe abzugeben, Doc", sagte Joan. „Und Ma scheint Catherine akzeptiert zu haben – wenn auch widerwillig."

„Sie wird noch eine Weile brauchen, aber Catherine ist ein liebes Kind und Ma ist kein Monster."

„Wo ist eigentlich Alice?" Jim sah sich um.

„Sie übernachtet über dem Salon. Sie wollte in der Stadt bleiben, um bei den Aufräumarbeiten dabeizusein. Und ich kann mir vorstellen, dass sie erst spät ins Bett gekommen ist."

Eine Stimme hinter ihnen sagte: „Nein. Sie ist genau hier. Ich war die ganze Nacht hier."

Sie drehten sich überrascht um. Alice trug immer noch das Kleid, das sie bei der Premiere getragen hatte – der cremefarbene Seidentaffeta nun verdreckt von dem vielen Rauch.

„Wo warst du?"

Sie deutete auf ein Wäldchen auf der anderen Seite der ehemaligen Scheune. „Ich wollte allein sein. Sobald ich wusste, dass die Mädchen in Sicherheit sind. Ich wollte mit niemandem reden."

„Wann bist du hergekommen?", fragte Joan.

„Gleichzeitig mit der Feuerwehr. Hank Rogers hat mich in seinem Truck mitgenommen. Als ich die Feuersirene hörte, hatte ich augenblicklich ein schlechtes Gefühl. Als ich erfuhr, dass es hier auf der Farm brennt, musste ich sofort herkommen. Ich musste zusehen." Sie wischte sich ein paar Haare aus den Augen und hinterließ dabei eine schwarze Spur auf ihrer Stirn. „Ich musste zusehen, wie das Letzte, was ich von Walt hatte, in Flammen aufging. Jetzt habe ich nichts mehr. Nur das, was in meinem Kopf ist. Das darf niemals verschwinden." Sie begann zu schluchzen.

Ethel, die am nächsten bei ihr stand, legte einen Arm um sie und zog sie an sich. „Es tut mir so leid, Alice."

Alice lehnte sich an Ethel, offensichtlich dankbar für den Trost – dann zog sie sich zurück. „Ihr alle wisst, dass dieser Brand kein Unfall war, oder?"

„Was?", fragte Jim grimmig.

„Das war Tips Werk."

„Tip?", fragten Joan und Jim gleichzeitig.

„Er ist heute Abend im *The Rose* aufgetaucht. Hat etwas von Heirat geredet. Mir gedroht. Ich habe den Dreckskerl rausgeworfen. Er versucht, mir Angst zu machen." Sie blickte in die erstaunten Gesichter, die sie anstarrten. „Sie waren dabei, Dr. Robinson. Sie haben geholfen, ihn zu vertreiben."

Duncan nickte.

Joan wollte es nicht glauben, aber sie wusste, dass Brandstiftung etwas war, wozu dieser Mistkerl eindeutig fähig war. Sie sah Jim an. „Die Sonne geht bald auf. Warum fahren wir nicht alle rüber nach Rivercreek und ich mache uns ein großes Frühstück? Dort können wir über alles reden. Du auch, Doc."

„Danke, Joan", sagte Alice, „aber ich bleibe hier. Ich muss mit den Mädchen reden, wenn sie aufwachen."

„Du musst schlafen."

„Ich schlafe bei Ma."

„Dann gehe ich und hole die Kleinen. Die Jungs können wir hier lassen. Sie sind bei Rose und Catherine– also haben sie wahrscheinlich die ganze Nacht wach gelegen und geredet. Heute Morgen werden sie alle lange schlafen. Gott sei Dank ist heute Sonntag." Joan schüttelte gedankenverloren den Kopf.

Jim folgte Joan die Treppe hinauf. Er nahm den schlafenden Harry und Joan hob Donna hoch, die ebenfalls tief und fest in ihrem Weidenkorb schlief. Als sie ihre Kinder hochnahmen, regte sich Helga und öffnete die Augen. Alice stand hinter ihnen in der Tür und zögerte. Helga setzte sich auf und breitete ihre Arme aus und mit einem kleinen Keuchen begab Alice sich hinüber zum Bett und in die Umarmung ihrer Schwiegermutter.

Sie beendeten gerade ihr Frühstück, als das Telefon läutete. Jim stand auf, um den Anruf entgegenzunehmen, während Joan, Ethel und Duncan ihr Gespräch unterbrachen und warteten.

„Bist du dir sicher? Woher weißt du das?"

Jim hielt den Hörer stirnrunzelnd an sein Ohr. „Und wie geht es jetzt weiter?" Sein Blick war unergründlich, als er der Antwort lauschte. „Danke, Ron. Ich komme in etwa einer Stunde vorbei. Und wir danken dir und allen anderen für alles, was ihr getan habt."

Er legte auf und kam zurück an den Tisch, um sich zu setzen. Auf seinem Gesicht zeichneten sich Sorgenfalten ab.

„Und?", fragte Joan. „War das der Brandmeister? Was wollte er?"

„Alice lag richtig mit ihrer Vermutung. Das Feuer wurde vorsätzlich gelegt."

Ein kollektives Einatmen ging um den Tisch. „Sie haben zwei leere Benzinkanister gefunden. Die Deckel aufgeschraubt. Wer auch immer dafür verantwortlich war, hatte sie in den Schweinestall geworfen."

Jim strich sich die Haare aus der Stirn, sein Gesicht wirkte jetzt müde. „Ich muss in die Stadt fahren und mit Jeff und der Polizei sprechen. Sie müssen mich ausschließen."

„Dich ausschließen? Das ist doch lächerlich! Warum um alles in der Welt würdest du deine eigene Scheune anzünden?", entrüstete sich Joan.

Es war der Arzt, der sich zu Wort meldete. „Sie wollen wohl einen Versicherungsbetrug ausschließen."

Joan wurde kreidebleich. „Versicherung", flüsterte sie und sah dann mit fragenden Augen zu Jim auf.

Jim senkte seinen Blick, stützte die Ellbogen auf den Tisch und legte den Kopf in seine Hände.

Ethel drehte sich zu Duncan, um zu sehen, ob er mehr wusste als sie, aber er schüttelte nur ratlos den Kopf.

Joans Stimme war eisig, als sie sagte: „Nun, das können sie sehr schnell ausschließen, denn die Scheune war nicht einmal versichert. Stimmts, Jim?" Sie erhob sich vom Tisch und warf dabei ihren Stuhl um. „Ich werde nach Donna sehen", sagte sie und rannte halb aus dem Zimmer.

Der Arzt beugte sich hinunter und stellte den Stuhl wieder auf. „Geht es dir gut, Jim? Kann ich irgendetwas tun?" Als seine Frage mit Schweigen beantwortet wurde, wandte er sich an Ethel und hob bedeutungsvoll die Augenbrauen. „Ich muss zurück in die Stadt. Ich hole dich später ab, Ethel. Versuch jetzt, ein wenig zu schlafen." Er drückte ihr einen Kuss auf den Scheitel und verließ das Haus.

„Wirst du mir sagen, was los ist, Jim?", fragte Ethel.

Jim blies laut die Luft aus seinen Lungen. „Ich habe eine riesige Dummheit begangen, Ethel. Ich habe die Zahlung der Versicherungsprämien pausiert – nur für ein paar Monate. Joan hat es herausgefunden und ist durchgedreht. Ich habe ihr versprochen, die Zahlungen sofort wieder aufzunehmen, aber –"

„Aber du bist noch nicht dazu gekommen?"

Er nickte.

„Wie viel war die Scheune wert?"

„Genug. Genug, um uns um einige Jahre zurückzuwerfen. Oh, Gott, Ethel. Ich bin ja so dumm gewesen. Ich wollte die Sache klären, aber unser Leben war in letzter Zeit so hektisch. Ich habe mir immer wieder gesagt, morgen mache ich es."

„Wie lange geht das schon so?"

„Ich habe im März versprochen, es in Ordnung zu bringen."

„Oh, Jim. Jetzt haben wir schon Mai."

„Sie wird mir nie verzeihen."

„Natürlich wird sie das. Joan weiß, dass du unter großem Druck stehst. Wie schwer es auch sein mag, ihr beide werdet es durchstehen. Gemeinsam."

„Ich muss in die Stadt fahren und zur Polizei und zum Brandmeister gehen. So kann ich wenigstens den Verdacht ausräumen, dass ich das Feuer selbst gelegt habe."

„Niemand, der bei Verstand ist, würde das von dir denken, Jim."

„Sie müssen jedem Verdacht nachgehen."

„Du musst ihnen sagen, dass es Tip Howardson war." Ethel schüttelte den Kopf. „Er muss eingesperrt werden. Was für ein rachsüchtiger, bösartiger Mann. Er wusste, dass Alice und die Mädchen dort untergebracht waren. Catherine ist seine eigene Tochter, um Himmels willen."

„Aber die Mädchen waren im Haus sicher", sagte Jim. „Er wird gewusst haben, dass Ma sie nicht allein in Alices Schuppen schlafen lassen würde. Es wäre ein Leichtes für ihn gewesen, das Feuer zu legen und zu verschwinden, bevor Ma überhaupt bemerkte, was los war."

„Das klingt wohl alles sehr schlüssig", sagte Ethel.

Jim erhob sich vom Tisch und ging zur Tür. „Ach, und der Brandmeister sagte, es sieht so aus, als wäre das Feuer in Alices Schuppen ausgebrochen und hätte von dort auf die Scheune übergegriffen. Howardson hatte es definitiv auf Alice abgesehen. Dieser Scheißkerl."

KAPITEL 38

DUNCAN HOLTE ETHEL an diesem Abend von der Farm ab. Sie wollten zu einem Klavierkonzert in Kitchener. Ethel, die die ganze Nacht auf den Beinen gewesen war, hatte es zumindest geschafft, am Morgen ein bisschen Schlaf nachzuholen, aber der Arzt hatte einen normalen Arbeitstag vor sich gehabt. Sie hatte versucht, ihn zu überreden, das Konzert ausfallen zu lassen, aber er hatte nichts davon hören wollen.

„Wer weiß, wann wir das nächste Mal die Gelegenheit bekommen, diesen Mann spielen zu hören."

Während der Fahrt erzählte Ethel ihm, dass der Brandmeister bestätigt hatte, dass der Brandherd Alices Schuppen und nicht die Scheune selbst gewesen war. „Das bedeutet, dass es Howardson gewesen sein muss."

„Wie können wir das wissen?" Das Gesicht des Arztes war ernst.

„Jim hat keine Beweise, aber wer sonst hier in der Gegend würde Alices Bleibe abfackeln?"

„Er war durchaus wütend, als er das Filmtheater verließ. Und wütend auf Alice. Aber wie konnte er wirklich sicher sein, dass die Mädchen nicht in dem Schuppen waren? Und eines der beiden ist noch dazu seine eigene Tochter."

„Jim sagt, er weiß, dass Alice sie nicht allein gelassen hätte. Ihm wäre klar gewesen, dass sie bei Mrs. Armstrong im Haus waren. Und wahrscheinlich ist er hineingegangen, um sich umzusehen."

„Wäre der Wind aus der anderen Richtung gekommen, hätte die ganze Farm in die Luft fliegen können, einschließlich des Hauses." Er schüttelte den Kopf, seine Finger weiß, als er das Lenkrad umklammerte. „Und die Vorstellung, dass dieser Geisteskranke Zeit mit meiner Tochter verbracht hat."

Ethel legte ihre Hand auf seinen Arm. „Jetzt aber nicht mehr. Da kannst du dir sicher sein."

„Wie könnte ich sicher sein? Sandra spricht kaum mit mir. Sie sperrt sich in ihrem Zimmer ein und ich kann sie nicht unentwegt im Auge behalten. Heute Abend beispielsweise – woher soll ich wissen, dass sie sich nicht heimlich mit ihm verabredet hat?"

„Bestimmt nicht. Nicht jetzt, wo sie weiß, wozu er fähig ist."

„Jim hat Alice vor ihm gewarnt, aber das hat sie nicht davon abgehalten, ihn zu treffen. Ein Kind mit ihm zu machen!" Er schlug mit der Handfläche gegen das Lenkrad. „Er ist ganz offensichtlich ein Mann, der sehr überzeugend sein kann, wenn er will. Sandra war ihm rettungslos verfallen."

Ethel ballte ihre Finger zu Fäusten. „Da ist noch etwas anderes. Sandra hat mir etwas über ein Mädchen erzählt, das sie kennt. Sie betonte, dass sie nicht von sich selbst sprach, sondern von einer ehemaligen Schulfreundin. Sie sagte, dass diese Freundin einen Freund habe, der sie immer dazu drängen würde, weiter mit ihm zu gehen, als sie eigentlich will." Duncan riss das Lenkrad so ruckartig herum, dass das Heck des Wagens ausscherte und Ethel fast aus dem Sitz geschleudert wurde.

„Warum hast du mir das nicht schon viel früher gesagt? Sandra hat keine Freundinnen." Seine Miene war wie versteinert und er fuhr so schnell, dass Ethel sich am Rand ihres Sitzes festhalten musste. „Wie kann ich in einem Konzertsaal sitzen, während dieser Wahnsinnige gerade bei meiner Tochter sein könnte?"

Sie fuhren schweigend zurück und Ethel schämte sich dafür, dass sie ihm nicht schon eher von ihren Befürchtungen erzählt hatte. Wie hatte sie so dumm sein können? Sie betete, dass sie Sandra in ihrem Zimmer vorfinden würden, wenn sie in die Stadt zurückkehrten.

Doch als sie das Haus des Arztes erreichten, war niemand da.

Schließlich fanden sie Sandra bei Freddo's. Sie saß allein im hinteren Teil des Cafés, über den Tisch gebeugt, den Kopf auf die Ellbogen gestützt, eine unangetastete Tasse heißer Schokolade vor sich.

„Sie ist schon seit einer Stunde hier", sagte Freddo und nickte in ihre Richtung. „Ich wollte eigentlich schließen, aber sie hat bisher keine Anstalten gemacht, zu gehen. Ich wollte sie nicht rauswerfen."

Duncan griff nach Ethels Hand und gemeinsam gingen sie zum Tisch. Sandra saß in einer der Nischen, die die Rückwand säumten, und sie setzen sich auf die Bank ihr gegenüber. Sandra hob den Kopf und sie sahen, dass sie geweint hatte. Ihre Augen waren rot umrandet und ihr Gesicht war fleckig und dort, wo ihre Wimperntusche verlaufen war, hatten sich schwarze Schlieren unter ihren Augen gebildet. Ethel bemerkte, dass sie Lippenstift und auch Lidschatten trug.

„Steve sagte, er würde mich hier treffen. Aber er ist nicht gekommen." Sie begann wieder, zu schluchzen. Heftige Schluchzer, die ihren ganzen Körper zum Beben brachten.

Duncan tauschte einen Blick mit Ethel aus, ging dann auf die andere Seite des Tisches und legte seine Arme um seine Tochter.

Sandra hob ihren Blick. „Ich dachte, ihr würdet zu einem Konzert fahren."

„Es wurde abgesagt", sagte er schnell und blickte wieder zu Ethel.

Ethel kramte in ihrer Handtasche und fand ein sauberes Taschentuch. Sie reichte es Sandra über den Tisch hinweg, die sich damit die Augen trocken tupfte.

„Oh, Dad, er ist nicht gekommen." Sie putzte sich die Nase und sah dann mit hasserfülltem Blick Ethel an. „Du hast ihn gegen mich aufgebracht. All die schlimmen Dinge, die du und Mrs. Armstrong erzählt habt. Nichts davon ist wahr. Er hat mir gesagt, dass nichts davon stimmt."

„Wann hast du mit ihm gesprochen?"

„Letzte Woche. Du warst auf deinen Hausbesuchen. Er kam zu uns nach Hause."

Duncan schnappte nach Luft und Ethel konnte sehen, dass er versuchte, seine Wut zu bändigen. „Er ist zu uns nach Hause gekommen?"

Sandra nickte. „Er erzählte mir, dass er Jim Armstrong schon seit Jahren kennt, seit sie zusammen in der Armee und im Krieg waren. Er sagte, dass Mr. Armstrong es ihm übelgenommen hat, dass er dort sein Vorgesetzter war, obwohl Steve jünger ist als er. Mr. Armstrong hegt einen tiefen Groll gegen Steve. Die Behauptung, dass Steve Mrs. Armstrong angegriffen hätte, ist nicht wahr. Sie hat sich an ihn rangemacht und wollte nicht, dass ihr Mann davon erfährt."

Ethel konnte es nicht länger ertragen. „Das ist völliger Blödsinn, Sandra. Joan hat nie wieder einen anderen Mann angeschaut, seit sie Jim getroffen hat. Wage es nicht, ihren Namen in den Dreck zu ziehen."

„Beruhigt euch. Ihr beide." Duncan drehte den Kopf zur Seite und rief Freddo etwas über seine Schulter hinweg zu. Der Mann polierte geduldig, wenn auch unnötigerweise, die verchromten Zapfhähne. „Tut mir leid, Freddo, aber wir brauchen hier drei Tassen Kaffee."

Freddo brachte ihnen ein Tablett mit ihrer Bestellung und entfernte Sandras mittlerweile zu Pudding gewordene Schokolade.

„Wir werden Sie nicht zu lange aufhalten, Freddo."

„Machen Sie sich darüber keine Sorgen, Doc. Sie können die ganze Nacht bleiben, wenn es nötig ist. Ich finde es schrecklich, Sandra so traurig zu sehen."

Duncan nahm die Hand seiner Tochter. „Sandra, vielleicht willst du all diese Dinge über Tip Howardson nicht glauben, aber du musst verstehen, dass er ein übler Geselle ist. Und es ist nicht nur das, was du von den Armstrongs und Ethel gehört hast. Er hat deinen Wagen gestohlen …"

„Er hat ihn nicht gestohlen. Ich habe ihm die Schlüssel gegeben. Er fuhr ihn immer, wenn wir ausgingen. Er sagte, es sei nicht richtig, dass eine Frau einen Mann durch die Gegend kutschiert. Er ist so rücksichtsvoll."

Ethel konnte erkennen, dass Duncan die größte Mühe hatte, seine steigende Wut im Zaum zu halten.

„Er hat deinen Wagen angezündet und mitten im Nirgendwo ausbrennen lassen."

„Das war nicht er. Er hielt an, um zu tanken, und während er noch bezahlte, stahl jemand den Wagen."

Duncan stieß einen ungeduldigen Atemzug aus. Er nahm Sandras Hände und drehte seine Tochter so, dass sie ihn ansah. „Das ist noch nicht alles. Die Scheune drüben in Hollowtree ist letzte Nacht niedergebrannt."

„Ich weiß. Ich habe die Sirenen gehört."

„Es war vorsätzlich. Brandstiftung. Sie haben leere Benzinkanister gefunden."

„Oh, nein! Nein, nein! Tu das nicht. Wage es nicht, Steve die Schuld in die Schuhe zu schieben."

„Sein Name ist nicht Steve. Himmel noch mal, Sandra. Und ja, es war Howardson. Die Polizei fahndet nach ihm."

Duncan sah Ethel an, sein Gesichtsausdruck eine Mischung aus Wut und Hilflosigkeit angesichts der Uneinsichtigkeit und Verblendung seiner Tochter.

Ethel sagte: „Dein Dad hat recht. Ich weiß, es ist schwer für dich, diese Wahrheit über jenen Mann zu akzeptieren, dem du vertraust. Ich weiß, dass du ihn magst, Sandra." Die Worte blieben ihr fast im Hals stecken, aber sie zwang sich, fortzufahren. „Wenn wir jemanden mögen, sind wir oft blind für seine Fehler. Der Steve, den du kennst und … für den du etwas empfindest … nun, er ist ein ganz anderer Mensch als der Tip Howardson, von dem wir hier sprechen. Aber es handelt sich dabei um dieselbe Person. Endlich sah Sandra sie an.

„Es wird vielleicht ein wenig dauern, bis du erkennst, dass der gute Steve und der böse Howardson ein und dieselbe Person sind." Sie hielt inne. „Alice Armstrong ging es gleich –"

Sandra riss sich von ihrem Vater los und starrte Ethel über den Resopaltisch hinweg an. „Das ist nicht wahr."

Ethel sah zu Duncan, der nickte. Sie wählte ihre Worte mit Bedacht. „Howardson ist der Vater von Alices jüngerer Tochter. Er schwängerte Alice erst und weigerte sich dann, sie zu heiraten. Erst gestern Abend tauchte er in ihrem neuen Kino auf." Sie hielt wieder inne und beobachtete Sandra aufmerksam. „Er machte Alice einen Heiratsantrag und als sie ihn hinauswarf, fuhr er nach Hollowtree und zündete ihren Schuppen an."

„Er hätte sie nie gebeten, ihn zu heiraten. Das ist nicht wahr. Er will doch mich heiraten." Sie begann wieder zu schluchzen.

„Vielleicht tut er das", sagte Ethel ihr zuliebe, „aber er weiß, dass Alice eine wohlhabende Frau ist und er will einen Teil von ihrem Geld."

Sandra wandte sich an ihren Vater und in ihren Augen tobte ein Sturm, als sie ihn ansah. „Sagt sie die Wahrheit, Dad?"

Er nickte und Sandra begann wieder zu weinen. Sie vergrub ihr Gesicht in seiner Jacke und er hielt sie fest, während ihr die Tränen über die Wangen flossen. Ihr Kopf ruckte hoch. „Bring mich nach Hause, Dad. Ich will nach Hause."

KAPITEL 39

Es war früher Nachmittag, als Jim die Küche betrat. Joan hatte ihm die kalte Schulter gezeigt, seit er beim Frühstück am Vortag zugegeben hatte, dass er es verabsäumt hatte, die Zahlung der Prämien für die Farm wieder aufzunehmen. Sie hatte ihm seine Mahlzeiten schweigend serviert und nur mit den Jungs gesprochen. Als er versucht hatte, sie im Bett in seine Arme zu nehmen, hatte sie sich von ihm abgewandt und war an den äußersten Rand der Matratze gerutscht.

Nun saß sie an dem unlackierten Kiefernholztisch und nähte Namensstreifen in Jimmys Schulsportkleidung. Jim zog den Stuhl ihr gegenüber heraus und setzte sich. „Wir müssen reden."

Joan nähte weiter. Sie sah nicht einmal auf.

„Was ich meine ist, dass *ich* mich entschuldigen muss." Stille. „Es tut mir leid, Joan. Es ist nicht so, dass ich die Zahlungen absichtlich nicht wieder aufgenommen habe – ich bin nur noch nicht dazu gekommen, weil ich die Kartoffeln für die

Haupternte setzen und die kaputten Zäune um die Weide drüben in Hollowtree reparieren musste."

Joan sah zu ihm auf. „Ich will deine Ausreden nicht hören. Du hast mir gesagt, du würdest die Sache sofort in Ordnung bringen. Du hast mich angelogen."

„Ich habe dich nicht angelogen."

„Mir zu sagen, dass du sofort wieder weiterzahlen würdest, und dann zu entscheiden, dass es nicht wichtig genug ist, ist also keine Lüge?"

Jim senkte seinen Blick zu Boden. „Ich sagte doch. Ich wollte es tun. Komm schon, Joan, sei doch nicht so."

„Wie denn? Wie eine dieser Nervensägen? Eine Meckerziege? Ist es das, wofür du mich hältst?"

„Das habe ich nie gesagt."

„Aber es ist das, was du gemeint hast, oder?"

„Um Himmels willen, hör doch auf, mir Worte in den Mund zu legen."

„Hier geht es um Vertrauen. Und wir waren schon einmal an diesem Punkt. Ich habe dich verlassen und bin zurück nach England gegangen, als ich glaubte, ich könnte dir nicht mehr vertrauen. Du hast mich überzeugt, dir eine zweite Chance zu geben, und jetzt hast du mein Vertrauen wieder missbraucht. Nicht nur einmal, sondern gleich zweimal." Sie durchtrennte mit den Zähnen den Baumwollfaden, fädelte die Nadel neu ein und nahm ein Paar kurze Hosen in die Hand. „Zuerst hast du die Zahlungen eingestellt, ohne es mir zu sagen, und dann hast du mir versprochen, dass du sie sofort wieder aufnehmen würdest. Was denkst du, wie es mir dabei geht?"

Er versuchte, ihre Hand zu nehmen, aber sie zog sie zurück.

„Es tut mir leid. Es war dumm. Aber es war keine böse Absicht. Ich habe mir immer vorgenommen, es später zu erledigen. Ich hätte mir nie träumen lassen, dass dieser Dreckskerl Howardson die verdammte Scheune niederbrennen würde."

Joan neigte ihren Kopf über die Hose und versuchte, ihre Wut nicht die Oberhand gewinnen zu lassen. Tränen der Frustration und Enttäuschung brannten ihr in den Augen. „Wir haben darüber gesprochen. Was habe ich gesagt? Eine Versicherung fühlt sich nur so lange wie Geldverschwendung an, bis man sie in Anspruch nehmen muss."

„Diese Lektion habe ich eindeutig gelernt."

„Ich bin deine Frau. Wie oft muss ich dir noch einbläuen, dass es in der Ehe um Vertrauen geht? Als du zu beschäftigt warst, hättest du mich bitten können, mich für dich darum zu kümmern.2

„Du kümmerst dich um Donna und Harry. Und um alles andere auch."

Sie warf die Hose in ihren Schoß. „Ich habe es dir schon einmal gesagt. Kinder zu haben, hat mein Gehirn nicht zu Brei verwandelt. Mein Gott, Jim, es hätte mich keine zehn Minuten gekostet."

Jim atmete tief ein und stieß die Luft dann langsam wieder aus. „Es tut mir wirklich leid. Ich habe es vermasselt. So oft."

Sie sah ihn an, ihr Blick durchdringend. „Was werden wir jetzt tun?"

„Wir müssen die Investition in die Zuckerhütte aufschieben, um den Wiederaufbau der Scheune bezahlen zu können.

Und dann sind da noch das Vieh und das viele Heu, das wir verloren haben. Ganz zu schweigen von all dem Werkzeug und den Geräten, die in der Scheune standen, einschließlich des Maispflückers und des neuen Traktors."

Joan schloss die Augen und hatte Mühe, sich noch länger zusammenzureißen. „Wie weit hat uns das zurückgeworfen?"

„Ein paar Jahre. Vielleicht drei."

Sie rang nach Luft. „Wir haben uns auf diese Zuckerhütte verlassen. Du sagtest, sie würde unser Einkommen um etwa zwanzig Prozent erhöhen."

„Ich weiß. Wenn ich nur die Uhr zurückdrehen könnte. Ich war ein verdammter Dummkopf."

Joan nahm ihre Näharbeit wieder auf. „Was wäre, wenn du den Wiederaufbau der Scheune aufschieben würdest? Oder sie gar nicht wieder aufbaust?"

„Sie nicht wiederaufbauen kann ich nicht. Was ist mit Ma? Den Kühen? Der Butter?"

„Noch vor ein paar Monaten hast du gesagt, dass das Vieh mehr Arbeit macht, als es wert ist. Und die geringe Menge an Sahne und Butter, die deine Mutter herstellt, ist nicht wirtschaftlich. Das Bisschen reicht gerade mal für die Familie und dafür, dass sie ihre kostbaren Butterkuchen backen kann."

„Komm schon, Joan. Das ist ein Schlag unter die Gürtellinie. Wir können es nicht tun. Das wäre, als würden wir Ma die Beine abschneiden. Und außerdem ..." Seine Stimme verstummte und er wandte den Blick ab.

„Und außerdem, was? Außerdem hast du ihr nichts von der Versicherung erzählt, richtig?"

Jim sah sie verlegen an. „Du weißt, wie Ma ist."

„Nun, dann kannst du jetzt gleich zu ihr gehen und ihr die Nachricht überbringen. Denn wir müssen unsere Prioritäten überdenken, um diese Farm wieder auf den richtigen Weg zu bringen, und der Bau einer neuen Scheune, in der deine Mutter ein paar Kühe und eine Ziege halten kann, gehört nicht dazu."

„Joanie –"

„Komm mir nicht mit Joanie. Wirst du es ihr sagen oder soll ich es tun?" Sie begann, aufzustehen.

„Ich gehe jetzt gleich zu ihr."

Als Jim ein paar Stunden später zurückkam, grinste er. Joan stellte gerade das Abendessen für die Jungs auf den Tisch. Jimmy und Sam schienen jedoch mehr Interesse daran zu haben, sich zu zanken, als sich die Hände zu waschen, wie ihre Mutter es verlangte. Jims fröhliches Gesicht zu sehen, verärgerte sie sich, und sie begann, mit ihren Söhnen zu schimpfen. „Ich werde euch nicht noch einmal auffordern. Wascht euch die Hände, dann könnt ihr in die Küche kommen und den Tisch decken."

Als die beiden Jungen den Raum verlassen hatten, schlurfend und hinter vorgehaltener Hand murrend, legte Jim seine Hände auf Joans Schultern und lächelte immer noch. „Es ist ganz gut gelaufen."

„Dann hat sie zugestimmt?" Joan war verblüfft. Es war untypisch für Helga Armstrong, einer Sache einfach zuzustimmen, vor allem, wenn es um Veränderungen ging und um das, was sie als ihren persönlichen Bereich auf der Farm betrachtete.

„Besser. Alice war da. Sie hat sich bereit erklärt, uns das Geld zu leihen, damit wir den Schuppen wieder aufbauen und alles ersetzen können, was wir verloren haben. Ohne Zinsen."

„Was?" Joan schüttelte seine Hände von ihren Schultern und trat einen Schritt zurück. „Ich hoffe, du hast ihr gesagt, dass das nicht passieren wird."

„Warum nicht? Unsere Gebete wurden erhört."

„Wir nehmen keine Almosen von Alice an." Joan verschränkte die Arme.

„Es sind keine Almosen. Es ist ein Darlehen. Alice gehört zur Familie und sie hat Geld wie Heu. Sie hilft uns gern."

„Es kommt nicht infrage. Wir werden nicht von Alice abhängig sein, wenn es um die Zukunft dieser Farm geht. Dafür ist sie zu wichtig. Wenn wir es nicht aus eigener Kraft schaffen, wird es nicht passieren."

„Hast du den Verstand verloren, Joan? Wir haben vier Kinder zu versorgen. Wir können Alices Großzügigkeit nicht einfach ablehnen, nur weil du deinen Stolz hast."

Joan drehte sich wütend zu ihm um. „Weil ich meinen Stolz habe? Das hat nichts mit meinem Stolz zu tun. Es liegt allein an deiner Nachlässigkeit."

„Wie oft muss ich es dir noch sagen? Es tut mir leid. Aber hier geht es darum, die Farm zu führen, und das ist meine Aufgabe, nicht deine. Und ich werde das Geld von Alice annehmen, ob es dir gefällt oder nicht." Er verließ die Küche und schlug die Tür hinter sich zu.

~

Ethel fuhr gerade auf den Hof, als Jim das Haus verließ. Duncan saß auf dem Beifahrersitz und gab ihr eine Fahrstunde. Als sie sah, wie Jim wutentbrannt auf die Scheune neben dem Haus zustürmte, küsste sie Duncan eilig zum Abschied und lief ins Haus.

Joan stand am Herd und weinte. Ethel eilte zu ihr und legte ihre Arme um sie. „Was ist denn los, Liebes? Habt ihr euch gestritten? Ist es wegen der Versicherung?"

„Er hat es dir also gesagt?"

„Gestern. Nach dem Frühstück, als du aus dem Zimmer gelaufen bist."

„Alice hat sich bereit erklärt, uns das Geld zu leihen, um die Scheune wieder aufzubauen und den Traktor und alle anderen Geräte zu ersetzen. Tausende von Dollar."

„Das ist nett von ihr."

„Ich möchte nicht, dass wir Alice verpflichtet sind." Joan zog sich zurück.

„Aber warum nicht? Sie gehört doch zur Familie, oder?"

„Du klingst ja genau wie Jim. Und überhaupt, seit wann hast du deine Meinung über Alice geändert?" Sie wischte sich mit dem Handrücken über die Augen.

„Seit du mich überredet hast, ihre Hilfe bei der Einrichtung des Frisiersalons anzunehmen. Damit, dass *ich* ihr verpflichtet bin, hattest du keine Probleme."

„Das war etwas ganz anderes. In dich hat sie investiert. Uns bietet sie ein unverzinstes Darlehen an."

Ethel ging zur Spüle, um den Kessel mit Wasser zu füllen. „Lass uns erst einmal eine schöne Tasse Tee trinken und darüber reden." Sie sah Joan über ihre Schulter an. „Du könntest es für sie zu einer Investition machen. Gib ihr einen Anteil am Gewinn."

„Jim würde niemals zustimmen."

Als der Tee fertig war, gingen sie damit ins Wohnzimmer, anstatt wie üblich am Küchentisch zu sitzen.

„Was für eine Art von Ehe führen wir, wenn wir uns nicht gegenseitig vertrauen können?"

„Ihr führt die beste Ehe, die ich je gesehen habe. Sieh doch, Joan, jeder macht Fehler. Sogar Jim."

„Ich kann ihm nicht mehr vertrauen. Er hat hinter meinem Rücken die Zahlung der Prämien ausgesetzt, und als ich es herausfand, versprach er, sofort wieder zu zahlen, aber zwei Monate später hat er es noch immer nicht getan."

„Er hatte viel um die Ohren: den Tod seines Vaters, euer Baby, die viele Verantwortung auf der Farm."

„Das ist es ja gerade. Ganz genau! Die Verantwortung für unsere Farm – und dafür zu sorgen, dass er sie versichert, damit wir im Ernstfall nicht untergehen, steht ganz oben auf dieser Liste."

„Ich bin sicher, er hatte einen guten Grund –"

„Wenn er einen guten Grund gehabt hätte, hätte er mir davon erzählt. Aber nein, der einzige Grund, den er mir genannt hat, ist, dass er einfach nicht dazu gekommen ist."

„Ein sehr menschlicher Grund."

Joan schnaubte.

„Ein ehrlicher.“

Joan sagte immer noch nichts.

„Ich weiß, dass Jim sich schrecklich deswegen fühlt. Ich habe ihn gerade nach draußen stürmen sehen, so wütend, wie ich ihn noch nie gesehen habe. Und du und ich, wir wissen beide, dass diese Wut auf ihn selbst gerichtet ist, nicht auf dich.“

Joan hob den Blick und sah ihre Cousine an, bevor sie wieder wegsah.

„Was du und Jim miteinander habt, ist zu wertvoll, um sich wegen so etwas zu streiten. Ihr liebt euch. Ihr liebt eure Kinder. Lass nicht zu, dass Wut und Groll das zerstören, Joanie. Ich bitte dich. Jim ist ein wunderbarer Mann, aber du stellst manchmal zu hohe Anforderungen an ihn. Er hat einen Fehler gemacht und wir alle wissen, dass er ihn nie wieder machen wird. Aber er ist auch nur ein Mensch.“

Joan schluchzte leise und schob ihren Tee beiseite. „Kannst du den Jungs ihr Abendessen geben? Der Eintopf steht auf dem Herd.“ Sie verließ das Zimmer und machte sich auf die Suche nach ihrem Mann.

Jim saß auf einem Heuballen und hatte den Kopf in die Hände gestützt. „Ist da noch Platz für mich?“

Er blickte auf und sie sah die Hoffnung in seinen Augen. Joan setzte sich auf seinen Schoß, schlang ihre Arme um seinen Nacken und legte ihren Kopf auf seine Schulter. „Wir werden das durchstehen“, sagte sie. „Wir werden es gemeinsam durchstehen.“

„Es tut mir wirklich leid, Joan.“

„Das weiß ich. Mir tut es auch leid, dass ich so wütend auf dich war. Ethel hat mich zur Vernunft gebracht. Nichts ist wichtig, solange wir zusammen sind. Das Einzige, womit ich nicht zurechtkäme, wäre ein Leben ohne dich."

„Ich werde Alice sagen, dass wir einen Weg finden werden, es ohne ihr Geld zu schaffen."

„Nein. Wenn Alice helfen will, sollten wir sie lassen. Etwas, das Ethel gesagt hat, hat mich auf eine Idee gebracht. Wenn wir ihr Geld für die Scheune und die Geräte nehmen, können wir wie geplant in die Zuckerhütte investieren?"

Er nickte.

„Warum kommen wir dann nicht selbst für unsere Verluste auf und verwenden ihr Geld stattdessen zur Finanzierung der Zuckerhütte? Wir könnten es als ihre Investition in die Ahornsirupproduktion betrachten und ihr einen Anteil und eine Gewinnbeteiligung anbieten. Wir betreiben die Hütte und sie ist eine stille Gesellschafterin. Genau wie bei Ethels Frisiersalon."

Jim dachte einen Moment lang nach. „Das ist gar keine so schlechte Idee."

„Und ich weiß, dass sie einverstanden wäre. Sie ist auf der Suche nach Geschäftsideen."

Er nickte langsam, dachte immer noch nach. „Ich glaube, Alice gibt sich selbst die Schuld daran, dass Howardson nach Hollowtree zurückgekommen ist."

„Die Leute in Hollowtree neigen alle dazu, die Schuld auf sich zu nehmen. Dieser Mann ist einfach verrückt. Die Scheune und alles, was darin war, niederzubrennen, ist sein Verschulden und nur seines, und je eher er hinter Gittern ist, desto besser. Aber jetzt will ich nicht über ihn, über Alice oder deine Mutter reden. Ethel gibt den Kindern ihr Abendessen. Wir haben einiges wiedergutzumachen und nur eine Stunde Zeit, bevor Donna hungrig wird."

Jim begann zu grinsen, als er von dem Heuballen sprang, sie hinter sich nach unten zog und sie an der Hand in den hinteren Teil der Scheune führte.

KAPITEL 40

NUR DREI TAGE nach dem Brand kaufte Alice ein Haus. Es war nicht prätentiös – nur ein komfortables Haus für eine Familie, das ein paar Straßen von der Hauptstraße von Hollowtree entfernt lag. Es hatte einen Garten mit einer Rasenfläche und einem Baum, an dem die Vorbesitzer zwei Schaukeln aufgehängt hatten – perfekt für Rose und Catherine. Es gab genug Platz für Helga, falls sie jemals einziehen wollte, doch Alice wusste, dass es Schwerstarbeit werden würde, ihre Schwiegermutter davon zu überzeugen, die Farm zu verlassen. Und was ihre eigene Mutter anging, so war diese ein hoffnungsloser Fall.

Ihre Freude darüber, einen Ort zu haben, den sie wirklich ihr Eigen nennen konnte, wurde von Bedauern getrübt. Walt würde dieses Haus nie zu Gesicht bekommen, und das Zuhause, das er für sie gebaut hatte – kaum mehr als eine etwas geräumigere Hütte – lag nun in Schutt und Asche. Auch wenn sie nicht vorgehabt hatte, längerfristig in dem Schuppen zu leben, war es schmerzhaft, zu wissen, dass er fort war und mit ihm alles, was einmal Walt gehört hatte.

Aber Alice war entschlossen, sich nicht den Kopf darüber zu zerbrechen. Das Leben musste weitergehen. Und dieses neue Haus würde ein wunderbares Zuhause für ihre Familie werden.

Als der Vertrag unterzeichnet war und sie die Schlüssel für ihr neues Heim in der Tasche hatte, ging sie in die Stadt, um erst Ethel im Salon einen Besuch abzustatten und danach dem Filmtheater. Dort hatte sie sich ein Büro eingerichtet, da der Tisch bei Freddo's nicht mehr ausreichte.

Alice blickte der Zukunft freudig entgegen. Ihre Tante hatte sie nicht nur finanziell abgesichert, sondern ihr auch neue Wege eröffnet.

Und Mr. Freeman hatte ihr geschrieben. Es gab gute Nachrichten, was seine Nachforschungen über Howardson anging. Offenbar wurde er in den Vereinigten Staaten wegen organisierter Kriminalität und einer möglichen Verwicklung in den Tod seiner geschiedenen Ehefrau gesucht, deren verkohlte Überreste in den ausgebrannten Ruinen ihres Hauses in Chicago gefunden worden waren. Mr. Freeman hatte sich mit der Mounted Police in Verbindung gesetzt und sie auf Howardsons Anwesenheit in Kanada und die Vorgänge in Hollowtree aufmerksam gemacht. Alice war optimistisch. Nun war es nur noch eine Frage der Zeit, bis er seine Strafe bekäme – und das keinen Augenblick zu früh.

Sie spazierte weiter und überlegte, welches Projekt sie als Nächstes angehen könnte. Mr. Freeman hatte sie gewarnt, sich nicht zu sehr zu verausgaben und ihre beiden Unternehmungen erst einmal Fuß fassen zu lassen, bevor sie ein weiteres in Angriff nahm, aber Alice war auf den Geschmack gekommen. Sie liebte die Idee von Unternehmen, die sie finanzieren konnte, ohne sie selbst leiten zu müssen. Jims Vorschlag, dass sie seine Ahornsirupproduktion finanzieren sollte, war perfekt. Und was kam danach? Eine Buchhandlung? Ein Laden für landwirtschaftliche Produkte? Ein Schönheitstempel neben dem Frisiersalon?

Aber die Leute hier zogen es vor, sich Bücher aus der Bibliothek zu leihen, anstatt sie zu kaufen – und diejenigen, die lasen, waren ohnehin in der Unterzahl. Ein Bauernladen würde mit dem Gemischtwarenladen konkurrieren und es wäre vielleicht besser, sich nicht mit dem Besitzer anzulegen, solange sie noch am Anfang stand. Aber es war auch schwer vorstellbar, dass Farmerinnen, deren Hände von der harten Arbeit schwielig und deren Nägel abgesplittert und schmutzig waren, Schlange standen, um eine Maniküre zu bekommen. Vielleicht sollte sie die Leute fragen, was sie wollten. Dann wiederum hatte Alice sich Geschäftsbücher aus der Bibliothek geliehen und darin gelesen, dass die Menschen nie wussten, was sie wollten, bis man es ihnen gab, weil es ihnen an Vorstellungskraft fehlt. Es war Henry Ford gewesen, der das gesagt hatte, nicht wahr? Was hatte er über das Modell T gesagt? Irgendetwas darüber, dass die Leute, wenn er sie nach ihren Wünschen befragt hätte, gesagt hätten, ein schnelleres Pferd.

Sie wog die Möglichkeit einer Boutique ab. Jetzt, da Ethel sich um die Frisuren der Damen der Stadt kümmerte, wäre es doch nur sinnvoll, einen anderen Laden zu haben als nur den Gemischtwarenladen mit seiner dürftigen Auswahl an Stoffen und ein paar langweiligen Blusen. Kein Wunder, dass die meisten Leute aus dem Katalog von Eaton's bestellten.

Ja, ein Ort, an dem Frauen sich entspannen, Mode anprobieren und sich von Experten beraten lassen könnten. Das wäre wirklich eine feine Sache! Alice selbst wäre in dieser Hinsicht nicht von Nutzen – ihr Interesse an Kleidung wuchs zwar stetig, aber ihr Wissen war begrenzt. Nein – sie würde es wie mit Ethel und Jim machen und in jemanden investieren, der über das nötige Fachwissen verfügte.

Sie war so in ihre Gedanken vertieft, dass sie Tip Howardson erst sah, als sie schon fast vor ihm stand. Er lehnte an einem Baumstamm, rauchte wie immer und ein Motorrad stand auf den Ständer gestützt am Straßenrand.

„Nun, wenn das nicht meine zukünftige Frau ist. Ich hatte vor, heute zur Hollowtree Farm zu fahren, um dich zu besuchen. Und, um unser kleines Mädchen zu sehen, natürlich."

Alice starrte ihn an. „Warum hasst du uns sosehr?", fragte sie schließlich.

„Ich hasse dich nicht, Alice. Ich liebe dich. Ich werde dich heiraten."

Sie ignorierte seine Bemerkung. „Warum hasst du Jim? Warum willst du ihm ständig eins reinwürgen? Du weißt, dass Hollowtree ihm gehört."

Howardson wirkte überrascht, aber zweifellos tat er nur so. „Natürlich weiß ich das. Was ist daran so neu?"

„Ich spreche davon, dass du mein Zuhause und Jims Scheune niedergebrannt hast."

„Auf der Farm hat es gebrannt?" Er pfiff durch die Zähne. „Das ist schlimm. Seit einer Woche kein Regen. Alles staubtrocken. Da braucht es nur einen kleinen Funken."

„Komm mir nicht so, Tip. Ich weiß, dass du es warst. Und jetzt beantworte meine Frage. Warum hasst du Jim?"

„Ich hatte nichts mit einem Scheunenbrand zu tun und ich habe ein Alibi, um es zu beweisen."

Triumphierend fauchte sie: „Wie kannst du ein Alibi haben, wenn du nicht einmal weißt, wann es auf der Farm gebrannt hat?"

Er lachte höhnisch. „Es war die Nacht, in der dein schicker Filmpalast eröffnet wurde. Ich habe die Sirenen und die Glocken gehört. Ich wusste nur nicht, dass es die Hollowtree Farm war."

„Nun, du wirst dein Alibi noch dringend brauchen, denn die Polizei sucht nach dir. Und es ist nicht das einzige Alibi, das du brauchen wirst. Aber jetzt antworte mir. Warum hasst du Jim sosehr?"

Er zerdrückte den Stummel seiner Zigarette mit seinem Absatz und zündete sich sofort eine neue an. Erst, nachdem er eine Reihe von Rauchringen ausgepafft hatte, sagte er: „Weil er immer bekommt, was er will, angefangen mit dir, als wir noch in der Schule waren."

Alice schüttelte ungläubig den Kopf. „Das ist Jahre her. Wir waren Kinder, um Himmels willen."

„Und dann wieder in Aldershot. Er war ein eingebildeter Hurensohn. Beliebt bei allen Jungs. Mich hassten sie."

„Du brichst mir das Herz, Tip. Vielleicht solltest du zur Abwechslung mal versuchen, nett zu den Leuten zu sein."

Er lachte. „Zu dir bin ich immer gern nett, Alice." Er packte ihren Arm und zog sie mit einem Ruck zu sich heran. „Lass uns doch einen Spaziergang in den Wald dort drüben machen, dann zeige ich dir, wie nett ich sein kann."

Sie befreite sich aus seinem Griff. „Den Schuppen und die Scheune in Hollowtree abzufackeln, hat mir nicht geschadet. Ich habe bereits eine neue Bleibe gefunden."

„Ach ja?" Sein Interesse war geweckt.

„Aber dort setzt du keinen Fuß über die Schwelle. Ich werde heute noch meinen Anwalt anrufen, um eine einstweilige Verfügung gegen dich zu erwirken. Aber wie es aussieht, wird das wohl gar nicht nötig sein. Wenn die Polizei dich erst einmal in die Finger bekommt, wird man dich für viele Jahre wegsperren. Du scheinst dir Brandstiftung zur Gewohnheit gemacht zu haben." Sie wollte schon seine tote Ex-Frau und den Hausbrand in Chicago erwähnen, beschloss aber, ihn nicht wissen zu lassen, dass seine Vergangenheit ihn einholte. „Da ist auch noch der Wagen, den du gestohlen und angezündet hast. Die Tochter des Doktors. Warum zum Teufel hast du ausgerechnet sie ausgewählt?"

„Warum nicht? Es hat mir schon immer Spaß gemacht, Unschuldige zu verderben, und ich habe eben eine Schwäche für hübsche Gesichter."

„Sie ist achtzehn, um Himmels willen!"

„Irgendjemand wird sie eines Tages ficken. Kann genauso gut ich sein. Ich mag eine schöne Herausforderung. Es ist längst an der Zeit, dass das Mädchen seine Unschuld verliert. Vor allem, weil du im Moment so eine verklemmte Schlampe bist."

„Lass das Mädchen in Ruhe. Du bist doch krank. Mit Joan war es das Gleiche. Als sie nicht an dir interessiert war, hast du versucht, sie zu vergewaltigen. Zweimal."

„Ah, Joan. Ich hatte schon immer eine Schwäche für sie." Er griff wieder nach Alice, aber sie wich ihm aus. „Aber du, Alice, es gibt keine wie dich. Ich habe dir schon einmal gesagt, du bist der beste Fick, den ich je hatte."

„Warum musst du immer so vulgär sein? Wasch dir dein dreckiges Mundwerk."

„Du bringst diese Seite an mir zum Vorschein."

„Genieße die Erinnerungen, Tip, denn du wirst nie wieder in meine Nähe kommen. Und halte dich von dem Robinson-Mädchen fern."

Sie ging los, drehte sich aber noch einmal zu ihm um. „Und was auch immer geschieht, Tip Howardson, ich werde dich *niemals* heiraten und du wirst meine Tochter *nie* wiedersehen."

Sie hörte das Dröhnen des überdimensionierten Motors, als er mit seinem Motorrad in die entgegengesetzte Richtung davonbrauste.

KAPITEL 41

DIE SONNE SCHIMMERTE auf der Oberfläche des Sees und brachte, als das Licht sich darin brach, eine Reihe winziger Regenbögen hervor. Es war ein warmer Tag, doch da die Kinder in der Schule waren, war der Park fast menschenleer. Ethel und Duncan spazierten Hand in Hand am Ufer des Wassers entlang. Seit sich das Wetter gebessert hatte, hatten sie es sich zur Gewohnheit gemacht, sich zu treffen, wenn der Frisiersalon und die Arztpraxis mittags geschlossen hatten. Dann aßen sie Sandwiches, tranken selbst gemachte Limonade und unterhielten sich.

Die Geschäfte im Salon liefen immer noch gut und Ethels Fähigkeiten hatten sich in Hollowtree und den umliegenden Dörfern herumgesprochen. Die Frauen der Stadt fragten sich bereits, wie sie so lange ohne eine Ethel ausgekommen waren. Und jetzt, da das *The Rose* der Dreh- und Angelpunkt des Nachtlebens der Stadt war, hatten die Farmerinnen einen Grund, sich die Haare machen zu lassen, ihr schönstes Sonntagskleid anzuziehen und in die Stadt zu kommen, um sich einen Film anzusehen.

Ethel und Duncan setzten sich auf eine Bank am See und beobachteten die Gänse und Enten, die auf der spiegelglatten Oberfläche schwammen. Die Sonne fühlte sich warm an auf Ethels Haut und sie war glücklich, wie sie es immer war, wenn sie mit Duncan zusammen war. Sie lehnte sich an ihn, genoss die Nähe seines Körpers und das Gefühl, das sie hatte, wenn er sie berührte.

„Ich werde nächsten Monat in die Stadt ziehen", sagte sie. „Joan kommt mit dem Baby sehr gut zurecht und ich denke, es ist an der Zeit, dass ich ausziehe. Dann haben sie wieder mehr Platz. Es wird auch viel praktischer sein, über dem Salon zu wohnen. Alice hat die kleine Wohnung wirklich hübsch eingerichtet. Ich komme langsam zu dem Schluss, dass sie doch nicht so übel ist."

Duncan stellte sein Getränk auf der Bank neben sich ab und drehte sich zu ihr, um ihr in die Augen zu sehen. „Zieh dort nicht hin. Komm lieber und lebe mit mir. Heirate mich, Ethel, ich bitte dich. Ich kann es nicht ertragen, noch länger zu warten." Er drückte ihre Hand und sah ihr noch tiefer in die Augen. „Lass es uns so schnell wie möglich tun. Ich liebe dich und möchte immer mit dir zusammen sein. Ich bin es leid, dir gute Nacht zu sagen und in ein leeres Bett zurückzukehren. Ich möchte dich die ganze Nacht im Arm halten." Er griff in seine Tasche und holte eine kleine Schachtel heraus. „Hier – mach sie auf. Ich trage sie schon seit Wochen mit mir herum und warte auf den richtigen Moment. Ich wollte dich nicht drängen." Er glitt von der Bank und kniete sich vor ihr hin. „Willst du meine Frau werden, Ethel Underwood?"

Ethels Herz hämmerte. Seit Sandras erstem Gefühlsausbruch hatte er das Thema Heirat nicht mehr angesprochen. „Aber was ist mit Sandra?"

„Was meinst du?"

„Was hält sie davon, dass wir heiraten?“

„Ich habe nicht mit ihr darüber gesprochen.“

„Meinst du nicht, dass du sie zuerst fragen solltest?“

„Himmel, Ethel, ich bitte doch nicht meine Tochter um Erlaubnis, dich heiraten zu dürfen! Und jetzt antworte mir bitte, bevor ich hier unten noch einen Krampf im Bein bekomme.“

„Natürlich werde ich dich heiraten, Duncan. Ich will nichts lieber als das. Ich liebe dich.“

Er sprang auf, schlang seine Arme um sie und stieß die Limonadenflasche zu Boden.

Als sie sich schließlich aus ihrem Kuss lösten, sagte Ethel: „Lass es uns so schnell wie möglich tun.“

Seine Lippen verzogen sich zu einem Grinsen. „Ich fahre jetzt sofort zurück, um eine Vertretung zu organisieren – ich habe seit Jahren keinen Tag frei genommen. Und ich fahre mit dir in die Flitterwochen. Könntest du, sobald der Termin feststeht, den Salon für ein paar Tage schließen, solange wir weg sind?“

Ethel sah zu ihm auf. „Ja, ja, ja. Wohin fahren wir?“

„Ich werde darüber nachdenken.“

„Darf ich mir etwas wünschen?“

„Alles, was du willst.“

„Dann würde ich liebend gern zu den Niagarafällen fahren. Sie sahen in dem Film so wunderschön aus.“

„Dann also zu den Niagarafällen.“ Er küsste sie erneut.

~

Zwei Wochen später heirateten sie ohne viel Aufhebens im Beisein einer Handvoll Gäste. Natürlich waren die Armstrongs dabei, darunter auch Helga; Sandra ebenso wie die Haushälterin der Robinsons, Miss Johnson; der örtliche Polizist und seine Frau; Frank Williams, ein Arzt aus Argyll, der Duncans Trauzeuge war, und, nach einigem Überlegen hatten sie auch Alice und ihre Töchter eingeladen. Ethel fühlte sich zwar immer noch nicht vorbehaltlos wohl in Alices Gesellschaft, kam aber mittlerweile besser mit ihr zurecht.

Das Hochzeitsfrühstück fand in einem kleinen Hotel an der Straße zwischen Hollowtree und Hartley statt. Nachdem die Gäste dem Wagen des glücklichen Paares, das sich nach der Zeremonie auf die Hochzeitsreise zu den Niagarafällen begeben hatte, hinterhergewunken hatten, spielten die Kinder im Garten, während die Erwachsenen am Tisch verweilten und sich unterhielten. Unvermeidlich diskutierten sie über den andauernden Krieg in Korea, in dem man sich in einer langwierigen Pattsituation befand, seit die Friedensverhandlungen ins Stocken geraten waren.

Offensichtlich gelangweilt vom Thema und der Gesellschaft, stand Sandra vom Tisch auf. „Ich werde nach Hause fahren. Soll ich Sie mitnehmen, Miss Johnson? Ich bin mit meinem neuen Wagen hier."

Miss Johnson rappelte sich auf und die beiden Frauen verließen das Haus.

Sobald sie weg waren, sagte Joan: „Ich will ja nicht gemein sein, aber das Mädchen ist der reinste Trauerkloß!"

Alice zuckte mit den Schultern. „Das arme Kind ist wahrscheinlich unglücklich darüber, dass sein Vater heiratet. Allerdings war ihr Kummer unvermeidlich – eine andere Frau ist in ihr Reich eingedrungen."

„Sie tut mir natürlich leid", antwortete Joan. „Ganz offensichtlich ist sie einsam. Und sich mit Du-weißt-schon-wem eingelassen zu haben. Hast du etwas von ihm gehört?"

„Zum Glück nicht", antwortete Alice mit einem Schaudern. „Ich habe mit meinem Anwalt darüber gesprochen, eine einstweilige Verfügung zu erwirken, um uns zu schützen, falls er doch noch einmal hier auftaucht, aber die Mühlen des Gesetzes mahlen langsam. Er ist zuversichtlich, dass die Polizei ihn finden wird. Ehrlich gesagt, Joan, all die Verbrechen, die er begangen hat, passen auf keine Kuhhaut. Aber das eine sage ich dir: Wenn ich Howardson noch einmal sehe, kaufe ich mir eine Schrotflinte!"

Constable Mitcham sah zu den beiden Frauen hinüber. „Habt ihr da gerade von Tip Howardson gesprochen?"

Jim beugte sich interessiert vor.

„Die kanadischen Behörden untersuchen immer noch den Wagendiebstahl und das Feuer auf der Hollowtree Farm, aber anscheinend stellt auch das FBI eigene Nachforschungen an, denn er wird wegen Brandstiftung und des möglichen Mordes an seiner Ex-Frau in Chicago gesucht. Es läuft eine landesweite Fahndung nach ihm."

„Nun, ich für meinen Teil kann es kaum erwarten, dass dieser dreckige Mistkerl hinter Gittern landet", sagte Joan.

„Ich bin mir ziemlich sicher, dass es nicht mehr lange dauern wird. Ihm sind die Optionen ausgegangen", schnaubte Mitcham. „Er war ein hinterhältiger, wehleidiger kleiner

Scheißer, als wir in der Schule waren, was, Jim? Ich konnte ihn nie leiden. Durch und durch böse."

„Ich hoffe, du hast recht und sie erwischen ihn bald." Alice wirkte nachdenklich. „Ich bin kein Fan des Robinson-Mädchens, aber ich fände es schrecklich, wenn dieses Schwein noch einmal in ihre Nähe käme. Tip Howardson würde ich meinem ärgsten Feind nicht an den Hals wünschen."

KAPITEL 42

NIAGARA FALLS

ETHEL UND DUNCAN kamen bei Einbruch der Dunkelheit an den Niagarafällen an. Nachdem sie in ihrem Hotel eingecheckt und ihr Gepäck dem Pagen überlassen hatten, flanierten die Frischvermählten Hand in Hand zu den Wasserfällen, die mit einem spektakulären Lichtspiel, einem Regenbogen aus Farben, beleuchtet wurden. Ethel murmelte, dass sie noch nie etwas so Schönes gesehen hätte.

„Ich auch nicht. Aber ich sehe dich an, während ich es sage, Ethel." Duncan kam näher und sah ihr in die Augen. „Ich war noch nie so glücklich. *Noch nie.*" Sie schmiegte ihren Körper an seinen.

Sie wusste, dass er an seine erste Frau dachte, und einen Moment lang dachte sie an Greg. Mit absoluter Gewissheit antwortete sie dann: „Ich auch nicht. Niemals."

„Lass uns zu Bett gehen", sagte er mit heiserer Stimme.

Sie wandten sich von den hellen Lichtern des Wasserfalls ab und eilten in Richtung Hotel zurück. Sie hielten sich an den Händen und sahen sich beim Gehen immer wieder tief in die

Augen. Ethel empfand eine Mischung aus Vorfreude und Nervosität. Sie wollte ihn so sehr.

Als sie aus dem Bad kam und das Nachthemd trug, das Joan ihr zur Hochzeit geschenkt hatte, keuchte Duncan auf und ging auf sie zu. „Du bist so schön, mein liebster Schatz. Ich werde mir immer wieder vorsagen müssen, dass das hier kein Traum ist." Er zog sie in seine Arme. „Aber du zitterst ja. Stimmt etwas nicht?"

„Ich bin nur nervös. Ich habe das noch nie gemacht." Sie sah zu ihm auf. „Nicht einmal mit meinem Verlobten. Einmal verbrachten wir eine Nacht zusammen in zwei Einzelbetten in einem Hotel in London. Wir küssten uns nur und hielten uns über die Lücke hinweg an den Händen. Er sagte, er wolle warten, bis wir verheiratet wären." Sie zögerte, weil sie sich fragte, ob es richtig war, von einem anderen Mann zu sprechen, kurz bevor ihr Mann in der Hochzeitsnacht mit ihr schlafen wollte. Aber sie wollte keine Geheimnisse zwischen sich und Duncan. „Ich war dankbar, dass er mich respektierte. Dass er warten wollte, bis wir verheiratet wären. Es gab so viele Geschichten über Kanadier und amerikanische Soldaten, die es mit englischen Frauen trieben, dass ich froh war, dass er anders war. Als er starb, wünschte ich mir jedoch sosehr, ich hätte ihm gesagt, dass ich nicht warten wollte." Sie sah schüchtern zu ihm auf. „Aber jetzt bin ich so froh."

Duncan beugte sich zu ihr, um sie leidenschaftlich zu küssen, dann hob er sie in seine Arme und trug sie zum Bett. Ethels Nervosität verflog, als sie von dem Verlangen nach ihm vereinnahmt wurde. Sie genoss die Berührungen seiner Hände auf ihrer Haut und begann ihrerseits – sobald sie ihre Schüchternheit über Bord geworfen hatte –, seinen Körper zu erkunden. Er unterbrach sie für einen Moment und drehte sich auf die Seite. Sie hörte ein Rascheln. Als sie ihn gerade fragen wollte, was er da tat, rollte er sich zurück und legte sich auf sie. Ethel schrie auf, als er in sie eindrang, klammerte sich fest an ihn und bäumte ihren Rücken auf, als er sich in ihr bewegte und der anfängliche Schmerz einer Welle der Lust wich.

Als es vorbei war und sie erschöpft und keuchend nebeneinander lagen, drehte sich Duncan wieder von ihr weg, fummelte unter der Decke an sich herum und sie bemerkte, dass er ein Kondom entfernte.

Abscheu überkam sie. „Was tust du da?", fragte sie. „Warum trägst du so ein Ding? Hast du eine Krankheit?" Dann kam ihr ein noch schlimmerer Gedanke. „Du befürchtest doch nicht, dass ich eine habe? Ich habe dir doch gesagt, dass ich noch nie mit jemandem zusammen war."

Duncan wandte sich ihr zu und sah sie an. „Wie um alles in der Welt kommst du auf diese Idee? Wovon redest du? Natürlich glaube ich nicht, dass du eine Krankheit hast – und ich habe auch keine."

„Während des Krieges. Als ich in einer Munitionsfabrik arbeitete. Sie zeigten uns einen Film. Es ging um Geschlechtskrankheiten und darum, dass man den Mann – speziell, wenn man mit einem Soldaten zusammen war – dazu bringen sollte, ein Präservativ zu tragen, weil man dann nicht den Tripper bekam, wie die Mädchen es nannten."

Er begann zu lachen. „Oh, meine Liebste, Kondome tun das natürlich, aber der Hauptgrund für die Verwendung eines Kondoms ist die Verhütung. Um eine Schwangerschaft zu verhindern. Wenn du das Gefühl nicht magst – und ich würde natürlich lieber darauf verzichten, eines tragen zu müssen –, gibt es andere Methoden, die wir anwenden können. Es schien mir nur nicht angebracht, über solche Dinge zu sprechen, bevor wir tatsächlich verheiratet sind, also dachte ich, ich übernehme erst einmal die Verantwortung." Er streichelte ihr übers Haar. „Aber du könntest dir ein Diaphragma einsetzen lassen. Oder wir könnten uns auf die sichere Phase deines Zyklus beschränken – obwohl das nicht so zuverlässig ist und viel Enthaltsamkeit erfordert." Er sah sie an und lächelte entschuldigend. „Mir gefällt die Vorstellung von Enthaltsamkeit allerdings nicht. Oder wir könnten eine Mischung aus den beiden Varianten anwenden."

„Wozu sollten wir überhaupt verhüten?", sah Ethel ihn fragend an. „Wir sind jetzt *verheiratet*."

„Aber du könntest schwanger werden."

„Und?" Sie spürte, wie sich ihr Magen zusammenzog. Wo sollte das hinführen? Warum hatte sie ein schlechtes Gefühl?

Er lachte unbeholfen. „Das willst du doch nicht, Ethel. Keiner von uns beiden will das."

Ethel zog die Beine an die Brust und setzte sich aufrecht hin. „Wer sagt das? Das habe ich nie gesagt."

Duncan sah schockiert aus. „Aber wir haben doch darüber gesprochen. Du sagtest, du willst keine Kinder."

„Das habe ich nie gesagt", entgegnete sie entrüstet.

„Das hast du. Als wir auf ein paar Getränke nach Argyll fuhren. Bei unserem ersten Date. Ich fragte dich, ob du Kinder wolltest, und du sagtest Nein."

Sie starrte ihn mit offenem Mund an und erwiderte dann: „Ich sagte, dass ich es nicht *vermissen* würde, keine Kinder zu haben. Das ist ganz und gar nicht dasselbe."

Duncan starrte sie an, der Ausdruck in seinem Gesicht gequält. Er war sprachlos.

„Ich liebe dich, Duncan. Und die Dinge sind ganz anders, wenn man jemanden liebt und heiratet." Sie sah zu ihm hinunter, wo er neben ihr auf dem Bett lag. Er rollte sich auf den Rücken, die Augen geschlossen.

„Ein Baby mit dir zu haben, ist etwas ganz anderes als die Frage, ob ich ein Baby haben wollte oder nicht, als ich allein war. Ich hatte nicht das Gefühl, dass mir ein Kind in meinem Leben fehlte. Was mir fehlte, war die Liebe. Aber jetzt habe ich Liebe und wenn ein Baby käme, dann wäre das eine ganz andere Geschichte. Wenn keines käme, hätten wir immer noch uns. Aber wenn es passiert –"

Er unterbrach sie mit ruhiger, aber fester Stimme. „Ich will nicht, dass wir ein Baby bekommen."

Es war wie ein Schlag in die Magengrube. Schockiert flüsterte sie: „Willst du nicht? Du willst nicht, dass wir eine Familie werden?"

„Wir *sind* eine Familie. Ich möchte nur keine weiteren Kinder haben." Sie keuchte und die Wut stieg in ihr auf. „*Weitere* Kinder? Ich habe *keine* Kinder. Was willst du damit sagen?"

Duncan griff nach ihr und versuchte, sie neben sich auf die Matratze zu ziehen, doch Ethel stieß seine Hände weg. Sie begann zu weinen. So sollte es nicht sein. Ihre Flitterwochen hätten magisch sein sollen. Und bisher waren sie es auch gewesen. Aber in diesem Moment geriet ihre Welt aus den Fugen.

Duncan setzte sich auf und legte seine Arme um sie. Sie wand sich jedoch aus seinem Griff und stieg aus dem Bett, griff nach ihrem Negligé, zog es über und setzte sich ihm gegenüber auf einen Stuhl. Angst und Wut schossen durch ihren Körper. „Was soll das alles, Duncan? Warum sagst du diese Dinge? Und warum jetzt? Warum nicht schon früher?"

„Du meinst, wenn ich es vorher gesagt hätte, hättest du mich nicht geheiratet? Ist es das, was du sagen willst? Dass du mich nur geheiratet hättest, wenn wir Kinder bekommen würden?" Seine Stimme war kalt und die Liebe und die Wärme ihres Liebesspiels schienen nur noch eine ferne Vergangenheit zu sein. Ein Abgrund hatte sich zwischen ihnen aufgetan, so tief wie die Wasserfälle, die sie sich vorhin angesehen hatten.

„Das habe ich überhaupt nicht gesagt. Du drehst mir die Worte im Mund um."

„Ich dachte wirklich, dass du keine Kinder haben willst, Ethel. Ich dachte, du empfindest wie ich, dass wir nur einander brauchen. *Du* bist genug für mich. Was mich betrifft, ist unsere Familie bereits komplett."

Ethel starrte ihn an und stellte fest, dass sie ihn überhaupt nicht kannte. Sie hatte einen schrecklichen Fehler begangen, als sie sich erlaubt hatte, sich nach nur wenigen Monaten mit einem Mann, der kaum mehr als ein Fremder war, Hals über Kopf in die Ehe zu stürzen. Sie begann zu weinen. Duncan liebte sie nicht wirklich. Wenn er es täte, würde er wollen, dass sie seine Kinder bekam – oder zumindest würde er diese Möglichkeit nicht aktiv verhindern wollen.

„Bitte weine nicht, mein Liebling. Ich hasse es, dich unglücklich zu sehen, zu sehen, dass ich dir wehgetan habe. Ich liebe dich und das Letzte, was ich will, ist, dich zu kränken. Verstehst du nicht, dass es daran liegt, dass ich dich so sehr liebe, Ethel? Du bist genug für mich. Ich dachte, ich wäre auch genug für dich."

„Das bist du. Würde ich nicht schwanger werden, würde das nichts an meinen Gefühlen für dich ändern." Ihre Worte vermischten sich mit ihrem Schluchzen. „Aber das ist etwas ganz anderes, als aktiv Schritte zu unternehmen, um diese Möglichkeit zu verhindern. Mit dem, was du tust, zeigst du mir, dass dir allein die Vorstellung von …", sie rang nach dem richtigen Wort und beschloss dann, dass es sinnlos war. Wie sollte sie ihm das Ausmaß ihres Schmerzes vermitteln? Er lehnte sie ab. Eine schreckliche Einsamkeit überkam sie bei dieser Erkenntnis, eine tiefe Trostlosigkeit, wie ein düsterer Nebel.

Duncan beobachtete sie aufmerksam, sein Gesicht verzerrt vor Sorge. „Ich liebe dich, Ethel. Wie verrückt und mit jeder Faser meines Seins. Mehr, als ich mit Worten jemals beschreiben könnte. Kein Baby zu wollen, bedeutet nicht, dass ich dich ablehne. Das genaue Gegenteil ist der Fall."

Sie starrte ihn an, ohne zu verstehen.

„Du bist alles, was ich brauche."

„Du hast mir das Gefühl gegeben, billig zu sein. Sex willst du mit mir haben, aber Kinder nicht. Hast du eine Ahnung, wie verletzend das ist?"

Duncan schloss die Augen und lehnte sich gegen das Kopfteil. Schließlich sprach er. „Meine verstorbene Frau … Ich habe dir einmal gesagt, dass sie an Komplikationen während Sandras Geburt starb. Nun, das stimmt so nicht. Helen hatte mit ihrer Psyche zu kämpfen, nachdem wir nach Sioux Lookout gezogen waren. Sie hasste die Abgeschiedenheit dort oben. Sie hasste die vielen Monate im Schnee. Aber nachdem Sandra auf die Welt gekommen war, versank sie geistig in einem schwarzen Loch. Ich kann dir gar nicht sagen, wie schrecklich es war. Wie quälend es für mich war, ihr zuzusehen. Sie wollte nichts mit dem Baby zu tun haben." Er vergrub den Kopf in seinen Händen. „Es war die schlimmste Zeit meines Lebens. Jeder Tag war schlimmer als der davor. Ich begann zu glauben, dass es für immer so sein würde. Ich musste eine Frau aus dem Ort zu uns ins Haus holen, damit sie sich um Sandra kümmerte, weil Helen sie nicht einmal ansehen wollte. Dann, eines Tages, wachte sie auf und wirkte wie ein anderer Mensch. Fröhlicher. Sie stand auf, zog sich an – wochenlang hatte sie nur ihren Morgenmantel getragen. Ich dachte, wir wären endlich über den Berg. Es war eine große Erleichterung. Ich ging zur Arbeit und sagte ihr, dass ich mittags zurück wäre, wie immer."

Sein Kopf lag immer noch in seinen Händen und Ethel bekam plötzlich Angst. Er ließ seine Hände sinken und sah zu ihr auf. Sie sah ihm in die Augen und erkannte den Schmerz darin.

„Als ich nach Hause kam, hörte ich das Baby schreien. Ich ging ins Schlafzimmer. Sandra lag klatschnass in ihrem Bettchen, in einer schmutzigen Windel. Von Helen keine Spur. Auch Mrs. Foster, die Haushaltshilfe, war nicht da."

Er schlug die Hände zusammen. „Ich machte das Baby sauber und suchte das Haus nach Helen ab. Nichts. Nicht einmal eine Nachricht. Wir wohnten an einem abgelegenen Ort am Ende einer langen Straße. Die nächsten Nachbarn waren knapp fünfhundert Meter entfernt. Ich legte Sandra in ihr Bettchen, damit sie schlafen konnte, und ging nach draußen, um nach Helen zu suchen. Es waren keine Fußspuren im Schnee, aber an diesem Morgen war frischer Schnee gefallen. Ich fand ihre Leiche im Bootsschuppen am See am Ende unseres Grundstücks. Sie hatte sich an einem Balken erhängt."

Ethel starrte Duncan entsetzt an und hielt sich die Hand vor den Mund.

„Später erfuhr ich, dass sie die Haushaltshilfe weggeschickt hatte. Da sie so ungewöhnlich rational gewirkt hatte, war Mrs. Foster einverstanden gewesen. Sie dachte, sie hätte sich gefangen. Als sie erfuhr, was Helen getan hatte, fühlte sich die arme Frau so schrecklich schuldig. Aber Helen hätte es trotzdem getan. Sie hätte den richtigen Moment gefunden. Wenn nicht an diesem Tag, dann an einem anderen.“

Ethel ging auf das Bett zu, kletterte hinauf, kniete sich neben ihn und schlang ihre Arme um ihn.

„Ich werde nie den Moment vergessen, als ich sie fand. Sie baumelte an einem Seil. Sie hatte ein umgedrehtes Ruderboot unter den Deckenbalken geschoben und das Seil über den Sparren geworfen, war auf das Boot geklettert und gesprungen.“

Ethel küsste seinen Kopf, ihre Hände streichelten sein Haar.

„Es muss mehr darüber geforscht werden, wie sich die Geburt auf Frauen auswirken kann. In Helens Fall bin ich mir sicher, dass es nicht so weit gekommen wäre, wenn sie Sandra nicht bekommen hätte.“

„Aber du sagtest doch, sie hätte auch davor schon psychische Probleme gehabt – weil es ihr dort nicht gefiel, wo ihr hingezogen wart.“

„Davor war es nicht annähernd so schlimm. Vor dem Baby war sie so, wie Sandra jetzt ist – sie hatte Stimmungsschwankungen. Aber es war nichts im Vergleich zu dieser Dunkelheit, diesem Abstieg in eine totale Passivität und Leere. Sie hörte auf zu sprechen, kümmerte sich um nichts mehr. Sie war an einem Ort, an dem ich sie nicht erreichen konnte – im Grunde war sie in sich selbst eingesperrt. Verloren." Er blickte zu Ethel auf. „Verstehst du denn nicht? Ich kann nicht zulassen, dass dir das passiert. Ich habe mir nie verziehen, was Helen getan hat, und ich werde nicht riskieren, dass dir dasselbe zustößt."

Tränen stiegen Ethel in die Augen. „Das wird es nicht. Ich bin nicht Helen. Nicht allen Frauen geht es so. Du sagtest, dass sie ohnehin Schwierigkeiten hatte, sich im Leben zurechtzufinden, und ein Baby zu bekommen, hätte es noch schlimmer gemacht. Aber du bist ein Doktor. Du weißt, wie selten so etwas vorkommt. Die meisten Frauen sind wie Joan – sie bekommen ein Baby und erfreuen sich daran. Ich weiß, dass ich unglaublich glücklich wäre, ein Baby mit dir zu haben. Verstehst du das nicht?"

Er stöhnte und schüttelte den Kopf. „Ich weiß. Es ist nicht logisch. Es geht weit über Logik hinaus." Er sah zu ihr auf, seine Augen voller Liebe und Angst. „Ich kann es nicht riskieren. Ich kann nicht zulassen, dass dich dasselbe Schicksal ereilt, Ethel. Ich kann es einfach nicht. Bitte versuche, mich zu verstehen." Er griff nach ihrer Hand. „Sandra weiß nicht, dass ihre Mutter sich das Leben genommen hat."

„Du hast es ihr nicht gesagt? Hat sie nicht das Recht, es zu erfahren?"

„Wie könnte ich es ihr sagen? Wie würde sie sich fühlen, wenn sie wüsste, dass ihre Mutter sich umgebracht hat, weil sie sie nicht haben wollte?"

„So würdest du es doch nicht formulieren. Du würdest sagen, dass sie geistig gestört war. Nicht bei klarem Verstand."

Er schüttelte den Kopf. „Es würde sich für sie trotzdem so anfühlen, als ob ihre Mutter sie zurückgewiesen hätte. Dass sie sich lieber umbringen wollte, als sich um sie zu kümmern und sie aufwachsen zu sehen. Das kann ich Sandra nicht antun."

Ethel schlang ihre Arme um ihn. Ihr Herz war voller Liebe für ihn, aber in ihrem Kopf überschlugen sich die Gedanken. Hatte sie einen schrecklichen Fehler gemacht? Worauf hatte sie sich da nur eingelassen?

Als sie am nächsten Morgen erwachte, fühlte Ethel sich nicht besser. Sie lag in ihrem Hotelbett, während Duncan noch neben ihr schlief, und gab sich ihrem Kummer hin. Sie rollte sich auf die Seite und betrachtete sein Gesicht. Er wirkte so friedlich und unbeschwert, während in ihr eine tiefe Wut brodelte. Eine Wut auf ihn. So viel dazu, dass die Welt am nächsten Morgen schon ganz anders aussehen würde – seine Worte vom Vorabend schmerzten im grellen Licht des Tages aufs Neue. Trotz seiner Beteuerungen und Erklärungen gab Ethel sein erklärter Unwille, ein Kind mit ihr zu zeugen, das Gefühl, dass er sie als seine Ehefrau ablehnte, und sie wertete es als Zeichen dafür, dass seine Liebe zu ihr nicht stark genug war.

Das war es doch, worum es in einer Ehe ging – jemanden so sehr zu lieben, dass man ein gemeinsames Kind haben wollte? Indem Duncan sich weigerte, wieder Vater zu werden, betrachtete er Ethel als seiner Liebe unwürdig. Seine Haltung war egoistisch. Sie konnte keine Rechtfertigung dafür finden. Er hatte Sandra, aber er verweigerte Ethel die Möglichkeit, ein eigenes Kind zu bekommen. Bevor sie Duncan kennenlernte, hatte sie keinen Drang zur Mutterschaft verspürt. Sie hatte nie sehnsüchtig in die Kinderwagen anderer Frauen geblickt, hatte Joan nicht einen Moment lang um ihre Kinder beneidet – sosehr sie sie auch liebte. Aber jetzt, wo es ihr verwehrt wurde, selbst Mutter zu werden, wie eine schwere Tür, die man ihr vor der Nase zuschlug, fühlte sie sich beraubt, verletzt und beschädigt.

Duncan rührte sich im Schlaf, wachte aber nicht auf. Sie beobachtete weiter sein Gesicht, die Regelmäßigkeit seines Atems, das leichte Aufblähen seiner Nasenlöcher. Die Tatsache, dass er so friedlich schlief, während ihr Geist im Aufruhr war, ließ ihr Herz vor Empörung höher schlagen. Und die Ausrede, die Probleme seiner ersten Frau hätten nur daher gerührt, dass sie ein Kind bekommen hatte, nahm sie ihm nicht ab. Ja, was mit ihr geschehen war, war schockierend. Fürchterlich. Ethel schüttelte sich bei dem Gedanken, dass eine so junge Frau – eine Mutter – so verzweifelt sein konnte, sich das Leben zu nehmen. Aber niemand – und schon gar nicht ein Mediziner – konnte glauben, dass das, was Helen widerfahren war und was sie getan hatte, für eine frischgebackene Mutter in irgendeiner Weise alltäglich war.

Ethel drehte den Ehering an ihrem Finger. Ihre Beine waren unruhig, zappelig. Sie dachte über alles nach, was Duncan am Abend zuvor zu ihr gesagt hatte. Er schien seine verstorbene Frau als Ausrede zu benutzen. Es lief darauf hinaus, dass er in seinen Vierzigern nicht noch einmal Vater werden wollte, da er bereits ein erwachsenes Kind hatte. Das konnte sie ihm zwar nicht verübeln, aber sie war wütend darüber, dass er damit gewartet hatte, diese Bombe platzen zu lassen, bis sie verheiratet waren.

Sie schlüpfte aus dem Bett, fröstelte, als ihre nackten Füße den Boden berührten, und ging ins Badezimmer, dankbar, dass es direkt an ihr Schlafzimmer angeschlossen war und sie nicht durch einen zugigen Korridor zu einem düsteren Gemeinschaftsbad laufen musste.

Während sie sich wusch, steigerte sich ihre Empörung ins Unermessliche. Duncan war egoistisch, ungerecht und hatte sie unter Vorspiegelung falscher Tatsachen geheiratet. Er hatte sie dazu manipuliert, ihm gegenüber laut auszusprechen, dass sie es bisher nicht vermisst hatte, Kinder zu haben. Und obwohl es stimmte – sie *hatte* es nicht vermisst –, war es nicht dasselbe, wie zu *entscheiden*, keine Kinder zu bekommen. Und warum, warum nur, hatte er nicht mit ihr darüber gesprochen?

Sie erschauderte, als sie sich daran erinnerte, wie er heimlich das Kondom übergezogen hatte, wie die Verpackung geknistert und er verstohlen unter der Decke an sich gefummelt hatte – hinterhältig, beschämend, unbeholfen. Ethel fühlte sich billig und schmutzig. Was Duncan getan hatte, war nicht die Art von Sache, die ein Mann mit einer Frau tat, die er aufrichtig liebte. Es war geschmacklos, schmutzig, wie ein Varieté-Witz. Jim Armstrong würde so etwas nie tun. Er und Joan hatten vier gemeinsame Kinder und jedes einzelne davon hatten sie mit Freude in ihrem Leben begrüßt. Ethel könnte es ihrer Cousine zwar nicht verdenken, wenn sie und Jim beschließen sollten, keine weiteren Kinder zu bekommen, aber sie war sich sicher, dass eine solche Entscheidung gemeinsam getroffen werden würde.

Das Handtuch war rau, aber sie rieb es kräftig an ihrer Haut, ohne Rücksicht auf die Rötungen, die es an ihren Armen und Beinen verursachte. Es war, als würde sie versuchen, die Spuren von Duncans Berührungen wegzuschrubben. Wie hatte es nur so weit kommen können? Sie liebte ihn doch. Oder etwa nicht?

Sie ließ sich gegen den Waschtisch sinken. Der Spiegel über dem Waschbecken war beschlagen und sie wischte mit dem Handtuch darüber. Sie sah furchtbar aus: gerötete Augen von dem wenigen Schlaf, zerzaustes und plattgedrücktes Haar davon, dass sie sich die ganze Nacht von einer Seite zur anderen gewälzt hatte. Gestern war der glücklichste Tag in ihrem Leben gewesen. Wie hatte sich das Blatt so schnell wenden können? Oder war sie zu uneinsichtig?

Ethel fragte sich, was ihre Mutter gesagt hätte, wenn sie dagewesen wäre, um ihr einen Rat zu geben. Als sie ihr Gesicht im Spiegel betrachtete, versuchte sie, sich die früheren Ratschläge ihrer Mutter ins Gedächtnis zu rufen. Violet Underwood hätte sich unmissverständlich ausgedrückt – warum ihre einzige Chance auf Glück wegwerfen? Ihre Mutter hätte den Kopf geschüttelt und ihr gesagt, dass Kompromisse der Schlüssel zu einer glücklichen Ehe wären. Die Entscheidung, die Ethel treffen musste, war klar – entweder sie akzeptierte Duncans Bedingungen oder sie zerstörte ihre Ehe, bevor sie überhaupt begonnen hatte.

Durch die Tür hindurch konnte sie hören, wie Duncan sich im Schlafzimmer bewegte. Ethel zögerte, doch dann beschloss sie, erneut an Duncans Vernunft zu appellieren. Sie war nicht bereit, sich für ihn zu verbiegen.

Er sah sie misstrauisch an, als sie den Raum betrat.

Er saß am Ende des Bettes.

Gleichzeitig fingen sie an, zu sprechen, hielten abrupt inne, und fielen sich im nächsten Moment wieder gegenseitig ins Wort. Ethel ließ ihn gewähren.

„Es tut mir leid, dass wir uns gestern Abend gestritten haben, Ethel. Ich liebe dich aus tiefstem Herzen und mit ganzer Seele."

Ethel presste die Lippen zusammen. Sie sah die Aufrichtigkeit in seinen Augen und verspürte einen Anflug von Liebe für ihn. Alles würde sich zum Guten wenden.

„Deshalb möchte ich nicht, dass irgendetwas zwischen uns steht. Du und ich, wir sind alles, was wir brauchen. Wir sind bereits vollständig. Das wollen wir uns doch nicht verderben."

Ihr schlug das Herz bis zum Halse. „Was willst du damit sagen?"

„Dass wir keine Kinder brauchen, um uns unsere Liebe füreinander zu beweisen. Du bist genug für mich und ich hoffe und bete, dass ich auch genug für dich bin."

„Bitte sag das nicht. Ich habe nie gesagt, dass du nicht genug für mich bist."

„Dann stimmst du mir also zu? Und wie ich gestern Abend schon sagte, müssen wir keine Kondome verwenden. Es gibt andere Methoden. Viel weniger unangenehme."

„Es geht nicht darum, welche Methoden wir anwenden sollen. Es geht darum, dass du kein Kind mit mir haben willst." Ethel spürte, wie ihr Herz wild in ihrer Brust pochte. Wo sollte das nur enden?

„Willst du damit sagen, dass du ein Baby haben *willst*?"

„Ja. Ich nehme an, das tue ich." Ethel war sich plötzlich sicher. „Ja, ich will ein Kind."

„Dann ist also das der Grund, warum du mich geheiratet hast, ja?" Er zog die Augenbrauen zusammen und seine Augen waren mit einem Schlag kalt.

„Das ist doch lächerlich."

„Was soll ich denn sonst denken? Wenn es so eine große Sache für dich ist, warum hast du mir nichts davon gesagt?"

„Weil wir entschieden haben, zu heiraten. So ist das eben, wenn Menschen, die sich lieben, heiraten. Sie bekommen Kinder."

„Nicht, wenn sie Mitte vierzig sind."

Ethel starrte ihren Mann an. Sie wusste so wenig über ihn. Vor ihr stand ein Fremder und sagte solche Dinge zu ihr. Wie hatte sie sich nur so täuschen können? „Ich bin noch nicht einmal Mitte dreißig."

Duncan beugte sich vor, den Kopf in den Händen. „Eben deshalb möchte ich das Risiko nicht eingehen. Du und ich, wir haben eine wunderbare Zukunft vor uns. Warum sollten wir sie aufs Spiel setzen? Ich könnte nicht weitermachen, wenn dir etwas zustoßen würde, Ethel."

„Das ist doch albern." Wieder wurde sie wütend. „Du benutzt das, was mit deiner Frau passiert ist, als Ausrede. Warum sprichst du es nicht einfach aus? Warum sagst du nicht einfach, dass du kein Kind mit mir haben willst?"

Er sagte nichts.

Ethel griff nach ihrer Strickjacke. „Ich gehe spazieren."

Er begann, aufzustehen.

„Allein."

Sie schlug die Zimmertür hinter sich zu.

Sie stapfte vom Hotel in Richtung der Wasserfälle, die nicht weit entfernt waren, in der Hoffnung, dass ein Spaziergang ihr helfen würde, wieder einen klaren Gedanken fassen zu können.

Am Rande der Wasserfälle starrte sie auf das Spektakel unter sich hinab. Das Wasser war smaragdgrün und verschwamm unter dem klaren Morgenhimmel in ein Jadegrün. Unter dem Wasserfall türmten sich die in die Tiefe stürzenden Wassermengen zu weißem Schaum auf. Vögel kreisten und schwebten über dem Wasser, stürzten hinab auf die reißenden Fluten und zogen im letzten Moment hoch, als würden sie sich gegenseitig herausfordern, den herrschenden Kräften so nah wie möglich zu kommen. Es war ein majestätischer und furchteinflößender Anblick zugleich, ein riesiger Kessel, aus dem das Wasser auf die darunterliegenden Felsen krachte.

Ethel lehnte sich ans Geländer. Sie konnte die Vibration davon spüren, wie Wasser auf Stein prallte. Es war elementar, urtümlich, machtvoll. Ein Hinweisschild sagte ihr, dass das Wasser mit einer Geschwindigkeit von zweitausendachthundert Litern pro Sekunde in die Tiefe stürzte. Sie wusste nicht, wie sie diese Zahl in Relation setzen sollte. Es war ihr auch egal. Eigentlich sollte Duncan jetzt hier neben ihr stehen, ihre Hand halten und die Schönheit und Kraft dieses Ortes in sich aufnehmen. Stattdessen war sie noch nie so einsam gewesen.

Warum stand diese Sache auf einmal zwischen ihnen? Ethel musste eine schreckliche Entscheidung treffen: entweder sie verlor die Chance auf eine eigene Familie oder sie verlor ihn. Warum war sie überhaupt gezwungen, diese Entscheidung zu treffen? Es hätte nie so weit kommen dürfen. Ein Baby zu bekommen, war das Letzte, woran sie bis gestern Nacht gedacht hatte. War es falsch, es jetzt zwischen sie und Duncan kommen zu lassen? Außerdem, welche Wahl hatte sie denn schon? Wenn sie Duncan verließ, bliebe sie ohnehin kinderlos, aber wenn sie in ihrer Ehe blieb, hätte sie zumindest ihn? Die Gedanken überschlugen sich in ihrem Kopf, spannen ein Netz verworrener Emotionen.

Wie sie es auch drehte und wendete, etwas zwischen ihnen war in die Brüche gegangen. Ihre Liebe und ihr Vertrauen waren erschüttert worden und in tausend Stücke zerbrochen wie ein Boot, das über den Rand des Wasserfalls fiel und an den Felsen von Duncans Unnachgiebigkeit zerschellte.

Während sie den Anblick vor sich betrachtete, entschied sie sich, nach Hollowtree zurückzukehren. Sie brauchte Zeit, um herauszufinden, ob sie in Kanada bleiben oder nach England zurückkehren wollte. Aber egal, wie sie sich entschied, sie würde nicht bei Duncan bleiben. Plötzlich war sie sich ihrer Sache sicher. Sie wollte nicht länger darüber diskutieren. Zurück in dieses Hotelzimmer zu gehen, war undenkbar. Stattdessen ging Ethel zum Bahnhof und wartete auf den Zug.

Zwanzig Minuten später saß sie in einem fast leeren Waggon, ignorierte die vorbeiziehende Landschaft und die Anwesenheit der anderen Fahrgäste. Nach England zurückzukehren, war die beste Vorgehensweise. In Hollowtree zu bleiben, mit Duncan, der gleich um die Ecke wohnte, war undenkbar. Es musste einen *klaren Schnitt* geben. Doch als sich diese beiden Worte in Ethels Kopf formten, begann ihr Herz zu rasen und sie hatte Mühe, zu atmen. Wie sollte das möglich sein? Wie konnte sie ihn gehen lassen? Er war ihr Ehemann. Die Liebe ihres Lebens. Warum sollte sie nicht nachgeben, ihren Stolz hinunterschlucken und seine Bedingung akzeptieren? Aber es würde bedeuten, sich selbst zu verraten.

Ein Leben, wie Joan es hatte, wurde ihr verwehrt – Ethel konnte den liebenden Ehemann haben, aber kein Haus voller Kinder. Aber wollte sie das wirklich für sich selbst? Während

Joan überglücklich war, hasste Ethel die Vorstellung, nur für Mann und Kinder zu leben. Als Friseurin zu arbeiten, gehörte auch zu ihrem Leben. Duncan hatte sie nicht darum gebeten, das aufzugeben. War es so schrecklich, auf die Möglichkeit, Kindern zu haben, zu verzichten, wenn sie noch nicht einmal wusste, wie es ihr mit einem Baby ergehen würde, wenn es erst einmal auf der Welt war?

Ethel könnte sich auch eine Scheibe von Alice abschneiden und sich mit ganzem Herzen in ihre Arbeit stürzen. Alice schien auch ohne einen Mann hervorragend zurechtzukommen. Allerdings hatte sie Rose und Catherine. Ethel hätte niemanden. Nur sich selbst in der kleinen Wohnung über dem Salon.

Sich für Duncan zu entscheiden, würde bedeuten, dass sie ihre Arbeit hätte und auch ihn. Sie schloss die Augen und hörte in ihrem Kopf das Rascheln der Verpackung des Präservativs. Unanständig. Unnatürlich. Berechnend.

Sie ballte ihre Hände zu Fäusten und spürte, wie sich ihre Fingernägel in ihre Handflächen bohrten. Warum konnte sie nicht alles haben? Es wäre doch so einfach. Duncan bräuchte nur Ja zu sagen. Und seine Ängste waren so dumm. Irrational.

Aber all die Worte und Argumente konnten Ethels Gefühlen keinen Einhalt gebieten. Der Schmerz, Duncan verloren zu haben, ging ihr durch Mark und Bein und brach ihr das Herz. Sie fühlte sich zutiefst verletzt, leer, allein und unglücklich. Nun stand sie wieder an jenem Punkt, an dem sie gewesen war, bevor sie England verlassen hatte. Nein, jetzt war es schlimmer. Damals hatte sie die Gewissheit gehabt, dass Greg sie geliebt hatte. Jetzt hatte Duncan sie zurückgewiesen. Seine Handlungen bewiesen, dass er sie als nicht gut genug ansah, die Mutter seiner Kinder zu sein.

KAPITEL 43

HOLLOWTREE

DAS LOKAL WAR MENSCHENLEER, als Jim es betrat. Er blinzelte in die Dunkelheit und sah, dass jemand ganz weit hinten im Schatten saß, mit hängen Schultern, die Unterarme auf den Tisch gestützt.

Duncan Robinson stand auf, als Jim näherkam. „Danke, dass du gekommen bist, Jim. Ich habe dir ein Bier bestellt."

Jim setzte sich an den Tisch und wartete, während der Kellner zwei Bier brachte. Irgendetwas stimmte nicht. Es erschien ihm hinterhältig, hinter Ethels Rücken hierher nach Argyll zu kommen, aber Duncan hatte verzweifelt geklungen. Und Joan hatte ihn gedrängt, es zu tun.

Sie nahmen beide einen Schluck, dann sagte Duncan: „Ich habe es mächtig vermasselt, Jim. Ethel hat mich verlassen." Sein Gesicht wirkte abgemagert, der Blick in seinen Augen war gequält, und er hatte sich nicht rasiert.

Jim war überrascht, dass es so schlimm war. „Aber ihr wart doch in den Flitterwochen. Wo ist Ethel hin? Bei uns ist sie nicht. Das weißt du doch, oder?"

Duncan nickte. „Wir hatten einen bösen Streit. Sie verließ das Hotel und muss einen Zug nach Hause genommen haben. Sie kam nicht einmal zurück in unser Zimmer, um ihr Gepäck zu holen. Ich glaube, sie schläft über dem Salon. Aber sie will mich nicht sehen. Will die Tür nicht öffnen. Hat aufgelegt, als ich versuchte, sie anzurufen. Sie will mit niemandem sprechen. Ich habe Angst, dass sie daran denkt, nach England zurückzugehen." Er stöhnte und rieb sich die Stirn.

Jim hob die Augenbrauen. „Joan weiß nichts von alldem. Ethel hat sich nicht bei ihr gemeldet."

„Wir stritten uns in der ersten Nacht unserer Flitterwochen. Am Morgen hatten wir uns noch nicht versöhnt. Sie ging spazieren und kam nicht mehr zurück. Ich dachte, sie würde nur frische Luft schnappen wollen. Ich wartete im Zimmer auf sie, wollte nach ihr suchen, dachte aber, sie würde jeden Moment zurückkommen, und wenn ich losginge, würden wir uns verpassen. Als sie länger als eine Stunde weg war, suchte ich die Niagarafälle nach ihr ab. Es dauerte Stunden, bis mir klar wurde, dass sie nach Hollowtree zurückgefahren sein musste." Er sah Jim zutiefst verzweifelt an.

„Sieh mal, Duncan, ich fühle mich nicht wohl dabei, über solche Dinge zu sprechen. Was im Schlafzimmer passiert, sollte zwischen einem Mann und seiner Frau bleiben, also sage ich nur so viel. Du musst Ethel vielleicht etwas Zeit geben." Verlegen wandte er den Blick ab. „Ethel war immer schon eher zurückhaltend. Vielleicht kann ich Joan dazu bringen, mit ihr zu sprechen. Sie zu beruhigen. Du weißt schon, wegen –"

„Nein." Duncan wurde blass. „Das ist es ganz und gar nicht. In dieser Abteilung ist alles in Ordnung. Mehr als in

Ordnung. Ich habe ihr gesagt, dass ich keine Kinder mit ihr will und sie ist ausgerastet."

Jim starrte ihn fassungslos an. „Das überrascht mich nicht, Kumpel. Das ist schon ein starkes Stück, so etwas in der Hochzeitsnacht ins Gespräch einzustreuen. Warum zum Teufel willst du keine Kinder?"

„Hör zu, ich möchte nicht ins Detail gehen, aber es ist genau deshalb, weil mir Ethel so viel bedeutet …, nur scheint sie es nicht zu verstehen."

„Tut mir leid, Duncan, aber ich kann es ihr nicht verdenken. Das muss ein schwerer Schlag für das arme Mädchen gewesen sein." Er schüttelte den Kopf und nahm einen weiteren Schluck Bier. „Warum hast du das nicht mit ihr geklärt, bevor du ihr einen Heiratsantrag gemacht hast?"

„Ich dachte, das hätte ich. Aber es scheint, dass ich ihre Worte falsch interpretiert habe. Ich bin so ein Hornochse."

Jim sah seinen Freund an und versuchte, ihn zu verstehen, war jedoch zu verwirrt von dem, was er sagte. „Nehmen wir mal an, du hättest sie offen darauf angesprochen und sie hätte gesagt, dass sie Kinder haben will. Was hättest du dann getan? Sie verlassen?"

„Nein!" Duncans Antwort kam wie aus der Pistole geschossen. „Ich kann nicht ohne sie sein."

„Nun, da hast du deine Antwort. Jetzt geh zu ihr und sag ihr das."

„Aber …"

„Kein Aber. Wenn du mich gefragt hättest, ob ich Kinder haben wollte, bevor Joan Jimmy bekam, hätte ich die Beine in die Hand genommen. Vor allem nach dem, was ich im Krieg gesehen habe – Kinder in eine solche Welt zu setzen, war das Letzte, was ich tun wollte. Aber jetzt, wo ich sie habe, liebe ich meine Kinder unendlich. Ich könnte nicht ohne sie sein."

Duncan starrte auf den Tisch. „Ich möchte nicht riskieren, dass Ethel etwas zustößt. Wenn sie sterben würde …"

Jim hielt inne, verblüfft über die Richtung, in die sich das Gespräch entwickelte. „Ich werde nicht neugierig sein und fragen, was mit deiner ersten Frau passiert ist, aber was auch immer es war, Ethel ist ein ganz anderer Mensch. Duncan, du bist Doktor, du kennst die Statistiken. Jede Sekunde bekommt irgendwo auf der Welt eine Frau ein Kind und in den allermeisten Fällen ohne gröbere Komplikationen."

Duncan starrte in sein Bierglas.

Es herrschte langes Schweigen, bevor Jim beschloss, dass Unverblümtheit die beste Option war. „Sieh es doch mal so, Duncan. Wenn du dich nicht mit Ethel versöhnst, wirst du sie sowieso verlieren. Und du machst dir vielleicht nur unnötige Sorgen – vielleicht wird sie gar nicht schwanger." Er überlegte kurz. „Aber wenn doch, kann ich dir versprechen, dass es mit das größte Glück im Leben ist. Kinder zu haben, hat Joan und mich noch näher zusammengebracht." Er leerte sein Glas und winkte dem Barkeeper. „Trinken wir noch eins."

Nachdem er an seinem frischen Bier genippt hatte, sagte Duncan: „Logisch betrachtet, weiß ich, dass du recht hast, Jim. Aber ich habe Angst." Er wirkte beschämt. „Es fällt mir schwer, das zuzugeben, aber du bist der einzige echte Freund, den ich habe. Ich könnte mit niemandem sonst so reden – nicht einmal mit meinem Trauzeugen." Er hob sein Glas und stellte es wieder ab. „Ohne ins Detail zu gehen, fühle ich mich für den Tod meiner ersten Frau verantwortlich. Es verfolgt mich."

Er schob das Bierglas weg und sah Jim ins Gesicht. „Ich fühle mich auch schuldig wegen des Krieges. Wegen der Tatsache, dass ich nicht gedient habe. Mein Bruder wurde bei einem Bombenangriff über Deutschland abgeschossen, während ich hier war und Sandra großgezogen habe. Ich habe nie meinen Beitrag geleistet. Was für ein Mann bin ich nur?"

Jim schüttelte den Kopf. „So darfst du nicht denken, Kumpel. Du hattest keine Wahl, allein mit einem kleinen Kind. Mach dir deswegen keine Vorwürfe. Wenn ich an deiner Stelle gewesen wäre, hätte ich mich auch nicht gemeldet."

„Ich hätte Sandra bei meinen Eltern lassen können. Es wäre vielleicht sogar besser für sie gewesen."

„Duncan, du kannst nicht dein Leben lang darüber grübeln, was gewesen wäre, wenn. Du hast deinen Teil beigetragen, aber eben hier in Kanada. Die Leute in Hollowtree brauchten schließlich auch einen Doktor."

Duncan sagte nichts.

Jim sah ihn an und erinnerte sich daran, wie auch er in den frühen Tagen seiner Ehe an Schuldgefühlen gelitten hatte. Er hatte sich schuldig gefühlt für das, was er im Krieg gesehen und getan hatte. Für das, was er nicht getan hatte. Und vor allem dafür, dass er nach Hause zurückgekehrt war und sein Bruder Walt nicht.

Er nahm einen Schluck Bier. „Schuld ist wie Gift. Sie frisst dich innerlich auf. Glaub mir, damit kenne ich mich aus. Wenn ich mich nicht gemeldet hätte, hätte es mein Bruder auch nicht getan und er wäre noch am Leben. Er war erst ein paar Wochen verheiratet. Ich kann nicht anders, als jedes

Mal daran zu denken, wenn ich Alice und Rose ansehe – oder sogar meine Mutter. Ma trauert jeden Tag ihres Lebens um Walt. Wie soll ich damit leben? Aber ich tue es."

„Das wusste ich nicht. Ich meine, ich wusste, dass er getötet wurde, aber ich wusste nicht, dass er sich nur gemeldet hat, weil du es getan hast. Wie kannst du sicher sein, dass er es nicht trotzdem getan hätte? Der Druck, zu dienen, war ziemlich stark. Ich habe ihn auf jeden Fall gespürt."

„Weil ich Walt kannte. In den Krieg zu ziehen, war das Letzte, was er wollte. Aber er glaubte immer, er stünde in meinem Schatten und müsse sich mit mir messen. Wenn ich hier geblieben wäre, hätte er es auch getan. Vielleicht wäre dann sogar Pa heute noch am Leben. Hollowtree allein zu führen, war mehr, als er bewältigen konnte."

„Nun, an dieser Stelle muss ich mich einschalten und dir sagen, dass das verrückt ist." Der Arzt schüttelte den Kopf. „Der Zustand deines Vaters wurde nicht durch harte Arbeit verursacht. Ganz im Gegenteil. Wahrscheinlich hat sie ihm anfangs sogar geholfen. Ihn fit gehalten. Deshalb brauchst du dich nicht schlecht zu fühlen."

Duncan nahm einen weiteren Schluck Bier. „Wie ist Walt gestorben?"

„Während der Schlacht in Dieppe. Für ihn war der Krieg vorbei, ein Jahr, bevor er für mich überhaupt anfing." Jim trank und wischte sich mit dem Handrücken den Mund ab. „Ironisch, wenn man bedenkt, dass ich mich lange vor ihm gemeldet habe. Ich stand am Ufer in Newhaven und zählte die Leichen, als sie die Toten von den Schiffen entluden. Ich hatte nicht erwartet, dass einer von ihnen mein eigener Bruder sein würde." Jim lehnte sich in seinem Stuhl zurück. „Also ja, ich weiß alles über Schuldgefühle und ich weiß, dass sie pures Gift sind. Sie wären beinahe zwischen mich und Joan gekommen. Lass nicht zu, dass sie es bei dir tun, Duncan. Du hast so großes Glück. Wirf es nicht weg."

Jim kippte den Rest seines Biers hinunter. „Ethel ist eine großartige Frau. Du kannst dich glücklich schätzen, sie zu haben, und ich kann dir sagen, dass sie noch nie so glücklich war wie mit dir. Wenn sie ein Baby haben will, dann lass das Thema nicht zwischen euch kommen. Ich verspreche dir, Kumpel, wenn es passiert, wird es eine wunderbare Sache sein. Und wenn nicht, habt ihr immer noch einander. Aber lass nicht zu, dass Ethel dich verlässt." Er streckte seine Hand aus, drückte Duncans Arm und zog sie schnell wieder zurück. „Und jetzt trink aus, ich muss nach Hause."

Duncan leerte sein Glas und verzog die Lippen zu einem Lächeln. „Danke, Jim. Du bist ein guter Freund."

Später in dieser Nacht lag Ethel schlaflos in dem schmalen Bett in dem Zimmer über dem Frisiersalon. Sie war noch nie so hoffnungslos gewesen. Sie wusste nicht, was schlimmer war – ohne Duncan zu sein oder sich damit abzufinden, mit einem Mann zusammenzusein, der sie eindeutig nicht genug liebte, um ein Kind mit ihr haben zu wollen. Der Gedanke an ein Leben ohne ihn war unerträglich, undenkbar, aber eine Ehe zu seinen Bedingungen zu akzeptieren, war ihr ebenso ein Gräuel. Wie konnte sie nur zustimmen, sich selbst die Möglichkeit der Mutterschaft zu verwehren, die Möglichkeit, ein Kind mit dem Mann zu haben, den sie für die Liebe ihres Lebens gehalten hatte? Vor allem aber war sie verletzt, zutiefst gekränkt und fühlte sich zurückgewiesen. Wie konnte er sie wirklich lieben und sich gleichzeitig so verhalten?

Sie würde nach England zurückkehren müssen. Hier in Hollowtree zu leben und Duncan ständig sehen zu müssen, ohne mit ihm zusammenzusein, wäre unmöglich. Aber ihr graute vor der Vorstellung, nach Aldershot zurückzukehren, in ein leeres Haus, in diesen miserablen Salon und zu der herrischen Vera, in ein Leben ohne Liebe – ein Leben ohne Duncan.

Ethel wusste, dass sie mit Joan über das sprechen musste, was vorgefallen war. Sie hatte es aufgeschoben und sich hinter den verschlossenen Türen des Salons versteckt, aus Angst vor der Demütigung, Joan zu sagen, dass Duncan keine Kinder mit ihr haben wollte. Sie erschauderte bei dem Gedanken. Warum, warum nur, warum? Duncan verhielt sich irrational. Es war verrückt, zu glauben, dass das, was Sandras Mutter widerfahren war, auch ihr widerfahren würde. Und es auf seine Liebe zu ihr zurückführen? Wo war da der Sinn? Wenn er wusste, dass die Alternative war, dass er sie ohnehin verlor?

Dann dämmerte es ihr. Duncan hatte nicht damit gerechnet, dass er sie verlieren könnte. In seiner verdrehten männlichen Logik war davon ausgegangen, dass sie früher oder später seiner Meinung sein würde; dass sie nachgeben und einer kinderlosen Verbindung zustimmen würde, anstatt ihn zu verlassen. Nun, das würde sie nicht. Sie konnte es nicht. Es käme dem Eingeständnis gleich, dass er sie nicht genug liebte. Ihr Kummer schlug in Zorn um

Sie hörte, wie jemand unten lautstark an die Tür des Salons klopfte. Es konnte nur eine Person sein. Sie zog sich die Decke über den Kopf und versuchte, Duncans frenetisches Hämmern zu ignorieren. Aber er ließ nicht locker – das Geräusch wurde lauter. Aus Angst, die Nachbarn zu wecken, eilte Ethel die Treppe hinunter und öffnete die Tür.

Duncan trat ein, lehnte sich gegen die Wand und starrte sie an. Ethels Herz klopfte wie wild, als sie darauf wartete, dass er sprach. Sie konnte den Hopfen und die Hefe des Biers riechen. Die Verzweiflung in seinen Augen sprach lauter als Worte.

„Es tut mir leid, Ethel", flüsterte er schließlich. „Bitte komm zurück zu mir. Bitte verzeih mir. Ich habe mich geirrt. Wenn du willst, dass wir eine Familie gründen, dann will ich es auch." Er sah ihr tief in die Augen. „Ich kann nicht versprechen, dass ich keine Angst haben werde. Aber wenn es so kommt, dass wir zusammen Kinder haben, werde ich sie lieben, weil ich dich liebe."

Der Boden schwankte unter Ethels Füßen, als ihr die Knie weich wurden. „Mir wird nichts passieren, Duncan. Das verspreche ich dir." Dann lag sie in seinen Armen.

Als sie sich küssten, sagte er: „Ich habe dich vermisst, meine wunderschöne Ethel."

„Ich habe dich auch vermisst, Duncan."

Ihr Liebesspiel in dieser Nacht auf dem Teppichboden der winzigen Wohnung über dem Salon war leidenschaftlich und zärtlich zugleich. Die Packung unbenutzter Kondome lag in der Mülltonne. Ethel klammerte sich an ihn, hielt sich an ihm fest, als würde sie weggespült werden, sobald sie ihn losließ. Sie strich mit den Fingern durch sein dichtes, seidiges Haar und sah ihm in die Augen.

„Ich liebe dich, Duncan Robinson, von ganzem Herzen und aus tiefster Seele."

KAPITEL 44

AM NÄCHSTEN MORGEN erwachten Ethel und Duncan bei Tagesanbruch.

„Guten Morgen, Mrs. Robinson", sagte er. „Es ist Zeit, dass wir nach Hause gehen. Ich möchte dich über die Schwelle tragen und dann in einem großen, bequemen Bett noch einmal Liebe mit dir machen. Ich will unsere lausigen Flitterwochen wiedergutmachen."

„Es waren keine lausigen Flitterwochen. Sie haben sogar ziemlich gut angefangen."

„Bis ich alles vermasselt habe."

„Bitte, Duncan. Lass uns so tun, als wäre all das nie passiert."

„Wir könnten jederzeit zurück zu den Niagarafällen fahren. Wir haben den Rest der Woche frei. Der Salon ist geschlossen und die Vertretung springt für mich ein. Und Sandra ist noch bei meinen Eltern in Halifax."

„Nein", sagte sie. „Ich möchte nicht zurück. Vielleicht eines Tages. Aber nicht jetzt gleich. Jetzt möchte ich erst einmal, dass du mich nach Hause bringst."

Sobald er Ethel absetzte, nachdem er sie über die Schwelle getragen hatte, spürten sie beide, dass etwas nicht stimmte. Obwohl es Sonntag war und die Praxis geschlossen, fühlte sich das Haus nicht leer an. Durch die Stille hindurch hörten sie ein leises Geräusch aus der oberen Etage. Sie tauschten Blicke aus.

„Vielleicht hat Sandra beschlossen, zu Hause zu bleiben?", fragte Ethel.

„Oder wollte erst später losfahren?"

Sie gingen die breite Holztreppe hinauf und Ethel war nervös und, wenn sie ehrlich war, auch verärgert. Sie hatte nicht damit gerechnet, ihre neue Stieftochter schon jetzt hier anzutreffen und war nicht erpicht darauf, die ersten Tage ihres Ehelebens gemeinsam mit Sandra zu verbringen.

Als sie sie fanden, lag sie oben auf dem Treppenansatz.

Sie war gegen die Badezimmertür zusammengesackt, ihre Kleidung war zerrissen, eine ihrer Brüste war entblößt und sie hatte einen dunklen Bluterguss auf der rechten Wange. Ihre Strümpfe waren durchzogen von Laufmaschen und an der Stirn hatte sie eine klaffende Schnittwunde. Obwohl ihre Augen geöffnet waren, wirkte der Ausdruck darin leer.

Ethel stieß einen leisen Schrei aus, als Duncan zu seiner Tochter eilte und sie vom Boden aufhob.

Wortlos trug er sie in ihr Schlafzimmer. Ethel folgte ihm. Im Zimmer herrschte Chaos. Glasscherben lagen auf dem Boden. Ein Parfümfläschchen war vom Frisiertisch gefallen und lag inmitten eines Stapels von Schminke und Kleidung. Das Bett sah aus wie ein Tatort, das Kissen mit Blut getränkt, vermutlich von dem Schnitt auf Sandras Stirn. Auch auf dem Laken war Blut. Ethel blieb mit dem Fuß an etwas hängen und eine leere Bierflasche rollte über den Holzboden.

Sandra begann, zu wimmern.

„Auf dieses Bett können wir sie nicht legen. Bring sie in das andere Zimmer", sagte Ethel.

Duncan, dessen Gesicht vor Wut verzerrt war, trug seine Tochter über den Treppenabsatz und legte sie auf das Bett in seinem eigenen Zimmer.

„Hol heißes Wasser und Handtücher. Aber bring mir zuerst meine Tasche." Er nickte mit dem Kopf in Richtung seiner schwarzen Arzttasche, die auf einem Stuhl in der Ecke des Zimmers stand.

Sandras Blick war nun aufgewühlt und verängstigt. Sie wälzte sich auf dem Bett hin und her und gab kleine stöhnende Geräusche von sich. Ethel stand hilflos daneben und sah zu, wie ihr Ehemann die Wunde auf der Stirn seiner Tochter reinigte und einen Verband anlegte. Er öffnete seine Tasche und holte eine Spritze heraus, die er ihr in den Arm gab. „Nur ein leichtes Beruhigungsmittel." Er wandte sich an Ethel. „Ich brauche dir nicht zu sagen, was passiert ist."

Sie schüttelte den Kopf.

„Kannst du Colin Mitcham anrufen? Sag ihm, er soll sofort herkommen. Die Nummer der Polizeiwache steht an der Wand neben dem Telefon in der Praxis."

Ethel rannte die Treppe hinunter. Als sie zurückkam, schlief Sandra bereits.

„Ich werde sie ins Gästezimmer tragen." Er richtete seinen Blick auf Ethel. „Du weißt, wer dafür verantwortlich ist, nicht wahr?"

Sie nickte.

„Ich werde bei ihr bleiben müssen. Constable Mitcham wird die Mounted Police alarmieren, aber da es ihnen bisher nicht gelungen ist, den Dreckskerl aufzuspüren, werde ich mich nicht mehr auf sie verlassen."

„Er sagte, dass sie bereits nach ihm suchen. Das FBI auch – er wird auch in den Staaten gesucht."

„Da es noch niemand geschafft hat, ihn aufzuspüren ..." Er griff nach ihrer Hand und ließ den Satz unvollendet in der Luft hängen. „Kannst du nach Rivercreek fahren und Jim sagen, was passiert ist? Bitte ihn, ein paar Männer zusammenzutrommeln, damit wir versuchen können, Howardson selbst zu finden. Was hier geschehen ist, kann noch nicht lange her sein. Er muss sich noch in der Gegend aufhalten. Ich werde Colin informieren, wenn er hier eintrifft."

„Meinst du nicht, dass wir auf ihn warten sollten? Howardson ist gefährlich. Es ist sicher besser, diese Angelegenheit der Polizei zu überlassen."

„Die Polizei war bisher nutzlos. Jim und die anderen Bewohner werden mehr erreichen. Sie werden wissen, wo sie suchen müssen." Als er sah, dass sie immer noch zögerte, sagte er: „Tu einfach, worum ich dich bitte, Ethel. Bitte. Jim wird wissen, was zu tun ist." Er warf ihr die Wagenschlüssel zu.

Ohne noch länger zu warten, rannte sie aus dem Haus, startete den Wagen und fuhr zur Farm.

Die Armstrongs saßen gerade bei einem späten Frühstück. Helga, Alice, Rose und Catherine waren nach der Messe herübergekommen und saßen auch mit am Tisch, als Ethel hereinplatzte. Alle sahen auf und waren schockiert über ihr plötzliches Auftauchen. Sie platzte mit einer Erklärung heraus, wobei sie ihre Worte der Kinder wegen so sorgfältig wie möglich wählte.

„Kinder, geht nach nebenan spielen", sagte Joan und scheuchte die vier Kinder ins Wohnzimmer.

Jim war bereits aufgestanden und ging zum Telefon. „Ich werde einen Suchtrupp auf die Beine stellen." Er tätigte eine Reihe von Anrufen und gab den Männern am anderen Ende der Leitung mit erhobener Stimme Anweisungen. Als er fertig war, sagte er: „Wir treffen uns in der Stadt und werden uns in Gruppen aufteilen. Mach dir keine Sorgen, Ethel. Wir werden diesen Hurensohn finden." Dann war er weg, knallte die Tür hinter ich zu, und der Truck setzte sich draußen auf dem Hof in Bewegung.

Die vier Frauen sahen sich an. „Wie geht es Sandra?", fragte Joan. „Hat er sie schwer verletzt?"

„Sie ist in einem schrecklichen Zustand. Ich vermute, psychisch noch mehr als körperlich. Im Gesicht hat sie schwere Blutergüsse und eine Schnittwunde. Da war so viel Blut." Sie ließ ihren Blick um den Tisch wandern, sah jede einzelne der Frauen an. „Und nicht nur im Gesicht", fügte sie vielsagend hinzu. „Sie muss sich ziemlich heftig gewehrt haben und es scheint, dass er sehr grob mit ihr verfahren ist."

Helga bekreuzigte sich. „Heilige Mutter Gottes. Dieser Mann ist der leibhaftige Teufel."

„Duncan hat ihr ein Beruhigungsmittel gespritzt. Sie war verängstigt, traumatisiert. Das arme Mädchen. Ich habe noch nie jemanden in so einem Zustand gesehen."

Alice schob laut ihren Stuhl zurück und stand auf. „Joan, Ma, ich lasse die Mädchen bei euch. Ich werde dieses Schwein finden. Ich weiß genau, wo er sich versteckt."

„Nein!" Joan packte Alice am Arm. „Er ist gefährlich. Bleib hier, Alice. Überlass das den Männern."

„Er wird mich niemals anfassen. Ich komme schon zurecht. Für mich ist es sicherer als für die Männer. Und vielleicht hört er ja auf mich."

„Er wird auf niemanden hören."

Ethel sah Alice an. „Ich komme mit dir."

„Himmel, nein!" Joan klang verzweifelt. „Er könnte bewaffnet sein. Bleib hier, Ethel. Du weißt nicht, wozu er fähig ist."

„Wenn jemand weiß, wozu dieser Mann fähig ist, dann bin ich es. Schließlich hat er meinen Verlobten umgebracht und jetzt hat er meine Stieftochter vergewaltigt und grün und blau geschlagen", sagte sie mit trotziger Miene. „Versuch doch, mich aufzuhalten, Joan!" Sie packte Alice am Ärmel. „Na komm schon. Worauf warten wir noch? Der Wagen steht draußen."

Als Ethel die Straße entlangraste, ihre übliche Nervosität beim Autofahren von Wut und Adrenalin ersetzt, sagte Alice ihr den Weg an. Sie fuhren in Richtung der ehemaligen Howardson-Farm, die etwa zehn Meilen nördlich der Stadt lag – etwa fünfzehn Meilen von Rivercreek entfernt. Nach dem Tod von Tips Brüdern während des Krieges hatten seine Eltern es aufgegeben, zu versuchen, die Farm allein zu bewirtschaften, und Tip hatte kein Interesse an irgendetwas gezeigt, dass auch nur annähernd an harte Arbeit erinnert hätte. Da er nur seinen Anteil am Gewinn hatte haben wollen, hatte er seine Eltern ausbluten lassen, bis sie entschieden, zu gehen und im Norden des Staates zu leben. Seitdem stand die Farm leer.

„Aber bestimmt hätte die Polizei doch dort zuerst nach ihm gesucht?"

Alice nickte. „Sie haben die Farm sogar dutzende Male durchsucht. Und genau deshalb wird er jetzt dort sein. Er ist ihnen immer einen Schritt voraus. Die Polizei hat es satt, immer an den gleichen Stellen zu suchen und nichts zu finden."

„Du hast ihn getroffen, nicht wahr, Alice? Nachdem er bei Duncan auftauchte und vorgab, Sandras Freund zu sein? Und nach der Nacht, in der er die Scheune niederbrannte?"

Alice nickte.

„Warum hast du es nicht der Polizei gesagt?"

„Das habe ich. Ich habe ihnen auch gesagt, dass er im Grunde gestanden hat, das Feuer gelegt zu haben. Ich bin ihm am Stadtrand über den Weg gelaufen. Er war mit einem Motorrad da."

„Aber warum hast du ihnen nicht gesagt, dass sie seine Farm absuchen sollen?"

„Auch das habe ich getan, aber er war nicht dort. Sie redeten sich ein, dass er über die Grenze geflohen sein muss." In ihrer Stimme schwang Verärgerung mit. „Bieg hier links ab.

Die alte Howardson-Farm liegt gleich hinter diesen Bäumen."

Ethel lenkte den Wagen um die Kurve und da war die Farm. Das Haus und die Nebengebäude wirkten schwer vernachlässigt, einige davon fast baufällig. Die Wege und der Hof waren von Unkraut überwuchert, das sogar auf den Dächern und Mauern wuchs. Es gab keine Anzeichen dafür, dass sich hier ein Mensch aufhielt. Keinen rauchenden Schornstein. Keinen Wagen. Kein Motorrad.

„Was jetzt?" Ethel trommelte mit den Fingern auf das Lenkrad.

„Jetzt wartest du." Alice öffnete die Autotür. „Bleib hier. Rühr dich nicht vom Fleck.

Verriegle die Türen. Ich bin bald wieder da. Vertrau mir."

Ethels anfängliche Feindseligkeit gegenüber Alice kehrte zurück. Diese Frau war so schwierig. Ethel wünschte sich, sie hätte nicht angeboten, mitzukommen. Sie traute Alice nicht. Wie konnte sie sicher sein, dass sie nicht hier war, um Tip zu warnen oder ihm zur Flucht zu verhelfen? Immerhin hatte sie ein Kind mit dem Mann.

Sie sah auf ihre Uhr. Fünf Minuten. Mehr würde sie ihr nicht geben.

Als sie sich umsah, stellte sie fest, dass die Farm einst ein wunderschöner Ort gewesen sein musste, größer als Hollowtree – sogar größer als Rivercreek. Ein verwittertes Schild hing schief an einem Pfosten – Thistledown Farm. Ein romantischer Name. Ein schöner Name. Ganz und gar nicht das, was sie vom ehemaligen Zuhause eines miesen Halunken erwartet hätte.

Ein einzelner Mann. Wie viele Leben hatte er wohl ruiniert oder zu ruinieren versucht? Das von Greg, Alice, Joan, Jim, Sandra – vielleicht auch das von Catherine, dem armen Kind, das mit dem Stigma seiner Abstammung leben musste. Das seiner ehemaligen amerikanischen Ehefrau – jener Frau, an deren Tod man ihn ebenfalls für verantwortlich hielt. Und wer wusste, wie viele Menschen da noch waren? Ethel fragte sich, was einen Mann dazu bringen konnte, so durch und durch böse zu werden. Jim hatte ihr erzählt, dass Howardson zwar als Kind nie beliebt gewesen war, aber keine Anzeichen jener Verdorbenheit gezeigt hatte, die jetzt so offensichtlich in ihm steckte. Die anderen Mitglieder seiner Familie waren sehr beliebt gewesen, man hatte sie respektiert, und der Verlust seiner älteren Brüder im Krieg war von vielen Menschen der Gemeinde betrauert worden.

Mit einem Blick auf die Armbanduhr, die Duncan ihr zur Hochzeit geschenkt hatte, stieg Ethel aus dem Auto aus. Sie ging in die Richtung, in die sie Alice hatte gehen sehen, und hielt auf ein moderneres Gebäude zu, dessen Seiten mit Blech verkleidet waren – eine Art Getreidespeicher.

Im Inneren war es dunkel, als sie die Tür öffnete, und Ethel erkannte, dass sie sich in dem engen Kontrollbereich eines Getreidesilos befand. Eine Metallleiter führte an einer Seite hinauf zu dem riesigen Behälter, in dem vermutlich einst Weizen gelagert worden war. Mit klopfendem Herzen rief sie nach Alice. Ihre Stimme hallte in dem Metallzylinder wider, doch abgesehen davon herrschte Stille. Sie würde einen kurzen Blick in das Silo werfen, bevor sie zum Wagen zurückkehrte. Wenigstens könnte sie sich so ein Bild davon machen, ob er als Versteck benutzt worden war. Es war zwar unwahrscheinlich, dass er sich in diesem Moment dort oben versteckte, aber vielleicht fand sie Hinweise darauf, dass er es bis vor Kurzem getan hatte.

Ihre Augen gewöhnten sich allmählich an die Finsternis, die dank eines schmalen Spaltes in der Außenmauer aufgelockert wurde, durch den Tageslicht eindrang. Sie setzte einen Fuß auf die unterste Sprosse, holte tief Luft und begann mit zitternden Beinen, die Leiter hinaufzusteigen. Es dauerte ein paar Minuten, bis sie oben ankam. Als sie sich endlich über den Rand des Silos hievte, erkannte sie, dass es nicht leer war. Der riesige Behälter war etwa zu zwei Dritteln gefüllt. Ein muffiger, hefiger Geruch stieg ihr in die Nase und sie musste würgen. Als ein zischendes Geräusch hinter ihr sie herumfahren ließ, sah sie das Aufflackern eines Streichholzes. Es erhellte das Gesicht von Tip Howardson, der mit einem Fuß auf der untersten Sprosse stand. Wortlos steckte er sich die Zigarette zwischen die Lippen und zog die Tür hinter sich zu, wobei er einen Metallriegel vorschob, um zu verhindern, dass jemand hereinkam. Dann begann er, ihr hinterherzuklettern.

Ethels schlug das Herz bis zum Hals. Wenn er hinter ihr her war, dann nur aus einem einzigen Grund. Angestrengt versuchte sie, etwas in der Dunkelheit zu erkennen, in dem Wissen, dass er sich stetig näherte. Doch er ließ sich Zeit und hielt alle paar Sprossen inne, um einen Zug von seiner Zigarette zu nehmen. Eine Leiter führte ins Innere des Silos hinunter und auf der anderen Seite des Metallbehälters erkannte sie eine identische Leiter. Es war ihre einzige Chance. Wenn sie an der Innenseite nach unten klettern und über die Oberfläche des Getreides auf die Leiter auf der anderen Seite gelangte, könnte sie vielleicht aus dem Speicher fliehen, bevor er sie erreichte. Sie schwang sich über den Rand und das Letzte, was sie sah, bevor sie anfing, an der Leiter abwärts zu klettern, war Howardson, der den Zigarettenstummel in die Tiefe warf und die Leiter nun deutlich schneller hinaufkletterte. Ihre Beine versanken bis zu den

Waden in Getreidekörnern und sie kämpfte sich Schritt für Schritt vorwärts, angetrieben nur von ihrem Wunsch, zu überleben, und dem Adrenalin, das durch ihren Körper schoss.

Das Geräusch von jemandem, der unten an der Tür rüttelt. Alice. Aber dank des Metallriegels würde sie sie niemals öffnen können. Ethel durfte nicht aufgeben. Sie hatte den halben Weg hinter sich, als sie spürte, wie die Körner unter ihr nachgaben. Als sie sich umdrehte, sah sie, wie Howardson gerade vom oberen Ende der Leiter in das Silo sprang. Er war nur ein paar Armlängen von ihr entfernt. In dem spärlichen Licht sah sie seine Zähne aufblitzen, als er sie angrinste. Er streckte den Arm aus, um sie zu packen, und mit schierer Willenskraft warf sie sich vorwärts und zerrte ihre Füße aus dem Getreide, das sie zu umklammern schien und an ihren Beinen saugte wie Treibsand.

„Hier drüben, Ethel!" Alices Stimme durchdrang die stickige Luft des Silos. Durch die dicken Staubwolken, die aufstiegen, als sie und Howardson das Getreide aufwirbelten, konnte sie Alice am oberen Ende der Leiter auf der anderen Seite des Silos spüren, wenn auch nicht sehen. Es musste einen zweiten Eingang geben.

Ethel setzte sich in Richtung von Alices Stimme in Bewegung und im nächsten Moment erschrak sie fürchterlich, als Howardson ihre Hand packte. Sein Griff war eisern, wie ein Schraubstock, der ihr das Blut abschnürte, als er an ihr zerrte und sie zu sich ziehen wollte. Sie zappelte und bekam kaum noch Luft, als sie versuchte, sich zu befreien, aber die unzähligen kleinen Körner wichen dem Gewicht ihres Körpers, um sich in neuer Formation um sie zu legen und in die Tiefe zu ziehen. Es gab kein Entkommen. Entweder würde Howardson sie töten, oder sie würde in den Getreidemassen untergehen, die sie tief in das Herz des Silos zogen, wo sie ersticken würde. Mit einer schier übermenschlichen Kraftanstrengung löste sie ihre Hand aus seinem Griff und warf sich nach vorn. Alice streckte die Hand aus und die Spitzen ihrer Finger berührten sich, aber sie war zu weit entfernt, als dass sie Ethel erwischt hätte. Panik stieg in ihr auf, als die rutschigen Körner sie immer tiefer zu ziehen drohten.

Ein markerschütternder Schrei ertönte und hinter ihr tat sich eine tiefe Kuhle im Getreide auf. Dort, wo eben noch Howardson gestanden hatte, tat sich nun eine riesige Kuhle auf. Sie konnte gerade noch seinen Kopf sehen und eine Hand, die er in die Luft streckte und die sich immer wieder öffnete und schloss, als er verzweifelt nach etwas suchte, an dem er sich festhalten konnte. Ethel drohte, zu ihm in die neu entstandene Kuhle zu rutschen, doch dann spürte sie, wie Alice ihr Handgelenk umklammerte und sie daran zurückhielt.

„Halt dich fest. Nicht loslassen.“

Ethel versuchte, sich nach oben zu drücken, aber das Getreide rieselte an ihr vorbei und füllte bereits die Kuhle auf, die Tip Howardson verschluckt hatte.

„Halt still, sonst machst du es noch schlimmer. Kämpf nicht dagegen an und halte den Kopf über der Oberfläche.“

Ethels Arm fühlte sich an, als würde er aus dem Gelenk gerissen werden. Hinter ihr war Howardsons winkende Hand inzwischen im Getreide verschwunden.

Wieder Alices Stimme über ihr. „Ich werde dir ein Seil zuwerfen.“

Ethel versuchte wieder, sich vorwärtszuschieben. Sie fühlte sich wie in einer anderen Welt, in der es keine Schwerkraft gab, keine Luft, keinen festen Boden. Nichts von dem, was sie bisher für selbstverständlich gehalten hatte. Sie beugte sich ihrem Schicksal – von diesem riesigen Haufen von Körnern in die Tiefe gezogen zu werden. Sie hörte auf, dagegen anzukämpfen, und schloss die Augen.

Das Seil schlug ihr seitlich ins Gesicht und wurde wieder hochgezogen. „Fang es, Ethel. Ich versuche es noch einmal."

„Es bringt nichts. Ich versinke. Ich kann es nicht aufhalten."

„Du wirst es aber verdammt noch mal aufhalten, Ethel Robinson. Ich will verdammt sein, mitansehen zu müssen, wie du ein Grab mit diesem Haufen Scheiße teilst. Und jetzt schnapp dir das verdammte Seil."

Vielleicht war es die Tatsache, dass Alice sie bei ihrem neuen Nachnamen nannte, ihr ungewohntes Fluchen oder die Aussicht, ihre letzten Momente auf Erden mit Tip Howardson zu teilen, aber irgendetwas verhalf Ethel dazu, die Kraft aufzubringen, ihren Arm zu befreien und das Seil zu ergreifen, als es das nächste Mal auf sie zu schwang. Sie verdrehte sich und legte auch ihre zweite Hand an das Seil.

„Langsam. Eine Hand nach der anderen. Zieh dich zu mir hoch."

Unter Ethel fiel die Getreidemasse in sich zusammen und stürzte in einen kleinen Hohlraum, der sich unter der Oberfläche gebildet haben musste. Ethel wurde nun noch stärker nach unten gezogen, hielt sich aber am Seil fest, und kurz darauf waren ihre Beine frei, sodass sie nun im oberen Teil des Silos in der Luft hing. Beinahe hätte sie das Seil losgelassen, als sie in der plötzlichen Leere nach hinten schwang und gegen die Wand knallte, wobei ihre Knochen gegen das harte Metall der Leiter schlugen.

„Du bist jetzt in Sicherheit, Ethel. Halte dich an der Leiter fest. Es sind etwa zehn Fuß bis nach oben. Dir kann nichts mehr passieren."

Mit letzter Kraft und Willensstärke kämpfte sich Ethel über die Metallleiter nach oben und über den Rand. Alice half ihr auf den kleinen hölzernen Steg, der um das Silo herumführte. Alice schlang ihre Arme um sie und beide schluchzten sie vor Erleichterung. Es war vorbei.

Als sie das untere Ende der Leiter erreichten und wieder festen Boden unter den Füßen hatten, hörten sie das Geräusch eines Wagenmotors und traten rechtzeitig aus dem Speicher, um zu sehen, wie Jim in seinem Truck auf den Hof fuhr, ein zweiter Mann, den Ethel nicht erkannte, neben ihm.

Jim sprang heraus und rannte auf sie zu. „Was zum Teufel macht ihr hier? Wie dumm von euch, ein solches Risiko einzugehen. Howardson hat wahrscheinlich eine Waffe und er weiß, wie er sie benutzt."

„Es ist alles in Ordnung, Jim" Alice legte ihm eine Hand auf den Arm. „Tip ist tot. Sein Körper liegt unter ein paar Tonnen Getreide begraben."

„Was ist passiert?" Jims Augen huschten zwischen den beiden Frauen hin und her.

„Er ist Ethel in den Getreidespeicher gefolgt. Sie ist eine tapfere, starke Frau. Durch die Feuchtigkeit muss sich eine Brücke im Getreide gebildet haben und als er darauf trat, stürzte sie ein und zog ihn nach unten. Beinahe hätte es auch Ethel erwischt."

Ethel, die immer noch zitterte, fügte hinzu: „Ohne Alice wäre ich in die Tiefe gesaugt worden. Sie hat mir das Leben gerettet." Sie drehte sich zu der Frau um, der sie nie über den Weg getraut hatte, und warf ihre Arme um sie.

„Und ich habe mich noch gar nicht bei dir bedankt, Alice."

Jim schüttelte den Kopf. „Mein Gott, Ethel, es ist ein Wunder, dass sie dich erwischt hat. Wenn diese Getreidemengen dich erst einmal packen, verschlingen sie dich regelrecht."

Alice löste sich aus Ethels Umarmung. „Es muss eine weitere Luftkammer gegeben haben, die unter Ethel eingebrochen ist, aber sie konnte sich am Seil festhalten, so dass der Zug ohne sie abgefahren ist."

Jim grinste. „Und du hast es geschafft, sie festzuhalten?" Sein Gesicht war voller Bewunderung. „Früher pflegte ich immer zu sagen, du hättest den stärksten Bizeps im ganzen County."

Alice schlug ihn halbherzig. „Damit hatte es nichts zu tun. Das Seil hing hinter mir an der Wand. Ich warf es Ethel nur zu. Sie war diejenige, die es auffing und sich daran festhielt."

Der zweite Mann, der in den Speicher gegangen war, während sie sich unterhalten hatten, kehrte zurück und sagte: „Da müssen fünf Tonnen drin sein. Sieht aus, als läge es schon seit Jahren dort."

Es dauerte über zwei Stunden, bis das Silo geleert und Tip Howardsons Leiche geborgen werden konnte. Ethel und Alice standen Seite an Seite daneben und sahen zu, wie das Getreide mit einer Förderschnecke aus dem Silo und auf Lastwagen befördert wurde. Tip Howardson lag rücklings auf dem Boden aus Beton, Mund und Nasenlöcher mit

Getreide gefüllt, die Augen zu einem ungläubigen Starren aufgerissen.

Als der letzte Getreidewagen und der Krankenwagen mit der Leiche den Hof von Thistledown verließen, begann Ethel trotz der Wärme des Nachmittags zu zittern.

„Wir müssen dich nach Hause bringen. Ich fahre." Es war Alice, die sprach. Sie fand eine alte Decke auf dem Rücksitz des Wagens und legte sie Ethel um die Schultern. Ethel wandte sich ihr zu. „Ich will dir noch einmal danken, Alice. Ich verdanke dir mein Leben."

Alice schenkte ihr ein halbherziges Lächeln. „Ich hätte nicht zugelassen, dass du mit ihm untergehst. Und jetzt sage ich endlich die Wahrheit, wenn ich Catherine erzähle, dass ihr Vater tot ist."

KAPITEL 45

Mehrere Monate waren seit Tips Angriff vergangen, doch Sandra weigerte sich immer noch, ihre Arbeit in der Praxis wieder aufzunehmen. Sie sagte ihrem Vater, sie wolle nicht, dass man sie sah. Stattdessen verbrachte sie die meisten Tage eingeschlossen in ihrem Zimmer und setzte keinen Fuß vors Haus. Sie blieb oben, bis die Praxis am Ende jeden Tages geschlossen wurde.

Nichts, was Duncan oder Ethel sagten, konnte sie umstimmen. Sie war zutiefst beschämt und sie schafften es nicht, sie davon zu überzeugen, dass das, was passiert war, nicht ihre Schuld war. Sie verschanzte sich im Haus, hinter der verschlossenen Tür des Gästezimmers, in dem sie weiterhin schlief, unfähig, ihr eigenes Schlafzimmer zu betreten. Normalerweise kam sie zu den Mahlzeiten nach unten, doch dann aß sie schweigend und nur wenig und stocherte mit gesenktem Kopf in ihrem Essen herum.

Sandras stille Anwesenheit im Haus war eine zusätzliche Belastung für Ethel und Duncan. Ethel war ohnehin angespannt, da sie seit sechs Monaten verheiratet waren und sie noch nicht schwanger war. Jedes Mal, wenn sie ihre dahingehenden Sorgen äußerte, versuchte Duncan, ihr zu versichern, dass dies völlig normal sei, aber sie hatte begonnen, daran zu zweifeln, dass sie jemals ein Kind bekommen würde.

Manchmal fragte sie sich, wie es so weit kommen konnte.

Hatte sie sich damit übernommen, einen Mann zu heiraten, dessen erwachsene Tochter psychische Probleme hatte? Nachdem sie sich mit Duncan versöhnt hatte, hatte sie erwartet, dass die Ehe sie glücklich machen würde. Stattdessen war Duncan mürrisch und besorgt um seine Tochter und Ethel fühlte sich jedes Mal, wenn ihre Periode kam, wie eine Versagerin. Sandras Trübseligkeit machte die Sache nicht besser. Es war dem Salon und ihrer sich vertiefenden Freundschaft mit Alice zu verdanken, dass Ethel optimistisch blieb.

Ihre gemeinsamen Mahlzeiten waren angespannt. Sandra sprach kaum und Ethel fühlte sich durch die Anwesenheit ihrer Stieftochter eingeengt. Sandras Augen waren kalt und leer und sie erkannte keine Emotion darin, keinen Ausdruck.

„Ich weiß nicht, was ich tun soll", sagte Duncan eines Abends. Seine Sorgen und Ängste standen ihm ins Gesicht geschrieben. Sandra hatte den Tisch verlassen und war in ihr Zimmer zurückgekehrt. „Sie weigert sich, einen Spezialisten aufzusuchen. Sie hat Angst, dass man sie in eine psychiatrische Klinik einweisen würde, und um ehrlich zu sein, Ethel, liegt sie mit dieser Vermutung wahrscheinlich richtig. Es gibt neue Medikamente, aber die Standardbehandlung bei jeder psychischen Störung ist die Elektrokrampftherapie. Wie kann ich zulassen, dass sie Sandra das antun?"

„Aber was, wenn es funktioniert? Und diese Methode muss doch eine Wirkung haben, sonst würden sie sie nicht immer noch anwenden?"

„Ich bin kein Experte für psychiatrische Medizin – was ich weiß, habe ich während eines kurzen Praktikums gelernt –, aber ich habe ernsthafte Zweifel an den Erfolgen dieser Art von Behandlung und keinerlei Zweifel an der Brutalität davon. Während meiner Ausbildung habe ich ein paar Wochen in einer psychiatrischen Klinik gearbeitet und ich werde nie vergessen, was ich dort gesehen habe – Menschen, die sich völlig von der Außenwelt zurückgezogen hatten, stumm und in sich selbst gefangen. Und was die Behandlungen angeht ... der Wissenschaftler in mir versuchte, mich davon zu überzeugen, dass sie diesen armen, vom Unglück geplagten Seelen helfen konnten, aber der Mensch in mir hatte Mühe, es zu glauben."

„Was haben sie getan?"

„Sie schnallten sie fest, gaben ihnen einen Mundschutz aus Gummi, damit sie sich nicht die Zunge abbeißen konnten, befestigten Metallscheiben an ihren Köpfen und schickten elektrischen Strom durch sie hindurch."

Ethel keuchte.

„Zuzusehen, wie sie sich aufbäumten und wanden, wenn die Stromschläge sie durchzuckten. Brutal."

„Aber hat es funktioniert?"

„Es hatte den Anschein. Aber ich kann nicht zulassen, dass sie Sandra das antun. Ich schaffe das einfach nicht."

Er saß nach vorn gebeugt da, den Kopf in den Händen, das Essen auf seinem Teller kaum angerührt.

„Was ist mit Medikamenten? Du sagtest, es gäbe neue Präparate?"

„Ich lese die Fachzeitschriften – es gibt vielversprechende Ergebnisse, vor allem für ein Präparat namens Chlorpromazin, aber das wird in Europa noch getestet. Hier bei uns gibt es nur Elektroschocks oder gar nichts." Er sah sie an und Ethel erkannte den Schmerz in seinen Augen. „Selbst wenn es funktioniert, kann ich ihr das nicht antun. Nicht nach allem, was sie bisher durchgemacht hat. Nach dem Trauma, das sie erlebt hat, würde jeder leiden, unabhängig von seinem geistigen Zustand vor einem solchen Ereignis."

Ethel stellte sich hinter Duncan und drückte ihm einen Kuss auf den Kopf. „Wir müssen ihr Zeit geben. Ich weiß, es klingt abgedroschen, aber es stimmt, dass die Zeit alle Wunden heilt. Sandra hat Schreckliches durchgemacht, aber es wird ihr bald besser gehen. Ich weiß es. Wir müssen geduldig sein."

„Nun, vermutlich müssen wir zumindest dankbar sein, dass der Mistkerl sie nicht geschwängert hat. Ich könnte es nicht ertragen, wenn sie auch das noch durchmachen müsste."

Ethel zuckte zusammen, als die Worte sie an ihre eigene Unfruchtbarkeit erinnerten. An diesem Morgen war ihre Periode pünktlich wie ein Uhrwerk gekommen und hatte ihre Hoffnungen aufs Neue zunichtegemacht. Sie war im Badezimmer gesessen und hatte geweint.

Nun platzte sie damit heraus. „Meine Periode ist gekommen."

Duncan sah sie mitfühlend an, aber Ethel wollte kein Mitleid.

„Joan wurde mit Jimmy schwanger, als sie es das erste Mal mit Jim tat." Ihre Lippen zitterten. „Und seitdem hatte sie keine Probleme – Donna hat sie sogar empfangen, als sie Harry noch stillte."

„Jeder Mensch ist anders, Ethel. Vergleiche dich nicht mit Joan."

„Es ist nicht nur Joan. Was ist mit Alice? Mit mir muss etwas nicht stimmen."

„Mit dir ist alles in Ordnung. Abgesehen davon, dass dir jede Geduld fehlt. Außerdem gibt uns das einen guten Grund, es weiter zu versuchen." Er setzte sich auf und zog sie auf seine Knie.

„Ich weiß", sagte sie. „Aber ich fühle mich wie eine Versagerin."

„Wie könntest du jemals eine Versagerin sein, meine Liebste? Sag so etwas nicht. Wenn wir kein Kind bekommen, werde ich dich genauso lieben."

Ethel stieß sich von ihm ab und sprang auf. „Oh, und wärst du nicht glücklich darüber. Du wolltest doch von Anfang an nicht, dass ich ein Kind bekomme."

„Bitte, Ethel, fang doch nicht wieder damit an." Er griff nach ihrer Hand. „Als ich Sandra zum ersten Mal in meinen Armen hielt, war das einer der schönsten Momente meines Lebens, also wie könnte ich dieses Gefühl nicht noch einmal erleben wollen? Ganz besonders mit dir, der Liebe meines Lebens."

Ethel wusste, dass er die Wahrheit sagte. Sie konnte die Aufrichtigkeit in seinen Augen sehen. Aber sie konnte nicht ändern, wie sie sich fühlte. Da war eine Leere in ihrem Inneren und das Gefühl nagte an ihr. Jeden Monat fühlte sie sich all ihrer Hoffnung beraubt. Für sie war Sex ein Mittel zum Zweck geworden – zu einem Zweck, den sie Monat für

Monat aufs Neue verfehlte. Statt des Vergnügens und der Leidenschaft, die sie zu Beginn mit Duncan empfunden hatte, stellte sie sich mittlerweile jedes Mal vor, dass ihr Liebesakt in einem Baby resultieren würde, und versuchte, ihren Körper gedanklich so zu beeinflussen, dass er schwanger wurde. Mit Duncan Liebe zu machen, war zu einer Quelle zerschlagener Hoffnungen und verblassender Träume geworden. Obwohl sie versuchte, ihre Gefühle zu verbergen, wusste sie, dass Duncan es spüren musste. Sie kränkte ihn damit, aber sie konnte nicht anders.

~

Eines Nachmittags, als Ethel gerade ihren letzten Kunden für diesen Tag fertigmachte, klingelte es an der Salontür und Helga Armstrong trat ein.

„Hast du noch Zeit für eine mehr?"

Ethel bemühte sich, ihr Erstaunen zu verbergen. Helga trug, wie viele Frauen ihres Alters und ihrer Herkunft, ihr langes graues Haar in einem losen Dutt. Bis jetzt hatte sie nie Interesse an Frisuren oder Mode gezeigt.

„Natürlich." Sie führte sie zu einem Stuhl. „Ich bin in ein paar Minuten bei dir." Sie reichte Helga einen kleinen Stapel von Zeitschriften wie *Chatelaine* und *The Canadian Home Journal*, während sie den anderen Kunden verabschiedete.

Als Ethel fertig war, zeigte Helga auf ein Foto in der *Chatelaine* in ihren Händen. „Das ist es, was ich will. Eine Dauerwelle. Schneide das alles ab." Sie zerrte an den Haarnadeln, die ihr Haar an Ort und Stelle hielten, und ließ es in langen Wellen über ihre Schultern fallen.

Eine überraschte Ethel erwiderte: „Es ist schon ziemlich spät. Eine Dauerwelle dauert sehr lange. Wie wäre es, wenn ich dir die Haare heute schneide, wasche und lege? Das hält etwa eine Woche. Wenn dir die Frisur gefällt, kannst du an einem Nachmittag nächste Woche früher kommen und dann mache ich dir eine Dauerwelle. Sollte sie dir nicht gefallen, können wir immer noch eine andere Frisur ausprobieren.“

Helga nickte. „Schaffst du es, dass es so aussieht?“ Sie tippte mit dem Finger auf die Seite.

Ethel hob ein paar ihrer Haarsträhnen an. Helgas Haar war schwer und würde eine Welle gut vertragen. „Ich werde mein Bestes tun. Solange du dir sicher bist – letzte Chance, deine Meinung zu ändern, bevor ich mit der Schere komme.“

„Mein Entschluss stand fest, bevor ich einen Fuß in deinen Salon gesetzt habe.“

Ethel wusch der Frau die Haare und machte sich dann daran, die dicken Locken abzuschneiden, die Helga fast bis zur Taille reichten. „Don wollte nicht, dass ich es mir schneiden lasse.“ Sie gab ein trockenes Kichern von sich. „In seinen Augen war es immer noch so wie damals, als ich das Mädchen war, das er geheiratet hat. Ich glaube nicht, dass ihm jemals aufgefallen ist, dass es seit zehn Jahren immer grauer geworden ist.“ Sie blickte in die Ferne. „Er verlangte immer, dass ich den Dutt nachts löste. Es trieb mich in den Wahnsinn. Er mochte es, wenn es sich über dem ganzen Kopfkissen ausbreitete.“ Sie schnaubte leise. „Ich will es kurz. Etwas, das leicht zu handhaben ist und nicht einen ganzen Tag zum Trocknen braucht, wenn ich es wasche.“

Ethel strich mit ihren Händen über Helgas Kopf, schnippelte und kämmte, während lange, dicke graue Haarsträhnen um sie herum auf den Boden des Salons fielen.

Als sie begann, das geschnittene Haar in Lockenwickler zu drehen, sah sie, wie Helga sie im Spiegel beobachtete.

„Du scheinst in letzter Zeit nicht sehr fröhlich zu sein, Ethel. Du wirkst so traurig. Ich hoffe, es stört dich nicht, dass ich das sage."

Ethel versuchte, sich ein Lächeln auf die Lippen zu zaubern. „Oh, mir geht es gut."

„Von wegen. Wenn du nicht darüber reden willst, habe ich nichts dagegen. Es geht mich schließlich nichts an, aber wie sage ich immer so schön, geteiltes Leid ist halbes Leid – und vielleicht hat eine alte Schachtel wie ich ja noch einen Rat für dich." Sie betrachtete Ethel aufmerksam im Spiegel.

„Vielleicht hast du recht. Ich wollte mit Joan reden, aber jedes Mal, wenn ich es versuche, kommt etwas dazwischen." Sie schüttelte den Kopf. „Normalerweise erzähle ich ihr alles. Wir hatten noch nie Geheimnisse voreinander."

Helga verengte ihren Blick. „Könnte das etwas damit zu tun haben, dass Joan eine menschliche Gebärmaschine ist? Jedes Mal, wenn mein Sohn seine Hosen über das Fußende des Bettes hängt, hat sie neun Monate später einen kugelrunden Bauch."

Ethel war schockiert, konnte aber nicht verhindern, dass sie zu kichern begann. „Ich fühle mich im Vergleich zu ihr äußerst unzulänglich. Ich hoffe und bete, aber nichts passiert. Langsam fange ich an, zu glauben, dass es nichts mehr wird. Ich hasse es, Joan zu beneiden, aber ich kann nicht anders."

„Wenn du ein Neugeborenes hättest, ein zweites Kind, das gerade mal krabbelt, und obendrein noch zwei ungestüme Jungen, wärst du vielleicht weniger geneigt, sie zu beneiden. Die arme Joan ist eine Sklavin dieser Kinder." Helga fuchtelte mit den Armen durch die Luft. „Und du müsstest dich von all dem hier verabschieden."

„Nicht für immer. Nur solange das Baby ganz klein wäre."

„Babys sind anspruchsvolle Lebewesen. Man kann sie nicht einfach einschalten und wieder abdrehen. Außerdem kommt eines selten allein – und ehe man sich versieht, hat man sich von allem verabschiedet, außer davon, Mutter zu sein."

Ethel schluckte. „Ich kann nicht aufhören, daran zu denken, dass Duncan froh ist, dass ich es bisher nicht geschafft habe, schwanger zu werden. Wir haben uns in den Flitterwochen deswegen gestritten. Jetzt sagt er, er wolle ein Kind, aber irgendwie kann ich es ihm nicht glauben." Noch während sie es sagte, fühlte sie sich schuldig – es war, als würde sie Duncan verraten. Am liebsten hätte sie ihre Worte zurückgenommen. Warum hatte sie all das überhaupt laut zugegeben? Noch dazu Helga Armstrong gegenüber, obwohl sie die Frau doch kaum kannte.

Helga schürzte die Lippen und betrachtete Ethel im Spiegel. „Ich wette, das führt zu Spannungen zwischen euch beiden?"

Ethel nickte wortlos.

„Sag es dem Doc nicht, wo er doch Mediziner ist, aber ich glaube, das Schlimmste, was ein Paar tun kann, wenn es ein Baby machen will, ist, zu viel darüber nachzudenken. Meine Mutter pflegte immer zu sagen, wenn man zu viel Wirbel macht, verschreckt man das Baby nur und es kommt nicht. Wenn man sich aufregt, verliert man außerdem den Spaß an der Sache und das macht es noch schwieriger. Man wird viel eher schwanger, wenn man entspannt ist." Sie tippte auf Ethels Arm. „Aber erzähl bloß nicht deinem Mann, dass ich das gesagt habe. Er wird nur sagen, all das seien Ammenmärchen." Sie zwinkerte Ethel im Spiegel zu. „Aber Ammen gibt es schon viel länger auf dieser Welt als Ärzte."

„Du meinst, die Tatsache, dass ich mir Druck damit mache, schwanger zu werden, macht alles noch schlimmer?"

Die ältere Frau nickte weise. „Vergiss die Sache mit den Babys. Du hast noch mehr als genug Zeit, um über sie nachzudenken, wenn sie erst einmal da sind. Und bis es so weit ist, sollst du Spaß haben und das Leben genießen."

Ethel wurde rot.

Helga sah sie aufmerksam an und senkte ihre Stimme. „Ich gehe davon aus, dass du Spaß mit dem Doc hast? Du kommst mir nicht wie eine dieser prüden Frauen vor, die glauben, dass jedes Vergnügen ein Werk des Teufels ist."

Ethel konnte im Spiegel sehen, dass ihr Gesicht so knallrot war wie der Tegel mit Brylcreem in einer Anzeige in der Zeitschrift, die jetzt in Helgas Schoß lag.

„Dachte ich mir", sagte Helga und hob eine Augenbraue. „Ich mag es nicht gutheißen, wenn Frauen ihre Vorzüge zu bereitwillig mit einem Mann teilen, aber wenn es um Ehepaare geht, ist das eine ganz andere Geschichte. Manche der glücklichsten Momente meines Lebens verbrachte ich im Bett."

Helga wechselte das Thema und deutete auf ihren Kopf, wo Ethel inzwischen alle Lockenwickler aufgerollt hatte. „Was nun?"

„Nun trocknen wir sie." Ethel zeigte auf die beiden verchromten Trockenhauben an der gegenüberliegenden Wand.

„Gott bewahre. Du erwartest doch nicht, dass ich mich unter eines dieser Dinger setze, oder?"

„Ich fürchte schon. Es wird nicht lange dauern und es tut auch gar nicht weh."

„Wage es nicht, mir einen Stromschlag zu verpassen, Ethel Robinson!"

Ethel grinste. „Versprochen. Das werde ich nicht."

Später, als Ethel die Lockenwickler aus Helgas getrocknetem Haar entfernte, um es auszubürsten, sagte Helga: „Ich habe Docs Tochter schon länger nicht mehr gesehen. Joan hat mir erzählt, was dem armen Mädchen passiert ist. Gott vergebe mir, aber ich hoffe, Tip Howardson schmort in der Hölle. Geht es ihr denn gut?"

Ethel nickte. „Es geht ihr schon viel besser als kurz danach, aber sie wird nicht in die Praxis zurückkehren. Duncan musste jemand anderen einstellen, der ihm hilft. Wochenlang hat sie sich in ihrem Zimmer eingeschlossen, kaum gegessen und kaum ein Wort gesprochen."

„Es tut mir leid, das zu hören. Ich kann nicht behaupten, dass ich das Mädchen gut kenne, aber was ihr passiert ist, wünsche ich niemandem."

„Es wird langsam besser. Sie gesellt sich zu den Mahlzeiten zu uns und bemüht sich. Sie hat angefangen, spazierenzugehen und die Bewegung und die Zeit an der frischen Luft scheinen ihr gutzutun. Ich wünschte nur, sie würde zur Universität gehen und etwas aus ihrem Leben machen. Es ist so furchtbar, dass sie durch Tip Howardsons Verschulden nur noch eine Hülle ihrer selbst ist. Und Duncan macht sich große Sorgen um sie.

~

An diesem Abend sah Ethel ihren Mann über den Tisch hinweg an, als sie zu Abend aßen. Sandra hatte bereits aufgegessen, sich entschuldigt und nach oben zurückgezogen. Ethel bemerkte die tiefen Falten auf Duncans Stirn, als sie sein Gesicht studierte – die braunen Augen, die einst Wärme ausgestrahlt hatten, zeigten jetzt nur noch Schmerz.

Er wich ihrem Blick aus. Es dämmerte ihr, dass dies zu einer neuen Normalität zwischen ihnen geworden war. Früher hatten sie sich in die Augen gesehen und waren regelrecht in denen des anderen ertrunken. Jetzt vermieden sie jeden Blickkontakt – als wären sie beide wie Sandra geworden, in sich gekehrt, voneinander abgeschottet.

Während sich diese Gedanken in ihrem Kopf regten, erinnerte sie sich an Helgas Worte: „Du sollst Spaß haben und das Leben genießen." In letzter Zeit hatte es in ihrer Ehe nicht viel Spaß gegeben. Ethel erinnerte sich daran, wie sie sich nach dem Tod ihrer Mutter gefühlt hatte. Wie einsam, wie verloren sie gewesen war. Wie erstarrt. In sich selbst eingesperrt. Duncan hatte sie gerettet, sie geliebt, die dicke Eisschicht um sie herum aufgetaut, ihr wieder Leben eingehaucht. Duncan zu lieben, hatte Ethel geholfen, sich wieder selbst mögen zu können. Es hatte ihr einen Sinn gegeben in einer Welt, die bis dahin trostlos und voller Schmerz und Verlust gewesen war.

Sie legte ihr Messer und ihre Gabel weg. So zu leben, würde sie nicht länger akzeptieren. Sie stand auf. Duncan hob überrascht den Blick. Ethel ging auf die andere Seite des Tisches und zog ihn auf die Beine. Er sah sie an und hatte Schmetterlinge im Bauch. Ihre Blicke trafen sich. Ethel fuhr mit den

Fingern durch sein Haar. „Lass uns ins Bett gehen, Duncan“, sagte sie.

Er warf verwirrt einen Blick auf den Kalender an der Küchenwand. „Heute ist kein optimaler Tag.“

„Jeder Tag ist ein optimaler Tag.“ Sie riss den Kalender von der Wand und warf ihn ins Feuer. „Ich liebe dich, Duncan Robinson.“

KAPITEL 46

CATHERINE HATTE ROTE AUGEN. Ihre Wangen waren feucht, dort, wo die Tränen Spuren hinterlassen hatten.

Alice sank vor ihrer Tochter auf die Knie und nahm sie erst in die Arme und legte dann ihre Hände an die Wangen des Kindes. „Was ist los, mein Liebling? Sag Mami, was passiert ist.“

Das kleine Mädchen begann, zu zittern, und Alice drückte es fest an ihre Brust, als Angst, Wut und der Wunsch, ihr den Schmerz zu nehmen, sie durchströmten. Sie blickte über Katharinas Schulter zu Rose, die beschämt und aschfahl an der Tür lehnte.

„Rose? Was ist passiert? Was hat Catherine zum Weinen gebracht? Hat ihr jemand wehgetan?“

Catherine löste ihren kleinen Körper aus den Armen ihrer Mutter und sah sie mit ängstlichen Augen an. „Mir geht es gut, Mami. Ich habe mich nur verletzt, als ich gestürzt bin.“

Alice sah Catherine an. Ihr Instinkt sagte ihr, dass sie log. Sie untersuchte ihre Tochter und fand keine Anzeichen einer körperlichen Verletzung. Als sie sich Rose zuwandte, verlangte sie: „Sag es mir sofort, Rose. Warum weint Catherine?"

Rose scharrte mit ihrem Schuh über den Boden. „Ein paar der älteren Mädchen haben mit ihr geredet."

Ein Schmerz, als würde jemand ihr mit einer Scherbe den Bauch aufschlitzen, bohrte sich in Alices Inneres. Ihr kleines Mädchen wurde gemobbt. Und sie konnte sich denken, warum.

„Was haben sie gesagt, Baby? Du kannst es Mami sagen."

„Sie sagten, mein Vater sei ein böser Mann und er sei gestorben und in die Hölle gefahren." Catherine begann zu schluchzen. „Sie sagten, ich würde auch in die Hölle kommen."

Alice sah zu Rose, die nickte und dann selbst zu weinen begann.

Zum ersten Mal in ihrem Leben hatte Alice nicht die leiseste Idee, was sie tun oder sagen sollte. Sie drückte Catherine an sich und die Tränen des kleinen Mädchens durchnässten ihre Bluse. Sie streichelte ihr Haar und überlegte verzweifelt, wie sie antworten sollte, wie sie alles wieder in Ordnung bringen konnte.

Schließlich hob sie ihre Tochter hoch und trug sie zum Sofa, auf das sie sich mit dem Kind auf ihrem Schoß setzte. Sie bedeutete Rose, zu ihr zu kommen. Die Wut über die Grausamkeit dieser Mädchen vermischte sich mit ihrer Sorge um Catherine, die schniefte, deren Lippen bebten und deren Nase lief. Alice nahm ein Taschentuch aus ihrer Tasche und wischte dem kleinen Mädchen die Augen und die Nase trocken. Dann holte sie tief Luft und schickte ein stilles Stoßgebet zum Himmel.

„Manchmal, wenn ein guter Mensch schlechte Entscheidungen trifft, kann er zu einem schlechten Menschen werden. Als dein Daddy noch jung war, war er ein guter Junge, aber irgendwann traf er ein paar Entscheidungen, die nicht die besten waren. Das wusste ich nicht, als ich ihn wieder traf, als wir schon erwachsen waren." Sie schluckte. Irgendwie kam das alles ganz falsch rüber.

„Aber du hast gesagt, dass mein Daddy schon im Himmel ist."

Alice strich sich die Haare aus den Augen. Manchmal war es so schwierig, eine Mutter ohne Ehemann zu sein. „Das habe ich gesagt, weil ich nicht wollte, dass du so aufgewühlt bist, wie du es jetzt bist. Es tut mir leid, Baby, ich wollte dich nur beschützen."

Sie versuchte es auf einem anderen Weg. „Ich liebe dich von ganzem Herzen und deine Schwester liebt dich auch, nicht wahr, Rose?" Rose nickte, aber anhand ihres verschlossenen Gesichtsausdrucks konnte Alice nicht erahnen, was sie tatsächlich empfand. Das ältere Mädchen saß so nah an der Kante des Sofas, wie sie nur konnte, ohne davon herunterzurutschen.

Catherine schluchzte und sagte: „Sie haben gesagt, dass mein Name nicht wirklich Armstrong ist und dass ich eigentlich anders heiße. Ich kann mich nicht an den Namen erinnern, aber ich will nicht so heißen, Mami. Ich will so heißen wie du und Rose", presste sie zwischen einem Schluchzen und einem Schniefen hervor, und ihr kleiner Körper zitterte. „Sie sagten, weil mein Daddy böse war, bin ich auch böse."

„Das ist nicht wahr, Catherine." Alices Stimme war bestimmt – die Wut auf diese gemeinen Mädchen stieg in ihr auf, bis sie sie im Mund schmecken konnte. „Einen Vater zu haben, der schlimme Dinge getan hat, macht dich nicht selbst schlecht." Sie atmete tief ein und dann langsam wieder aus. „Mein Vater, dein Großvater, hat auch viele schlimme Dinge getan, aber das macht *mich* nicht schlecht, oder?" Sie blickte in Catherines feuchte Augen. „Oder? Du denkst doch auch nicht, dass Mami schlecht ist, oder, Schatz?"

„Nein", kam Catherines Antwort zögerlich.

„Der Mann, der dein Vater war, kam aus einer guten Familie. Seine Mutter und sein Vater waren gute Menschen und seine Brüder auch. Jeder Mensch ist anders und niemand kann dafür verantwortlich gemacht werden, was die eigenen Eltern getan haben. Es geht immer darum, selbst nur gute Entscheidungen zu treffen und keine schlechten." Sanft strich sie ihrer Tochter eine Haarsträhne aus dem Gesicht. „Verstehst du das, Catherine?"

Das Kind nickte.

„Und Mami und Rose lieben dich. Und wir werden dich immer lieben, egal was passiert. Und dein Name ist Armstrong. Lass dir von niemandem etwas anderes einreden."

„Aber ich möchte, dass mein Daddy der gleiche ist, den Rose hat."

„Roses Daddy ist im Himmel, aber ich verspreche dir, Baby, wenn er noch leben würde, hätte er dich genauso lieb wie ich, und er würde so gern dein Daddy sein wollen." Während sie es sagte, liefen ihr Tränen über die Wangen.

Rose rückte näher und dann umarmten sie einander.

„Wir brauchen keine Daddys. Wir haben einander, um auf uns aufzupassen, nicht wahr, meine Mädchen?" Alice strich über Catherines Haar und spürte, wie seidig es sich unter ihren Fingern anfühlte. „Du wirst hocherhobenen Hauptes in die Schule gehen, Catherine Armstrong. Du brauchst dich für nichts zu schämen. Diese Mädchen sind dumm und ungehobelt und sie werden sich bald wünschen, sie hätten nie so etwas Schlimmes zu dir gesagt. Wie heißen sie, Rose?"

Rose sagte es ihr.

„Gut. Mrs. Sanders von der Schule wird davon erfahren und diese Mädchen werden sich wünschen, sie hätte nie etwas gesagt."

„Nein, Mami", warfen beide Mädchen gleichzeitig ein. „Bitte sag es niemandem in der Schule", fügte Rose hinzu.

Alice dachte einen Moment lang nach. „Diese Mädchen kommen samstags immer zur Frühvorstellung. Aber damit ist jetzt Schluss. Sie werden sich keine *Lassie*-Filme mehr ansehen, bis sie sich bei Catherine entschuldigt haben. Das wird ihnen eine Lehre sein. Mit den Armstrongs werden sie sich nicht mehr anlegen!"

Bevor die beiden Mädchen etwas erwidern konnten, hämmerte es an der Tür. Als Alice sie öffnete, stand Dr. Robinson davor, neben ihm seine Tochter.

„Alice. Ich habe eine schlechte Nachricht für dich. Deine Mutter ist im Krankenhaus. Ich habe sie heute Nachmittag besucht, um ihren Blutdruck zu messen, und fand sie zusammengebrochen auf dem Küchenboden liegen. Sie hat mich gebeten, dich zu holen."

Alice keuchte leise und drehte sich zu den Mädchen um, die immer noch auf dem Sofa saßen.

Der Arzt hatte seine Hand auf die Schulter seiner Tochter gelegt. „Ethel arbeitet heute Abend länger im Salon, aber Sandra wird bei den Mädchen bleiben, bis du zurückkommst."

Sandra nickte zur Bestätigung, sagte aber nichts. Sie ging hinüber und setzte sich zwischen die beiden Mädchen auf die Couch.

„Lass mich meinen Mantel holen." Alice ging zurück, um ihre Töchter zu umarmen, und folgte dann dem Arzt aus dem Haus, nachdem sie sie ermahnt hatte, Sandra gegenüber artig zu sein.

KAPITEL 47

ALICE WAR über den Anblick ihrer Mutter schockiert. Ada Ducroix wirkte zusammengefallen, geschrumpft, ihr Körper nahm kaum Platz in dem Krankenbett ein, und die Haut in ihrem Gesicht und an ihrem Hals hing lose herunter, dort, wo das einst pralle Fleisch verschwunden war. Die Umrisse ihrer Beine unter der Decke ließen erkennen, dass ihre Knöchel stark geschwollen waren. Ihre Augen hatte sie geschlossen, doch als Alice sich dem Bett näherte, öffnete sie sie.

„Du bist also gekommen."

„Natürlich bin ich gekommen, Mom. Der Doktor hat mir gesagt, dass es dir sehr schlecht geht." Sie streckte die Hand aus, um die ihrer Mutter zu berühren, und sah, wie ihre Mutter ihre Hand erst wegziehen wollte, es sich aber schließlich überlegte. Als Alice ihre Hand streichelte, schloss Mrs. Ducroix ihre Augen.

Sie öffnete sie wieder und verengte ihre Augen zu Schlitzen, als sie ihre Tochter ansah. „Hast du den Doktor bezahlt?"

Alice nickte.

„Danke. Ich kann es mir nicht leisten, die Krankenhausrechnung zu bezahlen. Dein nichtsnutziger Vater hat mein ganzes Geld versoffen."

„Ich weiß, Mom. Du brauchst dir keine Sorgen zu machen. Ich kümmere mich um die Kosten."

Ihre Mutter schürzte die Lippen, erwiderte aber nichts.

„Ich habe gehört, dass Tip Howardson bekommen hat, was er verdient."

Alice nickte wieder.

„Wie dein Vater."

Alice war verwirrt.

„Ich meine, dass er auch so ein Taugenichts ist. Nicht tot. Dein Vater ist noch am Leben, leider."

„Hat er dich hier besucht?"

Ihre Mutter schnaubte. „Was denkst du denn?" Sie hielt inne und rang nach Atem. „Ich lag mehr als einen Tag lang auf dem Küchenboden, bis der Doktor mich fand. Gott weiß, wo dein Vater ist. Wahrscheinlich liegt er betrunken in einem Graben oder Heuhaufen."

Alice streichelte weiter die Hand ihrer Mutter. Ihre Haut war fast durchsichtig und fühlte sich kalt an. Auf der anderen Seite des Bettes hing ein Tropf mit Kochsalzlösung und der Schlauch führte in ihren Arm. Dahinter befand sich eine Sauerstoffflasche, die mit einer Maske verbunden war, die unbenutzt auf dem Bettlaken lag.

Auf dem Weg ins Krankenhaus hatte Dr. Robinson Alice mitgeteilt, dass ihre Mutter stark dehydriert war und ihr Blutdruck gefährlich erhöht.

Alice sagte zu ihrer Mutter: „Der Doktor sagt, du hast die Pillen, die er dir gegeben hat, nicht genommen."

„Pillen?" Sie schnaubte spöttisch. „Ich glaube nicht an Pillen."

„Du weißt es also besser als der Doktor?"

Ihre Mutter zuckte mit den Schultern. „Am Ende kommt für jeden die Zeit."

„Ja, Mom, aber bei dir ist es noch nicht so weit. Der Doktor sagt, dass es dir in einer Woche wieder gut gehen wird. Solange du die Medikamente nimmst."

„Natürlich sagt er das. Er wird schließlich dafür bezahlt."

„Sei nicht so zynisch, Mom. Er war es, der mich hierhergebracht hat, und seine Tochter ist gerade bei mir zu Hause und passt auf die Mädchen auf. Er und seine Frau sind gute Freunde von mir. Er sorgt sich."

Ada schürzte die Lippen, erwiderte aber nichts.

Etwa fünfzehn Minuten lang schwiegen sie. Alice streichelte den Handrücken ihrer Mutter, während Ada Ducroix mit geschlossenen Augen im Bett lag und zu schlafen schien. Es war noch gar nicht so lange her – gerade mal fünf Jahre –, dass Alice und Rose ihre Mutter regelmäßig besucht, Picknicks im Park und Familienausflüge zu Freddo's zum Eisessen gemacht hatten. Damals hatte Ada Ducroix ein tapferes Gesicht aufgesetzt, trotz der ständigen Trunkenheit und der gelegentlichen Wutausbrüche ihres Mannes. Wenn Alice ihre Mutter jetzt ansah, fiel es ihr schwer, zu glauben, dass sie noch immer dieselbe Frau von damals war.

Ihre Träumerei wurde von der Stimme ihrer Mutter unterbrochen. „Ich habe gehört, dass das Filmtheater ein großer Erfolg ist."

Alice setzte sich überrascht aufrecht hin. „Größer, als ich es mir je erträumt hätte. Wir sind fast jeden Abend ausverkauft."

„Ich hätte kommen und mir diesen Film ansehen sollen, als du mich darum gebeten hast. Jetzt ist es zu spät dafür."

„Dann kommst du eben ein anderes Mal, Mom. Du bist jederzeit willkommen."

Ihre Mutter betrachtete Alices Gesicht, als würde sie ihrer Tochter nicht glauben. „Jedenfalls sollst du wissen, dass ich stolz auf dich bin, Alice. Stolz darauf, wie du dich seit Walts Tod gemacht hast. Du hast zwei Töchter allein großgezogen. Und dieses Filmtheater so erfolgreich gemacht." Sie rang nach Luft und Alice griff nach der Sauerstoffmaske, aber ihre Mutter schob sie beiseite. „Der Doktor sagt, du hast auch einen Frisiersalon eröffnet. Eine echte Geschäftsfrau."

Tränen stiegen Alice in die Augen.

Ihre Mutter sah sie an. „Ich würde die Kleine gern sehen. Vielleicht kannst du die beiden herbringen, damit sie mich besuchen? Ich hätte nicht so voreilig sein sollen mit dem, was ich damals gesagt habe." Sie hielt inne, um mehr Luft in ihre Lungen zu saugen. „Ich habe sie schon gesehen, weißt du? Ich habe die beiden beobachtet, als sie aus der Schule kamen. Ein hübsches kleines Ding – Rose sieht Walt ähnlich, aber die kleine Catherine ist dir wie aus dem Gesicht geschnitten. Ich musste an dich denken, als du in ihrem Alter warst. Ein helles Köpfchen. Bring sie morgen zu mir. Sie beide."

„Gern, Mom. Das fände ich schön. Sehr schön." Sie beugte sich vor und küsste ihre Mutter, wobei sie bemerkte, dass ihr Gesicht genauso kalt war wie ihre Hände, und doch war ihre Stirn feucht.

Ihre Mutter ergriff Alices Hand. „Gut. Es war falsch von mir, dich zu verurteilen. Ich habe mir Sorgen gemacht, was man in der Kirche sagen würde. Dass die Leute mir die Schuld geben würden. Und dann war da auch noch dein Vater. Er mag ein Trinker sein, aber er ist ein selbstgerechter Trinker. Er war wütend darüber, dass du ein uneheliches Kind bekommen hast." Erschöpft vom vielen Reden schloss ihre Mutter wieder die Augen und wurde vom Schlaf übermannt.

Alice setzte sich an ihr Bett, hielt die Hand ihrer Mutter und sprach leise Dankesgebete dafür, dass sie sich endlich versöhnt hatten.

An diesem Abend blieb Alice noch lange auf und trank Whisky mit Sandra Robinson. Als sie nach Hause gekommen war, hatte Sandra den Mädchen bereits ihr Abendessen gemacht und sie ins Bett gebracht. Nachdem sie sich vergewissert hatte, dass ihre Töchter schliefen, und ihnen einen Kuss auf die Stirn gedrückt hatte, ging sie nach unten und stellte fest, dass Sandra ihr ein Sandwich gemacht hatte.

„Ich danke dir. Das war sehr aufmerksam. Aber ich bekomme im Moment keinen Bissen hinunter. Stattdessen werde ich etwas trinken. Möchtest du auch ein Glas?"

„Ich trinke nicht."

„Ich auch nicht. Nur unter extremen Umständen, aber jetzt kann ich verstehen, warum meine verstorbene Tante das

Zeug so sehr mochte. Es hilft ohne Zweifel, sich zu entspannen." Sie hielt die Whiskyflasche hoch, bevor sie sich einen Schluck einschenkte.

„Wie ging es Ihrer Mutter, Mrs. Armstrong?"

„Bitte, nenn mich Alice." Sie schwenkte die bernsteinfarbene Flüssigkeit in ihrem Glas und nippte genüsslich daran. „Jahrelang wollte meine Mutter nichts mit mir zu tun haben. Aber jetzt haben wir uns versöhnt." Sie atmete hörbar aus. „Sie sah heute Abend so krank aus, dass ich dachte, sie würde sterben, aber sie sagen, dass sie sich vollständig erholen wird. Es ist schon seltsam – obwohl ich sie in den letzten fünfeinhalb Jahren nur ein einziges Mal gesehen habe, wäre es ein schrecklicher Verlust, sie jetzt zu verlieren. Ich nehme an, das gilt für alle Mütter und Töchter."

Sandra gab einen seltsamen Laut von sich und Alice sah auf.

„Oh, es tut mir so leid, Sandra. Natürlich bin ich wieder in ein Fettnäpfchen getreten. Ich hatte ganz vergessen, dass du deine Mutter verloren hast, als du noch ein kleines Mädchen warst."

„Ich war ein Baby. Es war kurz nach meiner Geburt. Und ich habe sie nicht verloren. Sie hat sich umgebracht."

Alice schnappte nach Luft. Das hatte sie nicht kommen sehen.

„Dad denkt, ich wüsste es nicht. Er hat mir immer erzählt, dass sie bei meiner Geburt gestorben wäre. Aber das habe ich nie geglaubt. Irgendwann fand ich es heraus. Sie hat sich erhängt."

Alice war überfordert. Es war das erste Mal, dass sie mehr als nur ein paar knappe Worte mit Sandra Robinson wechselte – wie damals, als sie sich und die Mädchen beim Arzt angemeldet hatte. Und sie hatte keine Ahnung von dem, was die junge Frau ihr da erzählte. Sie wusste nicht einmal, ob es stimmte oder nicht. „Bist du sicher, dass du da nicht etwas falsch verstanden hast?"

„Ich bin nicht dumm."

„Tut mir leid. Ich wollte nicht –"

„Ich hörte, wie meine Großeltern darüber sprachen, als ich sechzehn war. Dann fand ich die Sterbeurkunde im hinteren Teil der Sockenschublade meines Vaters, zusammen mit einem Bericht über die Ereignisse aus der Lokalzeitung."

„Hast du mit deinem Vater darüber gesprochen?"

Sandra schüttelte schnell den Kopf, als wäre ihr diese Vorstellung ein Gräuel. „Nein. Er wollte offensichtlich nicht, dass ich davon erfuhr – und ich wollte nicht, dass er herausfand, dass ich herumgeschnüffelt hatte." Sie sah an sich hinab und betrachtete eindringlich ihre abgebissenen Fingernägel.

„Das muss ein schrecklicher Schock für dich gewesen sein."

„Ja, das war es." Sandras Stimme war leer, emotionslos und ließ nichts von dem Schmerz erahnen, der sie quälen musste. „Ihr kleines Mädchen hat mir erzählt, dass sie heute in der Schule beschimpft wurde. Wegen *ihm*. Wegen diesem Mann."

Alice nickte. Worauf wollte sie hinaus?

„Haben Sie Limonade?"

„Ja, willst du eine? Entschuldige bitte, ich hätte dir ein Glas anbieten sollen."

„Ich würde gern einen Whisky mit Limonade probieren."

Alice mixte das Getränk – eine großzügige Menge Limonade, eine sparsame Menge Scotch – und reichte es Sandra, die langsam davon trank.

„Sehr angenehm. Es wärmt einen von innen."

„Hör zu, Sandra. Ethel hat mir erzählt, was Tip Howardson dir angetan hat, und es tut mir sehr, sehr leid."

„Hören Sie auf, sich dauernd zu entschuldigen. Das ist jetzt schon das vierte Mal." Sandra lachte trocken auf. „Hat er das mit Ihnen auch gemacht? Hat er Ihnen wehgetan?"

Alice schüttelte den Kopf. „Nein, er hat mir nicht wehgetan. Aber das lag daran, dass ich willig war. Joan wollte er verletzen. Zweimal sogar. Er war ein gewalttätiger Mann."

„Es war das Schlimmste, was mir je passiert ist. Schlimmer, als herauszufinden, was meine Mutter getan hat. Ich überlegte, es wie sie zu machen und mich umzubringen. Aber ich hatte zu viel Angst." Sie nippte wieder an ihrem Whisky. „Ich bin froh, dass er gestorben ist. Dad hat mir gesagt, er sei in ein Getreidesilo gestürzt. Er sagte, Sie und Ethel wären dabei gewesen."

Alice nickte stumm.

„Ich hoffe, es war ein grausamer Tod. Ich hoffe, er hat gelitten. Heute ist der erste Tag, an dem es mir besser geht, seit es passiert ist. Das verdanke ich Ihrer kleinen Tochter Catherine. Sie sagte mir, dass sie nicht glauben würde, was diese Mädchen über sie gesagt hätten. Darüber, dass sie böse sei, nur weil ihr Vater böse war. Sie hat mir klargemacht, dass ich nicht den Verstand verlieren werde, nur weil meine Mutter es getan hat. Und ich werde nicht zulassen, dass das, was dieser Mann mir angetan hat, mein Leben ruiniert. Nicht mehr."

Alice drückte sanft Sandras Arm.

Sandras Stimme war kaum mehr als ein Flüstern. „Ich dachte, er liebt mich, wissen Sie? Er sagte, er wolle mich heiraten. Aber Dad sagte, er wollte eigentlich Sie heiraten – wegen Ihres Geldes."

Alice zuckte zusammen. „Das ist wahr. Er hat ganz sicher nie etwas für mich empfunden. Niemals."

„Aber Sie bekamen Catherine mit ihm. Warum?"

„Es war nicht geplant. Es war ein Fehler, mich mit ihm einzulassen. Tip konnte sehr überzeugend sein. Und ich war einsam." Sie hielt inne. „Es war ein Fehler, den ich allerdings nicht wirklich bereue, denn aus diesem Fehler ging Catherine hervor. Und ich würde es immer wieder tun, wenn ich am Ende Catherine bekäme."

Sandra musterte ihr Gesicht. „Hat Ihnen gefallen, was er mit Ihnen gemacht hat? Hat er Ihnen nicht wehgetan?"

„Sex ist ganz anders, wenn man sich aus freien Stücken darauf einlässt, Sandra. Dir hat er sich aufgedrängt. Das muss furchtbar gewesen sein."

„Das war es. Ich werde nie wieder einen Mann in meine Nähe lassen."

Alice zuckte wieder zusammen. Sie versuchte, die richtigen Worte zu finden, aber bevor sie antworten konnte, sprach Sandra erneut.

„Machen Sie sich keine Sorgen. Ich lege keinen Wert darauf, zu heiraten. Sie kommen doch auch ohne Ehemann sehr gut zurecht." Sie schwenkte ihr Glas und nahm einen großen Schluck, um es zu leeren. „Kann ich bitte noch ein Glas haben?"

Alice dachte daran zurück, wie sie sich früher über das übermäßig vertraute Verhältnis ihrer verstorbenen Tante zu ihrer Whiskyflasche geärgert hatte, aber dann besann sie sich eines Besseren. Sie hatten beide eine Menge durchgemacht. Sandra stand möglicherweise kurz davor, ihre selbst auferlegte Zurückgezogenheit vom Leben zu durchbrechen. Sie schenkte ihr nach, füllte ihr eigenes Glas auf und setzte sich dann, um das Gespräch fortzusetzen.

Nach dem wochenlangen Schweigen hatte sich die Schleuse geöffnet und Sandra wollte weiterreden. Alice lehnte sich zurück und hörte zu, als die junge Frau von ihren Gefühlen des Verlusts und des Grolls gegenüber der Mutter, die sie nie gekannt hatte, und von ihrem Unbehagen darüber sprach, ihr Zuhause mit ihrem Vater und Ethel teilen zu müssen. „Nicht, dass Ethel etwas falsch gemacht hätte – ich kann sehen, wie sehr sie und Dad sich lieben. Und ich mag sie sogar. Aber ich fühle mich nicht wohl dort. Ich bin überflüssig geworden. Also werde ich gehen.“

„Wohin?“

„Ich weiß nicht. Vermutlich an die Universität.“ In ihrer Stimme schwang ihr Mangel an Motivation mit. „Dad wollte immer, dass ich Medizin studiere. Ich hatte immer Angst vor der Vorstellung, wegzuziehen. Unter so vielen Fremden zu sein. Aber jetzt haben sich die Dinge geändert. Nichts kann jemals so schlimm sein, wie das, was mir ohnehin schon widerfahren ist.“

„Aber *möchtest* du denn studieren?“

„Nicht wirklich. Aber hier kann ich nicht bleiben. Nicht jetzt, wo alle wissen, was er mir angetan hat.“

„Hör zu, Sandra, Hollowtree ist dein Zuhause. Du musst nicht von hier fortgehen, wenn du nicht willst.“ Alice schlug die

Hände über dem Kopf zusammen. „Tip Howardson hat mich dazu gebracht, von hier wegzulaufen, aber ich beschloss, zurückzukommen. Ich dachte, alle würden über mich reden, also gab ich ihnen etwas anderes, über das sie reden konnten. Und jetzt reden sie alle darüber, was für eine tolle Sache das *The Rose* ist. Bis heute dachte ich wirklich, dass alle vergessen hätten, dass Catherine unehelich ist. Aber du hast ihr geholfen, Sandra. Dafür bin ich dir dankbar und ich laufe vor niemandem mehr weg. Meine Mädchen und ich werden stolz und erhobenen Hauptes durch Hollowtree gehen, und wer über uns tuschelt, dem bieten wir die Stirn. Und dasselbe solltest du auch tun."

Sandra schnaubte. „Ich habe aber kein Filmtheater und keinen Frisiersalon, der die Leute ablenkt. Oder eine Menge Geld auf der Bank."

Alice schluckte – Sandra nahm sich kein Blatt vor den Mund. „Vielleicht nicht. Aber du hast nichts falsch gemacht. *Nichts.* Die Leute werden nur Mitgefühl für das übrig haben, was dir zugestoßen ist."

„Ich will ihr Mitgefühl aber nicht. Oder ihr Mitleid."

„Dann zeig ihnen, dass du es nicht brauchst. So wie ich es getan habe." Sandra zuckte mit den Schultern und sah sie zweifelnd an.

„Hör mal, ich hätte da eine Idee. Du hast doch viel Erfahrung darin, die Praxis deines Vaters zu organisieren ..."

„Dorthin gehe ich nicht zurück. Außerdem hat er schon jemanden eingestellt. Ich würde der Frau ihren Arbeitsplatz wegnehmen."

„Komm und arbeite für mich." Alice war aufgeregt. „Ich brauche jemanden, der sich um die administrativen Dinge kümmert. Langsam wächst mir das alles über den Kopf und ich möchte ein paar neue Geschäfte eröffnen – eine Boutique, beispielsweise – und ich investiere in Jim Armstrongs neue Ahornsirupproduktion, also brauche ich Hilfe, um nicht den Überblick zu verlieren. Mein Anwalt ist großartig, aber ich brauche jemanden vor Ort. Jemanden hier in Hollowtree." Sie nahm einen weiteren Schluck von ihrem Scotch. „Und ich denke, wir würden gut miteinander auskommen, Sandra. Wir haben eine Menge gemeinsam."

„Ich weiß nicht … Ich will weg von Dad und Ethel."

„Auch dabei kann ich dir helfen. Da ist doch die Wohnung über dem Frisiersalon. Sie steht leer und du könntest sofort einziehen."

Sandra wirkte unschlüssig. „Aber –"

Alice klopfte auf die Armlehne ihres Stuhls. „Oder noch besser! Du könntest hier bei uns einziehen. Die Mädchen mögen dich. Das müssen sie tun, wenn sie dir erzählt haben, was heute passiert ist – und du hast sie ins Bett bekommen, was eine ziemliche Leistung ist."

„Ich komme mit Kindern besser zurecht als mit Erwachsenen. Bei Kindern habe ich nicht das Gefühl, dass sie über mich urteilen."

„Und ich könnte auch Gesellschaft gebrauchen. Was meinst du?"

„Ist das Ihr Ernst? Wollen Sie nicht nur höflich sein?"

„Ich bin nie einfach nur höflich – was du noch früh genug lernen wirst, wenn du wirklich hier einziehst."

„In diesem Fall, ja!" Sandra grinste und Alice stellte fest, dass das Mädchen zum ersten Mal an diesem Abend ein Lächeln auf den Lippen hatte.

Alice lehnte sich vor und sie stießen mit ihren Gläsern an. „Dann ist es abgemacht! Ziehst du morgen ein? Und bitte, nenn mich ab jetzt Alice."

KAPITEL 48

DER ALLJÄHRLICHE SCHEUNENTANZ VON HOLLOWTREE, der auf dem Lonsdale-Anwesen, der größten und wohlhabendsten Farm der Gegend stattfand, war ein Ereignis, an dem beinahe die ganze Stadt teilnahm. Vor vier Jahren hatte die Familie Lonsdale den Termin auf Anfang September vorverlegt, damit er mit der Haupterntezeit zusammenfiel, und nicht mehr wie bis dahin mit dem ersten Schnee im November.

Ethel war noch nie auf einem Scheunentanz gewesen und wusste, dass sehr viel los sein würde. Bei dem Gedanken, den ganzen Abend in eine überfüllte, laute Scheune gepfercht zu werden, wurde ihr mulmig, aber sie hatte Joan und Alice versprochen, zu kommen.

Auf der anderen Seite des Treppenabsatzes hörte sie Duncan Klavier spielen. Es war ein sanftes und lyrisches Stück, das sie nostalgisch an England vor dem Krieg denken ließ. Er hatte ihr gesagt, es heiße *An eine wilde Rose* und stamme von einem amerikanischen Komponisten. Während sie zuhörte, versuchte sie, sich vorzustellen, wie ihr Leben verlaufen wäre, wenn sie in Aldershot geblieben wäre – wie sie jetzt im Salon festsitzen und *„Music while you work"* hören würde, oder ein einsames Sonntagsessen einnehmen, während im Radio die Bildungssendung *„Educating Archie"* lief.

Ihr Kleid lag auf dem Bett. Schon bald würde sie nicht mehr hineinpassen. Sie schlüpfte hinein und zog es über ihre Schultern. Dann ging sie darin ins Nebenzimmer. „Kannst du mir den Reißverschluss hochziehen, Liebling?"

Duncan drehte sich auf dem Klavierhocker herum. „Bezaubernd! Einfach bezaubernd", sagte er. „Bist du sicher, dass du nicht lieber zu Hause bleiben möchtest?" Er grinste breit.

So verlockend die Aussicht auf einen Abend allein mit ihrem Mann auch war, Ethel drehte sich um, damit er den Reißverschluss des Kleides hochziehen konnte. Er drückte ihr einen Kuss in den Nacken und trat dann einen Schritt zurück, um sie zu betrachten. „Wenn du heute Abend die Scheune betrittst, werden einigen Männern die Augen herausfallen." Er zog sie in seine Arme und küsste sie sanft, wobei er ihr tief in die Augen sah. „Ich bin froh, dass ich derjenige bin, der mit dir nach Hause gehen darf."

„Ich liebe dich, Dr. Robinson", sagte sie. „Danke, dass du mich geheiratet hast."

„Seit ich dich das erste Mal sah, Ethel, konnte mich niemand davon abhalten. Ich bin der glücklichste Mann der Welt."

Alice hatte die Filmvorführung im *The Rose* an diesem Abend widerwillig ausgesetzt, da sie wusste, dass nur wenige Leute kommen würden. Eine Zeit lang hatte sie mit dem Gedanken gespielt, nur an diesem Abend einen Film zu zeigen, den man keinesfalls verpassen durfte, um mit dem Scheunentanz zu konkurrieren. Sie hatte gute Beziehungen zu den Verleihern aufgebaut und war zuversichtlich, dass sie eine einmalige

Vorführung von *Weiße Weihnachten*, dem aktuellen Kassenschlager, organisieren könnte. Aber sie würde sich bei den Einwohnern der Stadt beliebter machen, wenn sie sie nicht zwang, sich zwischen der Tradition des Scheunentanzes und dem Genuss des neuesten Filmhits zu entscheiden.

Trotzdem war Alice unschlüssig, ob sie selbst zu dem Tanz gehen sollte. Ihr letzter Scheunentanz hatte zu ihrem Entschluss geführt, nach Ottawa zu gehen. Tip Howardson hatte sich geweigert, sie zu heiraten, nachdem sie ihm gesagt hatte, dass sie mit Catherine schwanger war. Bei einem früheren Scheunentanz, vierzehn lange Jahre zuvor, hatte Alices Mann Walt ihr die Nachricht überbracht, dass er zur Armee gehen und seinem Bruder Jim nach Europa folgen würde. Nein, der jährliche Tanz barg keine glücklichen Erinnerungen für Alice. Aber sie hatte Joan und Ethel versprochen, mitzukommen, und wollte ihre Freundinnen nicht im Stich lassen.

Catherine und Rose kamen in ihr Schlafzimmer gelaufen, gespannt darauf, was ihre Mutter anziehen würde, bevor sie sie zu Joan fuhr, wo Helga auf sie aufpassen sollte. Beim letzten Mal, in ihrer frühen Schwangerschaft, hatte sie sich auf Roses Drängen hin in ihr altes gelbes Kleid gezwängt und sich im Vergleich zu Joan altbacken gefühlt. Heute Abend hatte sie solche Probleme nicht. Dank ihrer Boutique mangelte es ihr nie an schicken Kleidern und Alice hatte eine Vorliebe für elegante Mode entwickelt.

„Zieh das rote an, Mami!" Catherine hüpfte auf dem Bett auf und ab.

Rose strich mit ihren Fingern über ein blaues Seidentaffetakleid mit ausgestelltem Rock und Taillennaht. „Das gefällt mir am besten."

„Ich werde sie beide anprobieren.“

Als sie in das blaue Kleid schlüpfte, wusste sie, dass sie gut darin aussah, denn das dunkle Blau betonte ihr blondes Haar.

Rose beugte sich über Alices Schmuckkästchen und holte eine goldene Halskette mit einem einzelnen Perlenanhänger in Tropfenform heraus. „Die sollst du tragen. Die Kette, die Daddy dir geschenkt hat.“ Rose kniete sich auf das Bett, während Alice sich setzte, damit ihre Tochter ihr die Kette anlegen konnte.

Wenn nur Walt noch da wäre, um sie zu sehen. Sie konnte sich vorstellen, dass er einen bewundernden Pfiff ausstoßen würde, doch Alice musste sich damit begnügen, dass ihre Töchter ihr sagten, sie sähe so schön aus wie ein Filmstar.

In der Scheune herrschte bereits reges Treiben, als Joan und Jim mit Alice eintrafen. Eine Band – ein Gitarrist, ein Kontrabassist, ein Schlagzeuger, ein Banjospieler und ein paar Fiedler – spielte schnell und wild und die Tanzfläche war voll. Freddo vom Café sagte die Schritte an und die Scheune war ein einziges Wirbeln schwingender Röcke und heitere Freudenschreie heizten die Stimmung weiter auf. Während viele der Männer Latzhosen oder Bluejeans trugen, hatten die meisten ihrer Ehefrauen und Freundinnen Ethels Friseurdienste in Anspruch genommen und Alices Boutique dürfte wohl einen höheren Umsatz gemacht haben als sonst. Joan hatte noch nie so viele gut gekleidete Frauen in Hollowtree gesehen.

Sie erinnerte sich an ihren ersten Scheunentanz, bei dem sie in ihrem roten Kleid mit den Tupfen aus der Menge viel schlichter gekleideter Frauen herausgestochen war. Dasselbe

Kleid hatte sie später in Kissenbezüge umgenäht, da sie sich nach drei weiteren Babys nicht mehr hineinzwängen hatte können. Heute Abend trug sie eine Stoffhose und eine karierte Bluse mit einem Schal, den sie sich locker um den Hals gebunden hatte – im Moment legte sie vor allem Wert auf Komfort.

Dieser erste Scheunentanz war für Joan keine glückliche Erinnerung. Sie versuchte, nicht daran zu denken, dass Howardson damals versucht hatte, sie im Stall nebenan zu vergewaltigen, und dass Jim ihn mit einer Brutalität angegriffen hatte, die sie in Angst und Schrecken versetzt hatte. Schaudernd verdrängte sie die Erinnerung aus ihrem Kopf. Howardson würde nie wieder jemandem etwas antun und Jims schreckliche Kriegserlebnisse hatten keinen Einfluss mehr auf ihn.

Alice war in der Menge verschwunden und Joan lehnte sich gegen einen Heuballen und beobachtete das Treiben, während sie darüber nachdachte, wie viel Einfluss Alice in so kurzer Zeit auf die Stadt genommen hatte, ebenso wie Ethel. Zum Glück hatte sie es am Ende geschafft, sie dazu zu überreden, nach Kanada zu kommen. Joan graute vor der Vorstellung, was Ethel jetzt täte, wenn sie in Aldershot geblieben wäre. Sie wäre einsam gewesen und hätte für einen Hungerlohn in Veras Salon geschuftet, anstatt glücklich mit Duncan verheiratet zu sein und ihren eigenen Salon zu betreiben.

Der Krieg war eine düstere Zeit gewesen und hatte so Vieles und so Viele zerstört, aber Joan musste zugeben, dass er ihr selbst nur Gutes gebracht hatte. Ohne den Krieg hätte sie Jim nie kennengelernt, weder sie noch Ethel wären nach Kanada gekommen, und ihre Kinder wären nie geboren worden.

Sie blickte auf und sah, wie Ethel und Duncan die Scheune betraten. Ihre Cousine sah umwerfend aus in einem figurbetonten pinken Kleid, und sie zog die anerkennenden Blicke aller Männer im Raum auf sich, als sie lächelnd auf Joan zuging. Duncan sagte etwas zu ihr, küsste sie flüchtig und ging hinüber zum Erfrischungstisch, an dem Jim und eine Reihe anderer Männer standen.

„Wo ist Alice?", fragte Ethel, nachdem sie Joan umarmt hatte.

„Sie muss hier irgendwo sein. Sie ist mit uns zusammen gekommen."

Jim und Duncan kamen mit Fruchtpunsch für die Frauen zurück und zogen sich dann an die provisorische Bar zurück, um ihr wichtiges Gespräch rund um die neuesten Ergebnisse der Eishockeyliga fortzusetzen.

Alice tauchte auf. „Wie kommt es, dass der hübsche Doktor dich nicht über die Tanzfläche wirbelt, Ethel?" Alice stieß sie sanft in die Rippen.

„Ich bin heute Abend nicht in der Stimmung, zu tanzen."

„Um Himmels willen, Ethel. Amüsier dich. Es macht so viel Spaß und Freddo sagt alle Schritte an. Du wirst den Dreh sofort raus haben." Joan nippte an ihrem Drink. „Du bist doch sonst kein Mauerblümchen."

Ethel wurde rot. „Ich sagte doch, ich bin im Moment nicht in der Stimmung." Bevor eine der beiden Frauen weiter nachbohren konnte, wandte sie sich an Alice. „Wie läuft es denn mit dir und Sandra? Es müssen jetzt sechs Monate sein?"

„Acht. Und wir kommen sehr gut zurecht. Die Mädchen lieben sie, ich genieße ihre Gesellschaft, und sie leistet großartige Arbeit im Büro. Mein Anwalt ist beeindruckt von ihren Buchführungs- und Organisationsfähigkeiten – und das will schon etwas heißen."

„Das freut mich so sehr", sagte Ethel. „Es gab einen Punkt, an dem wir dachten, sie würde nie über das, was geschehen ist, hinwegkommen."

„Sandra ist eine starke Frau. Viel widerstandsfähiger, als sie scheint. Und sie und ich haben festgestellt, dass wir eine ganze Menge gemeinsam haben." Alice deutete quer durch den Raum. „Sie ist dort drüben."

Ethel und Joan drehten sich um und suchten nach ihr. Sandra stand am Erfrischungstisch und unterhielt sich mit einem jungen Mann mit Brille.

„Der neue Bibliothekar", erklärte Alice. „Ich habe mich schon gewundert, warum Sandra in letzter Zeit so viele Bücher liest. Vielleicht entwickelt sich zwischen den beiden eine Romanze."

„Wie sehr ich mir das wünschen würde", sagte Ethel.

„Wenn jemand es verdient hat, glücklich zu sein, dann sie. Obwohl es nicht einfach ist, sie zu mögen."

„Sie ist ein bisschen wie Whisky. Sie wird besser, wenn man sie näher kennenlernt", sagte Alice und lachte. „Ich hätte nie gedacht, dass ich einmal eine Vorliebe für starken Alkohol entwickeln würde. Aber im Gegensatz zu meiner lieben Tante hebe ich ihn für Momente großer Not auf, und davon hatte ich in letzter Zeit zum Glück keine."

Die Musik wurde immer lauter und wetteiferte mit dem Lärm der vergnügten Menge.

„Lasst uns eine Weile nach draußen gehen, damit wir uns noch unterhalten können", schlug Joan vor.

Die drei Frauen setzten sich auf den Rand eines alten Holzkarrens, der auf der anderen Seite der Scheune stand. Der

Himmel war rosa gefärbt und die Abendluft noch warm. Sie saßen in geselligem Schweigen nebeneinander und sahen zu, wie die Sonne unterging, der Himmel sich verdunkelte und die Sterne langsam zum Vorschein kamen.

Ethels Stimme durchbrach schließlich die Stille. „Ich wollte eigentlich noch nichts sagen, aber ich möchte, dass ihr beide die Ersten seid, die es erfahren."

Joan keuchte. „Nein!"

„Doch."

„Oh, mein Gott. Du erwartest ein Baby, Ethel?" Alice griff nach Ethels Arm.

„Nächsten Frühling. Im März. Ich hatte die Hoffnung schon aufgegeben und dachte, es würde nie passieren." Sie schenkte ihnen ein breites Grinsen. „Es muss unser Jubiläumsausflug im Juni nach Muskoka gewesen sein. Vielleicht, weil wir beide so entspannt waren und uns so gut amüsiert haben. Helga hat mir einmal gesagt, es sei das Schlimmste, mir zu viele Gedanken darüber zu machen, dass ich nicht schwanger werde. Sieht so aus, als hätte sie recht gehabt."

„Das hat sie meistens", sagten Joan und Alice im selben Atemzug und legten ihre Arme um ihre Freundin.

„Sachte, ihr zwei. Ihr quetscht mich noch zu Tode", sagte Ethel lachend.

„Das sind die besten Neuigkeiten seit langem." Joan strahlte sie an.

Ethel, in der Mitte, hängte sich bei den Armen ihrer Freundinnen ein. „Ich erwarte Tipps von euch beiden. Ehrlich gesagt, jetzt, wo es passiert, habe ich eine Heidenangst."

„Wie geht es Duncan damit, wieder Vater zu werden?“, fragte Joan.

„Er ist aufgeregt. Nervös. Aber er freut sich sehr. Es wird für uns beide eine große Veränderung sein.“ Sie wandte sich an Alice. „Mach dir keine Sorgen wegen des Salons, Alice. Das neue Mädchen hat sich von Anfang an sehr gut gemacht und kümmert sich bereits um seine eigenen Kunden. Sie wird das Geschäft am Laufen halten, während ich weg bin. Und nächste Woche stelle ich ein weiteres Mädchen ein, das ich ausbilden werde.“

„Du hast doch nicht etwa vor, nach der Geburt des Kindes wieder arbeiten zu gehen?“, fragte Joan sie entgeistert.

„Warum nicht?“

„Nun, besser du als ich!“, sagte Joan mit einem Schmunzeln im Gesicht.

„Und das ausgerechnet von dir. Ist seit Jimmys Geburt auch nur ein Tag vergangen, an dem du nicht gearbeitet hast? Und jetzt hast vier Kinder!“

„Niemand arbeitet so hart wie du Joan“, stimmte Alice mit ein. „Du warst schon auf den Feldern und hast bei der Aussaat der Sommergerste geholfen, als Sam gerade mal drei Monate alt war. Ganz zu schweigen davon, dass du Ma mit dem Ahornsirup hilfst.“

Joan zuckte mit den Schultern. „Nun, ich weiß, dass der Versuch, Ethel vom Frisieren abzuhalten, gleich hoffnungslos ist, wie der Versuch ist, die Gezeiten zu kontrollieren. Seit sie klein war und ihren Puppen die Haare gemacht hat, war es unmöglich, ihr einen Kamm aus den Händen zu nehmen.“

Alice lachte.

Ethel fragte sich, wie sie sie jemals nicht hatte leiden können. Zugegeben, Alice war oft taktlos, manchmal gedankenlos, aber sie hatte ein großes Herz. Und seit jenem Tag, an dem sie ihr ein Seil zugeworfen hatte, um ihr das Leben zu retten, konnte Alice in Ethels Augen nichts mehr falsch machen. „Jetzt musst nur noch *du* einen netten Mann kennenlernen, Alice", sagte sie.

„Ja, auch du musst dein Glück finden", bekräftigte Joan.

„Ich *habe* mein Glück gefunden. Das Leben ist schön. Ich bin glücklich mit meinen Mädchen. Ich liebe meine Arbeit. Ich werde Walt immer vermissen, aber ich bin nicht auf der Suche nach jemandem. Ich brauche keinen Mann, um glücklich zu sein. Das ist eine Sache, die ich über mich selbst gelernt habe. Und diese Erkenntnis habe ich meiner Tante Miriam zu verdanken."

Alice sprang auf. „Wenn keine von euch beiden tanzt, werde ich einen – oder vielleicht beide – eurer Männer stehlen, damit sie mit mir das Tanzbein schwingen." Sie zwinkerte ihnen zu und ging zurück in die Scheune.

Joan griff nach Ethels Hand. „Wir haben einen langen Weg hinter uns, nicht wahr, Cousinchen? Erinnerst du dich an jenen Abend im *The Stag*, als wir Jim und Greg kennenlernten? Es fühlt sich an, als wären wir damals ganz andere Menschen gewesen."

Ethel lachte. „Nun, damals definierten wir unser Leben über Bitter Shandys und den gelegentlichen Portwein mit Zitrone. Wir *waren* ganz andere Menschen. Du hast beispielsweise Uniform getragen. Und ich habe in dieser schrecklichen Munitionsfabrik geschuftet."

Joan lachte. „Und Tante Vi hat immer darauf bestanden, dass du um elf zu Hause bist."

„Das schreckliche Warten auf den letzten Bus während des Blackouts." Ethel wirkte mit einem Mal nachdenklich. „Ich habe Greg geliebt, aber du hast recht, ich war damals ein ganz anderer Mensch. Jetzt, wo ich so glücklich bin, ist es schwer, mir in Erinnerung zu rufen, wie ich damals empfunden habe."

„Dan bereust du also nicht, dass ich darauf bestanden habe, dass du nach Kanada kommst?"

Ethel blickte zum vollen Erntemond auf. „Oh, Joanie, wie könnte ich das? Du hast mein Leben verändert – nein, du hast mein Leben gerettet –, genauso, wie auch Alice mich gerettet hat."

Die beiden Cousinen saßen Seite an Seite auf dem Karren, erinnerten sich an ihre Vergangenheit, waren dankbar für die Gegenwart und blickten voller Freude in die Zukunft.

Lesen Sie mehr über Clare und ihre Bücher auf ihrer Website clareflynn.co.uk

WENN IHNEN DAS BUCH GEFÄLLT...

Warum abonnieren Sie nicht den monatlichen Newsletter von Clare?

Clare wird Sie über ihre Arbeit und ihre Reisen auf dem Laufenden halten, und Sie erfahren als Erster, wenn sie ein neues Cover vorstellt, eine Leseprobe veröffentlicht oder Neuigkeiten zu Sonderangeboten und Aktionen veröffentlicht. Oft bittet sie ihre Abonnenten um Vorschläge für Coverdesigns, Buchtitel und Namen der Charaktere.

Keine Sorge – Ihre E-Mail-Adresse wird NIE an Dritte weitergegeben und wenn Sie auf einen der Newsletter antworten, erhalten Sie eine persönliche Antwort von Clare. Sie LIEBT es, von Lesern zu hören.

Als besonderes Dankeschön erhalten Sie einen kostenlosen Download ihrer Kurzgeschichte, *Eine feines Paar Schuhe*

Hier ist der Link, um sich anzumelden – Klicken Sie unten auf den Link oder gehen Sie zu https://clareflynn.co.uk, um das Anmeldeformular aufzurufen. (Datenschutzbestimmungen auf der Website von Clare)

Abonnieren Sie meinen Newsletter | Clare Flynn

BÜCHER VON CLARE FLYNN

PENANG HISTORICHER 1-4

Die Perle von Penang

Gefangene von Penang

Eine Malerin auf Penang

Von Penang nach Paris

JENSEITS DES MEERES 1-3

Auf der anderen Seite des Ozeans

Sturm in unseren Herzen

Durch Meere getrennt

REISE INS INBEKANNTE 1-3

Weiße Klippen

Fremde Gefilde

Erstarrter Fluss

NEU!

Die Frau des Wildhüters

ÜBER DEN AUTOR

Clare Flynn ist die Autorin von fünfzehn historischen Romanen und einer Sammlung von Kurzgeschichten. Sie ist die Gewinnerin des UK 2020 Selfies Award for Adult Fiction für „*The Pearl of Penang*". Clare ist die Gewinnerin des Indie-Champion-Preises der Romantic Novelists Association 2022. Die ehemalige Marketing-Direktorin und Strategieberaterin wurde in Liverpool geboren und hat in London, Newcastle, Paris, Mailand, Brüssel und Sydney gelebt. Mittlerweile genießt sie ihr Leben in Eastbourne an der Küste von Sussex, wo sie das Meer und die Downs von ihren Fenstern aus sehen kann.

Wenn sie nicht schreibt, reist sie gerne (oft zu Forschungs-zwecken) und malt gerne in Öl und Aquarell, näht Patch-work-Decken und übt sich im Klavierspielen.

Lesen Sie mehr über Clare und ihre Bücher auf ihrer Website clareflynn.co.uk